Scarlet

스칼렛

Scarlet

스칼렛

잃어버린
시간

잃어버린
시간

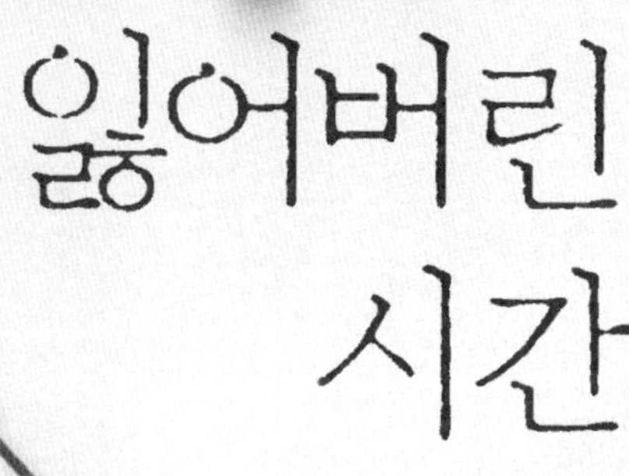

잃어버린 시간

김효원 장편 소설

contents

아내라 생각했던 여자가 사라졌다. 그의 아이를 낳은 지 세 달 만에……. 처음 왔을 때처럼, 그렇게 조용히 사라져 버렸다. 그리고 3년이 지난 지금, 우연히 그녀와 마주쳤다. 효건은 앞뒤 잴 것도 없이 일단 멀어지는 그녀의 팔을 잡았다.

"……살아 있었네."

"?"

놀란 듯 커다랗게 열린 그녀의 눈은 당혹감으로 가득 차 있었다.

"무슨…… 절, 아세……요?"

"지금 뭐하자는 거야?"

더듬더듬 말하는 지유를 보며 효건은 자신의 얼굴에서 핏기가 서서히 가시고 있는 걸 느꼈다. 그다음으로 통증이 찾아왔다. 그새 그를 잊기라도 한 것일까? 모른 체하고 싶을 만큼 그녀는 그를 보고 싶지 않았던 걸까? 심장이 욱신거리며 조금씩 아픔을 토해 내고 있었다. 황당함으로 가득 찬 지유의 눈빛을 보고 있자니 그 고통이 점점 커져 갔다.

"죄송한데, 다른 사람하고 착각하셨나 봐요. 전 처음 뵙는데……."

약간은 미안함을 담아 조심스럽게 입을 떼는 지유의 모습을 보니 어이가 없었다.

장난하는 것도 아니고, 이 무슨 기가 막힌 소린지……. 내 아이를 낳은 여자가 아이 아빠인 자신을 모른다니, 이런 여자였던가. 이렇게 무책임하고 실없는 소리를 잘하는 여자였던가 싶어 실소가 터질 지경이었다.

"지금 나하고 장난해?"

"이보세요. 말씀이 좀 심하시네요."

"내 말이 심해?"

"아파요. 일단 이 손 좀 놓고 얘기해요."

그제야 고개를 내린 효건은 손가락 마디가 하얗게 될 정도로 지유의 팔을 잡고 있는 자신의 손을 보았다. 약간 손에서 힘을 빼긴 했어도 잡은 손을 풀지는 않았다. 이 손을 놓으면 눈앞의 망할 여자가 또 도망칠지도 모른다는 생각이 강하게 들어 쉽게 손을 놓을 수 없었다.

"그렇게 사라져서 연락 한 번 없이 지금까지 뭐했어?"

"하아."

몰아붙이는 그의 말에 그녀는 한쪽 눈꼬리를 치켜 올리며 기가 막힌다는 듯 한숨을 터트렸다.

"기다리는 사람은 생각도 안 나던가?"

"이봐요. 보자보자 하니까 기가 막혀서…… 댁이 누군지는 모르겠지만 내가 댁한테 바람나서 집 나간 마누라 취급을 받아야 할 이유는 없다고 보는데요."

"아니, 당신 집 나간 마누라 맞아."

"뭐라구요? 이 사람이 지금 뭐라는 거야. ……우선 이것 좀 놔
요."

열이 나는지 볼을 붉게 물들인 지유의 모습에서 눈을 뗄 수가 없
었다.

빌어먹을……. 이 여잔 여전히 아름답다. 놀라서 커다랗게 열린
진한 쌍꺼풀 진 두 눈이 순수하게 반짝거리고 늘씬한 몸은 여전히
육감적이었다. 자신이 틈만 나면 손에 쥐고 희롱하던 그녀의 긴 머
리카락은 어깨 근처에서 자연스럽게 웨이브 져 흔들리고 있었다.

치밀어 오르는 화기를 억누르기가 너무나 힘이 들었다. 이렇게
생판 모르는 남인 양 쳐다보는 여자를 지금까지 기다리고 있는 두
여자의 모습이 떠오르자 효건은 이를 악물었다. 그녀를 그리워하며
하루를 보내고 있는 누구와 달리 그녀는 너무나 잘 지냈나 보다.

"당장 이 손 놔요. 아님 사람을 부르겠어요."

억지로 팔을 비틀며 그의 손아귀에서 빠져나가려 애를 쓰는 지유
의 차가운 눈빛과 딱딱한 말투가 어색하게 느껴졌다. 그에게는 이런
식으로 날을 세운 적은 없었는데……. 시간이 지난 만큼 그녀도 변
한 건가 싶어 가슴 한구석이 서늘해졌다.

"이런 장난 진짜 재미없다."

"그거야말로 내가 하고 싶은 말이에요."

바르작거리는 그녀의 움직임에 따라 부드러운 그녀의 살결이 그
의 손바닥을 간질였다.

어이가 없었다. 고작…… 파르르 떨며 노려보는 지유의 눈빛 하
나에 그의 심장이 대번 반응을 보이며 좀 전과 다른 의미로 무섭게

뛰기 시작했다.

"가만히 좀 있어."

"이 손부터 놔요."

"손 놓으면 당신 도망칠 거잖아."

"일단 놓기나 해요."

"말해 봐. 지금까지 뭐하느라 연락조차 없었는지……."

"난, 기본적인 예의도 모르는 사람과 이야기를 나눌 만큼 착하지 않아요."

"허어."

그의 입에서 나지막이 헛웃음이 흘러나왔다. 효건은 거부의 말을 뱉어 내는 그녀를 잠시 바라보았다. 거의 3년에 가까운 시간을 지유 없이 보냈음에도 불구하고 그의 몸은 그녀를 잊지 않고 있었다. 코끝에 맴도는 그녀 특유의 향기와 더불어 보드라운 촉감에 불끈 욕망이 일었다. 고작 팔을 잡는 작은 접촉이었음에도 당장이라도 그녀의 품으로 파고들고 싶다는 강렬한 욕구가 그를 집어삼켰다. 지유와 함께했던 예전 일이 생생히 살아나 심장이 어지럽게 뛰고 정신이 아득해지는 느낌에 그는 낮게 심호흡을 했다. 이렇듯 간절히 원하는데 그녀는 그를 밀어내기에 바빴다.

"앗."

순간이었다. 지유는 잠시 넋을 놓고 깊은 생각에 빠진 남자를 보며 순간적으로 강한 힘을 주어 그의 손을 세차게 뿌리쳤다.

갑작스런 움직임에 그녀가 넘어질 듯 휘청거리자 그는 반사적으로 그녀의 허리를 당겨 안았다.

"……?"

지유는 자신의 아랫배에 와 닿는 묵직한 이물감에 저도 모르게 눈을 커다랗게 떴다. 그녀의 복잡하고 미묘한 시선이 고스란히 효건에게 향했지만 그는 태연하게 그녀의 허리를 잡은 손에 힘을 주고 오히려 그녀를 조금 더 당겨 안았다. 자신의 욕망을 숨기려 하지 않고 적나라하게 드러내며 무섭게 다가서는 남자를 보자 당혹감이 일었다.

"당장 내게서 떨어져요."

그녀는 겨우 정신을 차리고 그의 가슴을 밀치며 매몰차게 말을 꺼냈다.

"그러고 싶지 않아. ……느껴져? 날 이렇게 만들 수 있는 사람은 당신뿐이야."

"지금 무슨 헛소리를 하는 거예요?"

"모르겠어? 손끝 하나로 날 이렇게 만들 수 있는 사람은 당신밖에 없다는 말이야."

"……정말 날 알아요?"

당당한 그를 보며 지유의 입에서 두려움이 담긴 목소리가 조심스레 흘러나왔다.

1.
실망

영국AA스쿨에서 건축을 전공하고 졸업 후 귀국을 종용하는 아버지의 뜻을 꺾지 못해 고국에 돌아와 아버지가 경영하는 한국건설에 입사한 지 1년이 넘어가고 있었다. 설계1팀의 팀장으로 매일을 바쁘게 보내던 지유는 모처럼 맞은 휴일에 늦게까지 자다 일어나 간단히 양치와 세수를 하고 아래층으로 내려갔다. 점심때가 가까워져 오는 시간까지 죽은 듯이 잠을 자다 일어났더니 허기가 져 속이 쓰릴 정도였다.

"……이제 일어났니?"

"예. 아버지는요?"

"오늘 골프 모임 있다고 나가셨어."

"……."

잔뜩 긴장한 이 여사가 지유의 눈도 제대로 보지 못하고 겨우 입을 열었다. 처음부터 그랬다. 지유가 열 살 되던 해에 친모가 병으로 죽고, 열여섯 살이 되던 해에 아버지는 지금 눈앞에 있는 이미라 여사와 재혼을 했다. 그녀는 지유보다 3살 어린 여자아이를 하나 데리고 이 집으로 들어왔다.

어릴 적부터 몸이 아픈 어머니로 인해 사랑을 충분히 받지 못했던 지유는 새어머니가 들어와 자신을 따스하게 보듬어 줄 거라는 기대를 막연하게 했었다. 하지만 예상과는 다르게 그녀는 자신을 어려워했다. 단 한 번도 제대로 눈을 마주치지 못할 정도로……

아버지와 이 여사, 그리고 이 여사가 데리고 들어온 유민혜, 셋이 즐겁게 이야기를 나누다가도 지유의 모습이 보이면 이 여사는 뻣뻣하게 굳어 긴장을 하고 입을 다물어 버렸다. 그것이 여러 번 반복이 되자 지유는 가능하면 이 여사와 마주치지 않으려 애를 쓰게 되었고, 그러다 보니 아버지와의 사이도 점점 멀어져 갔다.

지유의 자리는 유민혜가 천진난만한 눈웃음과 애교로 차지해 버렸고, 지유는 아버지마저 빼앗긴 집에 정을 붙이지 못하고 자꾸만 밖으로만 돌게 되었다. 그러다 그 답답함을 견디지 못한 지유가 대학을 외국으로 가겠다고 결정하는 바람에 더욱 이 집에서 멀어지게 되었고, 지금 이 여사는 그녀를 아주 어려운 손님 대하듯 했다.

지유가 대학을 졸업하고 그곳에서 직장을 구해 정착하려고 마음먹은 것도, 아버지의 귀국 독촉에 완강하게 버틴 것도 모두 이 여사가 있는 이 집에 들어오고 싶지 않아서였다. 이런 숨 막힐 듯한 답답함이 싫었다. 이 집에서 자신만 타인인 것 같은 느낌이 정말 싫었다.

"내가 잡아먹어요?"

지유의 입에서 뾰족하게 날이 선 말이 튀어나왔다.

"?"

"아님 내가 세균 덩어리라도 돼요? 그래서 날 보기만 해도 병이 옮을 것 같아서…… 그래서 그렇게 쳐다보지도 않는 거예요?"

"아, 아니 그게 아니라……."

미라는 손을 마주 잡고 고개를 숙이며 어쩔 줄 몰라 했다. 그 모습을 보니 기가 차서 지유는 코웃음을 치고 현관 밖으로 나섰다.

선생님 앞에서 꾸중 듣는 어린아이도 아니고, 어쩌면 예전부터 한결같이 저럴까 싶었다. 그녀가 이 집에 들어온 것이 벌써 11년이었다. 자신보다 나이도 많은 어른이면서 십 대 여학생이 하는 행동을 아직까지 하고 있으니…… 절로 한숨이 나왔다.

지유는 미라를 보고 있자니 기분이 나빠져 자신의 집과 가까이 있는 재우의 집으로 향했다. 배도 고프고, 심심하기도 하고 바쁘다는 이유로 자주 보지 못했던 어릴 적 친구이자 유일한 내 편인 손재우를 만나러 갔다.

중학교 때부터 시작된 외로움을 동반한 방황의 길에 항상 곁을 지켜 준 사람은 재우였다. 두 사람은 같은 동네에 산다는 별거 아닌 이유로 시작해 이름이 비슷하다는 것으로 더욱 가까워졌다. 이제 그는 그녀를 가장 많이 이해하고, 그녀의 마음을 가장 잘 알고 있는 친구이자 편안한 사람이 되었다.

재우는 유학 가 있는 동안에도 자주 지유를 찾아와 그녀를 웃게 만들곤 했었다. 그런 재우는 그녀가 귀국하자 그동안 꽁꽁 숨겨 두었던 자신의 마음을 조심스럽게 표현하고 있었다. 재우라면 자신을 외롭게 하지 않을 거라는 믿음이 있었다. 그토록 오랜 시간 자신을 바라봐 준 재우라면 받아들여도 되지 않을까 하고 조심스러운 마음을 갖게 되었다.

엘리베이터에 올라 재우가 사는 15층을 누르고 변하는 숫자를 멍하니 응시하며 속이 쓰려 아픈 배를 손으로 문질렀다.

"먹을 게 있으려나…… 으, 속 쓰려."

15층에 엘리베이터가 멈추고, 지유는 천천히 재우의 오피스텔 앞에 서서 비밀번호를 누르고 집 안으로 들어섰다.

따스한 공기가 지유를 감싸자 그녀의 입가에 잔잔한 미소가 어렸다. 재우를 부르며 신발을 벗다 뭔가 눈에 거슬리는 것이 보였다. 하이힐? 지금 이 물건이 이 집에 있을 이유가 있나? 재우는 여자 형제도 없었다. 군대에 간 남동생이 하나 있는 걸로 알고 있는데…….

뒷덜미에서 시작된 싸한 느낌에 온몸에 오소소 소름이 돋았다. 지금 당장 뒤를 돌아 나가라는 마음과 직접 눈으로 확인하라는 마음이 교차하며 지유를 혼란스럽게 했다.

갑자기 밀려드는 현기증에 잠시 감았던 눈을 뜨고 크게 심호흡을 했다. 서서히 혼란스러움이 사라지고 차가운 이성이 그 자리를 대신했다. 조심스럽게 거실로 들어서며 재우를 찾기 시작했다.

서재였다. 재우는 열린 문 사이로 뒷모습을 보이고 있는 여자를 부둥켜안고 있었다. 끈끈한 열기가 가득 들어찬 서재 안에는 서로를 탐하는 두 사람의 거친 호흡과 서로를 조금이라도 더 느끼고자 바쁘게 움직이는 손짓만이 있을 뿐이었다.

여자의 입에서 열에 들뜬 신음 소리가 흘러나오자, 재우는 블라우스 속에 손을 집어넣어 여자의 가슴을 움켜쥐고 주무르기 시작했다. 여자의 손도 재우의 옷 속으로 들어가 그의 가슴과 등을 어루만지고 있었다. 두 사람이 여러 차례 고개를 비틀어 가며 서로의 입술을 빨아들였다. 그러다 재우의 입술이 여자의 귓불과 목으로 빠르게 움직였다.

그녀는 숨을 쉬는 것도 잊을 만큼 충격적인 장면을 생생하게 지켜보고 있었다. 재우라면 꼭꼭 닫힌 자신의 마음을 열어 보여도 될 거라 생각했었다. 그라면 자신을 외롭게 하지 않을 거라 믿고 있었다. 세상 그 누구보다 자신의 아픈 마음과 외로움을 가장 잘 이해하던 그라면…… 받아들여도 되지 않을까? 믿어도 되지 않을까? 생각하던 차에 어이없는 현장을 목격하고야 말았다.

그 오랜 시간을 그녀의 곁을 지켰던 재우가 그녀의 믿음을 저버렸다. 믿고 있던 세상이 그녀의 발아래에서 서서히 무너져 내리고 있었다. 지유의 심장에 얼음 못이 박혀 버렸다. 터져 나오는 분노와 배신감에 욕지기가 치밀어 오르는 것을 참고 두 사람을 노려보았다.

"손재우."

여자의 브래지어를 들어 올려 가슴을 입에 머금으려 하는 재우의 이름을, 이를 악물고 불렀다. 지유의 시선이 그제야 느껴졌던 걸까? 여자에게서 고개를 들어 지유가 서 있는 곳을 바라보는 재우의 눈동자가 활짝 열렸다.

"헉."

급하게 숨을 들이켠 재우가 품 안에 있던 여자를 힘껏 밀어 버렸다.

가증스러운 놈. 이미 볼 건 다 봤는데, 지금에 와서 아닌 척한다고 해서 본 것이 없어지는 것도 아닌데 말이다. 그나저나 재우에게 밀려 넘어지면서 책상에 부딪힌 여자가 무척 아플 것 같다는 어이없는 생각까지 했다.

"악. 오빠 아파."

잔뜩 흐트러진 차림의 여자가 엉클어진 머리를 쓸어 올리며 재우에게 신경질적으로 쏘아붙였다. 익숙한 목소리. 분명 아는 여자다. 설마…… 그 아인 아니겠지.

빳빳하게 얼어 있는 재우의 모습이 이상했던지 여자는 그의 시선이 향해 있는 곳으로 고개를 돌렸다. 서재 문 앞에 서 있는 지유와 바닥에 쓰러진 여자의 시선이 마주쳤다. 놀란 여자의 눈도 재우의 것과 별반 다르지 않았다.

지유는 재우를 향해 무시무시한 증오의 눈빛을 던졌다. 다른 사람도 아니고…… 왜 하필 이 아이란 말인가?

"나쁜 새끼."

"지……유야."

"넌, 진짜 나쁜 새끼야."

"그, 그게……지유야."

짝.

재우에게 다가선 지유는 그의 왼쪽 뺨을 세게 올려쳤다.

"악, 언니."

유민혜. 아니 이젠 아버지의 성을 따라 김민혜가 된 의붓동생이었다.

"넌, 입 닥치고 있어. 언니 좋아하네."

"지유야."

"그래, 나 김지유야. 그래서 뭐? 왜 변명이라도 하게? 그래, 한번 해 봐. 뭐라고 떠들지 들어나 보자."

"……."

그녀는 긴장이 되는지 혀로 입술을 축이는 재우를 냉기 가득한 눈으로 노려보았다. 쉽게 입을 열지 못하는 재우를 찬찬히 훑어보았다. 180이 넘는 키에 철저하게 관리한 슬림한 몸매, 곱상하게 생긴 이목구비는 다른 사람의 시선을 끌 정도였다. 늘 미소를 입에 달고 있었고, 호텔을 경영하는 아버지에 교수이신 어머니를 둔 괜찮은 집

안에 성격까지 좋다고 소문난 녀석이어서 학창 시절부터 인기가 많았었다.

"왜 말을 못 해? 그럼 내가 물을까? 언제부터야? 나한테 고백하기 전부터니? 너 양다리가 취향이었어?"

"아니야. 이, 이건…… 갑자기 민혜가 달려드는 바람에……."

"하, 대답하고는…… 여자가 갑자기 달려들어 키스한다고 해도 진짜 싫었으면 그거 하나 못 밀어내? 너, 그렇게 힘없는 놈이야? 내가 본 네 행동은 일방적으로 당하는 건 아니었거든."

부들부들 떨리는 주먹을 꼭 쥐고 재우와 민혜에게 경멸 어린 시선을 던졌다. 더러운 것들.

"미안해. 지유야. 내가 잠깐 정신이 어떻게 됐나 봐."

"아니, 나한테 미안해하지 마. 그럴 필요 없어. 두 사람 잘해 봐. 내가 빠져 줄게. 야, 얘 너 가져. 난 필요 없어."

"그러지 마. 왜 그렇게 말해? 내가 사랑하는 건 너야."

"웃기고 있네. 이게 네 사랑이니? 네 말대로 달려드는 여자 하나 밀어내지도 못하면서 사랑? 너, 내가 이 자리에 없었다면 끝까지 가지 않았을 거라 장담할 수 있어? 비겁하게 그따위 변명하지도 마. 차라리 같이 즐겼다고 말하는 게 더 낫지 않아? 넌, 너는…… 왜 하필 재야? 내가 어떻게 살았는지, 내 마음이 어떤지 가장 잘 아는 녀석이…… 왜? 왜?"

그녀는 충격을 감추지 못하고 원망의 말을 뱉어 내었다.

"지유야. 미안해. 다 내가 잘못했어. ……한 번만 용서해 줘. 내가 잠시 미쳤나 봐."

지유는 그녀를 향해 손을 뻗으며 안타까움과 미안함이 가득 담긴 얼굴을 한 재우를 소름 끼칠 정도로 냉혹한 표정으로 바라보았다.

"그만해. 오빠. 그렇게 애원할 필요가 뭐 있어?"

"넌, 아무 말도 하지 마."

재우를 못마땅하게 바라보던 민혜가 참지 못하고 끼어들자 그가 어금니를 깨물며 시선도 주지 않고 낮게 뇌까렸다.

"나, 오빠 사랑해. 나도 좀 봐 주면 안 돼? 벌써 몇 년을 오빠만 바라봤어."

다가서며 그의 팔을 잡는 민혜의 손을 재우는 매몰차게 쳐 냈다.

"입 다물라고 했어. 나 지금 지유하고 얘기하고 있는 거 안 보여?"

"오빠."

"잘들 논다."

두 사람이 하는 양을 지켜보던 지유가 입가에 비웃음을 가득 담고 이죽거렸다.

"두 사람 할 말이 꽤 많은 거 같으니 내가 갈게. 아님 아까 하던 거 마저 하든지……."

차갑게 돌아서는 지유의 팔을 재우가 빠르게 붙잡았다. 지금 놓치면 당장 어떻게 될 것처럼 간절한 염원이 담긴 손길이었다.

"지유야."

"더러운 손 치워. 그리고 두 번 다시 너 안 봤으면 좋겠다."

재우에게 붙잡힌 팔을 빼내고 돌아서는 지유의 냉혹한 표정엔 그를 향한 완벽한 거부만 남아 있었다.

지유는 믿었던 사람의 배신에 당장이라도 무너져 내릴 것만 같았지만 이를 악물고 버티며 고개를 꼿꼿이 쳐들고 그 집을 나섰다.

아빠에 이어 유일한 내 편이라 생각했던 사람마저 빼앗겨 버렸다. 그 모녀에게……. 늘 집안에서 융화되지 못하고 겉돌며 정을 그리워한 자신을 위해 가슴 아파해 주고 위로해 주던 사람이 사라져 버렸다. 허한 가슴에 스산한 바람이 들어찼다.

"아씨, 배고파."

재우는 등을 곧게 펴고 서재를 나서는 지유를 잡지도 못한 채 아쉬움과 미안함을 가득 담은 눈으로 하염없이 그 뒷모습을 바라보았다. 자신에게서 눈을 떼지 못하는 민혜 따위는 신경도 쓰이지 않았다.

미쳤다. 자신이 미친 게 틀림없었다. 언젠가부터 노골적으로 자신에게 호감을 표시하며 주변을 맴돌던 민혜를 집 안에 들인 것부터가 잘못이었다. 꼭 할 말이 있다며 찾아온 민혜를 그냥 돌려보냈어야 하는데……. 아니 민혜가 눈물을 흘릴 것처럼 애처로운 눈으로 자신을 바라보며 입을 맞춰 왔을 때라도 밀어냈어야 하는데…… 그러지를 못했다. 뭔가에 씐 것처럼 그 키스에 빠져들었었다. 지유의 말대로 그녀가 나타나지 않았다면 민혜를 가졌을지도 모를 일이었다.

다른 사람도 아닌 민혜를……. 민혜 모녀로 인해 외로움이 더욱 짙어지고 집에서 안정을 찾지 못해 늘 밖으로만 돌던 지유를 보며 늘 가슴 아파했던 자신이었다. 그녀의 외로움을 자신이 채워 줄 거라 자신만만하게 생각했었는데…… 오히려 지유에게 커다란 상처를 더했으니, 어떻게 용서를 빌어야 할지 혼란스러웠다.

"오빠."

"……미안하다. 이제 그만 돌아가. 그리고 오늘 일은 잊어. ……다시 네 얼굴 안 봤으면 좋겠다."

재우는 두 눈을 꼭 감고 손을 들어 미간을 문질렀다. 그리곤 난감함을 가득 담은 음성으로 작게 중얼거렸다. 누가 먼저 시작했든 간에 두 사람이 함께 저지른 일이기에 민혜만을 탓할 수도 없었다. 아니 순간의 욕망을 이기지 못한 자신의 잘못이 더 컸다.

"그럴 수 없어. 나도 좀 봐 줘. 언니가 아니라 나를 좀 봐 달라고."

"아니, 내 마음엔 지유밖에 없어. 네가 아니라……."

"오빠도 좋았잖아? 아니야?"

"미안하다. 오늘 일은 실수였어. 분명하게 말하지만 난, 같은 실수를 반복할 생각이 없어. 그러니 그냥 가."

"아니, 난 이대로 오빠 포기 못 해. 내가 어떤 마음으로 오빠에게 키스했는데, 내가 쉽게 물러날 거라 생각하지 마."

"제발, 날 더 이상 나쁜 놈으로 만들지 마. 너 아니어도 지금 난, 지유 생각으로 머리가 터질 것 같아. 그러니 너까지 보태지 말란 말이야. 어서 가. ……지금은 네 얼굴 진짜 보고 싶지 않아."

차갑게 일갈하고 돌아서는 재우을 잠시 쳐다보다 민혜는 오피스텔을 나섰다.

충격을 받아 흔들리는 재우를 밀어붙이고 싶지만 지금은 때가 아니었다. 괜한 고집을 부려서 그나마나 좁혀 놓은 거리를 다시금 벌어지게 할 수는 없었다. 다음 기회를 노리기로 결정하고 머리를 쓸어 올리며 뒤를 돌아 재우의 오피스텔을 한 번 더 바라보았다.

서서히 하나씩 김지유가 가진 것을 빼앗을 계획이었다. 자신보다 뭐든 월등하게 나은 지유가 정말 싫었다. 아름다운 외모도, 잘빠진 몸매도, 똑똑한 머리도, 거기에 빵빵한 재력을 가진 다정한 아빠까지……. 외모라면 어디 가서 빠지지 않는 민혜지만 지유와는 비교가 되지 않았다. 사람을 내려다보는 날카로운 눈빛을 가진 지유에게는 범접할 수 없는 카리스마와 우아함이 있었다.

민혜가 지유에게 자격지심을 가지기 시작한 건 엄마가 재혼을 해서 그녀의 집으로 들어오자마자였다.

술 좋아하고 여자 좋아하던 민혜의 아빠와 겨우 이혼을 한 소녀 같기만 하던 엄마가 친구의 소개로 한국건설 김 사장을 알게 되었고, 그와 어렵사리 재혼을 하는 행운을 거머쥐게 되었다. 다행히 김 사장은 민혜의 존재를 흔쾌히 받아들였고, 민혜는 엄마를 따라 지유네 집으로 들어올 수 있었다.

그녀는 하얀 얼굴에 예쁜 공주님 같은 지유를 처음 보고 샘이 났다. 커다랗고 좋은 집에 원하는 것은 다 가지고 있는 지유와 초라한 자신이 비교되었다. 거기다 자신의 엄마마저 지유의 눈치를 보며 어려워했다. 지유에겐 말 한 마디 제대로 하지 못하고 눈도 마주치지 못하면서 자신이 뭔가를 하려 하면 모두 제지하기 바빴다. 언니와 새아빠에게 피해를 주면 안 된다는 것이었다. 그저 있는 듯 없는 듯 조용히 있으라며 자신을 다그치고, 야단치며 비교하는 엄마가 미웠다. 13살의 민혜는 자신이 엄마에게 야단맞는 것도 모두 지유 탓이라 생각했다.

그때부터였다. 민혜가 지유를 향해 비틀린 자격지심을 품기 시작한 것이……. 새아빠의 환심을 사기 위해 더 살갑고 애교 있게 행동했다. 조금씩 자신의 영역을 넓혀 가며 세 사람과 쉽게 어울리지 못하고 밖으로 돌기 시작하는 지유를 향해 코웃음을 치곤 했었다.

그러다 우연히 지유가 같은 동네에 사는 친구인 재우에게 환하게 웃음 짓는 것을 보게 되었다. 눈꼬리가 살짝 접히고 날카롭게 느껴지던 인상이 부드럽게 펴지며 편안해 보이는 얼굴이 무척이나 행복하게 보였다. 그것을 보고 끓어오르는 질투를 느꼈다.

지유는 환하게 웃으며 행복해하면 안 되는 거였다. 그저 외톨이처럼 늘 말도 없이 자신을 부러운 눈으로 바라보아야만 했다. 한 가지라도 지유보다 더 나은 것이 있어야 했고, 지유에게 없는 것을 자신이 가져야만 했다. 그 뒤로 민혜는 재우 주변을 맴돌기 시작했다. 그에게 관심을 표현하고, 그의 시선을 자신에게 돌리기 위해 애를 썼다.

재우는 생각보다 쉽지 않았다. 그의 시선은 늘 지유에게 향해 있었고, 그것을 보는 민혜는 그를 향한 욕심을 키워 갔다. 지유에게 상처를 주기 위해서라도 손재우는 반드시 자신이 가져야 했다.

손에 아무것도 들지 않고 나와서 갈 곳도 없어진 지유는 터덜터덜 집으로 향했다. 자꾸만 반복되어 떠오르는 두 사람의 키스 장면이 머릿속을 꽉 채우고 있었다. 절대적인 이해자를 잃은 허한 가슴은 배신감과 쓸쓸함에 점령당한 지 오래였다.

2층 자신의 방으로 들어온 지유는 침대에 멍하니 앉아 있었다. 잊자. 처음부터 혼자였던 것처럼……. 그녀에게 외로움은 늘 함께하던 것이었으니…….

그렇게 얼마를 멍하니 앉아 있었을까? 노크도 없이 방문이 벌컥 열리고 민혜가 그녀를 죽일 듯 노려보고 서 있었다.

"뭐야? 문 닫고 나가."

"언닌, 다 가지고 있잖아."

"언니? 내가 네 언니야? 언제부터? 네가 날 언니라고 생각했으면 이렇게 뒤통수치는 일은 하지 않았겠지. 안 그러니?"

민혜는 정곡을 찔린 듯 움찔하면서도 노려보는 눈길을 돌리지 않았다. 뭐 뀐 놈이 성낸다고 지금 길길이 뛰어도 모자랄 사람은 누군데, 어디 적반하장으로 제가 더 날뛰는 건지 그동안 이 모녀에게 억

눌러 왔던 분노가 터져 나오려 했다.

늘 자신의 자리를 찾지 못하고 이리저리 방황하며 외롭게 보낸 시간들이 주마등처럼 지나갔다.

항상 바쁜 아버지의 사랑이 고팠고, 따스하게 보듬어 주던 어머니의 품이 그리웠었다. 차마 입 밖으로 꺼내 놓지 못하던 그 외로움과 고독함이 얼마나 자신을 초라하게 하고 지치게 했는지 그 누구도 알지 못했다. 단 한 사람을 제외하고……. 그런 사람을 뺏으려 하는 사람의 입에서 나온 소리가 다 가지고 있다라…….

"나가라고 할 때 조용히 꺼져."

"나, 재우 오빠 갖고 싶어."

"재우가 물건이야? 그리고 네가 갖고 싶다고 하면 다 가져야만 해?"

지유는 솟아오르려는 분노를 겨우 눌러 참으며 한쪽 입가를 올리고 비아냥거리듯 말을 꺼냈다. 자신을 빤히 보던 민혜의 두 눈에 불꽃이 이는 듯했다.

"넌 모든 걸 가지고 있잖아? 재우 오빠 하나는 나 줘도 되잖아."

"너? 하, 이제야 본색을 드러내는군. 그런데 지금 네 말은 번지수가 틀렸어. 그 말은 내가 아니라 재우한테 했었어야지."

"난…… 네가 정말 싫어. 세상 모든 것이 다 제 눈 아래 있다는 듯 내려다보는 시선도 싫고, 너를 어려워하는 엄마도 보기 싫어. 우리 엄마가 네 눈치를 살살 보며 기죽어 살아가는 것도 못 보겠어. 솔직히 난, 너의 모든 것을 다 빼앗아 버리고 싶어."

조용하고 차분한 지유의 음성에 민혜는 파르르 떨며 악의를 감추지 않았다.

"웃기고 있네. 내가 시켰어? 내 눈치 보라고 내가 시켰냐고……

피해자라도 되는 양 떠들지 마. 역겨우니까……."

"넌…… 너란 존재와 같은 집에 있다는 것 자체가 숨이 막혀. 더 이상 이렇게 답답하게 살고 싶지 않아. 우리 엄마를 위해서도 네가 가진 거 하나하나 다 빼앗을 거야."

"뭐야 너, 그래서 그 시작이 손재우다 이거야?"

"그래, 재우 오빠가 여러모로 괜찮잖아. 우리나라에서 유명한 호텔도 몇 개나 가지고 있는 집안에 인물도 잘생겼고, 성격도 좋지. 거기다 네가 재우 오빠를 제일 소중하게 생각하는 거 같으니까 갖고 싶다는 생각이 들어서 유혹했어. 그런데 생각 외로 쉽게 넘어오데. 천하의 김지유도 별거 아닌가 봐."

너무 어이가 없이 순간 말문이 막혔다. 그를 유혹한 이유가 오로지 자신이 가진 것을 빼앗기 위해서였다는 민혜의 이야기를 듣자 자리에서 벌떡 일어나 그 애의 뺨을 내리쳤다.

"너……."

민혜는 지유에게 맞은 뺨을 움켜쥐고 표독스럽게 그녀를 노려보았다.

"네 눈에 내가 그리 우스워 보여?"

"그래, 우스워."

"하, 어디 한번 해 봐. 할 수 있으면 한번 해 보라고……. 머릿속에 뭐가 들었는지 그저 꾸밀 줄밖에 모르는 멍청한 머리 가지고 한번 뺏어 봐. 내가 호락호락당할 거 같니? 기가 막혀. 가증스럽게 어디서 핍박받는 신데렐라 흉내야? 네가 가당키나 해? 다 가진 게 누군데? 너희 모녀로 인해 내가 얼마나 많은 것을 잃고 살았는지 네가 알기나 해? 답답하게 살고 싶지 않다고 했니? 나야말로 그래. 너희 모녀가 이 집에 들어오면서부터 숨이 막힐 것 같았어. 네가 아쉬운

게 뭐가 있어서…… 한도 넉넉한 카드에 아빠, 아빠 하며 눈웃음 한 번 치면 원하는 거 턱턱 내놓는 산타클로스 같은 아버지까지……. 정작 내가 누려야 할 것들 네가 다 가져갔잖아. 그러면서도 부족해? 가져도, 가져도 부족하게 느껴져? 네 욕심의 끝은 어디까지야? 내가 죽어 없어져야 만족하겠니?"

"이게 다 무슨 소리야?"

갑자기 들려온 목소리에 놀란 두 사람이 방문 쪽으로 고개를 돌렸다. 골프 치러 나갔다는 아버지가 놀란 눈으로 두 사람을 바라보고 있었고, 그 뒤에선 바들바들 떨며 어쩔 줄 몰라 하는 새어머니까지…… 젠장.

"아빠."

김 사장의 얼굴을 확인하자마자 붉게 달아오른 뺨을 움켜쥐고 눈물을 흘리며 그 품에 안기는 민혜를 황당하다는 눈으로 쳐다보았다.

"아빠……."

"지유, 네가 민혜 때렸니? 이게 다 무슨 일이야? 동생까지 때리다니, 네게 정말 실망이구나. 네 엄마가 너에게 얼마나 잘했는데 그런 말이나 입에 담고……."

김 사장은 지유의 말에 기가 막혔다. 미라와 민혜가 이 집에 들어오면서부터 숨이 막혔다는 말을 입에 담을 거라곤 상상조차 해 본 적이 없었다.

"여보, 그만하세요. 지유야, 내가 미안해. 나 때문에 네가 힘들었다니…… 몰랐어."

"하아."

어이없는 상황에 커다란 한숨이 지유의 입에서 흘러나왔다. 졸지에 전처의 못된 딸이 되어 버린 자신의 상황이 황당하기만 해 입술을 질끈 깨물었다. 늘 눈치만 보며 말도 제대로 하지 못하던 계모마저도 영화 속 여주인공이라도 된 듯 온몸으로 안타까움과 미안함을 표현하며 말을 꺼내자 간신히 이어져 온 이성의 끈이 끊어지는 느낌이 들었다.

"뭐가 미안해요? 진짜 미안하기는 해요? 뭘 그렇게 잘못하셨는데요?"

"지유야. 너 어머니께 그게 무슨 말버릇이냐."

"왜요? 제가 못 할 말했어요? 진짜 궁금하거든요. 뭘 그리 잘못하셨는지…… 또 뭘 그리 잘해 주셨는지 정말, 진짜 알고 싶다고요."

분노에 차 이를 악물고 미라를 노려보는 지유를 김준기 사장은 못마땅하게 쳐다보았다.

친목 도모를 위해 정기적으로 치는 골프 모임이 오늘은 예상 밖으로 일찍 끝나 귀가를 서둘렀다.

집 안으로 들어서자 계단 아래서 안절부절못하는 미라가 이상해 귀를 기울어 보니 2층에서 다투는 소리가 들려왔다. 깜짝 놀란 김 사장은 서둘러 2층으로 올라왔다. 지유의 방문이 활짝 열려 있고, 그 안에서 지유의 목소리가 들려왔다. 민혜 모녀로 인해 많은 것을 잃고 살았다는 말에 이어 들려온 지유의 이야기에 눈을 꼭 감아 버렸다.

늘 자랑스러운 딸이었다.

제 친모를 꼭 닮은 쌍꺼풀이 진 커다란 눈과 작은 얼굴이 아름다웠다. 머리도 좋아 학창 시절의 성적은 늘 상위권이었고, 유학을 가 우수한 성적으로 대학을 졸업하고 귀국하지 않겠다는 딸을 겨우 설득해 입사시키고 보니 디자인 실력도 뛰어나 지인들은 모두 그를 부러워했다. 그리고 은근히 사돈 맺기를 희망하는 사람들이 꽤 많았다. 다만, 누구에게도 곁을 허락하지 않는, 살갑지 않은 차가운 성격이 조금 아쉬웠었다. 그런 딸이 순하기만 한 계모와 애교가 넘치는 작은딸 민혜 때문에 숨이 막힐 것 같다는 말하자 순간 제 귀를 의심하기까지 했다.

"김지유. 그만해라."

"왜요? 진짜 제가 이 집 가족이었던 적이 있어요? 제 기억엔 없는데요. 형식적인 말 한마디 건네는 거 외에 진심을 담아 제 걱정하신 적이 한 번이나 있었는지 묻고 싶네요. 말씀해 보세요. 도대체 뭘? 어떻게 잘해 주셨냐구요."

"그만하라고 했다."

"뭘? 도대체 뭘 그만해요? 언제 제 얘기 한 번 들어 주신 적 있으세요?"

짝.

정적이 흘렀다. 그 누구도 숨소리조차 크게 내지 못했다. 지유의 원망 가득한 눈길과 마주하자 준기는 자신이 무슨 일을 저질렀는지를 인식하게 되었다. 그는 부들부들 떨리는 손을 움켜쥐고 놀란 눈으로 지유를 쳐다보았다.

"여보."

새어머니가 안타까운 표정으로 아버지를 불렀다.

"……나가 주세요. 혼자 있고 싶어요."

지유는 이를 악물고 말을 꺼냈다. 다 보기 싫었다. 그녀를 관찰하듯 쳐다보고 있는 세 사람의 커다랗게 열린 시선이 징그럽게 싫었다.

"지유야."

준기는 그를 외면하는 지유를 잠시 쳐다보다 커다랗게 심호흡을 하고 그대로 몸을 돌렸다. 지금은 어떤 말도 딸의 귀에 들리지 않을 거란 생각이 들어 그대로 방을 나섰다.

그는 너무 사랑했던 여자를 빼다 박은 금쪽같은 딸의 뺨을 난생처음으로 때렸다. 애지중지하며 소중하게 키운 딸이었다. 늘 바쁜 탓에 살갑게 말 한 마디 건네지는 못했지만 늘 최고의 것을 주고 지유의 의견을 존중하려고 애를 썼다. 그에게 있어 지유는 대견하고 자랑스러운 딸이었다.

지유가 그렇게 대드는 모습도, 소리를 지르는 모습도 모두 다 처음이었다. 늘 조용하고 말이 없는, 약간은 애교가 부족하다고 생각만 하던 차분한 딸아이의 격한 반응에 저도 모르게 손이 나가고 말았다. 그리고 그는 고집스레 등을 돌리고 있는 딸에게 어떤 말도 하지 못했다. 내일 날이 밝으면 차분하게 이야기를 나눠 봐야겠다는 생각만 했다.

문이 닫히고 지유는 서서히 그 자리에 주저앉아 무릎을 끌어당겨 그 위에 고개를 내렸다. 처음으로 아버지에게 맞은 뺨보다 자신의 외로운 마음을 몰라주는 아버지의 모습이 더 아프게 느껴졌다.

답답했다. 목을 죄어 오는 어둠의 나락으로 한없이 떨어져 내리는 느낌에 진저리를 쳤다. 믿었던 두 사람에게 상처를 입은 심장이 피를 토하고 있었다. 자신이 한없이 보잘것없어지는 느낌에……. 민혜의 말대로 자신의 존재가 여러 사람을 힘들게 하는 건 아닌지, 자신만 없어지면 모두가 행복해하지 않을까 하는 비관적인 생각까지 하게 되었다.

다 싫었다. 자신을 둘러싼 답답한 공기도, 머릿속을 가득 메운 어지러운 생각들도 다 잊고 싶었다. 편하게 숨을 쉬고 싶었다.

"하아, 하아."

눈가로 가득 흘러내리는 눈물을 거칠게 닦아 내고 자리에서 일어나 옷장을 열어 간단하게 짐을 싸기 시작했다. 핸드폰도, 지갑도 다 놔두고 간단히 현금만 챙겨 주머니에 쑤셔 넣었다.

센티해지는 것은 그녀와 어울리지 않았다. 자신의 나약함을 보이지 않으려고 이를 악물고 독하고 차갑게 행동하며 독종이라 불리는 김지유의 모습을 찾아야 했다. 그러기 위해선 일단 상처받은 심장을, 아픈 가슴을 다독여야 했다. 편하게 숨 쉴 공간을 찾고 싶었다. 잠시만 이곳을 떠나 자신감을 회복하고 돌아오자 마음먹었다. 짧은 메모를 적어 화장대 위에 올려놓고 뒤도 돌아보지 않고 방을 나섰다. 조금 유치한 생각일지 몰라도 주머니에 담긴 돈이 떨어질 때까지만 돌아다니자 마음먹었다. 그렇게 잠깐의 일탈을 꿈꾸며 집을 나섰다.

좀 쉬다 올게요.

우울한 색의 도시 풍경 속으로 차가운 바람에 스며들었다. 허한 그녀의 가슴처럼 칙칙한 색을 입는 거리가 낯설게만 보였다. 복잡한 마음을 달래려 무작정 간단한 짐을 꾸려 집을 나섰지만 딱히 갈 만한 곳이 없었다. 그녀는 잠시 주위를 둘러보다 커다랗게 심호흡을 하고 천천히 걸음을 옮겼다.

'어디든 상관없겠지.'

차도 놓아두고 버스터미널로 향해 제일 빠른 고속버스를 잡아타고 도착한 곳이 강원도였다. 어느 방향으로 가야 할지 몰라 잠시 망설이다 전에 이곳과 가까이 있는 스키장을 오가며 스치듯 보았던 나무 간판에 새겨진 '나무동산'이라는 이름의 수목원이 생각이 나서 일단 그곳으로 목적지를 정했다.

10월 중순의 나무동산은 가을빛을 담뿍 머금고 있었다.

조금 늦은 시간 탓인지 단풍놀이가 절정인 시기인데도 불구하고 방문객은 그리 많지 않았다. 방갈로 형식으로 만든 아담한 매표소에 가방을 맡겨 두고 천천히 걸음을 옮겼다. 건물 몇 동이 용도에 맞게 자연과 잘 어우러져 세워 있었다. 걸음을 옮기며 온실과 연못에 눈도장을 찍고 나무에 간결한 글씨로 적힌 이정표를 따라 삼림욕장으로 방향을 잡았다.

발아래 밟히는 낙엽의 바스락거리는 소리가 고요한 숲길에 들려오는 유일한 소음이었다. 천고마비의 계절이라더니 하늘은 구름 한 점 없이 높고 파랬다. 전나무와 잣나무 등 침엽수가 우거진 삼림욕장의 나뭇잎 사이로 간간이 쏟아져 나오는 햇빛이 눈이 부실 만큼 반짝거렸고, 코끝을 간질이는 청량한 숲의 향내가 날카롭게 곤두서 있는 신경을 살살 달래 주었다. 오로지 혼자만이 이 넓은 숲을 차지하고 있다는 느낌에 미세하게 찌푸려 있던 미간이 서서히 펴지며 입가에 잔잔한 미소가 걸렸다.

빽빽하게 들어찬 나무 사이로 간간이 보이는 하늘을 바라보며 넋을 놓았다. 황록색의 나뭇잎과 묘한 대조를 이루는 새파란 하늘에 시선을 두자 복잡했던 마음이 풀리는 느낌이 들었다. 너무 마음을 놓았던 탓일까? 순간적으로 그녀는 발을 헛디뎌 악 소리도 제대로 지르지 못하고 경사진 언덕 아래로 굴러떨어졌다. 잠시 후 빙글빙글 돌던 세상이 멈추고 지유의 의식도 점차 깊은 어둠 속으로 사라져 갔다.

"효건아, 저 뒷산에 가자."

"거긴 왜요?"

"가자. 거기에 효주 있어."

"어머니, 효주가 뒷산에 있다고요?"

효건은 어머니의 말에 보일 듯 말 듯 인상을 찌푸렸다. 효건의 동생인 효주가 죽은 지 벌써 5년이 지났다. 경주에 있는 외가에 다녀오는 길에 아버지와 어머니, 동생 효주가 교통사고를 당해 아버지와 효주가 즉사하고, 어머니는 크게 다쳐 대수술을 받아야 했다. 머리를 다친 어머니는 몸이 회복된 후에도 아이처럼 행동하는 퇴행 증상을 보이고 있었다.

"그래. 얼른 가."

"어머니, 효주 없어요."

"아니야. 효주야. 효주 있어. 빨리 와."

경애는 한 손으로는 하얀 토끼 인형을 꼭 끌어안고 다른 한 손으로는 효건의 팔을 잡아당기며 재촉했다. 어머니의 성화에 하는 수 없이 자리에서 일어난 효건이 경애가 이끄는 대로 끌려갔다.

경애는 수목원 뒷산으로 난 산책로를 따라 한참을 위로 올라갔다. 삼림욕장이 위치한 언덕을 따라 흐르는 개울을 지나고, 잣나무와 전나무가 우거진 산길을 따라 조금 더 올라가니 인적이 뜸한 곳에 누군가가 쓰러져 있는 것이 보였다. 놀란 효건이 급하게 뛰어가 살펴보니, 이마가 찢어져 피를 흘리고 있는 여자였다.

이곳은 자신의 동생인 효주가 죽기 전에 즐겨 찾던 곳이었다. 어린아이 같기만 한 어머니는 효주가 좋아하던 곳을 잊지 않고 늘 이 주변에서 시간을 보내곤 했다. 그런 어머니가 오늘도 이곳에 왔다가 쓰러져 있는 여자를 발견한 모양이었다. 그리고 이 여자가 효주라고 굳게 믿고 있었다.

"이봐요. 정신 차려 봐요."

"어떡해. 효건아, 우리 효주 아파."

안타까운 눈으로 의식이 없는 여자에게서 눈을 떼지 못하는 어머니를 잠시 바라보다 효건은 여자를 옮겨야겠다고 마음먹었다. 이유야 어찌 되었든 쓰러져 있는 여자를 이대로 숲 속에 방치할 수는 없는 일이었다. 더구나 그의 수목원에서 벌어진 일이기에 더욱 방관할 수 없었다.

겉으로 보이는 외상은 찰과상 몇 곳과 이마에 찢긴 상처가 다인 것 같았다. 의식이 없는 여자가 깨어나기를 기다리며 금방이라도 눈물을 쏟을 것만 같은 어머니를 아프게 바라보았다. 효건과 나이 차이가 꽤 나는 여동생을 너무 예뻐하시던 어머니가 안타까운 듯 손을 들어 쓰러진 여자의 이마에 흘러내린 머리카락 조심스럽게 쓸어 올리고 있었다. 어머니를 잠시 쳐다본 효건은 보이지 않게 한숨을 내쉬고 의식을 잃고 쓰러진 여자를 안아 들었다. 가볍다. 자신의 어깨에 고개를 기댄 여자의 가느다란 숨결이 부드럽게 가슴에 와 닿았다.

머리가 깨질 듯 아파 신음을 흘리며 겨우 한쪽 눈꺼풀을 들어 올린 지유가 눈동자를 굴려 천장을 훑어보다 낯선 공간에 정신이 번쩍 나 벌떡 일어나 앉으며 고통 어린 신음 소리를 내었다.

"괜찮아?"

옆에서 들려온 고운 목소리에 빠르게 고개를 돌리니, 중년의 곱상하게 생긴 여자가 지유의 손을 꼭 잡으며 걱정스러운 눈으로 그녀를 바라보고 있었다. 이런 눈빛을 받아 본 것이 얼마만인지 순간 울컥하며 뭔가가 치밀어 오르는 느낌이 들어 작게 헛기침을 뱉었다.

“흐흠. 괘, 괜찮아요. ……여긴 어디예요?”

“진짜야? 우리 딸. 진짜 안 아파?”

“……네?”

겉은 멀쩡하게 생기신 분이 말도 안 되는 소리를 하자 당혹감을 느낀 지유가 눈을 내리깔고 아랫입술을 지그시 물었다. 제정신이 아닌 모양인데 어떻게 해야 할지 난감하기만 했다.

“괜찮다니 다행이네요.”

새롭게 들려온 허스키한 음성에 숙이고 있던 고개를 획 쳐드니 문가에서 낯선 남자가 자신을 쳐다보고 있었다. 그의 강렬한 시선과 마주치자 오소소 소름이 돋으며 지유의 심장에 작은 파장이 일고 균열이 생겼다.

2.
새로운 만남

여자가 눈을 뜨고 자신을 바라보았다. 효건은 순간 숨이 막히는 느낌이 들었다. 기다랗고 숱이 많은 속눈썹을 깜박이며 자신을 보는 여자의 아름다운 모습에서 눈을 떼기가 힘이 들었다.

꼬르륵.

순간 여자의 배 속에서 요란스럽게 밥 달라 외치는 소리에 그들을 둘러싼 숨 막히는 정적이 깨지고 효건은 피식 웃어 버렸다. 민망한 듯 볼을 붉게 물들이며 고개를 숙이는 여자의 하얀 목덜미가 유난히 시선을 끌었다. 당장이라도 손을 뻗어 그 부드러움을 느껴 보고 싶다는 생각이 들자 그의 귓불이 빨갛게 달아올랐다. 변태도 아니고…… 이 무슨 어이없는 생각인지……. 그는 마른침을 삼키고 태연함을 가장해 입을 열었다.

"어머니, 그만 일어나세요. 아직까지 식사도 못 하셨잖아요."

그는 계속해서 여자에게 시선을 고정하고 있는 어머니에게 다가가 팔을 잡아 일으켜 세웠다.

"효주, 효주도 배고파."

"네. 알겠어요. ……같이 식사하러 가시죠."

효건은 아직까지 침대에 앉아 있는 여자를 향해 약간은 무뚝뚝한 어조로 말을 건넸다.

"효주야. 가자. 밥 먹으러 가자."

"저, 아주머니. 제 이름은 효주가 아닌데요."

차분하고 매력적인 여자의 목소리가 효건의 귓속을 파고들었다.

"그쪽이 조금만 이해해 줘요. 어머니가 조금 아프세요. 아마 죽은 여동생하고 그쪽이 닮았다고 생각해서 그러신 모양이에요."

간략한 그의 설명에 여자는 깜짝 놀라더니 금세 풀이 죽은 표정으로 미안해했다. 적어도 악한 사람은 아니라는 판단을 한 효건은 어머니의 손을 잡고 이끌었다.

여자의 손을 잡고 놓지 않는 어머니와 함께 1층 주방으로 가서 식탁에 차려진 음식을 권했다. 그러자 여자의 옆자리를 차지하고 앉은 어머니가 고슬고슬한 밥 위에 고등어 살을 발라 올려 주며 흐뭇한 표정으로 어서 먹으라 말했다. 당혹스러운 표정이 역력한 여자는 어머니를 향해 살포시 미소를 지어 주곤 숟가락을 들어 밥과 생선 조각을 함께 떠 입으로 가져갔다.

"죄송하지만 여긴 어디죠?"

밥을 다 먹어 갈 무렵 여자가 조용히 질문을 던졌다. 그를 물끄러미 바라보는 여자의 눈빛이 무척이나 따갑게 느껴졌다.

"삼림욕장에서 쓰러진 건 기억해요?"

"아! 발을 헛디뎌 미끄러진 기억이 나요."

그의 말에 고개를 작게 끄덕인 여자가 슬쩍 미간을 찌푸리며 대답했다.

"거긴 제 동생이 자주 가던 곳이라 어머니께서 거기서 시간을 보내시는 경우가 많아요. 아까도 그곳에 가셨다가 그쪽이 쓰러져 있는 걸 발견했어요. 그대로 둘 수가 없어 여기로 데리고 왔고요. 여긴 수목원 사택이에요."

"그렇군요. ……감사합니다. 폐를 끼쳤네요."

그는 딱딱하게 감사의 말을 전하는 여자의 음성이 듣기 싫다는 생각을 어렴풋이 했다.

"저희 수목원에 오셨다가 그렇게 된 거니 부담 갖지 마세요. 어차피 오늘은 늦었으니 여기서 쉬고 내일 돌아가세요."

효건은 뒤늦게 여자가 자신 때문에 편하게 식사를 못 하는 것 같다는 생각이 들었다. 그래서 이상하게 떨어지지 않는 걸음을 옮겨 주방을 나가려 할 때 여자가 급하게 그를 불렀다.

"저기요."

"?"

"죄송한데…… 저 여기서 며칠만 묵을 수 있을까요?"

효건은 자신의 행동을 이해할 수 없었다. 그가 생판 알지 못하는 여자를 위해 효주의 방을 내어 주었다는 사실이 어이가 없었다. 뭔가에 씐 것처럼 여자의 요구에 자연스레 고개를 끄덕였다.

3일째였다. 나무동산은 평화로운 곳이었다. 일반인들에게 개방된 곳은 넓은 수목원 부지의 일부분이라는 것을 알았다. 이곳에 머물면서 지유는 관람객에게 개방되지 않는 곳도 모두 둘러볼 수 있었다. 여러 사람의 시선이 닿지 않는 곳에서 자라고 있는 풀과 나무, 꽃이 지친 지유의 심신을 다정스레 달래 주었다.

풀 한 포기, 나무 한 그루 허투루 심지 않았다는 것을 여실히 보여 주는 풍경이 주는 편안함에 마음을 빼앗기고 말았다. 자신이 고민했던 것이 한낱 덧없음을, 아등바등 살려고 애쓰지 않아도 될 것만 같은 포근함에 바짝 날이 선 지유의 신경이 조금은 무뎌져 갔다.

조금은 쌀쌀하게 느껴지는 늦가을의 차가운 공기를 피해 야생화 온실 안으로 발을 옮겼다. 바깥 공기와 사뭇 다른 따스함에 날이 서 있던 지유의 표정이 부드럽게 풀렸다.

"효주야."

"네."

경애의 부름에 자연스럽게 대답할 수 있는 여유까지 생긴 자신이 조금은 우습기도 했다. 경애는 이미 장성한 아들을 두고 있는 중년의 여성임에도 불구하고 사고 후유증으로 인해 어린아이가 되어 버린 측은한 사람이었다.

"이거 너 먹어."

경애는 온기를 품고 있는 옥수수 하나를 내밀며 환하게 웃었다.

"잘 먹을게요."

"많이 먹어. 이거 또 있어."

"네, 같이 드세요."

손에 들린 옥수수를 반으로 쪼개려 하자 경애는 손사래를 치며 만류했다.

"아니야. 너 먹어."

지유가 옥수수를 어떻게 하는지를 보기 위해 아이처럼 눈을 빛내고 있는 경애를 보니 도저히 먹지 않을 수가 없었다. 조심스럽게 옥수수 알을 떼어 내 입 안에 넣고 오물거리자 경애가 웃음을 터트렸다.

"우리 효주, 너무 이쁘다."

참 곱게 나이가 든 경애는 한시도 지유의 곁에서 떨어지지 않으려 했다. 지유가 없으면 불안해하며 어쩔 줄을 몰라 했다. 그녀가 온 뒤로 늘 품에 안고 다니던 토끼인형도 더 이상은 가지고 다니지 않는다는 이야기도 들었다. 경애는 잃어버렸다 겨우 찾아낸 딸을 다시 잃어버릴지도 모른다는 두려움 때문인지 그녀의 주변을 벗어날 생각을 하지 않았다. 물론 지유 역시 경애의 과한 애정이 싫지가 않았다.

유리로 만든 온실 밖으로 효건이 수목원의 월동 준비를 위해 짚과 거적을 옮기고 있는 모습이 보였다. 그는 마치 런웨이를 활보하는 모델처럼 당당하고 멋있었다. 또, 긴 소매를 걷어 올린 효건의 팔뚝에 솟아오른 힘줄은 묘한 자극을 주었다.

나무를 거적으로 감싼 뒤 그 나무를 쓰다듬으며 편안하게 미소 짓는 그를 보자 심장이 덜컥 내려앉았다. 나무를 바라보고 꽃을 어루만지는 그의 손길에 사랑이 담겨 있었다. 순간 그의 애정을 담뿍 받고 있는 나무가 부럽다는 생각이 들었다. 그의 내면에서부터 흘러나오는 따스함을 나눠 받고 싶다는 욕심이 슬그머니 솟아올라 얼굴이 화끈 달아올랐다.

효건은 이상하게 시선을 끄는 남자였다. 경애의 아들이자 아버지의 뒤를 이어 이곳 나무동산의 대표가 된 남자. 아직 그에 대해서 잘은 모르지만 확실한 매력이 있는 사람이었다.

185센티는 거뜬히 넘을 것 같은 키에 쌍꺼풀 없이 길고 큰 눈은 깊은 통찰력을 담아 예리한 빛을 띠었다. 곧고 반듯한 콧날은 그의 당당함을 대신하고, 선이 뚜렷하고 붉은색이 눈에 띄는 입술은 자신의 일에 대한 열정을 보여 주는 듯했다. 그리고 낮고 진중하게 울리는 그의 목소리는 상대로 하여금 신뢰감을 느낄 수 있게 만들었다. 강인한 느낌을 주는 턱 선과 뚜렷한 이목구비가 그의 남성적인 면을 더욱 강조하며 지유의 시선을 사로잡았다. 잘생긴 꽃미남 스타일이 아니라 수컷 냄새를 진하게 풍기는 남자였다. 27년을 살면서도 효건만큼 자신의 호기심을 자극하는 남자를 만난 기억은 없었다.

지유의 시선을 느꼈을까? 갑자기 고개를 든 효건과 지유의 눈이 허공에서 마주쳤다. 한동안 말없이 서로를 응시하다 효건이 먼저 고개를 돌리고 하고 있던 일에 몰두했다. 그가 자신의 시야에서 사라지자 지유는 조금 아쉬운 마음이 들었다.

달칵.

"헉."

효건은 씻기 위해 욕실 문을 열려다 커다란 망치로 세차게 머리를 얻어맞은 느낌에 멈칫하고 말았다.

욕실 문을 열고 나온 지유는 시선을 떼지 못할 정도로 매혹적이었다. 금방 머리를 감았는지 물기를 가득 머금은 긴 머리카락이 자연스럽게 작고 흰 얼굴을 감싸고 밑으로 흘러내리고 있었고, 가지런한 모양의 눈썹 아래 커다랗게 반짝이는 눈동자는 맑기만 했다. 곧게 뻗은 콧날 아래로 앙증맞은 붉은 입술까지 어디 하나 모자란 구석이 없었다. 기다란 목과 뚜렷이 드러나 있는 쇄골 아래로 봉긋이 솟아오른 가슴과 잘록한 허리가 몸에 딱 붙은 원피스로 인해 고스란히 드러났다.

효건은 마른침을 삼키며 그녀를 쳐다보았다. 그의 시선을 사로잡고 있는 그녀의 눈 속에 갇혀 손가락 하나도 움직일 수가 없었다. 올무에 꽁꽁 묶인 짐승처럼 겨우겨우 가느다란 숨만 내쉴 뿐이었다.

“씻으시게요?”

“……네.”

“그럼.”

먼저 정신을 차린 지유의 물음에 작은 고갯짓과 함께 답을 하자 그녀가 그의 곁을 스쳐 지나갔다. 코끝을 스치는 달콤한 향기에 정신이 혼미해지는 기분이었다. 그는 당장이라도 손을 뻗으면 닿을 수 있는 거리에 있는 여자를 잡지 않기 위해 주먹을 꼭 쥐어야만 했다.

“휴우.”

그는 욕실 안으로 들어서자마자 난감한 표정을 숨기려 마른세수를 했다. 고작 며칠이 지났을 뿐인데 그는 강하게 지유를 의식하고 있었다. 하기야 눈에 확 띌 정도의 미모를 가진 여자가 바로 코앞에 있는데도 목석같이 아무 느낌이 없다면 그게 더 문제일 거다.

욕실 가득 그녀의 향기가 맴돌고 있었다. 그제야 조금 전까지 지유가 있었던 공간에 그가 들어와 있다는 데 생각이 미쳤다. 또다시 심장이 벌렁거렸다. 그녀의 굴곡진 몸을 타고 흘러내리는 물줄기가 눈에 보이는 듯해 낮은 신음을 흘렸다.

“도대체 뭘 상상하는 거냐?”

아무리 생각해도 그녀의 존재는 그의 정신 건강에 좋지 않았다.

그는 쉽게 옷을 벗지 못했다. 자꾸만 얼굴이 붉어지고 심장이 요란하게 뛰어서 진정시키는 데 한참이 걸렸다. 누구라도 만나야 하나? 너무 여자를 멀리해서 나타나는 부작용인가? 다 늦은 나이에 이 무슨 추태인지……. 겨우 옷을 벗고 샤워를 하는 내내 복잡한 마음을 가다듬으려 애를 썼다.

효건은 젖은 머리카락을 수건으로 털며 욕실을 나와 주방으로 향했다. 홧홧하게 타오르는 속을 진정시키기 위해 차가운 물 한 잔이

간절했다. 주방이 환하게 밝았다. 누군가 있는지 달그락거리는 소리
도 들렸다.
　'어머니가 아직 안 주무시나?'
　고개를 갸웃거리며 주방으로 들어서던 그는 그 자리에 멈춰 서고
말았다.
　방에 있는 줄 알았던 지유가 주방에 있었다. 냉장고에 물병을 넣
으려다 그가 주방으로 들어서자 그녀가 물었다.
　"물 드려요?"
　"……내가 할게요."
　그의 말에도 그녀는 물병을 들고 싱크대 앞으로 가 컵을 꺼내 들
었다.
　머리카락을 말렸는지 윤기 흐르는 긴 머리카락이 그녀의 등 뒤에
서 가볍게 찰랑이고 있었다. 그녀의 부드러운 움직임에 따라 매혹적
인 향이 더욱 짙게 느껴졌다.
　쪼르르.
　숨 막히는 정적을 깨고 물 따르는 소리가 유난히 커다랗게 들려
왔다. 너무 조용하다. 소리가 커다랗게 나는 시계라도 가져다 놔야
하는 게 아닌가 하고 잠시 생각하던 차에 지유가 잔을 내밀었다.
　"드세요."
　그녀의 촉촉한 검은 눈망울이 그에게 향했다.
　효건은 말없이 잔을 받아 들었다. 잔을 건네받으며 잠시 스친 그
녀의 손가락에 숨이 멎는 기분이었다. 작은 접촉에 불과한데도 왜
이리 심장이 무섭게 뛰는 건지……. 찰나의 순간이었는데 그녀의
부드러움을 맛보고야 말았다.
　하지만 그녀는 손에 들린 물병을 냉장고에 넣고 일말의 미련도

없이 주방을 나섰다. 단호함이 서린 가녀린 뒷모습이 왜 이리 원망스럽게 느껴지는 건지…… 아무래도 오늘 밤은 숙면을 취하긴 힘들 것 같았다. 이제 시작인 이 긴 밤을 어떻게 보내야 할지 그는 막막하기만 했다.

다음 날, 저녁을 먹고 달무리가 곱게 져 있는 하늘을 보며 지유는 천천히 걸음을 옮겼다. 쌀쌀한 공기와 어우러진 싱그러운 나무 냄새는 밤에도 사그라지지 않고 청량한 향기를 뿜어내고 있었다. 사택 가까이에 있는 벤치로 향하는 내내 들려오는 귀뚜라미 소리가 오늘따라 유난히 정겹게 느껴졌다. 일찍 잠에 빠져든 경애를 두고 혼자만의 산책을 즐기는 지유의 걸음은 여유로웠다.

"잠깐 얘기 좀 하죠."

갑자기 들려온 낮은 목소리에 깜짝 놀란 지유는 미간을 미세하게 찌푸렸다. 소리 나는 쪽으로 고개를 돌린 지유의 눈엔 낮은 가로등 불빛을 등지고 서 있는 효건의 모습이 위협적으로 보였다.

"말씀하세요."

"언제까지 여기에 있을 겁니까?"

지유는 따지듯 묻는 효건을 멍한 눈으로 바라보았다. 순간적으로 그의 말을 이해하지 못한 그녀의 뜨뜻미지근한 반응에 작게 한숨을 쉰 그가 다시 입을 열었다.

"이제 그만 가 줬으면 좋겠어요. 어차피 떠날 사람……. 오래 있을수록 어머니가 상처받게 돼요. 우리 어머니, 그쪽 아니어도 충분히 많이 아픈 사람입니다. 그쪽으로 인해 상처가 하나 더 늘어나는 거 나는 못 봐요. 그러니 내일 날이 밝는 대로 여기서 나가 줬으면 좋겠어요."

"김지유. 내 이름 김지유예요. 그쪽이 아니라……. 그리고, 미안해요. 어머니…… 거기까지 생각 못 했어요. ……효건 씨 말대로 내일 갈게요. 그동안 감사했어요."

지유는 거침없이 퇴출 명령을 내리는 효건의 차가운 말에 가슴이 욱신거리는 것을 느끼며 서둘러 몸을 돌려 사택으로 향했다.

이곳 역시 제자리가 아니라는 것을 잠시 잊고 있었다. 나무와 숲이 주는 편안함에 그동안 가슴을 짓누르던 답답함과 외로움을 느낄 틈이 없었다. 늘 자신의 곁을 지키는 외로움이라는 존재를 잊고 있었다는 사실이 우습기까지 했다. 자조적인 웃음을 지은 지유가 못 말린다는 듯 고개를 절레절레 흔들고 하늘을 바라보았다.

"비가 오겠네."

달무리가 짙게 낀 하늘의 몽환적인 분위기가 묘하게 시선을 끌었다. 설핏 지유의 얼굴에 짙은 외로움이 스쳐 지나갔다.

효건은 멀어지는 지유의 뒷모습을 보며 묵직해진 가슴을 살살 다독였다.

아무리 생각해도 그녀와 같은 공간에서 생활하는 것은 위험했다. 달콤한 향기를 물씬 풍기는 매력적인 여자가 눈앞에 있다는 것 자체가 곤욕스럽기만 했다. 그래서 그녀에게 가 달라는 말을 꺼냈다. 정작 나가라고 요구한 것은 자신인데 왜 가슴이 답답해져 오는 건지……. 한숨을 내쉬는 효건의 입김이 하얗게 부서져 내렸다.

지유. 그녀의 이름이 지유라 했다. 며칠 만에 처음 알게 된 여자의 이름. 물어볼 수도 있었지만 효건은 애써 외면하고 있었다. 어차피 오래 머물 사람은 아니었기에 알 필요조차 없었다. 그녀에 대해 한 가지라도 알게 된다면 그녀에 대해 더욱 알고 싶어 하지 않을까 하는 생각이 들어 더욱 고집스레 모르는 체했다.

165센티는 되어 보이는 키에 큰 쌍꺼풀이 인상적인 여자였다. 커다란 눈과 다르게 그녀의 눈빛은 서늘하기만 했다. 타인과의 접촉을 꺼리는 것이 분명한, 낯을 많이 가리는 경계의 눈빛을 하고 있었다. 작은 얼굴에 뽀얀 살결, 오목조목한 이목구비는 누가 보아도 미인이라는 데 이의를 제기하지 않을 것이 분명했고, 긴 다리와 날씬한 몸매는 모델의 그것과도 비교해 손색이 없었다. 긴 머리는 늘 틀어 올려 가녀린 목덜미를 시원스럽게 드러내었다.

그녀에 대해 생각을 하자 또다시 갈증이 밀려들었다.

"김지유."

효건은 낮은 목소리로 이름을 불러 보았다. 며칠 지켜본 바에 의하면 늘 조용하게 움직이는 여자였다. 차가운 눈빛으로 자신을 향한 관심을 차단하면서도 집요하게 자신을 따라다니는 경애에게는 따스한 미소를 지어 주는 이상한 여자. 무슨 사연을 가지고 있는지는 모르겠지만, 얼핏 그녀의 얼굴을 스치는 아픔이 보여 자꾸 신경이 쓰였다. 문득 그녀를 아프게 하는 것들로부터 다치지 않게 보호해 주고 싶다는 생각이 들어 흠칫했다.

'내가 지금 뭐하는 거지?'

계속해서 지유만을 생각하고 있는 자신의 모습이 어이없어 피식 웃어 버렸다. 어차피 내일이 지나면 가 버릴 여자 생각을 하고 있다는 것 자체가 우스웠다. 더 이상 엮일 일이 없는 사람이니 그만 생각하자 다짐하며 까맣게 물든 허공을 응시했다.

효건은 여자를 믿지 않았다. 사랑이라 생각했던 여자가 치가 떨리게 이기적인 존재라는 것을 확인한 다음부터 그 누구도 그의 눈에 들어오지 않았다. 힘든 유학 시절 버팀목이라 생각했던 과거의 여자가…… 그를 시험하며 선택을 강요한 뒤로 여자는 믿을 수 없는 존재가 되었다.

5년 만에 시선을 잡아끄는 여자를 만났지만 그녀는 내일이면 이곳을 떠날 사람이었다. 효건은 뭔지 모를 허전함과 함께 체기가 있는 듯 꽉 막힌 가슴을 쓸어내리며 한참을 그렇게 서 있었다.

'이런.'

밤새 잠을 이루지 못하다 새벽녘에야 겨우 잠이 든 게 화근이 되었나 보다. 지유는 눈을 뜨자마자 침대 머리맡을 지키고 있는 경애의 반짝이는 두 눈을 마주할 수 있었다. 속으로 어리석은 자신을 향해 욕설을 내뱉은 지유가 어색한 미소를 지으며 경애를 바라보았다.

"우리 효주 잘 잤어?"

"아, 네. ……안녕히 주무셨어요?"

"효주야, 우리 밥 먹으러 가자."

"아직 식사 안 하셨어요?"

벽에 걸린 시계를 흘끔 보며 시간을 확인한 지유의 미간이 살짝 찌푸려졌다.

'10시? 오래도 잤네.'

"응. 너랑 같이 먹으려고 기다렸어. 빨리 가자."

"아, 저 좀 씻고…… 먼저 가 계셔요. 금방 따라갈게요."

조금은 시무룩해지는 경애를 애써 외면하며 갈아입을 옷가지를 들고 욕실로 향했다. 경애가 주방으로 가서 식사하고 있는 동안에 빠르게 이곳을 벗어나야겠다고 마음먹은 지유의 행동이 빨라졌다. 최대한 빠른 속도로 양치질과 세수를 끝낸 지유가 긴 머리를 빗어 하나로 대충 묶은 다음 청바지와 티로 갈아입고 욕실을 나섰다.

“어머.”

경애가 욕실 문 옆에 쪼그리고 앉아 지유를 기다리고 있었다. 그녀와 눈이 마주치자 봄날 아지랑이같이 웃는 그 모습을 보자 심장이 덜컹 내려앉는 느낌이 들었다. 그 누구도 이런 식으로 일방적인 애정을 지유에게 쏟아 준 사람이 없었다. 외로움과 친구 하며 보낸 시간이 많았던 지유에게 경애의 관심은 기억에도 가물거리는 돌아가신 엄마가 보여 준 그것과도 같았다.

“왜 여기 계세요?”

울컥 속상한 마음이 들어 경애를 향해 원망 어린 말을 뱉어 내었다.

“같이 가려고…….”

“배고프잖아요. 먼저 드시라니까…….”

“우리 효주도 배고파.”

“전…… 괜찮아요.”

지유를 향해 환한 미소를 지은 경애가 그녀를 향해 손을 내밀었다. 자석에 이끌리듯 그 손을 잡은 지유는 경애와 함께 주방으로 향했다.

주방으로 들어서기가 무섭게 식탁에 지유를 앉힌 경애가 그녀의 손에 숟가락을 쥐여 주었다. 식탁 위에는 정갈한 음식이 한 상 가득 차려져 있었다.

“밥 먹어.”

“네. 어서 드세요.”

그녀는 경애의 행동에 가슴 밑바닥에서 뭔가 치밀어 오르는 것을 애써 내리누르고 담담하게 미소 지었다. 이 따스함을 뒤로하고 이곳을 나가야 한다 생각하니 마음이 편치 않았다. 그때 정이 담뿍 담긴 된장찌개의 구수한 냄새가 지유의 코를 자극했다. 그래, 먹자. 먹고 기운 내서 나가자 생각하고 수저 가득 밥을 퍼 입으로 가져갔다.

'재우가 보면 깜짝 놀라겠네.'

늘 제대로 식사를 못 하는 것을 걱정하던 재우가 떠오르자 지유의 입가가 미묘하게 굳어졌다. 계속해서 떠오르는 재우 생각을 애써 털어 내듯 경애를 향해 미소를 지은 지유가 입 안의 밥을 꼭꼭 씹었다.

그렇게 반이나 먹었을까? 갑자기 주방으로 들어선 효건으로 인해 화기애애한 분위기에 금이 갔다. 차갑기 그지없는 날카로운 눈으로 지유를 주시하는 효건 때문에 밥맛을 잃어버린 지유가 숟가락을 내려놓았다.

"왜? 더 먹어."

"많이 먹었어요. 어서 드세요."

냉장고에서 차가운 물을 꺼내 잔에 따라 마시면서도 효건의 눈은 지유에게서 벗어날 줄을 몰랐다. 마치 여태 안 가고 여기서 뭐하고 있느냐고 질책하는 것만 같은 느낌에 저절로 의기소침해졌다.

'흥, 간다, 가. 치사해서도 간다.'

"그렇게 노려볼 거 없어요. 여기서 버티고 있을 생각 없으니까……."

울컥 성질이 난 지유가 효건을 향해 냉정하게 입을 열었다. 지유의 말에 효건의 한쪽 눈썹이 치켜 올라갔다.

"난 분명 아침 일찍이라고 했는데, 시간관념이 없나 봅니다."

"어쩌다 보니……."

서둘러 그의 말에 대꾸하려던 지유가 구차하게 변명하는 것 같은 느낌이 들어 아랫입술을 지그시 깨물고 그를 노려보았다.

"전, 내일이라고만 했지. 일찍이라는 말은 안 했어요. 그쪽이 그걸 원한다고 해서 내가 따를 이유는 없지 않아요?"

어떻게든 그를 이겨 보겠다고 되지도 않는 이유를 들어 가며 반발하는 자신의 행동이 낯설기만 했다. 초등학생도 아니고 아이처럼 뭐하는 짓인지……. 인정머리 없다는 소리를 들을 정도로 타인에게 관심을 두지 않았던 자신이 왜 여기에 앉아 그의 말 한마디에 파르르하고 있는 건지……. 효건을 상대로 유치한 말싸움을 하고 있다는 사실이 믿기지 않았다.

"왜 싸워? 싸우지 마. 사이좋게 지내야지."

효건과 지유를 번갈아 가며 보던 경애가 걱정 가득한 눈으로 말했다.

"어머니 싸우는 거 아니에요."

"아니야?"

"네. 걱정하지 마세요."

지유는 알았다고 고개를 끄덕이는 경애를 바라보는 효건을 물끄러미 쳐다보았다. 자신에게는 싸늘한 어조로 날을 세우면서 경애에게는 부드럽기만 한 효건에게 왠지 모를 서운함을 느꼈다.

"이왕 늦은 거 아주머니랑 조금 더 있다가 갈게요. 그쪽은 신경 쓰지 말고 볼일 보세요."

식사를 끝내고 식탁을 정리하며 지유가 효건을 향해 무심한 투로 말을 했다.

"서효건. 그쪽이라는 말 싫어하는 거 아닙니까?"

"네?"

순간 어제 저녁 일을 생각해 낸 지유의 얼굴이 살짝 붉어졌다. 농담인지 아닌지 확실하지 않은 그의 말에 당혹감을 느낀 지유가 뭐라 대꾸할 말을 찾지 못하고 슬쩍 입술을 깨물었다. 약간의 원망을 담은 눈길로 그를 잠시 노려보던 그녀가 경애를 향해 말을 걸었다.

"우리 산책 가요."

지유의 말이 끝나기가 무섭게 그녀의 곁으로 다가선 경애가 환하게 웃으며 손을 잡아끌었다.

효건은 어머니와 함께 삼림욕장으로 향하는 지유의 뒷모습에서 눈을 떼지 못하고 있었다. 수목원 월동 준비를 하려면 지금부터 해야 할 것이 많이 있는데도 불구하고 요 며칠 지유로 인해 일이 손에 잡히지 않았다.

"하아."

한숨만 늘었다. 이 시간에 굳이 이곳에 오지 않아도 되는데 뭘 확인하고자 했는지, 그녀가 말없이 떠난 게 아니라는 사실을 확인하자 마음 깊은 곳에서 흘러나오는 안도감은 도대체 무슨 의미인지…… 혼란스러웠다.

나무 사이로 붉은빛의 조명을 비춘 듯 강렬한 노을빛에 눈이 시릴 지경이었다. 한두 번 본 광경이 아니지만 효건은 구름 사이를 비집고 붉게 타오르는 노을을 볼 때마다 그 화려한 색감에 경외심이 들었다. 많은 사람들이 돌아간 해 질 녘의 수목원은 고즈넉했다. 이 시간대를 가장 좋아하는 효건은 차를 마시기 위해 수목원에 있는 찻집으로 걸음을 옮겼다. 효건은 붉게 물든 하늘을 바라보며 향이 좋은 커피 한 잔을 마시는 것으로 하루 동안의 고단함을 풀곤 했다.

김지유라는 이름을 가진 여자는 이제 떠났겠지. 오후 내내 그 생각을 하지 않으려 애썼던 시간이 무색할 지경이었다. 그녀를 떠올리기가 무섭게 스산한 바람이 그의 가슴에 들어찼다. 그는 수목원 입구 쪽으로 고개를 돌렸다. 마치 지유가 남긴 흔적을 찾는 것처럼. 그는 제 어이없는 행동을 깨닫고 조소를 날렸다. 가라고 등을 밀 땐 언제고……. 그는 시린 주먹을 주머니 속으로 밀어 넣었다.

"어디 가?"

"저, 그게……."

"가지 마. 효주야. 가지 마."

묵직해진 가슴을 애써 달래며 찻집으로 가는 지름길에 발을 딛자마자 귀를 파고드는 소란스러운 소리에 효건의 눈이 가늘어졌다. 그는 소리가 나는 방향으로 뛰다시피 걸었다.

효건은 자신의 눈앞에 펼쳐진 광경을 보며 말을 잃고 이를 사리물었다. 가방을 들고 서 있는 그녀의 팔을 잡은 어머니가 애절한 눈으로 지유를 바라보며 울먹이고 있었다. 그녀는 고집스레 손을 놓지 않는 어머니를 차마 쳐 내지 못하고 당혹감이 물든 얼굴로 설득의 말을 계속하고 있었다.

"저 갔다가 다시 올게요. 진짜 급한 일이 생겨서 가 봐야 해요."

"안 돼. 가면 안 돼. 나랑 살아."

"이러시면 안 돼요. 제발요."

"나도 갈래. 그럼 나도 같이 가."

오후 시간을 어머니와 함께 보낸 지유가 해가 떨어지자 더 이상 지체하지 못하고 길을 나선 모양이었다. 그는 지유의 팔을 잡고 놓지 않으며 끈질기게 졸라 대는 어머니를 말리지도 못하고 아픈 눈으로 바라만 보았다.

"건아. 우리 효주 어디 가?"

그를 보자마자 경애는 말려 달라는 애원의 눈길을 보냈다. 눈가에 막 떨어질 듯한 눈물을 가득 담고서……. 그의 심장에 어머니의 간절한 마음이 못이 되어 박혀 들었다.

"어머니."

"효주 가면 안 돼. 나도 갈래. 효주 따라갈래."

실랑이는 한참 동안 계속되었다. 효건은 '다 너 때문이야' 하는 원망 가득한 눈으로 자신을 바라보는 지유를 보며 초조함을 느꼈다.

"보고만 있을 거예요?"

"……."

지유를 본 지 며칠이나 되었다고…… 저 정도로 애절하게 그녀의 곁을 떠나려 하지 않는 어머니를 보니 마음이 착잡하기만 했다. 어떻게 하는 것이 옳은 걸까? 짧은 시간 동안 어머니를 사로잡은 지유를 보내야 하는 건지…… 어머니를 위해서라도 그녀를 잡아야 하는 건지…… 판단이 서지 않아 머뭇거렸다.

"도움이 필요합니까?"

갑자기 들려온 생경한 목소리에 지유가 깜짝 놀란 듯 커다란 눈을 더욱 크게 뜨며 낯선 남녀를 바라보았다. 훤칠하게 잘생긴 남자가 옆에 있는 제 여자의 어깨를 꼭 감싸 안고 있었다.

"아니요. 괜찮습니다."

"진짜 괜찮아요? 안 괜찮아 보이는데……."

지유의 대답에 여자가 조심스럽게 되물었다.

"도움이 필요하면 그렇다고 얘기하죠. 신경 써 주셔서 감사합니다."

거절의 표현을 분명하게 하는 지유에게 잠깐 시선을 던진 남자가 미련이 가득한 눈을 하고 있는 제 여자를 잡아끌었다.

"이채율 그만 가자."

“그래도……”

“도움이 필요했으면 그렇다고 얘기했을 거라잖아.”

뒤도 돌아보지 않고 제 갈 길을 가는 남자에 비해 여자는 지유가 걱정되는지 계속해서 뒤를 흘끔거렸다.

“효주야, 가지 마. 나랑 살아.”

“나중에요. ……다시 놀러 올게요. 꼭 올게요.”

“아니야, 나도 갈래. 나도 가.”

계속해서 반복되는 이야기에 효건은 눈에 힘을 주어 감았다가 떴다. 당장 지유가 가 버리면 아무래도 어머니의 건강에 문제가 생길지도 모른다는 생각이 들었다. 다른 건 몰라도 어머니가 아파하는 것은 보고 싶지 않은 효건이었다. 5년 전 남편과 자식을 한꺼번에 잃은 어머니였다. 효건은 그 일이 생긴 후로 어떤 경우라도 어머니를 아프게 하는 일은 하지 않겠다고 다짐했었다.

“……조금 더 있어요.”

경애에게 한 팔을 내어 준 지유가 마지못해 입을 연 효건을 한참을 노려보다 눈꼬리를 치켜뜨고 차갑게 말했다.

“부탁할 땐 정중하게 하는 거예요. 그런 것도 몰라요?”

어디 한번 해 봐라, 하는 도전적인 지유의 눈빛을 보자 효건의 두 눈에 불꽃이 확 일었다. 마치 왜 날 쫓아내서 이 사달을 만들었느냐는 무언의 질책이 그대로 느껴졌다.

“김지유 씨, 조금 더 있어 주시겠습니까?”

효건이 지유를 노려보며 이를 악물고 말을 꺼냈다.

“그렇게 원하신다면 조금 더 머물러 드리죠.”

오만한 표정으로 대답하고 경애의 손을 잡고 사택 방향으로 걸어가는 지유의 뒷모습을 어이없이 바라보다 피식 웃었다. 돌아서는 그녀의 입가에 걸린 것은 분명히 작은 미소였다. 불안하게 뛰던 그의 심장이 순식간에 조용해졌다.

  그는 멀어지는 지유의 가녀린 뒷모습을 보면서 오랫동안 그 자리에 서 있었다.

3.
두근거림

　효건은 저녁 식사를 마치고 사택 앞 데크에 나와 켜켜이 쌓여 있
는 낙엽의 은은한 향취를 즐기고 있었다. 농익은 가을의 밤하늘을
장식하고 있는 수많은 별이 유난히도 환하게 빛을 발하며 그의 시선
을 잡아 끌었다.
　"우리 확실하게 해요."
　그와 이야기를 할 기회를 기다렸다는 듯이 지유가 다가와 찻잔을
내밀며 말을 걸었다.
　"뭘 말입니까?"
　효건이 어이없는 표정을 한 채로 그녀를 응시했다. 그녀의 입에서
대충 어떤 말이 나올지 짐작이 갔지만 먼저 질문을 던지지 않았다.
　"앞으로 이런 일이 또 생길지 모르니까 예방 차원에서 확실하게
짚고 넘어갔으면 해요."
　"……."

　지유는 생각보다 영악한 여자였다. 기회를 놓치지 않고 달려드는 걸 보니 손해날 짓은 하지 않는 사람으로 보였다. 그런데도 그 모습이 싫지 않고 왜 자꾸 웃음이 나려는 건지 모르겠다.

　그가 대꾸를 하지 않자 그녀는 은근히 미간을 찌푸렸다. 조금은 초조한 듯 아랫입술을 슬쩍 깨무는 모습이 귀엽게 느껴졌다. 그녀 나름의 다양한 표정을 짓는 게 예뻐 보여 그는 작게 헛기침을 했다. 이 무슨 엉뚱한 생각인지……. 여자에게 별로 관심을 두지 않았는데 이상하게 그녀에겐 자꾸 시선이 갔다. 그녀를 향해 한 번 뛰기 시작한 심장이 연신 반응을 보였다.

　"하던 얘기 계속해요. 무슨 얘기가 하고 싶은 겁니까? 서론은 빼고 본론만 말해요."

　"으흠. 그러죠. 앞으로 저에게 나가라는 말은 하지 마세요. 제가 있고 싶은 만큼 있다가 갈 거니까 절대, 먼저 나가라고 말 안 하셨으면 해요. 아셨어요? 그렇다고 아예 눌러앉을 생각은 아니니까 너무 걱정하진 말고요."

　그가 마지못해 붙잡은 것을 가지고 커다란 은혜라도 베푸는 양 거들먹거리는 여자의 모습마저 예쁘게 보이는 건 왜일까? 차갑고 서늘한 그녀의 눈매도 오늘따라 유난히 촉촉해 보이는 게, 아무래도 뭔가에 씐 것이 틀림없었다.

　"기회를 놓치지 않는군요."

　"당연한 거 아닌가요? 기회가 왔는데 놓치는 건 바보나 하는 짓이에요. 전, 바보는 아니거든요. 참, 그리고 하나 더 있어요. 저도 여기 일 돕게 해 주세요. 밥값은 하고 싶어요."

　눈을 반짝이며 제 요구 사항을 이야기하는 그녀에겐 생기가 넘쳐 흘렀다.

“할 줄 아는 건 있습니까?”

“……배우면 되죠. 처음부터 잘하는 사람이 어디 있어요? 참, 허브가든 쪽이 좋겠어요.”

“…….”

“말 나온 김에 내일부터 하죠. 제 이야기는 끝났으니…… 그럼 쉬세요.”

말을 마친 지유는 고개를 꼿꼿이 든 채로 2층으로 올라가기 위해 자리에서 벌떡 일어서다 테이블을 치고 말았다. 덕분에 그녀가 그의 앞에 놓아둔 찻잔이 쓰러지며 잔에 가득 들어 있는 찻물이 그의 허벅지를 타고 흘러내렸다.

“어머.”

지유는 당혹스런 얼굴로 손을 뻗어 그의 다리를 연신 닦아 내며 어쩔 줄 몰라 했다. 이렇게 덜렁거리는 성격이 아닌데 어쩌자고 이런 실수를 한 건지……. 민망함을 감추지 못하고 양 볼이 확 붉어졌다.

사실 그에게 먼저 이런 말을 꺼내기까지 쉽지가 않았다. 혹시라도 그가 마음을 바꿔 말을 번복할까 싶어 선수를 쳤다. 당당하게 행동했지만 실상 그녀의 심장은 무섭게 두근거렸다. 그의 호의를 이용하는 것이 옳지 못하다는 생각이 들었지만, 우선 제가 먼저라 생각하고 더욱 뻔뻔하게 굴었다. 그런데 이런 어이없는 실수를 저지르자 쥐구멍이라도 있으면 들어가고 싶었다.

“데지 않았어요?”

“괜찮아요.”

“어떡해.”

“그만. ……제발 그만해요.”

효건이 그녀의 손을 꽉 움켜쥐었다. 창피함에 고개도 들지 못하던 지유가 깜짝 놀라며 그를 쳐다보았다. 그제야 자신의 손이 그의 허벅지 위쪽에 참 어중간하게 놓여 있다는 것이 느껴졌다. 지유가 슬그머니 그의 손안에서 제 손을 잡아 빼려 했지만 효건은 오히려 힘을 주어 그녀의 손이 빠져나가지 못하게 만들었다.

열망을 가득 담은 복잡한 시선이 그녀에게 쏟아졌다. 지유는 그 강렬하고 뜨거운 눈길에 사로잡혀 옴짝달싹 못하고 마른침만 삼켰다.

두 사람을 둘러싼 모든 것이 숨을 죽였다. 오로지 눈앞의 사람만이 담겨 있는 검은 눈동자가 많은 의미를 담아 흔들렸다.

효건이 느릿하게 고개를 숙이며 다가오고 있었다. 숨 막히는 긴장 속에 지유는 뜨거운 시선으로 그를 응시했다. 조금씩 좁혀지는 거리에 숨조차 쉴 수가 없었다.

"효주야, 효주야."

두 사람의 코끝이 거의 맞닿을 무렵 집 안에서 들려온 애타는 경애의 목소리가 그들 사이를 파고들었다. 몇 시간 전에 있었던 일로 불안을 느낀 경애가 푹 자지 못하고 깬 모양이었다.

"……네, 네. 저 여기 있어요."

지유가 빠르게 효건의 손에서 제 손을 빼내고 붉어진 뺨을 감싸며 돌아섰다.

그녀가 뒤도 돌아보지 않고 안으로 들어가 버리자 그의 입에서 억눌린 한숨이 새어 나왔다.

"후우."

허벅지가 타는 듯 뜨거웠다. 찻물의 뜨거움 때문이 아니라 그녀의 손길이 닿았다는 이유로……. 그런데 이 여잔 제가 무슨 짓을 저지르는지도 모르고 곱게 홍조 띤 얼굴을 한 채로 계속 그의 허벅지를 쓸어내렸다. 미칠 것만 같았다. 작은 접촉에도 불구하고 빠르게 크기를 키워 가는 제 분신 때문에 가슴에 불길이 일었다. 어머니가 그녀를 찾지 않았다면 당장이라도 지유의 보드라운 몸뚱이를 끌어 안고 입을 맞췄을지도 모를 일이었다.

'또 날을 새워야겠군.'

지유가 떠난 자리에 남은 그녀의 잔향이 천천히 효건의 가슴속으로 스며들고 있었다.

아침에 눈이 뜨기 무섭게 씻은 후 효건은 주방으로 향했다. 새벽 녘까지 뒤척이긴 했지만 해야 할 일을 미룰 수는 없었다.

식사는 대부분 직원들 사택을 관리해 주시는 아주머니 세 분이 준비해 주셨다. 어머니 경애와 언니, 동생 하는 사이라 어릴 적부터 보아 온, 아주 좋은 사람들이었다. 주방으로 들어서니 벌써부터 시끌시끌했다. 아주머니 세 분과 어머니, 그 여자 지유까지 총 다섯 여자들이 주방을 꽉 메우고 있었다.

"효건이 일어났어?"

"어서 와."

"잘 잤어?"

어머니와 김, 이, 박 씨 아주머니들. 거기다 지유는 살짝 고개를 끄덕여 인사를 대신하고 있었다. 모처럼만에 활기 넘치고 조금은 곤욕스러운 아침 식사를 마친 효건이 아주머니들께 정식으로 지유를 인사시켰다. 그동안은 그저 먼발치에서 손님 대하듯 행동하던 그들이 지유가 이곳에 머물기로 한 지 몇 시간이 지나지 않아 그녀를 식구로 받아들이고 편하게 대하기 시작했다.

"오늘부터 허브가든에서 일할 거라고?"

“네.”

“아유, 고운 얼굴 다 타겠네. 내가 작업복하고 모자 챙겨 줄게. 장갑도 꼭 끼고…….”

제일 오지랖 넓다는 박 씨 아주머니가 안타까워하며 지유를 바라보았다. 그는 주방을 나서기 전에 지유를 향해 말을 건넸다.

“그럼 준비하고 허브가든 앞으로 나와요. 다른 사람하고도 인사 정도는 해야 할 테니…….”

효건은 허브가든 앞으로 걸어오는 지유를 보고 웃음이 터지려는 것을 겨우 참고 고개를 돌렸다. 억지로 웃음을 참으려니 절로 미간에 주름이 잡혔다.

분명 박 씨 아주머니의 것이 분명한 챙이 넓은 작업용 모자에 화려한 꽃무늬의 고무줄 바지와, 푸른색과 붉은색이 교차되어 있는 체크무늬 남방을 입고, 발에는 파란색 장화를 신고 목장갑을 손에 든 지유의 얼굴은 불만이 한가득이었다. 그런 지유의 옆에서 경애가 언제나처럼 방실거리며 그녀를 향해 눈을 떼지 못하고 있었다.

“가죠.”

“네.”

자신의 꼴을 본 효건의 눈살이 찌푸려지는 것을 확인한 지유는 슬며시 아랫입술을 삐죽거렸다. 그녀 자신도 제 몰골이 어떤지 잘 아는 상태에서 그의 반응을 확인하자 절로 기분이 상했다. 그녀는 예의 그 서늘한 눈으로 효건의 뒤통수를 노려보는 걸로 자신의 못마땅함을 대신했다.

그날 지유는 꼴사나운 옷을 입은 보람도 없이 이곳저곳 다니며 수목원에 일하는 사람들과 인사를 하느라 시간을 다 허비했다. 머리가 나쁘지 않음에도 불구하고 그 많은 사람의 이름을 다 기억하기란 쉽지 않았다. 또, 이곳에서 일하는 사람이 많다는 것이 놀랍기만 했다.

가장 기억에 남는 사람은 조상근이라는 이름을 가진 나무동산의 관리소장을 하고 있다는 50대 중반의 아저씨와 지유를 보는 시선이 뾰족하기만 했던 나무동산에서 운영하고 있는 찻집의 책임자 김주란, 야생화의 증식과 관리를 주로 하면서 신품종 개발 연구를 틈틈이 하고 있다고 자신을 소개하며 그녀를 향한 관심을 숨기려고 하지 않았던 정성훈이라는 30대 초반의 남자였다. 그들이 지유와 인사를 나누며 보인 반응의 공통점이라고 하면, 모두들 웃음을 참느라 입을 삐죽거리는 모습을 했다는 것 정도였다.

"일은 내일부터 하는 걸로 하죠. 지금 수확해야 할 허브들이 많아서 조금 바쁠 겁니다."

"내일부터 일할 거라고 진작 좀 말해 주지 그랬어요?"

지유는 새침한 눈을 하고 불만 가득한 목소리를 내었다.

"그 옷…… 잘 어울리네요."

그 말을 하고 돌아서는 효건을 지유는 잡아먹을 듯 노려보았다. 이 옷이 잘 어울린다고? 도대체가 어디가? 지유는 기가 막혀 말도 못 하고 입만 벙긋거렸다.

뒤돌아서며 설핏 본 지유의 황당해하는 표정이 떠올라 효건은 입술을 깨물며 웃음을 참아야 했다. 영악한 것 같으면서도 틈이 많은 여자였다. 지유 자신은 그 사실을 알까 싶었다.

지유는 태어나 처음으로 몸을 쓰는 일을 하면서 이를 악물었다.

인정해야 했다. 수목원의 일을 쉽게 생각했었다는 것을……. 평소에 허브에 관심이 많았던 차에 이곳 나무동산에 허브가든이 있는 것을 알고 이번 기회에 한번 배워 보자 싶어 쉽게 이야기한 것이 화근이었다. 그나마 코 막힘과 두통에 좋고 마시지 오일로 많이 사용하는 바질과 불면증 해소에 도움을 주는 타임을 수확하며 향기로운 허브 향에 푹 빠져 있을 수 있어서 다행이었다.

"우리 효주 힘들어. 이거."

옆에서 같이 타임을 수확하던 경애가 갑자기 어디론가 사라져 걱정하고 있던 참에 시원한 물을 들고 나타난 그녀가 너무나 반갑게 느껴졌다. 그에 지유는 환하게 웃으며 그것을 받아 들고 맛있게 마셨다.

"아이고 사모님, 효주만 주지 말고 저도 좀 줘요."

같이 일하는 아저씨들이 너도 나도 한마디씩 건네도 경애는 모른 척하고 있었다.

"제가 드릴게요."

혼자서 시원한 물을 마신 것이 미안한 지유가 일어서자 경애는 그녀의 옷을 잡고 말렸다.

"갖다 먹어. 효주 힘들어."

"저 괜찮아요. 걱정하지 마세요. 모두 수고하시는데 같이 나눠 먹어야지요."

"안 돼. 효주 힘들어."

계속해서 고집을 부리는 경애 때문에 난감해진 지유가 어쩔 줄을 몰라 했다.

"하하하, 우리 사모님. 효주 힘들까 봐 걱정이 크신 모양입니다."

"그러게……. 그냥 앉아 있어요. 사모님이 우리 아가씨 온 다음부터 부쩍 활발해지셨어요."

이곳 수목원에서 일한 것이 10년 이상씩 되는 분들이라 경애의 상태가 어떤지, 그녀의 집안에 어떤 일이 일어났는지 모르는 사람들이 없었다. 늘 의기소침하게 삼림욕장을 헤매곤 하던 때보다 지금의 경애 모습이 훨씬 건강해 보였고 활기가 넘쳐 보였다. 모두들 지유를 효주라 부르며 경애의 장단에 맞춰 주는 모습에서 서로를 이해하고 위하는 마음을 느낄 수 있었다.

여러 어른의 말에 지유의 민망한 표정이 조금은 풀렸다. 잔잔한 미소를 머금고 경애를 향해 웃음 짓자, 경애 또한 지유를 향해 환하게 웃어 주었다. 그런 경애를 보는 지유는 자꾸만 먹먹해지는 가슴을 살살 쓸어내렸다. 언제까지 여기에 있을 수 없는데, 그녀를 해바라기하는 경애를 두고 갈 수 있을지 자신이 없었다.

10월 말까지만 일반인에게 개방하는 수목원의 월동 준비로 하루하루가 바쁜 효건은 우연히 허브가든을 지나다 지유와 경애 두 사람이 서로를 마주 보고 환하게 웃는 모습을 보게 되었다. 그리고 순간, 심장에 묘한 통증을 느끼고 커다랗게 심호흡을 했다. 요즘 들어 빈번히 심장이 욱신거리며 아픔을 호소하고 있었다.

불안했다. 지금은 저렇듯 다정한 모녀처럼 보이는 두 사람 사이에 어떤 변화가 생긴다면, 그 뒷감당을 할 수 있을지 자신이 없었다. 그녀가 떠난다며 가방을 들고 나선 날이 떠올랐다. 그날 저녁에 푹 주무시지 못하고 지유를 찾는 어머니의 모습이 생각나 가슴이 무거워졌다. 견딜 수 있을까? 김지유라는 여자가 차지하고 있는 자리가 커 갈수록 그의 불안감 역시 커졌다. 그 역시 어머니와 별반 다르지 않을 것 같다는 무서운 예감에 두 사람을 응시하는 눈동자가 자잘하게 떨렸다.

　며칠 전 이른 새벽녘 심한 갈증으로 인해 잠이 일찍 깬 적이 있었다. 평소 그가 일어나는 시간보다 두 시간쯤 전이었던 것 같다. 주방으로 가기 위해 발을 떼던 그의 눈에 차가운 거실창 앞에 쭈그리고 앉아 아무것도 보이지 않는 캄캄한 하늘에 시선을 주고 있는 지유가 보였다. 무릎을 세우고 그 위에 팔을 얹고 고개를 비스듬히 기울이고 있는 가녀린 모습을 보자 가슴이 시려 왔다. 당장이라도 아스라이 사라질 것만 같은 위태로운 작은 등이 유난히 외로워 보여 꼭 안아 주고 싶었다.

　그의 기척도 느끼지 못할 정도로 깊은 생각에 빠져 있는 지유를 한참 동안 바라보았다. 궁금했다. 알고 싶었다. 무엇 때문에 이 시간까지 잠을 못 이루고 있는지, 자신에 대해 조가비처럼 입을 봉하고 있는 저 여자의 사연이 무엇인지, 김지유라는 여자에 대해 낱낱이 알고 싶다는 욕심이 불같이 일어났다.

　꼼짝도 않고 있던 그녀가 고개를 똑바로 드는 것과 동시에 그는 몸을 돌렸다. 지독한 갈증으로 수분을 필요로 했다는 사실도 잊은 채로 돌아섰다. 지금은 그녀의 시간을 방해해선 안 된다는 생각이 들어 차마 모습을 드러낼 수가 없었다.

　지유는 이곳에 와서 처음으로 전화기를 잡고 커다랗게 심호흡을 했다. 생각보다 외출이 길어지면서 아버지에게는 전화를 해 놔야겠다는 마음을 먹었지만, 전화를 하는 일이 쉽지 않았다. 더 이상 미룰 수 없다 생각한 지유가 긴장으로 말라 버린 입술을 살며시 깨물었다.

발신번호표시제한으로 전화를 걸고 눈을 꼭 감고 신호음이 가는 걸 듣고 있었다. 아직은 그녀가 있는 곳을 아버지에게 알리고 싶지 않았다. 이곳은 그녀만의 비밀 장소 같은 곳이라는 생각에 누구도 알게 하고 싶지 않았다. 지유는 낮고 중후한 아버지의 음성이 들리자 순간 말문이 막히는 느낌이 들었다.

―네.

"……저예요. 지유."

―어디냐?

그녀의 목소리를 듣자마자 아버지는 다급하게 물었다. 그것조차 왠지 모르게 위선처럼 느껴져 그녀의 음성이 절로 딱딱하게 변했다.

"……잘 있다고 전화 드린 거예요."

―이제 올 때가 되지 않았니?

"조금 더 있다가 갈게요. ……아직은 가고 싶지 않아요."

―지유야, 그만 돌아와라.

지유는 자신을 설득하려 애를 쓰는 아버지의 목소리를 덤덤하게 들었다. 아직은 상처 입는 심장이 치유되질 않았다. 조금의 시간이 더 필요하다는 생각에 그녀는 고집을 부렸다.

"그냥 외국으로 여행 갔다 생각하고 계세요. 제가 가고 싶을 때 갈게요."

―그럼 어디에 있는지 정도는 알려 줘야 하는 거 아니냐?

"아뇨. 그러고 싶지 않아요. 좋은 곳에서 잘 먹고 잘 자고 편하게 지내고 있어요. 그러니 제 걱정은 마세요. 그럼 끊을게요."

아버지의 대답을 듣기 전에 전화를 끊은 지유의 입에서 무거운 한숨이 흘러나왔다. 아버지와의 사이가 언제부터 틀어지기 시작했는지 이제는 기억조차 나지 않았다. 아픈 엄마가 돌아가시고 난 다음부터인지…… 아버지가 재혼을 한 다음부터인지…….

"하아."

지유는 답답한 가슴을 콩콩 두드렸다.

지유는 수목원 사택에서 생활하기로 얘기를 끝낸 다음부터 저녁 식사를 끝내고 경애가 잠자리에 들면 1층 데크에 마련된 의자에 앉아 밤하늘을 바라보며 하루를 정리하곤 했다.

오늘따라 유난히 춥게 느껴지는 차가운 바람이 지유를 휘감고 사라졌다. 도시의 시끄러운 소음이 완전하게 제거된, 자연 그대로의 생생한 소리가 간간이 들려왔다. 어둠이 내려앉은 수목원을 혼자 독차지하고 있다는 만족감에 지유의 입가가 부드럽게 펴질 때쯤 문이 열리는 소리가 나고, 향기로운 타임차의 향이 그녀의 코를 간질였다.

효건이 조용히 지유 앞에 타임차가 들어 있는 잔을 내밀었다. 얼마 전부터 지유가 이곳에 나와 있으면 효건이 모습을 드러내었다. 두 사람은 아무 말도 하지 않고 나란히 의자에 앉아 차 한 잔을 마셨다. 그러다 둘 중 누군가가 먼저 일어나 방으로 들어가면 나머지 한 사람도 잠시 후 방으로 들어가곤 했다.

"여기서 참 많은 것을 배웠어요. 민들레랑 부추, 깻잎, 미나리가 우리나라 허브 식물의 한 종류인 것도 여기 와서 알았지 뭐예요. 그러고 보면 세상엔 내가 알지 못하는 것들이 참 많아요."

"……."

늘 조용하던 지유가 낮은 목소리로 소곤거리듯 이야기하는 걸 효건이 묵묵히 듣고 있었다.

“아직도 돌아갈 생각이 없는 겁니까?”

“나가라는 소리 하지 않기로 했잖아요.”

차분하던 지유의 목소리에 날이 섰다.

“그건 혼자만의 생각이겠죠.”

“아직도 제가 가길 바라세요?”

“그래요, 오래 머물수록 어머니껜 독이 될 테니까…….”

효건은 고집스레 찻잔에 시선을 고정하고 그녀를 쳐다보지 않았다. 그녀의 존재가 그에게도 영향이 미치기 시작했다. 자꾸만 지유에게로 향하는 자신의 시선과 무섭게 뛰는 심장으로 인해 겁이 날 지경이었다. 차라리 그녀가 떠나면 자꾸만 조급해지려는 마음이 가라앉을지도 모르겠다.

“독이라…….”

역시 자신은 여기서도 환영받지 못하는 존재인가 싶어 지유는 침울해졌다.

“뭣 때문에 여기 온 겁니까?”

“…….”

“아직 말하고 싶지 않은가 보네요. 그런데 여긴 길 잃은 사람을 위한 도피처가 아니라는 걸 잊지 말아 줬으면 좋겠어요.”

“……살다 보면 참 별거 아닌 일로 고민할 때가 있죠. 진짜 별거 아닌데…… 그냥 무시하면 그만인데, 혼자 고민하고 아파하다 결국 상처받죠. 그 누구도 신경 쓰지 않는데 혼자서 말이에요. ……이곳 도피처라고 생각하진 않아요. 여긴 제게…… 안식처예요.”

지유는 차분한 목소리로 효건이 알아들을 수 없는 말을 했다.

“마음에 들어 하지 않는다는 것도, 폐 끼치고 있다는 것도 알아요. 그냥 조금만, 조금만 더 쉬다 가게 해 줘요. 아직은 맞설 준비가 되지 않았어요.”

지유의 말에 효건은 어떤 이유인지는 모르지만 그녀가 상처받았다는 걸 알 수 있었다.

“그럼 한 가지만 약속해요.”

“뭘요?”

“가야겠다고 결심했을 때 미리 이야기하겠다고……. 어머니께도 헤어질 준비를 할 시간이 필요할 테니까 말입니다.”

“그럴게요. 꼭 약속할게요.”

그 말을 하고 조용히 일어서 집 안으로 들어가는 지유의 어깨가 유난히 쓸쓸해 보였다. 그는 아파 보이는 그녀의 부탁을 차마 거절할 수가 없었다. 그녀가 곁에 있는 것이 그에게는 무척 힘겨운 일이 될 것이 분명했지만 방법이 없었다. 욱신거리는 제 심장보다 그녀가 아프지 말았으면 하는 마음이 더 컸다.

그나마 그가 할 수 있는 유일한 일은 그녀와 약속을 하는 것뿐이었다. 아무런 이별의 준비도 없이 아버지와 효주를 잃은 어머니가 딸이라 생각하는 지유를 보낼 때는 어느 정도 마음의 준비를 하게 하고 싶었다. 어쩌면 자신도 모르게 지유가 떠날까 봐 불안한 마음에 그녀에게 어머니 핑계를 대었는지도 모르겠다. 자꾸만 신경이 쓰이고 눈길이 향하는 지유가 오랫동안 이곳에 머물렀으면 하는 것이 자신의 진심일지도…….

효건의 하얀 입김이 검은 하늘로 사라져 갔다.

지유는 자꾸만 가라고 하는 효건이 원망스러웠다. 그저 마음 편한 곳에서 조금만 쉬고 싶을 뿐인데…… 경애의 관심 어린 시선을 조금 더 받고 싶을 뿐인데……. 그녀도 알고 있었다. 여기가 제자리가 아니라는 것쯤은……. 어차피 가야 할 사람, 빨리 사라지는 것이 옳다는 것도, 이성적으로는 그의 말이 하나도 틀리지 않다는 것도 알면서 자꾸 서운한 마음이 드는 건 어쩔 수 없었다. 그녀는 싸르르해지는 가슴을 살살 문질렀다.

아직은 그 사람들을 다시 보고 싶은 마음이 생기지 않았다. 그들과 얼굴을 마주 대하고 아무렇지도 않은 듯 살 자신이 없었다. 이곳에 와서 따스함을 알아 버린 지유의 가슴이 다시 차가워지는 것을 거부하고 있었다.

"조금만 더 시간을 줘요. 당신과 당신 어머니 아프게 하진 않을게요."

지유는 잘 말린 허브를 수목원 내에 있는 찻집에 전해 주고, 바로 앞에 아기자기하게 꾸며 놓은 인공 연못을 바라보며 희미하게 미소 지었다. 따사로운 늦가을 볕을 쬐고 있으니 저도 모르게 마음이 넉넉해지는 기분이 들었다.

그런데 신경질적인 말이 들려왔다. 주란이었다.

"정체가 뭐예요?"

"……."

"언제까지 여기 있을 거예요?"

지유는 눈을 가늘게 뜨고 노골적으로 적의를 드러내는 그녀를 바라보았다.

누군가 옆에 다가오는 것도 모르고 넋을 놓고 경치 감상이나 하고 있었다니……. 지유의 날카로움이 이곳에 와서 많이 무뎌진 한 모양이었다. 그런데 효건에 이어 주란까지…… 그들의 입에서 나오는 말은 하나같이 그녀가 언제 이곳을 떠날 것인가 하는 거였다. 지유는 자신이 수목원에 있는 것을 못마땅해하는 사

람이 생각 외로 많다는 것을 확인하자 갑자기 입 안이 쓰게 느껴
졌다.

"내가 그 대답을 꼭 해야 해요?"

"지금 김지유 씨가 폐 끼치는 거 알아요?"

지유는 딱딱하기 그지없는 주란의 말에 미동도 하지 않았다. 아
직은 이 수목원이 주는 고요함과 평화로움에서 벗어나고 싶지 않았
다. 그녀가 고집을 부려 누군가에게 피해를 준다 해도, 그녀더러 이
기적이라 비난을 해도 지금은 자신만 생각하기로 했다.

"제가 그쪽한테도 폐를 끼치고 있나요?"

"신경 쓰여서 그래요."

"뭐가요?"

"난 김지유 씨가 대표님하고 같은 집에서 생활한다는 게 마음에
들지 않아요."

주란은 얼굴 가득 불만을 드러내며 공격적으로 말을 이었다. 눈
앞에 있는 여자에게 눈길을 주는 효건의 모습을 본 다음이라 더욱
그랬다. 지유를 바라보던 효건의 복잡하면서도 안타까운 시선에 가
슴이 철렁 내려앉았다. 혹시나 그가 지유를 마음에 담은 건 아닌지
의심하던 자신의 생각이 틀리지 않았음을 확인하자 자꾸만 조바심
이 일었다.

효건이 자신의 마음을 알아채고 지유를 가까이하기 전에 손을 써
야 한다는 생각을 하던 차에 그녀가 찻집을 찾아왔다. 기회였다. 지
유만, 눈앞의 이 여자만 사라져 버린다면 모든 것이 원래대로 돌아
올 것이다. 그렇게만 되면 자신의 마음을 조심스레 효건에게 말해
볼 기회가 생길지도 몰랐다. 더 이상 눈치만 보면서 때를 노리는 짓
은 하지 않을 생각이었다.

"3년이에요. 서효건이라는 남자를 바라보면서 지낸 시간이…….
그런데 어디 사는 누군지도 모르는 사람이 갑자기 튀어나와 그와 한
집에 있다고 생각해 봐요. 그걸 받아들일 수 있을 것 같아요?"

"두 사람, 무슨 사인데요?"

"……."

"그 사람, 김주란 씨 남자예요? 아니죠. 그렇담, 내가 사택에서
그와 함께 생활하는 게 못마땅해도 할 수 없죠. 참아요. 신경 쓰여
서 못 견디겠다면 그건 김주란 씨 문제예요."

"뭐, 뭐라고요?"

"설마 '내가 먼저 그 사람 좋아했으니 네가 물러나라.' 뭐 그런
유치한 말을 하고 싶은 건 아니겠죠?"

"……."

허를 찔린 주란이 대답을 하지 못하고 어이없어하는 표정을 지었
다. 그녀는 지유의 예상치 못한 강경한 반응에 할 말을 잃었다.

"누군가를 마음에 담는 데 시간이 중요한가요? 아이들 줄 서는
것처럼 순서대로 기다리면 자기 차례가 오는 건지 묻고 싶네요. 그
게 가능하다고 봐요?"

"……."

주란은 입술을 깨물고 아무 말도 하지 못했다. 네가 뭘 아냐고 따
지고 싶었지만 그럴 수가 없었다. 사실 지유의 말이 틀린 것이 아니
기에…… 분한 마음을 누르며 씩씩거릴 뿐이었다.

"그가 당신의 남자라면 몰라도……. 두 사람 사이에 어떤 교감이
라도 있어요? 혼자만의 감정으로 김주란 씨가 서효건이라는 남자에
대해 기득권이라도 가진 것처럼 말하는 건 조금 그렇지 않아요? 그
리고 그의 마음에 누가 들어 있는지도 모르는 상태에서 여기서 나를

잡고 아무리 떠들어 봐야 소용없는 건 알고 있죠? 조금 오버하셨네
요."

"뭐 이런……."

"참, 그리고 내가 김주란 씨를 생각해서 조언 하나 할게요. 3년이나
옆에 있었으면서도 그를 갖지 못했다면 앞으로도 힘들지 않을까요?"

지유는 말을 마치고 살짝 고개를 숙여 인사를 건네고 그대로 돌
아섰다. 뒤통수가 따가웠다. 주란이 얼마나 무섭게 노려보고 있을지
그림이 그려졌다.

'휴우, 내가 생각해도 참 얄미울 것 같다.'

그녀는 작은 연못을 돌아 걸으며 아랫입술을 잘근잘근 씹었다.
그렇게까지 말할 필요는 없었는데…… 뒤늦게 아주, 아주 조금 미
안한 마음이 들었다.

"뭐니? 김지유."

그녀는 자책하듯 제 이름을 중얼거렸다.

놀부 심보라도 지닌 걸까? 주란의 입에서 효건의 이름이 거론되
는 것이 싫었다. 주란의 가슴에 효건이 들어 있다는 것 자체가 마음
에 들지 않아 저도 모르게 과민 반응하고 말았다. 지금까지 살면서
뭔가를 간절하게 욕심내 본 기억이 별로 없었지만, 이번에는 달랐
다. 그냥 싫었다. 그가 다른 여자의 곁에 서 있는 모습을 보고 싶지
않다는 게 솔직한 마음이었다.

그래서였나? 아버지의 사랑도, 재우의 마음도 간절히 원하고 가
지려고 노력을 해 보지 않아서 그렇게 멀어지게 된 건가? 지유는 입
술을 깨물며 골똘히 생각에 잠겼다.

4.
커져 가는 마음

　관람객이 없는 겨울의 수목원은 고즈넉했다. 지유는 일하는 사람만이 간간이 보이는 수목원을 내 집 앞마당처럼 활개 치고 다닐 수 있다는 점이 무척 마음에 들었다.

　곧 눈이라도 내릴 것 같은 어두운 하늘을 뒤로하고 지유와 경애는 멸종 위기의 식물들을 모아 놓은 온실로 향했다. 국화방망이, 나도개미자리, 바위솜나물, 정향풀, 털기름나물 등 이름도 생소한 여러 가지 식물들이 지유의 눈을 즐겁게 해 주었다.

　"와아, 눈 온다. 효주야, 눈 와."

　경애의 들뜬 목소리에 고개를 드니 온실 유리벽 밖으로 소담스럽게 하얀 꽃잎처럼 눈이 쏟아져 내리고 있는 게 보였다. 그 조그마한 눈송이를 좇아 밖을 쳐다보는 지유와 경애의 입이 절로 벌어졌다.

　"우리, 나가자."

　지유는 경애의 말에 고개를 끄덕이고 온실의 문을 힘차게 열었다.

눈 내리는 수목원 나무숲의 차가운 공기는 신선하고 상쾌했다.

"아!"

"효주야."

첫눈이라서 그랬나? 평소보다 들뜬 기분을 따라가지 못한 그녀의 몸이 주인의 의지를 배반하고 기어이 말썽을 부렸다. 경애의 경쾌한 목소리에 동조해 서둘러 온실 문을 열고 나오다가 그만 발을 헛디뎌 미끄러지고 말았다.

욱신거리는 발목을 부여잡고 조금은 원망스러운 눈길로 하늘을 쳐다보고 작게 한숨을 내쉬었다.

"효주야, 다쳤어?"

"아뇨. 괜찮아요."

그녀는 경애의 걱정 가득한 얼굴을 보고 작게 미소 지었다. 발목이 욱신거리긴 했지만 얼굴에 와 닿는 차가운 느낌이 좋았다. 그대로 주저앉아 지그시 눈을 감고 눈두덩이와 볼, 입술로 떨어지는 눈송이를 마음껏 즐겼다.

"눈사람이라도 되고 싶어요?"

효건의 낮은 울림이 가득한 목소리가 귓가에 들려왔다. 화들짝 놀라 눈을 뜨니 그가 그녀를 내려다보고 있었다. 거기다 그의 입꼬리가 살짝 치켜 올라가 있는 것까지 보이자 지유는 입 안을 살짝 깨물었다. 순간 볼썽사납게 넘어지는 모습을 그가 봤을지도 모른다는 생각에 얼굴이 화끈거렸다. 왜 자꾸 그의 앞에서 어이없는 실수를 하는 건지……. 민망함에 고개를 들 수가 없었다.

"혹시 개띠예요?"

"?"

지유는 뜻 모를 말을 하는 그를 잠시 바라보다 피식 웃고 말았다.

눈 오는 것을 보고 좋아라 하는 강아지라도 되느냐는 표현을 에둘러 하는 모양이었다. 점점 가늘어지는 그의 눈가를 보며 지유의 입매도 부드럽게 풀렸다.

"일어나요. 차가운 곳에 오래 앉아 있으면 안 좋아요."

효건이 앞으로 손을 내밀며 말을 했다.

"됐어요. 내가 알아서 해요."

"도와준다고 할 때는 못 이기는 척 따르는 거예요. 괜한 고집부려 봐야 지유 씨만 손해예요."

지유는 효건이 내민 커다란 손을 무시하고 서둘러 몸을 일으키려다 다시 주저앉고 말았다.

"윽."

"그러게 그냥 잡으라니까. 뭐든 혼자서 해결하려는 생각은 버려요. 때론 다른 사람에게 도움을 청할 줄도 알아야 한다는 거 몰라요?"

"네. 몰라요."

"그럼 지금부터라도 알아 둬요. 그게 더불어 살아가는 세상의 기본원칙이니까."

지유의 뾰로통한 대답에 그는 천연덕스럽게 대꾸했다.

그녀는 마지못해 그가 내민 손을 잡고 몸을 일으켰다. 처음으로 자신의 뜻에 따라 잡아 본 그의 손은 따스했다. 굳은살이 박인 그의 커다란 손은 보기와 다르게 너무나 따뜻하고 듬직해 보호받고 있다는 느낌이 들었다.

위풍도 당당한 산 같은 남자가 바로 효건이었다. 거친 비바람에도 흐트러짐 없이 자리를 지키고 있을 것만 같은 사람. 낯선 곳에서 길을 잃어도 함께라면 안심이 되는 남자. 맞닿은 손에서 전해지는 그의 온기를 놓치고 싶지 않았다.

　잠시 멍하니 있던 지유의 왼손을 경애가 슬그머니 잡았다. 그녀는 고개를 들어 경애를 보고 평온한 미소를 지었다. 그녀에게 향해 있는 따스한 시선과 양손을 각각 잡아 주는 좋은 사람들. 욕심이 났다. 이들 곁에 오래도록 있고 싶다는 진한 욕심이…….

　생각보다 일찍 내린 눈으로 김장을 준비하는 수목원 식구들의 움직임은 쉽지 않았다. 지유는 태어나서 처음으로 산더미처럼 쌓여 있는 배추와 무를 보았다. 500포기가 넘게 쌓여져 있는 배추를 보는 순간 눈이 휘둥그레졌다.

　"이걸 다 하는 거예요?"

　"에휴, 이것도 예전보다는 줄어든 거야."

　박 씨 아주머니의 말에 지유는 살짝 미간을 찌푸렸다. 이것도 많은데 이것보다 더 많았다면 얼마만큼일까? 도대체 이 많은 걸 누가 다 먹는다고…….

　모자에 목도리까지 두르는 것으로 완전무장을 끝낸 지유가 빨간 고무장갑을 단단하게 손에 끼우고 마음의 준비를 했다.

　"저는 뭘 할까요?"

　"효주 힘들어. 안 돼."

　지유 옆을 철통같이 지키고 있는 경애가 그녀의 팔을 잡고 단호하게 고개를 흔들었다.

　"그냥 어머니랑 함께 있어요."

　경애의 말이 떨어지기가 무섭게 효건이 지유를 바라보고 한마디를 하고 곧장 하던 일에 몰두했다.

　배추를 가르고 소금에 절이는 일을 하는 효건의 움직임은 매우

능숙했다. 한두 번 해 본 솜씨가 아닌 것은 분명해 보였다.

불만스럽게 아랫입술을 내민 지유가 효건을 살짝 흘겨보고 박 씨 아주머니 옆으로 슬금슬금 다가가 작게 속삭였다.

"저 뭐할까요?"

"그냥 들어가지."

"어른들도 다 여기 계신데 저 혼자 들어가 있으라고요? 저 그렇게 양심 없지 않아요."

지유가 진지한 얼굴로 소곤대며 말을 하자 박 씨 아주머니가 함박웃음을 지었다.

"그냥 들어가도 아무도 뭐라 안 해."

"아니요. 저도 할래요."

"지유가 문제가 아니라 사모님 때문에 그러지."

박 씨 아주머니의 말에 지유는 고개를 돌려 경애를 바라보았다. 추위에 코끝이 빨갛게 변해 버린 채로 동동거리고 있는 경애를 보니 아무래도 그대로 놔두면 감기에 걸릴 것 같아 보였다.

"저랑 같이 들어가요."

지유는 경애의 손을 잡고 사택 안으로 들어갔다. 마당이 가장 잘 보이는 커다란 유리창 앞에 자리를 마련해 놓고 무릎 담요를 덮어 주었다. 그리곤 경애의 손을 꼭 잡고 당부의 말을 건넸다.

"여기 앉아 계시면 저기 밖이 잘 보이죠?"

그 말에 경애가 밖을 한 번 보고 지유에게 고개를 돌렸다.

"저는 저기 밖에서 배추 다듬는 거 하고 있을 테니 여기 앉아서 보고 계세요. 추우니까 밖으로 절대 나오면 안 되는 거 아시죠?"

"가지 마. 나랑 있어."

경애는 불안한 눈빛으로 지유를 응시했다. 당장이라도 그녀를 따라나설 기세로 조바심을 내었다.

"저 어디 안 가요. 엄……마 눈에 닿는 곳에 있을게요."

다행이라는 듯 인자한 웃음을 지은 경애는 손을 들어 지유의 볼을 쓸어내리며 당부의 말을 했다.

"멀리 가면 안 돼."

"네."

"빨리 와."

"그럴게요. 여기 계세요."

"응."

경애를 두고 밖으로 향하면서 지유의 가슴이 덜컹거렸다. 경애가 자신의 뒷모습을 계속해서 보고 있다는 것이 느껴졌다. 몇 년 만에 입에 담아 보는 엄마라는 말이 너무 어색해서인지……. 자신의 엄마가 살아 계셨다면 질리도록 할 수 있는 말을 지유는 너무 오랜만에 입 밖으로 내었다는 사실에 울컥하고 뭔가 치밀어 오르는 느낌에 서둘러 밖으로 뛰어나갔다.

김치 담그는 게 이렇게 손이 많이 가는 일이라는 것을 지유는 처음 알았다. 어제 배추 절이고, 절인 배추를 씻는 일에 이어 오늘은 그 산더미같이 절인 배추를 무치는 일을 해야 했다. 손에 물집이 잡힐 정도로 무를 썰고 양념을 마련해 버무리는 일도 만만치가 않았다.

"어휴. 우리 대표님 애썼어."

"힘들지? 저 땀 좀 봐."

김치 냉장고에 넣는 것과는 별개로 김치를 보관하기 위해 사택 바깥에 땅을 파서 독을 묻곤 땀을 닦으며 들어서는 효건에게 아주머니들이 한 목소리로 말을 했다.

"하하하. 저는요. 저한테는 수고했다는 말도 안 해 주십니까?"

야생화를 관리하는 성훈이 효건의 뒤를 따라 들어서며 너스레를 떨었다.

"그래, 우리 정 연구원도 수고했어. 어여 와."

"김치 맛있습니까? 맛 좀 보게 해 주세요."

"그래야지. 이거 맛 좀 봐."

김 씨 아주머니가 성훈에게 배추 속을 싸서 내밀었다. 그것을 맛있게 받아먹은 성훈이 지유에게 고개를 돌렸다.

"맛있네요. 지유 씨도 하나 줘 봐요."

"네?"

"지유 씨 손맛이 어떤가 한번 먹어 보게 하나 줘 보라고요."

성훈의 말에 효건의 미간이 급격하게 좁혀졌다.

"같은 양념인데 맛이 똑같겠지."

"대표님 그건 아니지요. 어떤 음식이든 손맛이라는 게 있지요. 하나 안 주고 뭐해요?"

효건의 대답에 성훈이 정색을 하며 지유를 향해 입을 벌렸다.

"증식 온실의 온도는 확인했나? 정성훈 연구원."

"네?"

뜬금없는 효건의 말에 성훈은 어리둥절한 표정을 지었다.

"온실 온도 확인은 하고 여기서 이러고 있는 거겠지?"

"아, 그렇죠. 온실 온도…… 깜빡했네요. 지금 다녀오겠습니다."

그의 말이 끝나기가 무섭게 난감한 표정을 한 성훈이 밖으로 뛰어나가며 고개를 갸웃거렸다. 하루 세 번 증식 온실의 온도를 체크해야 하는 것도 그가 해야 할 일 중에 하나였지만 조금 전까지 함께

김칫독을 묻던 것을 잊은 듯한 효건의 말이 뜬금없이 들려 머리를 긁적였다. 뭔가 실수한 게 있었나? 고민을 하던 그의 눈이 묘한 빛을 띠었다. 설마…….

효건은 지금 당장 하지 않아도 될 일을 들먹여 가며 그를 쫓아낸 다음 보이지 않게 한숨을 내쉬었다. 지금 도대체 자기가 뭘 하고 있는 건지…… 지유에게 배추 속을 달라던 성훈의 행동이 눈에 거슬려 트집을 잡고 있는 자신이 한심하게 느껴졌다.

"맛 좀 보고 가라 하지. 짠지 어떤지……. 나이를 먹으니 영 입맛이 이랬다저랬다 해."

"그럼 우리 대표님이 맛보고 얘기해 주면 되겠네."

"이왕이면 다홍치마라고…… 지유가 하나 먹여 줘 봐."

"그래. 간이 잘 맞을지 모르겠네."

배추 속을 채워 넣던 지유가 아주머니들의 성화에 못 이겨 어설프게 배추 속을 싸서 효건에게 내밀었다. 지유가 내민 김치를 물끄러미 바라보던 효건이 저도 모르게 입을 벌려 그녀가 주는 것을 받아먹었다.

"맛있어?"

경애가 옆에서 그 모습을 보고 있다가 효건을 향해 물었다.

"흠, 네. 간이 딱 맞네요. 맛있습니다."

효건은 주먹으로 입을 가리고 헛기침을 하고 버무려서 쌓아 놓은 김치를 들고 밖으로 나갔다. 밖으로 나가는 효건의 귓불이 붉어진 것을 아무도 보지 못했다.

지유는 항상 일정한 거리를 유지하는 효건의 등을 가만히 바라보았다. 자신에게 등을 보이고 돌아서는 효건에게 서운함을 느꼈다는 것을 어떻게 받아들여야 할지 혼란스러웠다. 단순하게 일을 하기 위해 돌아서는 모습에서 그런 것을 느꼈다니…….

어느 순간부터 자연스럽게 효건의 모습이 마음속으로 들어왔다. 같은 공간에 앉아 같은 곳을 바라보며 차 한 잔을 마시는 것뿐이었다. 그런데 그 횟수가 거듭될수록 그의 향기가 조금씩 그녀에게 스미는 느낌이 들었다. 특별히 대화를 나누지 않아도 편했고 뾰족하게 날을 세우려는 신경이 차분히 가라앉았다. 그는 그렇게 천천히 그녀 안에서 자신의 영역을 넓혀 가고 있었다.

지유 자신이 어떻게 느끼고 있든 간에 그녀는 얼마 있지 않으면 이곳을 떠날 사람이었다. 그 이유 하나로 지유는 자신의 가슴에 울리는 파장을 무시해야만 했다.

아침에 지유가 일어날 시간이 지나서도 방 밖으로 나오지 않자 걱정이 된 경애는 그녀가 머물고 있는 방문 앞에 쪼그리고 앉아 있었다.

"어머니, 여기서 뭐 하세요?"

효건은 새벽같이 일어나 품종개량실의 식물들을 확인하고 옷을 갈아입으러 2층으로 올라 왔다. 언제부터인지 모르겠지만 지유의 방문 앞을 지키고 서서 안절부절못하고 있는 경애를 의아하게 쳐다보며 물었다.

"효주가 안 일어나."

"아직까지요?"

"응."

"그런데 왜 안 들어가고 여기 계세요?"

"효주가 놀래."

"네?"

"효주가 옛날에 얘기했어. 자다가 일어났는데 눈앞에 내가 있으면 깜짝 놀란대."

"……."

"그래서 일어날 때까지 들어오지 말래."

경애는 그 말이 서운했던지 효건이 묻자 기다린 것처럼 말을 꺼냈다.

아마도 지유가 자고 있을 때 경애가 그녀의 머리맡을 지키고 있었던 모양이다. 눈을 뜨자마자 바로 눈앞에 사람이 있으니 깜짝 놀랐을 테고…….

효건이 작게 방문을 노크를 했다. 문 너머에서 인기척이 들리지 않자 효건이 조심스럽게 문을 열었다.

지유는 침대에 누워 있었다. 열린 문틈으로 경애가 지유를 흘끔거렸다.

"아직 자?"

경애는 혹시나 지유가 깰까 싶은지 낮은 목소리로 소곤거리며 물었다.

침대에 누워 있는 지유는 몸을 있는 대로 다 웅크리고 이불을 목 끝까지 끌어당겨 덮고 있었다. 효건이 그대로 문을 닫으려다 뭔가 이상한 느낌이 들어 방 안으로 들어섰다. 침대로 다가가니 지유의 숨결이 느껴졌다. 그녀의 호흡이 이상하게 거칠게 들려 효건은 손을 들었다.

"엄……마 ……워."

"?"

"추……워."

너무 작은 지유의 목소리에 효건이 그녀에게 고개를 숙이자 지유의 뜨거운 숨결을 느낄 수 있었다. 인상을 잔뜩 쓴 효건이 손을 뻗어 지유의 이마를 만져 보니 불덩이였다. 아마도 어제, 그제 김장을 하느라 너무 무리를 한 모양이었다.

"효주 아파?"

경애가 대뜸 걱정스러운 목소리를 내었다.

"감기 걸린 것 같아요. 아래층에 가서서 아주머니께 죽 좀 쒀 달라고 말씀해 주세요. 저는 약을 찾아봐야겠어요."

"응."

경애가 아래층으로 내려가고, 효건은 자신의 방으로 가 상비약을 찾아 지유에게 돌아왔다. 의식을 차리지 못하는 지유를 억지로 일으켜 힘겹게 해열제와 감기약을 먹이고, 추워하는 그녀를 위해 이불을 하나 더 덮어 주고 머리에 물수건을 대 주었다. 그녀의 열이 떨어지기를 기다리며 효건은 너무 아파 보이는 작고 가녀린 지유에게서 눈을 떼지 않았다.

언제 올라왔는지 경애가 침대가에 앉아 안타까운 눈으로 지유를 바라보고 있었다.

"엄……마."

그 말을 하는 지유의 눈가에 눈물 맺혀 있었다.

"효주야, 아프지 마."

경애가 따스한 말로 대답을 하고 한 손으로는 지유의 손을 잡고 다른 한 손으로는 그녀의 이마에 놓여 있는 물수건을 꼭꼭 눌러 주었다. 효건은 걱정 가득한 눈을 한 경애를 물끄러미 바라보다 지유에게 시선을 돌렸다.

'당신 왜 이렇게 아파하는 거야? 무슨 사연으로 이곳까지 온 거고…… 당신 도대체 누구야? 언제쯤 솔직하게 자신의 이야기를 해

줄 거지?'

효건은 당당하고 차가운 모습으로 자신을 포장한 김지유라는 여자가 사실 여리고 작은 존재에 불과하다는 생각이 들어 혼란스러웠다. 자꾸만 눈이 가는 여자로 인해 그는 심장은 바늘로 콕콕 찌르는 통증을 느껴야만 했다.

그는 그녀를 향해 뻗어 나가려는 손에 힘을 주어 주머니 속으로 밀어 넣었다. 이러다 언젠가 스스로의 감정을 주체하지 못하고 그녀를 붙잡을 것만 같았다.

'어쩌면 그냥 이대로도 괜찮지 않을까? 조금은 부족한 사람들끼리 의지하며 살아도 좋지 않을까?'

그의 눈동자에서 시작된 떨림이 심장 깊숙한 곳까지 이어지고 있었다.

"흐음."

"깼어?"

지유는 박 씨 아주머니의 다정한 음성에 천천히 눈꺼풀을 열었다. 창밖이 환한 걸 보니 아침이 된 모양이었다. 이마에 올려 둔 수건을 치우고 손으로 열이 떨어졌는지 확인하는 아주머니의 얼굴에 옅은 안도의 빛이 스쳐 지나갔다.

"많이 아팠어. 하루 꼬박 앓았네. 사람이 미련하게 혼자서 끙끙거리면 어떡해…… 아프면 아프다고 얘길 해야지."

"죄송해요. ……그리고 감사해요."

지유는 바짝 마른 목을 축여 가며 작은 소리로 고마움을 전했다.

"뭘?"

"이렇게 돌봐 주셔서……."

"무슨 말이야? 난 아무것도 안 했어. 우리 대표님하고 사모님이 밤새 간호하느라 고생했지."

"그래요?"

"그럼. 아주 지극정성이었지. 우리 사모님, 그만 주무시라고 해도 말도 안 듣고 계속 지유 옆에만 있었지. 또 우리 대표님은 어땠게…… 땀을 뻘뻘 흘려 가며 약을 조금씩 입에 넣어 주는데…… 행여 흘릴세라 그 손길이 어찌나 조심스럽던지 보는 사람이 다 조마조마하더라니까. 거기다 계속 물수건 갈아 주면서 틈틈이 열이 떨어졌나 확인하고, 잠도 제대로 못 잤을걸."

지유는 박 씨 아주머니의 말에 어떤 대꾸도 하지 못하고 손을 들어 눈을 가려 버렸다. 꿈이 아니었다. 열로 몽롱해진 가운데 들려오던 엄마라는 소리와 그녀의 이마 위에 여러 번 놓였다 사라진 커다란 손. 든든한 버팀목 같은 그에게 자꾸만 빚이 쌓여 간다. 거기에 더불어 욕심 또한 커져만 갔다.

품종개량실.

생물표본실과 더불어 효건이 가장 오래 머무는 곳이었다. 지유는 품종개량실의 문을 잡고 들어가도 되는지 잠시 고민을 했다.

몸살이 나서 아팠던 그녀는 생리적인 현상을 해결할 때를 제외하고 삼 일 동안 침대 밖으로 나올 수가 없었다. 경애와 효건이 절대 불가를 외치며 그녀를 꽁꽁 묶어 두려고만 해서 어쩔 수 없이 침대에 가만히 누워 가져다주는 식사와 약을 먹고, 잠에 취해 며칠을 보냈더니 이제는 몸이 가뿐해졌다.

그녀가 자릴 털고 일어나자 아주머니들은 한시름 덜었다며 단체로 찜질방에 가신다고 나가 버렸다. 지유의 곁을 떠나려 하지 않는 경애를 살살 달래어 함께 나가면서 식사 시간이 되면 효건을 불러다 밥을 먹이라는 당부를 했다.

지유는 점심시간이 되자 아주머니들의 말이 떠올라 그를 찾아 나섰다.

똑. 똑.

문을 열자 따스한 온기가 그녀를 반겼다. 이리저리 둘러보아도 효건의 모습은 보이지 않았다.

"어딜 갔지?"

품종개량실은 커다란 식물원처럼 보였다. 볕이 잘 드는 유리창 아래로 키가 커다란 나무들이 줄을 지어 서 있었고, 그 반대편에는 작은 화분들이 옹기종기 모여 있었다. 그리고 그 곁에 작은 잎들이 뽀족이 튀어나온 식물들이 심어져 있는 화단이 자리해 있었다. 화단 옆에 놓여 있는 커다란 작업대 위에는 여러 가지 도구와 나뭇가지가 흩어져 있었다.

그녀는 나무 사이를 천천히 둘러보며 걸음을 옮겼다. 차디찬 바람이 부는 바깥과 너무나 다른 세상에 입가에 슬그머니 미소가 걸렸다. 그녀가 가 보았던 온실과 또 다른 꽃향기가 은은히 배어 있는 이곳이 무척이나 마음에 들었다. 조심스레 나뭇잎을 쓸어 보기도 하고 단단한 나뭇가지를 잡아 보기도 하는 그녀의 눈동자가 유난히 반짝였다.

"어?"

품종개량실 한쪽에 마련되어 있는 사무실 문이 활짝 열려 있었다. 지유는 혹시나 그곳에 효건이 있는 건가 싶어 눈을 동그랗게 뜨고 고개를 옆으로 조금 기울인 상태로 걸음을 옮겼다.

"효건 씨, 여기 있어요?"

사무실 내부도 바깥과 별로 다르지 않았다. 특별 관리 대상으로 보이는 여러 가지 화초와 화분이 빼곡하게 채워져 있었다. 그곳에도 효건은 보이지 않았다. 어딜 갔을까 잠시 생각하던 지유의 눈에 활짝 펼쳐진 노트 한 권이 들어왔다. 여유로운 걸음으로 다가가 흘끔 내려다보니 관찰일지 같은 것이었다. 나무의 상태와 변화를 정갈하고 힘이 넘치는 글씨로 꼼꼼히 적어 놓았다.

"이게 뭐야? 지유1, 지유2?"

왜 자신의 이름이 관찰일지의 한 부분을 차지하고 있는지 의아하게 생각한 그녀는 더욱 자세히 노트를 들춰 보았다. 일지 안에는 잎이 자라기 시작하면서 관찰한 내용을 세세하게 적혀져 있었다. 그녀는 두리번거리다 그의 책상에서 가장 가까운 곳에 있는 화분으로 다가갔다.

"후훗."

여러 개의 화분이 늘어져 있는 가운데 이름표를 단 몇몇 화분이 보였다. 가까이 다가가 보니 깃털 모양의 가느다란 잎을 가진 화분이 '지유1'이라는 명찰을 달고 있었고, 짙은 황록색 바탕에 은색과 크림색을 살짝 뿌려 놓은 듯한 매우 매혹적인 느낌을 주는 화분에는 '지유2'라는 명찰이 달려 있었다. 아마도 새로 품종을 개량하고 있는 것인 모양인데, 왜 자신의 이름을 붙였을까 궁금했다.

그녀는 '지유1'의 잎을 살며시 쓸어 보았다. 독특하고 시원한 향이 나는 것이 마음에 들었다. 그가 신경 써서 관리하고 있는 식물에 제 이름을 붙였다는 것이 새롭고 신기했다. 왠지 그의 마음에도 그녀가 들어가 있는 것만 같아 심장이 두근거리고 볼이 달아올랐다.

'이 낯선 느낌이 싫지 않아.'

그를 생각하면 가슴 한구석이 간질거리는 느낌이 오히려 좋다는 생각이 들어 당혹스러웠다.

그가 잠시 화장실에 다녀온 사이에 지유가 다녀간 모양이었다. 그가 펼쳐 놓은 관찰일지의 마지막 줄에 장난스럽게 쓰인 한 문장이 눈에 들어왔다. 그 내용을 보고 효건은 조금 쑥스러운 웃음을 지었다.

효건도 만들어 봐요.

흔히 율마라 알려진 골드크리스트 월마의 품종을 개량하는 중이었다. 손으로 만지면 상큼한 향이 나고, 삼림욕 효과 물질인 피톤치드를 발산해 머리를 맑게 하고, 주변의 해로운 미생물을 제거하는 효능과 함께 새집증후군을 잡아 주는 공기 정화식물로 알려져 있지만, 집 안에서 키우기가 조금은 까다로워 그것을 개량하면 어떨까 하고 시도하는 중이었다.

추위에 약하고 3m까지 자라는 키가 큰 식물인 율마의 단점을 보완하기 위해 여러 가지 방법을 찾다가 문득 이름을 붙여 주고 싶다는 생각이 들어 그녀의 이름을 사용했다.

'지유1'로 명명한 율마가 생각보다 잘 자라 주어 기분이 좋아진 차에, 실내 공기 정화 실험에서 공기 중에 있는 암모니아 제거 능력이 뛰어난 것으로 평가받는 화려한 잎을 가진 호마로메나 바리시를 '지유2'로 이름 붙이고 개량 작업을 시작했다. 왠지 그녀의 이름을 붙이면 그의 생각대로 품종개량이 잘될 것만 같아서 한 일이었는데…… 그걸 그녀가 알아 버렸다.

약간 민망하긴 했지만 그녀가 알게 된 것이 나쁘지는 않았다. 사실 율마와 호마로메나 바리시에 지유의 이름을 붙이게 되자 더욱 정성을 들여 화분을 보살피게 되었다. 마치 그녀를 보는 듯한 느낌에 애정을 담아 개량 작업을 했다. 이렇게 정성을 쏟다 보면 사람 지유도 그를 의지하고 믿어 주지 않을까 하는 얄팍한 생각도 조금은 했다.

"그럼 이제 효건도 만들어야 하나? 일이 점점 늘어 가는데……."

혼잣말을 하는 그의 입가에 미소가 피어올랐다. 지유와 나란히 서 있는 효건을 보는 것도 괜찮을 것 같았다.

5.

질투

그녀가 이곳 나무동산에 온 지도 어느덧 두 달이 지나고 있었다. 지유는 점점 나무동산에 동화되어 갔다. 애초부터 이곳에서 살아온 사람처럼 산과 나무가 주는 풍요로움에 빠져들었다.

"엄마. 우리 날도 추운데 차 한 잔 할까요?"

"응."

지유는 여전히 자신의 뒤를 졸졸 따라다니는 경애를 아프고 난 다음부터 엄마라 불렀다. 자신의 입에서 엄마 소리가 나오면 경애의 얼굴이 행복감으로 가득 차며 환하게 밝아지곤 했다. 지유는 다른 사람에게 경애가 그 말을 너무 좋아해서 마지못해 부르는 것처럼 이야기했지만, 사실은 엄마의 정이 그리운 지유가 경애를 엄마 대신으로 생각하고 있다는 진심의 표현이었다. 경애를 엄마처럼 의지하고 있었고, 경애의 따스한 시선이 자신에게 향해 있다는 것이 좋았지만 그 서툰 감정을 지유는 쑥스러워하며 감춰 두고 있었다.

"차 마시고 우리 크리스마스트리 만들어요."

"그래. 그거 다락방에 있어."

"진짜요? 와, 잘됐다. 사러 가지 않아도 되겠네요."

"응."

경애가 환하게 웃으며 지유의 손을 잡았다. 그 따스함이 좋아 지유의 입가에도 미소가 피어올랐다.

두 여자가 다락방을 거의 뒤집어엎다시피 해서 트리용 나무와 장식품들을 찾아냈다. 낑낑거리며 거실까지 가지고 내려온 지유와 경애는 신기한 장난감을 발견한 아이들처럼 신나 하며 트리 꾸미기에 빠져들었다.

크리스마스를 맞이해서 사택 거실에는 5년 만에 크리스마스트리가 설치되었다. 여러 가지 장식물로 멋지게 트리를 꾸민 지유와 경애는 꼬마전구의 불을 켜고 그 반짝임에 넋을 놓아 버렸다. 아이처럼 좋아하는 경애와, 그런 경애를 부드러운 미소로 응시하는 지유가 주는 평화로움이 온 집 안을 감싸고 있었다.

"효주야, 너무 예쁘지?"

"네. 진짜 예뻐요."

지유는 입가에 잔잔한 미소를 머금은 채 트리에서 눈을 떼지 못했다. 엄마가 돌아가시고 난 뒤 십여 년 만에 꾸며 본 트리는 너무나 예뻤다. 그 반짝이는 고운 빛이 너무나 따스하게 보여 손을 들어 조심스레 쓸어 보았다.

이곳에서 생활한 뒤로 이전의 제 모습이 점점 희미해져 갔다. 누군가에게 약한 마음을 들킬세라 단단히 무장을 하고, 차갑고 정 떨어지는 표정으로 사람을 대했던 모습이. 완전히 다른 사람이 된 것은 아니었지만 미소 짓는 것이 더 이상 어렵지 않았다. 그녀에게 따스함을 알게 해 준 경애와 효건이 고마웠다. 그리고 수목원도.

물을 마시기 위해 밖으로 나온 효건이 2층 계단 난간에서 두 사람의 모습을 보며 안도의 한숨을 내쉬었다. 완벽하게 서로를 위해 주고 이해하는 두 사람 사이에 자신이 있을 곳은 없는 것 같다는 생각에 조금은 서운한 마음도 들었지만, 너무나 행복해 보이는 두 사람을 방해하고 싶지 않아 다시 방으로 들어갔다.

지유가 2층에서 들려온 인기척에 고개를 드니 등을 돌리는 효건의 모습이 보였다. 효건은 보이지 않게 늘 단단한 울타리가 되어주는, 믿음이 가는 남자였다. 효건에 대해 알게 되고 그의 모습을 눈으로 좇고 있는 자신을 발견할 때마다 흠칫 놀라곤 했다. 그에게 다가가고픈 마음이 점점 커져 갔지만 조심스레 그 마음을 누르고 있었다. 남자를 믿고 받아들이는 일은 지유에게 너무나 어렵고 힘든 일이었다. 그럼에도 불구하고 그에게 향하는 마음이 자꾸 말을 걸었다.

'그의 곁에 머물고 싶다…….'

지유가 이곳에 온 지도 두 달이 넘어 새해를 코앞에 두고 있었다. 돌아가야 하는 걸 알고 있었지만 이곳이 주는 따스함을 놓기 싫어 하루만 더…… 하고 하루씩 연장하다 보니 발이 떨어지지 않았다.

그냥 이대로 여기 살면 안 될까? 경애의 따스한 관심과 평온한 분위기의 수목원에서 벗어나고 싶지 않았다. 거기에 서효건이라는 남자까지……. 찻집 운영을 담당하는 주란이 노골적으로 효건을 향해 관심을 표현하고 있는 걸 알았지만 자신도 모르게 그에게로 향하는 시선이 지유를 혼란스럽게 만들었다.

그래도 이제 그만 가야겠지? 그녀는 아이처럼 순수한 미소를 머금은 경애를 애련한 눈으로 쳐다보다 슬며시 고개를 돌렸다. 아직은…….

아침부터 하얀 눈송이가 탐스럽게 내리는 날이었다. 문이 닫힌 수목원 입구에 흰색 자가용이 한 대 멈춰 섰다. 문이 열리고 높은 힐의 검은 부츠를 신은 늘씬한 두 다리가 차 밖으로 내밀어지고, 곧 바로 하얀 코트를 입은 세련된 여자가 몸을 일으켜 차 밖으로 내려섰다. 못마땅함이 가득한 눈으로 주위를 한 번 둘러보다 차가운 겨울바람에 인상을 쓰고 입구 옆 관리실의 작은 문을 열었다.

생물표본실.

관리실 사람에게 효건이 이 시간이면 이곳에 있을 거라는 말을 듣고 그를 찾아 나선 길이었다. 오랜만에 만나는 효건이 어떻게 변했을지…… 예전에 다정했던 그대로의 모습이기를 바라는 마음으로 커다랗게 심호흡을 하고 문을 열었다.

서효건. 그가 있었다. 자신의 구겨진 자존심으로 인해 그에게 등을 보이고 미련 없이 돌아섰던 기억이 그녀의 뇌리를 스치고 지나갔다.

그와 헤어진 지 5년이라는 시간이 지나고, 그만큼의 나이를 먹자 가장 생각나는 사람이 효건이었다. 자신의 연인이었던 서효건. 그의 다정함이 생각나자 걷잡을 수 없을 만치 그가 그리워졌다. 그리고 결심을 했다. 모든 걸 헤어지기 전으로 되돌리자고……. 나지막이 심호흡을 한 하영이 그를 향해 한 걸음을 내딛었다.

"오랜만이야. 효건 씨."

생물표본실에서 내년 봄을 위한 씨앗을 저장하기 위해 가공 처리를 하고 있던 효건의 움직임이 낯선 목소리에 멈추었다. 최하영. 한때 그의 열렬한 연인이었던 여자가 환한 미소를 지으며 그의 앞에 서 있었다.

"······네가 왜 여기에 있어?"

효건의 입에서 억눌린 거친 목소리가 흘러나왔다.

"우리 너무 오랜만에 만났는데, 인사도 없이 그렇게 쌀쌀맞게 말하기야?"

"너와 한가하게 인사를 나누고픈 마음이 전혀 없어."

"······효건 씨, 변했구나."

"무슨 일로 온 건지 용건이나 말해."

"그러지 마, 효건 씨. 자기가 너무 보고 싶어 찾아온 사람한테 너무 차갑게 굴지 마."

"······."

자기? 너무나 태연하게 말을 하는 하영을 바라보는 효건의 눈동자가 어두워졌다. 하영이 어떤 의도를 가지고 갑자기 이곳에 나타난 건지 그 이유가 궁금했지만 먼저 묻지는 않았다. 너무나 자연스럽게 어제 만난 사람처럼 대하는 그녀의 밝은 표정이 눈에 거슬려 날카로운 음성이 터져 나왔다.

"용건이 얼굴 보러 온 거다? 그럼 얼굴 봤으니 그만 가."

"효건 씨. 나, 자기 죽어도 못 잊어서 온 거야. ······자기랑 다시 시작하고 싶어서."

말도 안 되는 소리를 태연하게 지껄이는 하영을 보다 효건은 조롱 섞인 어조로 입을 열었다.

"죽어도 못 잊겠다라······. 내 기억으론 우리가 헤어진 게 5년 전인 걸로 알고 있는데, 내가 잘못 알고 있는 건가? 아님 혹시라도 네가 그동안의 시간을 5년이 아니라 5일로 착각하고 있는 거야?"

"······그런 거 아니야. 아무리 자기를 잊으려 해도 잘 안 됐어. 아무리 생각해도 자기만큼 나하고 잘 어울리는 사람이 없어."

"너무 늦었다고 생각하지 않아? 5년 전에 네 입으로 말했던 것과는 너무나 다른 말이라 조금 혼란스러운데……."

"그땐 내가 어렸어. 효건 씨가 없어도 잘 지낼 줄 알았어. 다시 한 번 내게 기회를 주면 안 돼?"

그나마 솔직하게 말하는 것이 다행이랄까? 효건은 하영의 말에 피식 비웃음이 나왔지만 겉으로 티를 내지 않았다.

"그러고 싶지 않아. 그러니 쓸데없는 일에 힘 빼지 말고 그냥 돌아가."

"그러지 말고…… 다시 생각해 줘. 예전에 우리 좋았잖아."

"같은 얘기 반복하지 말고 그만 돌아가. 네 얼굴 더 이상 보고 싶지 않다. 그리고 여긴 네가 있을 곳이 아니야."

"효건 씨, 그러지 말고 나랑 같이 가자. 지금도 늦지 않았어. 나랑 같이 가서 다시 시작해. 자기 실력이면 전에 하던 일 쉽게 할 수 있잖아. 이런 촌구석에서 답답하게 살 필요가 뭐가 있어? 응?"

"넌…… 여전하구나."

하영의 말에 효건은 냉소를 머금었다. 끝까지 이기적인 여자였다. 어쩌면 자신도 똑같을지 모르지만……. 자신과 다시 시작하고 싶다 하면서도 이곳은 아니라는 그녀의 말에 효건은 차갑게 하영을 바라보았다.

그동안 잊고 있었던 그녀와 헤어진 이유가 떠올랐다.

미국으로 유학 가서 만난 하영은 불꽃처럼 화려하고 열정이 넘치는 여자였다. 외로운 타국 생활에 지쳐 있을 때 유학생 모임에서 우연히 만난 그녀의 화려함은 타인의 시선을 잡아 끌기에 충분했고, 그 역시 다른 사람들처럼 단숨에 하영에게 빠져들었다. 다행히 여러 유학생들 중에서 그녀가 그를 점찍어 효건과 하영은 급속도로 가까워지며 연인이라는 이름으로 묶였다.

그가 학교를 졸업하고 고액의 연봉을 받으며 국내 유명 투자 회사에 입사하고 직장 생활을 할 때만 해도 하영은 늘 그의 곁에 있었다.

그녀와 몇 년간의 연애 끝에 결혼을 생각할 즈음에 외가댁에 다녀오던 부모님과 하나밖에 없는 여동생이 교통사고를 당해 아버지와 여동생이 그 자리에서 즉사하고 어머니만 살아남았다. 긴 수술이 끝나고 어머니가 깨어나자 겨우 안도의 숨을 쉬었다. 그나마 한 분이라도 살아 계셔서 다행이라고 애써 위안을 삼았을 때, 어머니의 상태가 좋지 않다는 것을 알게 되었다.

뇌를 다친 어머니가 다시 예전의 모습으로 돌아오지 못할 상황에 처했을 때, 효건은 잘나가는 펀드매니저 생활을 접고 아버지와 어머니가 함께 운영하던 수목원으로 내려올 수밖에 없었다. 그에게는 유일한 가족이었기에 홀로 남은 어머니를 외면할 수가 없었다. 그렇게 가장 그가 힘들었던 시기에, 그녀의 위로와 사랑을 원하던 그 상황에 하영은 매몰차게 돌아섰다.

"난 죽어도 그런 곳에 가서 못 살아. 그런 산속에서 어떻게 살아? 꼭 자기가 그곳으로 가야 할 이유는 없잖아. 지금처럼 여기서 생활하다 가끔씩 가 보면 안 돼?"

"그럼, 어머니는? 아프신 어머니는 어떡해? 네 식구 중에 한꺼번에 둘을 잃었어. 그런 분을 어떻게 혼자 놔둬."

"그렇다고 꼭 자기가 가야 할 필욘 없잖아. ……그래, 모시고 올라와. 어디 시설 좋은 요양원 같은 데 모셔 놓고 자주 찾아가는 것도 좋은 방법 아니야? 자긴 지금까지 쌓아 온 경력이 아깝지도 않아? 그렇게 쉽게 포기하려고 힘들게 공부한 거 아니잖아."

"꽃과 나무에 둘러싸여 반평생을 사신 분이야. 건강도 좋지 않은 분이 이곳에 와서 뭘 할 수 있겠어? 거기다 요양원? 이제 사시면 얼마나 더 사신다고……. 네가 조금만 양보해 주면 안 되는 거니?"

"왜 나한테만 양보하래? 몇 년? 자기 어머니…… 일, 이 년만 사신대? 아니잖아. 그게 십 년이 될지 이십 년이 될지 모르는 거잖아. 그럼 난…… 그 산골짜기에 들어가서 그렇게 썩어야 해?"

"너, 어떻게 그런 말을 해?"

"내가 틀린 말을 한 건 아니잖아. 나, 사랑한다며? 결혼하자며? 그럼 내 생각도 해 줘야 하잖아."

하영은 분노에 휩싸여 날카로운 시선으로 효건을 바라보며 앙칼지게 쏘아붙였다.

"……그래. 맞다. 네 말도 전혀 틀린 건 아니지. ……네게 일방적인 희생을 강요할 순 없어. 우리 조금만 생각해 보자. 너와 나에게 맞는 최선의 방법을 한번 찾아보자."

"아니, 말 나온 김에 여기서 결정해. 나야, 어머니야? 난 죽어도 그곳엔 못 가니까 알아서 결정해."

효건은 반드시 이 자리에서 끝을 보겠다고 결심한 것이 눈에 보이는 하영의 모습에 한기가 느껴졌다.

"최하영. 방법을 찾아보자 했잖아. 그게 그렇게 쉽게 결정할 수 있는 문제가 아니잖아."

"선택해. 나야, 어머니야?"

하영은 그 외의 말을 듣지 않겠다는 듯이 고집스럽게 팔짱을 끼고 그를 노려보았다.

"너 꼭 이렇게까지 해야겠어?"

"……."

"지금의 네 결정을 후회할 수도 있어?"

"후회 안 해. 효건 씨가 어머니를 택한다면…… 우리 사인 그걸로 끝이야. 어쨌든 난 그곳엔 가지 않을 거니까…… 그러니까 선택해."

효건은 안타까운 시선으로 하영을 바라보았다. 지금껏 자신이 알고 있던 그녀와 너무나 다른 태도에 놀라면서도 어쩌면 지금 눈앞에 보이는 하영이 진짜가 아닐까 생각되었다. 그녀의 당당함이 너무나 이기적으로 느껴졌지만, 그래도 마지막으로 확인하고 싶어 다시 물었다.

"내가 없어도 진짜 넌 괜찮아?"

"당장은 슬프고 아프겠지. 하지만 시간이 지나면 괜찮을 거야. 꼭 자기가 아니면 안 되는 건 아니니까."

"그렇구나. 넌 내가 아니어도 상관없는 거구나."

"……응."

하영은 그 말을 하는 효건을 외면했다.

"그럼…… 그렇게 하자. 여기서 그만두는 게 좋겠다."

"그래? 알았어. 그럼, 잘 지내."

그날 하영은 너무나 쿨하게 뒤도 돌아보지 않고 자리를 떠났다. 그와 연인 관계였던 그 시간이 아무것도 아니었던 것처럼 일말의 미련조차 보이지 않고 사라지는 그녀의 뒷모습에서 눈을 떼기가 힘들었다.

그 뒤 그녀로 인해 효건이 얼마나 힘들어했는지……. 함박웃음을 지으며 사랑을 말하던 여자가 마지막 만남에서 지었던 표정과 차갑고, 건조한 음성이 한동안 그를 괴롭혔다. 선택을 강요하던 그녀의 매몰찬 모습이 떠오를 때면 그는 온몸의 피가 얼어붙는 것 같은 느낌이 들었다. 그 뒤 효건에게 여자는 믿을 수 없을 만큼 가볍고 이기적인 존재로 바뀌었고, 그들이 말하는 사랑이라는 것도 믿을 수가 없었다.

"우리 다시 시작하자."

잠시 옛 생각에 빠져 있던 효건의 귀에 하영의 당당한 목소리가 흘러 들어왔다. 효건은 아무것도 나타나지 않은 공허한 눈으로 그녀를 바라보며 조용히 입을 열었다.

"난 다시……."

"이곳에서 잘 지내는 사람에게 그렇게 속살거리는 이유가 뭐죠?"

조용하지만 단호한 목소리에 효건은 하려던 말을 멈추고 고개를 돌려 지유를 바라보았다. 아무런 감흥이 없이 무표정한 그를 지유는 흔들림 없는 눈으로 마주 보았다.

식사 시간이 지나서도 모습을 드러내지 않는 효건을 찾아 생물표본실까지 온 지유는 낯선 여자가 마지막으로 하는 말을 듣고 말았다. 화려한 여자와 함께 있는 효건을 보자 심장이 아파 자리를 뜨려고 했지만, 다시 시작하자는 여자의 말에 얼음처럼 다리가 얼어붙어 꼼짝할 수가 없었다. 그가 이곳을 떠날지도 모른다는 불안한 마음에 자신도 모르게 입이 열리고 말았다.

"당신 누구야?"

표독스런 하영의 질문에 지유는 느긋하게 그녀 쪽으로 고개를 돌렸다.

"그 질문에 내가 대답해야 할 필요는 못 느끼겠네요."

"효건 씨, 이 여자 누구야?"

“…….”

효건은 입을 꾹 다물고 지유에게 시선을 던졌다. 이제 막 이곳에 들어왔는지 추위로 인해 볼과 코끝이 빨갛게 변해 버린 지유가 귀엽게만 보였고, 혹시라도 그녀가 하영과 자신의 사이를 오해하고 있는 건 아닌지 신경이 쓰였다.

“굳이 저에 대해 알고 싶다면 알려 드리죠. 저 남자 애인이에요.”

“뭐? 뭐라구요?”

“한국말 못 알아들어요. 효건 씨는 내 꺼라구요. 그러니까 임자 있는 사람한테 집적거리지 말아요. 그거 상당히 보기 흉하거든요.”

지유의 말에 효건은 흥미롭다는 듯 눈썹을 치켜 올렸고, 하영은 지유를 아래위로 훑으며 탐색하듯 바라보았다.

“진짜예요?”

“내가 그쪽한테 거짓말할 이유가 있을까요?”

“효건 씨, 이 여자 말이 사실이에요?”

“아마도…….”

웃음을 머금은 효건의 말에 하영이 대번 눈꼬리를 치켜 올리며 사나운 표정으로 지유를 노려보았다. 설마 그에게 여자가 있을 거라고 생각해 보지 않았다. 이곳에 내려오기 전에 알아본 바에 의하면 그의 곁엔 여자가 없었다. 그럼 이 여잔 누구지? 의심스러운 눈으로 살펴본 여자는 시골 촌구석에나 있을 만한 여자는 아니었다. 허름한 옷을 입고 있음에도 어딘가 모르게 고상하고 품위가 있었고, 더불어 서늘한 기운도 함께 느껴졌다. 절대 만만한 상대는 아니라는 직감이 들었다.

“믿을 수가 없어요.”

“믿건 안 믿건 그건 그쪽 사정이죠.”

지유는 천천히 효건에게 다가가 그의 어깨에 한 손을 얹고 나머지 손으로는 부드럽게 그의 가슴을 쓸어내렸다. 은밀함이 느껴지는 유혹적인 그녀의 행동에 효건은 놀랐지만 셔츠 아래 근육만 움찔거렸을 뿐 다른 티는 나지 않았다.

지유의 은근한 손짓을 잡아먹을 듯 노려보던 하영이 싸늘한 눈을 내리깔았다.

"내가 이대로 포기할 거라 생각해요?"

"포기하지 않으면요. 다시 시작하기에 너무 늦었다 생각하지 않아요? 이 남자 옆자린 이미 임자가 있어요. 그러니까 쓸데없는 데 시간 낭비하지 말아요. 이건 그쪽을 생각해서 해 주는 말이에요."

"흥, 뭘 노리고 접근한 것인지 모르겠는데…… 그쪽도 생각을 달리 해야 할걸요. 이런 촌구석에서 흙 만지면서 얼마나 살아갈 수 있을 거라고 생각해요? 정신 차려요. 지금 당장은 오랫동안 머물 것 같지만 이렇게 답답한 곳에서 얼마 버티지 못 할걸요."

지유는 여자의 말에 무심한 눈으로 효건을 흘끔 쳐다보았다.

"그건 그쪽 생각이겠죠. 그쪽 생각을 나한테 강요하지 말아요. 버틸지 못 버틸지는 내가 결정해요. 주제넘게 그쪽이 판단할 문제는 아니죠."

침착한 어조로 조용히 말하는 지유를 못마땅하게 쳐다보던 하영이 분노에 파르르 떨었다. 당장이라도 효건의 곁에 당당하게 서 있는 여자를 뜯어내고 싶지만, 오랜만에 만난 그를 앞에 두고 그럴 수는 없다는 생각에 솟아오르는 분노를 억눌렀다. 갑자기 튀어나온 여자가 의심스럽기만 했다. 그리고 여기 내려오기 전에 들었던 그의 곁에 여자가 없다는 말에 희망을 걸어 보기로 했다. 아직까지는 자신에게도 기회가 있을 거라는 생각을 떨치기 힘들었다. 지금은 그저 당황해서 자신을 받아들이기 힘든 거라고 자기 좋을 대로 생각해 버렸다.

"효건 씨, 다시 한 번 생각해 봐요. 연락 기다릴게요."

하영은 가방에서 명함 한 장을 꺼내 그에게 내밀며 매혹적인 웃음을 흘렸다. 효건이 물끄러미 바라보기만 하자 미간을 잔뜩 찌푸린 하영이 그의 작업대 위에 그것을 놓고 돌아서 표본실을 나갔다.

"예전 애인이죠? 혹시 그 여자 말대로 다시 시작하고 싶었어요?"

문이 닫히고 여자의 모습이 눈앞에서 사라지자 효건의 가슴에 올려 두었던 손을 떼고 그를 응시하며 물었다.

"글쎄……."

명확하게 답을 하지 않는 효건을 바라보는 지유의 시선이 복잡해졌다.

"식사나 하러 가죠."

"그래요. 가요."

지유는 자신의 등에 손을 얹은 채로 에스코트하는 그의 손길을 강하게 의식하며 생물표본실을 나섰다.

효건은 단정하는 듯 얘기하던 하영의 말이 자꾸만 머릿속에 맴돌았다.

'촌구석에서 흙 만지면서 얼마나 살아갈 수 있을 거라고 생각해요?'

'정신 차려요. 지금 당장은 오랫동안 머물 것 같지만 이렇게 답답한 곳에서 얼마 버티지 못 할걸요.'

지유 역시 하영과 똑같이 생각하게 될까? 지금은 뭘 피해 도망쳐 왔는지 모르지만 언젠가 그녀가 아무런 말없이 떠나가 버릴까 봐 불안해하는 자신을 발견하고 답답함에 커다랗게 심호흡을 했다.

효건은 지유로 인해 혼란스러웠다. 피난처가 아니라 안식처라는 그녀의 말을 믿고 싶었다. 그녀가 안식처라 느끼는 이곳에서 지유와 함께 있고 싶었다. 아주 오래오래…….

식사 후 다시 생물표본실로 돌아가는 효건을 보는 지유의 눈빛이 흔들렸다. 그의 작업대 위에 놓여 있을 그의 옛 애인이 주고 간 명함이 지유의 신경을 건드렸다. 생각 같아선 당장이라도 뛰어가 그것을 구겨 쓰레기통에 던져 버리고 싶었지만, 그와 어떤 사이도 아닌 자신이 그런 행동을 한다는 것이 우습게 느껴져 이러지도 못하고 저러지도 못하고 고민만 하고 있었다.

"하아."

저도 모르게 터진 한숨에 곁에서 어설픈 솜씨로 뜨개질을 하고 있던 경애의 시선이 지유에게로 향했다.

"효주야, 어디 아파?"

"……아니요."

괜히 경애에게까지 걱정을 끼친 거 같아 그녀를 향해 희미하게 웃어 주고 소파에서 일어난 지유가 베란다 앞에 서서 앙상하게 가지만 남은 나무에 시선을 던졌다. 한여름의 푸름을 모두 벗어 버린 채 을씨년스럽게 서 있는 나무가 자신의 모습과 겹쳐 보였다.

왜 그랬을까? 왜 효건이 그 여자와 나란히 서 있는 모습이 그렇게도 보기 싫었을까? 어느 순간부터 그를 보고 있는 자신의 모습이 낯설기만 했는데…… 어느새 그를 마음에 담아 버린 걸까? 늘 자신의 곁에 있던 재우를 남자로 인정하기까지 얼마나 많은 시간을 필요로 했는지…… 재우에 비해 효건은 왜 이리 빨리 자신의 마음을 가져가 버린 건지……. 지유는 혼란스러운 마음을 진정시키기 위해 눈을 감았다.

마음은 자꾸 그를 향해 가고 있는데 겁이 많은 그녀는 자꾸만 멈칫거리게 된다. 오랜 시간 동안 그녀의 곁에 있던 재우에게도 상처를 받았는데…… 이 사람한테마저 그렇게 된다면…… 생각하고 싶지 않았다. 확신이 서지 않는 갈대 같은 마음도, 자꾸만 그에게 향하는 시선도 아직은 붙잡아 둬야만 했다.

이제는 날씨가 추워져 베란다 앞 데크로 나가지 못한 지유와 효건은 사택 거실에 나란히 앉아 반짝이는 크리스마스트리에 시선을 던지며 차를 마셨다. 두 사람의 머릿속은 각자의 생각으로 바쁘게 움직이고 있었다.

"오늘 완전 삼류 드라마 하나 찍었네요."

"……."

말이 없는 효건을 강하게 의식하며 지유는 조심스레 입을 열었다.

"제가 주제넘게 나선 건가요?"

"전혀 아니라고는 말 못 하겠는데요."

그가 충분히 해결할 수 있는 일이었지만 그녀가 나섬으로 효건은 뒤로 빠지고 말았다.

"그렇담 미안하게 됐네요."

"진짜 미안하긴 한 겁니까?"

"뭐, 별로……."

별거 아니라는 듯 어깨를 으쓱이며 하는 지유의 말에 효건이 어이없는 웃음을 지었다. 비밀을 공유한 것 같은 묘한 동지의식이 두 사람 사이에 피어오르며 그들을 조금 더 가깝게 만들어 주었다.

"여기에는 왜 온 건지 아직도 얘기하기 싫어요?"

효건은 지유가 조금은 더 가깝게 느껴져 조심스레 질문을 던졌다. 그녀가 그의 물음에 솔직히 대답해 준다면 좋겠다는 생각을 하면서…….

"……그냥 답답해서 숨이 쉬어질 만한 곳을 찾다 우연히 오게 되었어요."

"문제가 있다고 피하는 건 좋지 않아요."

"그 당시엔 그게 최선이었어요."

"최선의 방법이 비겁하게 도망치는 거였습니까?"

지유는 많은 이야기가 담긴 눈으로 효건을 바라보았다.

"어떤 문제에 직면했을 때 모든 사람이 다 그것과 맞서지는 않아요. 때론 비겁하다, 나약하다는 소리를 들을지언정 잡고 있는 것을 모두 놓아 버리고 떠나고 싶은 때도 있는 법이죠."

"도망친다고 문제가 해결되는 건 아니잖아요. 차라리 직접 부딪혀서 깨지더라도 어떤 식으로든 해결하는 게 낫지 않을까요?"

"시간이 필요했어요. 숨 쉴 시간이, 자신을 돌아보고 진정으로 내가 원하는 게 무엇인가를 확인해야 할 시간이……."

믿었던 사람의 배신이라는 게 너무나 힘겨웠다. 더구나 오랜 시간에 걸쳐 믿음을 쌓았고 유일한 내 편이라고 생각했던 사람에 대한 믿음이 깨졌을 때, 그 아픔과 상실감에 지유는 온전한 정신으로 있을 수가 없었다. 거기다 민혜와 아빠까지……. 그 당시엔 지유 자신을 위해서라도 시간이 필요했다.

"그래서 아직도 더 시간이 필요해요?"

"모르겠어요, 이젠. 정말 내가 고민하고 힘들어했던 일이 그만큼의 가치가 있는 일이었나 싶은 게……. 그러다 보니 조금은 허무하기도 하더라구요. 그렇게 하찮은 일로 그 오랜 시간을 고민했나 싶기도 하고…… 우습죠?"

효건에게 나지막한 목소리로 이야기하는 지유의 쓸쓸함이 느껴졌다. 이곳에 처음 왔을 때 보였던 차갑고 냉정한 모습도 자신의 아픔을 감추기 위한 방어적인 행동이라 생각되었다.

그는 천천히 지유 가까이 다가가 앉았다. 그녀의 아픔이 손에 잡힐 듯 느껴져 우선은 그 상처받은 가슴을 달래 주고 싶다는 생각이 그를 지배했다. 차가운 듯 보이면서 여린 여자, 입이 무거워 자신에 대해 비밀로 하고 있는 그녀를 안타깝게 바라보았다.

'많이 아프니? 뭐가 당신을 그렇게 힘들게 해? 내게 기대면 안 돼?'

효건은 입으로 뱉지 못하는 조심스런 바람을 담은 손을 뻗어 지유의 이마 위로 흘러내린 머리카락을 넘겨 주었다. 그의 조심스럽고 다정한 행동에 지유가 눈을 들어 그를 바라보았다. 두 사람의 시선이 엉키고, 너무나 자연스럽게 상대의 눈에서 서로에 대한 열망을 읽어 낼 수 있었다.

"혼자라고 생각하지 말아요. 당신이 아파하는 거 더 이상은 보고 싶지 않아요. 자꾸만 김지유라는 여자가 신경 쓰여 죽겠어요. 그러니까 내게 조금은 기대도 돼요."

애정이 느껴지는 그의 말에 지유의 눈꺼풀이 파르르 떨렸다. 그의 말 한마디에 그간의 아픔과 외로움이 모두 치유되는 느낌이었다.

"……."

그의 말에 지유는 혼란스러운 눈을 하고 그를 바라보았다. 정말 그에게 기대도 될까? 억지로 붙잡아 둔 마음이 자꾸만 그에게 가기

위해 발버둥 쳤다. 지금까지 너무 힘들었는데, 외로웠는데…… 이제
는 그의 따스함에 의지해도 되지 않을까? 강한 욕심을 실은 바람이
그녀의 가슴에 몰아쳤다. 사랑을 모르는 지유의 가슴에 열망과 두려
움이 동시에 피어올랐다.

　손으로 부드럽게 지유의 볼을 감싸 안고 그가 천천히 고개를 숙
였다.

　조금씩 다가오는 그를 느끼며 지유의 눈이 살포시 감기었다. 지
유의 눈이 감기는 것과 동시에 효건의 입술이 그녀의 입술에 맞닿았
다. 서로를 향한 조심스럽고 애틋한 감정을 공유하는 부드럽고 달콤
한 입맞춤이 시작되었다.

　효건은 자신의 마음을 조금 열어 보였다. 경계심이 강한 지유에
게 성급하게 다가가고 싶지 않았지만 계속해서 커져 가는 마음을 더
는 숨기기 힘들었다.

　그의 입술에 이어 혀가 살며시 지유의 입술을 가르고 따스하고
향기로운 곳을 더듬어 나갔다. 그는 집요하게 그녀의 입 안을 헤집
고 입술을 물고 핥았다. 치열을 훑어 내리고 혀를 강하게 빨아들였
다. 키스가 계속될수록 정신이 아득해지는 기분이었다. 심장박동이
점점 빨라지고 그녀를 향한 갈증이 커져만 갔다. 효건의 절박함을
느꼈는지 그의 가슴에 머물고 있던 지유의 손이 조금씩 위로 향해
그의 머리카락 사이에 손가락을 밀어 넣어 거리를 좁혔다.

　그를 향한 간절함을 담은 지유의 몸짓에 화답하듯 효건이 그녀의
허리를 바짝 당겨 안으며 강하게 지유의 입술을 삼켰다.

　그 입맞춤을 시작으로 효건과 지유는 서로를 가슴에 담았다는 것
을 인정했다.

　'조금만 더 일찍 내게 오지 그랬어.'

　길고 긴 키스를 끝내고 효건이 지유를 품에 안고 정수리에 입을
맞추며 거칠어진 호흡을 골랐다. 안타까웠다. 그가 모르는 아픔을
가졌다는 게, 그가 없는 공간에 혼자 힘들었을 그녀를 생각하니 심
장이 찌릿해졌다.

6.

다가서다

　크리스마스가 지나고 새해를 맞은 지유는 주로 허브가든에 관한 일에 적극적으로 자신의 의견을 피력하면서 틈나는 대로 효건의 일을 도왔다. 그녀는 여전히 자신에 대해 입을 다물고 있었지만 처음 이곳을 찾았을 때에 비해 표정이 많이 부드럽게 변해 있었다.

　효건은 그의 곁을 스치듯 지나치는 지유에게 눈을 떼지 못했고, 지유 역시 그의 움직임을 좇아 시선을 움직였다. 비록 사귀자 말은 안 했지만 처음 연애를 시작하는 연인들의 풋풋함과 설렘이 두 사람 사이에 흐르고 있었다.

　지유와 효건의 저녁 티타임은 계속되고 있었고, 서로를 강하게 의식한 두 사람 사이에 살얼음이 낀 듯 조심스럽고 묘한 긴장감이 흐르고 있었다. 지유는 효건의 전 애인에 관한 불안감을 가슴 한구석에 숨겨 놓았고, 효건은 언제 지유가 떠날지도 모른다는 불안감을 내색하지 않은 채로 서로를 눈에 담고 조금씩 마음을 내보였다.

차를 마실 때면 효건의 손은 자연스레 지유의 어깨에 머물거나 그녀의 머리카락을 조심스레 어루만졌다. 그의 손가락 사이로 흘러내는 부드러운 느낌이 너무 좋았고, 향기로운 그녀의 체취에 흠뻑 젖어 들었다.

지유는 효건의 손을 밀어내지 않았고 오히려 그것을 음미했다. 느릿하게 움직이는 그의 손끝에 실린 다정함을 놓치고 싶지 않았다. 그를 향해 달려가려는 마음을 붙잡지도 못하고 그렇다고 대놓고 표현하지도 못하는 어정쩡한 상태였지만 그와 함께 있는 순간만큼은 아무런 생각도 하고 싶지 않았다.

잠자리에 들기 전에 여느 때처럼 두 사람만의 오붓한 시간이 시작되었다. 다른 사람의 눈치를 보지 않고 서로를 온전히 두 눈에 담을 수 있는 소중한 시간이었다.

지유는 향이 은은하고 숙면에 좋은 캐모마일차를 준비해 테이블에 내려놓으며 눈을 반짝였다.

"참, 효건은 어떻게 됐어요?"

"?"

그녀는 자신의 일을 제외하고 먼저 궁금한 것을 물어보는 타입은 아니었다. 그다지 오지랖이 넓은 것도 아니고 왕성한 호기심을 소유하지 않았는데도 불구하고 이상하게 '효건'이라는 이름표를 단 식물이 잘 자라고 있는지가 너무 궁금했다.

"아!"

그는 그녀의 말을 뒤늦게 알아채고 살짝 미소 지었다.

"효건은 손도 못 댔어요."

"왜요?"

지유의 까만 눈동자는 놀람으로 가득 찼다. 그는 그녀의 얼굴을 지그시 응시하며 약간 부끄러운 듯 입을 열었다.

"'지유1' 이랑 '지유2' 때문에 효건을 신경 쓸 틈이 없어요."

말을 하는 도중에 그의 따스한 손가락이 그녀의 머리카락을 지나 볼로 내려왔다. 두 쌍의 까만 눈동자에 서로의 모습이 담겼다. 시선을 돌리지 않고 오로지 눈앞의 상대를 뜨겁게 바라보았다.

그는 손으로 지유의 볼을 감싸고 엄지손가락으로 은근히 그녀의 입술을 쓰다듬었다. 명백히 드러나는 그의 열망에 호응하듯 지유가 그의 손등 위를 부드럽게 감쌌다.

"그럼 효건은 내가 신경 쓸게요."

지유의 속삭이듯 작은 목소리에 그의 눈매가 가늘어지고 입가에 미소가 걸렸다.

"그럴래요? 그래 준다면 지금부터라도 열심히 효건을 준비해야겠네. ……진짜로 약속 꼭 지켜요."

지유는 효건의 말에 조그맣게 고개를 끄덕였다.

그녀는 점점 다가오는 그의 입술을 몽롱하게 바라보다 천천히 눈을 감았다. 그의 입술은 그녀의 입술이 아닌 눈꺼풀에 내려앉았다. 살짝 닿았다가 떨어지는 입술로 인해 일시에 소름이 돋았다. 노골적이지 않은 은근한 움직임이라 그런지 감각이 더욱 예민해졌다.

그의 아랫입술이 더디게 지유의 풍성한 속눈썹을 쓸었다. 거칠어지기 시작한 그의 숨결이 고스란히 느껴져 그녀는 침을 삼켜야 했다. 그의 입술이 콧등의 솜털까지 맛보려는 것처럼 느리게 움직였다.

콧마루와 뺨에 부드러이 입을 맞추고 점점 아래로 향하는 중에도 효건의 엄지손가락은 계속 그녀의 입술을 덧그리듯 어루만지고 있었다. 마침내 그의 입술이 그녀의 입술에 닿자 효건의 손이 슬그머니 지유의 목을 감싸 안았다. 촉촉한 그의 혀가 노크하듯 지유의 입술 사이를 슬쩍슬쩍 건드렸다. 행여 그녀가 다칠세라 부드럽게 움직이는 그로 인해 그녀는 더운 한숨을 내쉬며 입술을 살짝 벌려 그를 맞이했다.

그의 혀가 그녀의 입 안을 헤집으며 감질나게 움직였다. 그녀의 치열을 훑고 입천장을 어루만지며 조금씩 그녀의 공간을 침범했다. 그녀는 캐모마일차의 은은한 향기와 더불어 온기를 가득 품은 그의 혀를 섬세하게 빨아 당겼다. 지금 그녀의 머릿속에는 온통 효건으로 꽉 차 있었다. 그가 주는 짜릿한 즐거움에 취해 점점 몸이 뜨거워져 갔다. 지유는 손을 뻗어 그의 등과 뒷머리를 제 몸 가까이로 끌어당겼다.

"으응."

효건은 지유의 희미한 콧소리에 뒤이은 적극적인 반응에 점점 숨이 거칠어져 갔다. 고개를 모로 돌려 더 깊게 그녀의 입 안을 더듬었다. 뭔가 아쉽고 부족하다는 생각이 짙어지고 더 많이, 더 강하게 지유에게 닿고 싶다는 열망이 커져만 갔다.

그의 손이 그녀의 허리를 연신 어루만지다 윗옷 속으로 슬그머니 들어갔다. 보드랍고 탄력 넘치는 살결을 손으로 어루만져 가다 장애물을 밀어 올리고 급하게 그녀의 가슴을 움켜쥐었다.

발딱 고개를 쳐든 그녀의 유두를 손가락 사이에 끼우고 비틀자 지유의 허리가 절로 들썩였다. 그녀의 입에서 탄성이 터지고, 가쁘게 숨을 뱉어 내느라 살짝 찡그려진 그녀의 미간마저 매혹적으로 보였다.

효건의 분신이 미칠 듯이 아우성을 쳐 댔다. 고통이 느껴질 정도로 꼿꼿하게 일어선 남성이 어서 그녀를 가지라고 그를 다그치고 괴롭혔다.

그의 입술이 그녀의 입술에서 떨어져 나오자, 그녀는 자신의 고개를 옆으로 기울여 그의 입술에 고스란히 귓불과 목을 내어 주었다. 은밀한 움직임. 잠자리 날개처럼 가볍게 스치다 어느 순간 강하게 입술을 꾹 누르기도 하고 이로 슬쩍슬쩍 긁기도 하며 그는 그녀를 몰아붙였다.

그가 커다란 소파 뒤로 몸을 기댄 그녀의 옷을 들춰 밀어 올렸다. 브래지어까지 한 번에 밀어 올린 탓에 낯선 공기를 만난 그녀의 유두가 더욱 단단하게 일어섰다. 그는 뜨거운 눈으로 그것을 응시하며 저돌적으로 가슴을 움켜쥐고 이리저리 쓸고 주물렀다. 손바닥에 느껴지는 톡 불거진 유두의 감촉이 너무 마음에 들어 손을 떼고 싶지 않았다.

점차 갈증이 심해져 그가 혀로 입술을 축이며 고개를 숙였다. 고운 빛깔을 가진 그것을 맛봐야만 살 것 같았다. 눈앞에 있는 것을 입 안에 넣으면 타는 듯한 갈증에서 벗어날 수 있을 것 같다는 생각이 들어 마음이 급해졌다.

딸깍.

그 순간 지유는 급하게 효건을 밀어내고 옷매무새를 가다듬었다. 갑작스런 지유의 행동에 놀란 효건이 의아한 눈으로 그녀를 바라보았다. 그때 작은 발소리가 그의 귀에 들려왔다. 천천히 고개를 틀자 환한 빛 때문에 눈을 가늘게 뜬 그의 어머니가 보였다.

"뭐해? 안 자?"

경애는 살짝 인상을 찌푸린 채로 두 사람을 쳐다보며 작게 물었다.

“지, 지금 자려고요. 그럼 안녕히 주무세요.”

지유는 경애의 말이 끝나기가 무섭게 어색한 미소를 지으며 자리에서 벌떡 일어서 계단을 향해 움직였다. 경애는 빠르게 걸음을 옮기는 지유를 의아한 눈으로 잠시 바라보다 몸을 돌려 화장실로 향했다.

효건은 붉어진 뺨을 감싸고 서둘러 2층으로 올라가는 지유의 뒷모습을 눈으로 더듬다 테이블 위에서 찻잔을 들어 올려 한 모금 머금었다. 차갑게 식은 차가 뜨거운 가슴을 달래기에는 제격이었다.

“휴우. 타이밍 한번 끝내주는군.”

아쉬운 한숨이 흘러나왔다. 지유와 거실이 아닌 침실에 함께 있었다면 절대 그녀를 그냥 보내지는 않았을 터였다. 손끝에 남아 있는 그녀의 매끄러운 살결의 여운이 오랫동안 가시지를 않았다. 언제까지 참을 수 있을지…….

“효건아, 네 엄마랑 할머니 산소에 좀 다녀오려고 하는데 괜찮겠지. 언니랑 맛있는 것도 먹고 이리저리 구경도 좀 하고, 며칠 놀다 올게. 그동안 너도 좀 쉬어.”

설 연휴가 시작되기 며칠 전에 경애의 동생이자 효건의 이모인 경란이 찾아왔다. 그의 집에 머무는 지유를 호기심 어린 눈으로 보더니, 며칠 머무는 동안 경애만큼이나 그녀를 마음에 들어 했다. 당신 언니인 경애의 무한 지유 사랑을 확인하고, 경애에게 엄마라 부르며 살갑게 대하는 그녀를 지켜본 결과였다.

아침 식사 내내 의미심장한 눈으로 지유와 효건을 번갈아 보던 경란이 경애를 데리고 가 설을 보내겠다고 선언했다.

“이모, 저는 괜찮아요.”

"내가 가고 싶어서 그래."

"어머니가 가신다고 하시겠어요?"

"응. 어제 얘기 다 끝냈어. 같이 가겠대."

"그래요?"

경란은 믿기지 않는다는 표정을 짓는 효건을 바라보며 어제 저녁 경애를 설득하느라 고생한 일을 떠올리곤 미소를 지었다.

"언니. 나랑 같이 아버지, 어머니 산소에 가 보자. 그리고 온천도 하고 맛있는 것도 먹고, 좋지?"

"싫어. 안 가."

"왜? 오랜만에 나랑 좀 놀자. 응?"

"그럼 효주, 효주도 같이 가."

"에이, 효주가 같이 가면 안 되지. 내가 뭣 때문에 언니를 데리고 가려고 하는데⋯⋯. 아니 그게 말이야. 언니, 효주는 여기서 할 일 이 너무 많아 못 간대. 그러니까 나랑 둘이 가자."

"안 가. 효주 안 가면 나도 안 가."

경란는 더 이상 듣지 않으려 고집스레 고개를 돌리는 경애를 바 라보며 미간을 찌푸렸다.

"진짜 협조 안 하네. 언니, 효주랑 오래오래 같이 살고 싶지?"

"응. 효주랑 오래오래 살 거야."

"그래. 그러려면 언니는 나랑 같이 가서 며칠 놀다 와야 해."

"?"

"안 그럼 효주가 가 버린대."

"효주가 가?"

"응. 아주 멀리 가 버린대."

“싫어. 효주 가면 안 돼.”

경애는 큰일이라도 난 것처럼 놀라 지유에게 가려고 자리에서 일어났다. 그런 경애의 손을 잡고 경란은 다급하게 말했다.

“언니. 그러니까 나랑 가서 조금만 놀다 오면 돼. 그럼 효주 안 간대. 오래오래 언니랑 산대. 그럴 수 있지?”

“너 따라가면 효주 안 가?”

“그렇대. 효주가 힘들어서 조금 쉬어야 한대. 그러니까 언니가 나랑 가야 해. 언니도 효주 힘든 거 싫지? 아픈 거 싫지?”

“응. 효주 아프면 싫어.”

“그래, 그래. 나랑 가면 효주 안 아프고 언니랑 오래오래 살 거야.”

“진짜?”

“그럼.”

“나 갈래. 너, 따라갈래.”

마지못해 경애가 경란의 말에 수긍을 했다.

“그래, 잘 생각했어. 내일 아침 먹고 바로 가자. 알았지?”

“응.”

경란은 경애의 대답에 만족스런 웃음을 지었다. 경란이 보기엔 효건과 지유, 두 사람은 너무나 잘 어울리는 한 쌍이었다. 서로에게 관심이 있는 것이 눈에 보이는데, 작은 벽에 가로막혀 있는 느낌이랄까? 상대에게 다가갈 계기가 필요했다. 그래서 경란이 생각해 낸 것이 경애를 데리고 가는 것이었다. 텅 빈 집에서 젊은 사람끼리 며칠 동안 있다 보면 뭔 일이 나도 나지 않을까 싶었다. 그것도 관심이 있는 상대라면 더더욱.

그녀는 자신의 탁월한 계획에 스스로 만족하며 느른한 미소를 지었다.

"괜찮으시겠어요?"

"무슨 걱정이 그리 많아? 너, 나를 그렇게 못 믿니?"

"아니에요. 이모도 아시잖아요. 어머니, 지난 몇 년 동안 수목원 바깥으로 한 번도 나가신 적 없다는 거요."

"알지, 잘 알지. 그래서 더욱 나가려고 하는 거야. 언제까지 이 안에서만 살 순 없잖아. 그냥 이번 일은 나한테 맡겨. 네 엄마한테도 나쁜 일만은 아닐 거다."

"그럼 이모 말씀대로 할게요. 잘 부탁드려요."

"그래. 나만 믿고. 효건아, 기회가 오면 꼭 잡는 것도 능력이야. 한 일주일 쉬다 올 테니까 시간 활용 잘하고, 절대 허투루 보내면 안 돼. 알았지?"

"네?"

"잘해. 잘하리라 믿는다."

경란은 효건의 손을 꼭 잡고 손등을 토닥이며 당부의 말을 건넸다. 많은 의미를 내포한 이모의 강렬한 눈빛에 효건은 고개를 갸웃거렸다.

"갔다 올게."

"어머니 괜찮으시겠어요? 가고 싶지 않으시면 안 가셔도 돼요."

"아니야. 나, 갈래. 가야 돼."

효건은 경애의 말을 듣고 미간을 좁혔다. 어머니의 마음도 편하지 않은 모양인데 왜 가려고 하는지 이해가 되지 않았다.

"진짜 이모랑 가실 거예요?"

"얘는, 내가 네 엄마 어디 못 갈 곳 데리고 가니? 아주 살러 가는 것도 아니고, 고작 며칠인데…… 너, 그거 너무 오버다. 잘 놀다 올 테니 걱정 말고 이참에 너도 푹 쉴 생각이나 해. 지유도 잘 지내고.”

경란은 효건의 입이 열리기 전에 호들갑스럽게 작별 인사를 했다.

“네. 조심히 다녀오세요.”

“효주야. 나, 갔다 올게. 어디 가면 안 돼?”

경애는 걱정을 가득 담은 눈으로 지유를 바라보며 불안해했다. 지유의 손을 잡고 놓지 않으려 애를 쓰는 어머니의 손을 이모가 잡아당겼다.

“언니, 자꾸 이러면 안 되지. 나랑 같이 간다고 약속했잖아. 어서 서두르자. 응?”

“……효주야, 나 올 때까지 여기서 기다려.”

“네. 저 어디 안 가요. 꼭 여기 있을게요.”

“응. 그럼 나 금방 갔다 올게.”

“예. 잘 다녀오세요.”

지유는 경애의 손을 꼭 잡고 차분하게 대답했다.

효건은 경란의 재촉에 집을 나서며 자꾸만 뒤돌아보는 어머니를 걱정스럽게 바라보았다.

낮 동안 효건은 품종개량실과 표본실 등을 오가며 바쁜 시간을 보냈다. 문제는 해가 지고 어둠이 내려앉으며 시작되었다. 저녁 식사를 어떻게 했는지 기억조차 나지 않을 정도로 효건은 지유의 존재를 강하게 의식했다. 식사 때 말을 많이 하지 않는 그였지만 오늘따라 유달리 미묘한 기운이 두 사람 사이에 흐르고 있었다.

‘이거였군. 이모님이 원하는 상황이…….’

시간 활용 잘하고 절대 허투루 보내서는 안 된다고 당부하던 말이 생각나 효건의 입가에 나른한 미소가 지어졌다. 객관적인 시각으로 봤을 때 지유는 아주 매력적이고 아름다운 여자였다. 그가 하영과 헤어진 후로 가까이에 두고 마음을 허락한 여자는 지유가 처음이었다. 지유와 몇 번의 키스와 진한 스킨십까지 나누기는 했지만 혹시라도 그녀에게 작은 상처라도 줄까 싶어 늘 조심스러웠다. 욕심 같아선 그녀를 품에 안고 밤새도록 사랑을 나누고 싶었지만 무턱대고 들이밀 수는 없는 일이었다. 어머니가 돌아오시는 날까지 그녀와 같은 공간에 있는 일이 무척이나 힘겨운 일이 될 것이 분명했다.

그렇게 5일이 지났다. 어머니가 돌아오시기 전까지 고작 이틀이 남았을 뿐이었다. 며칠 동안 밥을 어디로 먹었는지 무슨 이야기를 나누었는지 전혀 생각나지 않았다. 그의 세포 하나하나가 그녀의 작은 움직임 하나에 민감하게 반응하며 지유를 향해 촉을 세우고 있었다. 감출 수 없는 긴장감이 두 사람 사이를 채우고 있었고 심장은 터질 듯 펌프질을 해 대는 통에 숨쉬기가 곤란할 지경이었다.

효건은 옆자리에 다소곳이 앉아 있는 지유에게 뿜어져 나오는 존재감을 온몸으로 느꼈다. 고요한 집 안에 사람이라곤 둘뿐이라는 사실에 마시는 차의 맛조차 느끼지 못했다. 무언가를 결심한 효건이 손에 들린 찻잔을 탁자에 내려놓고 열망 어린 눈을 지유에게 고정시켰다.

기회가 왔다고 날름 그것을 삼키는 것이 우습기도 했지만 그의 마음에 그녀의 자리가 너무 커져 버렸다. 그의 뜨거운 눈길이 지유에게 떨어질 줄을 모르고 진득하게 달라붙었다. 그들을 둘러싼 공기가 서서히 데워졌다. 더 이상은 자신의 감정을 숨기고 싶지 않았다. 그는 그녀를 원했다. 너무나 간절하게……

지유 역시 그를 향한 갈증을 느끼며 찻잔을 꼭 움켜쥐었다. 지금 이 집에 두 사람만 있다는 사실이 강하게 와 닿았다. 그의 뜨거운 시선이 자신에게 고정되어 있다는 것은 그를 보지 않아도 느낄 수가 있었다.

"김지유."

효건은 지독하게 허스키한 목소리로 지유의 이름을 불렀다. 그의 낮은 음성에는 지유를 향한 욕망이 잔뜩 묻어 있었다. 효건은 생명줄이라도 되는 양 지유가 손에 꼭 쥐고 있던 찻잔을 조심스레 뺏어 탁자 위에 올려놓았다. 그와 시선도 마주치지 못하고 눈을 내리깔고 있는 자신의 흘러내린 머리카락을 귀로 넘겨 주는 그의 손길에 그녀는 움찔했다. 볼을 감싸는 부드러운 그의 움직임에 지유의 두 눈이 꼭 감겼다.

"김지유. 날 봐."

지유는 힘 있는 그의 목소리에 고집스레 눈을 꼭 감고 있었다.

"당신을 원해."

귓가에 조용히 울리는 그의 간절한 음성에 지유의 눈꺼풀이 서서히 열렸다. 그녀의 두 눈은 자신을 향한 열망을 숨기지 않고 있는 효건의 뜨거운 시선과 마주했다. 도저히 도망칠 수도, 벗어날 수도 없을 만치 지독하고 노골적인 갈망. 어쩌면 지유가 이곳에 왔을 때부터 두 사람은 이렇게 되도록 운명 지어진 건 아닐까?

"당신이 원하지 않는다면 하지 않을게."

허락을 구하는 그의 간절함이 느껴졌다. 지유는 한 손을 들어 효건의 이마에서부터 천천히 손가락을 내려 콧날을 스치고 볼을 어루만지며 그의 모습을 새겼다. 그녀의 손가락이 그의 입술에 닿았을 때, 효건은 입술을 살짝 벌려 그 손가락을 머금고 살짝 빨아 당겼다. 손가락에 느껴지는 그의 치아와 마중 나온 뜨거운 혀의 느낌이 고스란히 전해졌다. 그녀의 조심스런 손길 뜨겁게 반응하는 그에게 눈을 떼지 못하고 넋을 놓았다. 노골적으로 변한 공기의 흐름이 무얼 뜻하는지 그녀도 알고 있었다. 눈앞의 사람을 향한 욕망과 갈구. 빈곳이 많은 이 뜨거운 가슴을 꽉 채우고 싶다는 열망에 자신의 숨결이 점점 더 뜨겁게 변해 갔다.

"이리 와요."

그의 입술에서 손가락을 빼낸 지유는 두 팔을 뻗어 그의 머리를 당겨 안으며 입 맞추었다. 고개가 기울어지고 지루하리만큼 천천히 혀를 움직여 그의 입속으로 파고들었다. 그러자 그의 혀가 기다렸다는 듯 그녀를 맞이했다. 은밀하고 자극적인 움직임에 지유와 효건의 입에서 낮은 탄성이 터졌다.

그의 입술이 그녀의 입술에서 벗어나 파르르 떨리는 눈꺼풀 위에 내려앉았다. 세상에 다시없는 귀중한 보물을 대하는 양 그녀를 향한 그의 시선엔 경외심마저 느껴졌다. 그가 양손으로 그녀의 볼을 감싸 쥐며 이마, 볼, 코끝, 턱에 자잘한 키스를 퍼부었다. 그는 품에 안긴 연약한 존재인 지유를 자신의 욕심껏 밀어붙이지 않으려 갖은 애를 쓰며 숨을 골랐다.

그의 손길이 닿는 곳에 모든 감각이 집중되어 아무것도 생각할 수가 없었다. 목과 쇄골을 부드럽게 핥는 효건의 조심스런 움직임에 감칠맛이 날 지경이었다. 자신에게 이렇게 강한 욕망이 숨어 있을 거라곤 생각해 보지 않았던 지유는 그의 손길에 반응하는 자신이 낯설기만 했다.

"침대로 가자."

열기를 억누른 효건의 낮은 음성에 지유는 힘겹게 눈을 떴다. 그의 손에 이끌려 자신이 사용하는 방으로 향했다. 방에 들어서기가 무섭게 지유를 침대로 밀어붙인 효건이 조금 전과는 다른 성급한 손길로 그녀의 옷가지를 걷어 내었다. 점점 드러나는 지유의 뽀얀 속살을 바라보는 효건의 눈에 그녀를 향한 욕망이 숨김없이 드러나 있었다.

"괜찮겠어?"

그의 손이 그녀의 몸에 걸쳐진 마지막 속옷인 팬티 밴드 부분을 어루만지고 있었다. 차마 그것을 치워 버리지 못하고 잔뜩 쉰 목소리로 물었다.

그로 인해 느껴지는 오묘한 떨림에 지유의 입이 쉽사리 열리지 않았다. 지유가 힘겹게 고개를 끄덕이기가 무섭게 그녀의 보라색 실크 팬티는 바닥으로 떨어져 내렸다. 곧바로 빠른 속도로 그의 옷가지들이 그녀의 팬티 위로 쏟아져 내렸다.

살짝 열려진 문틈으로 거실의 불빛이 비집고 들어와 두 사람을 엿보고 있었다. 실오라기 하나 걸치지 않은 지유의 몸을 눈으로 훑는 효건의 입에선 탄성이 쏟아졌다.

"예쁘다. 진짜 예뻐."

효건이 조심스레 그녀에게 체중을 실으며 지유의 다리 사이에 자리를 잡았다. 귀중한 물건이 깨질까 봐 조바심치는 사람처럼 아주 은밀하고 아주 부드럽게 그녀의 젖가슴을 어루만졌다. 풍만한 그녀의 가슴 위에 자리 잡은 색이 고운 열매가 그의 손길에 의해 꼿꼿하게 존재를 드러내었다. 그것을 그냥 지나칠 리 없는 효건이 엄지와 검지 사이에 그것을 끼고 조금 강하게 비볐다.

낯선 감각에 지유의 허리가 들썩였다. 그녀의 반응이 마음에 들었는지 지유의 젖가슴을 움켜쥐는 효건의 입가에 만족스런 미소가 지어졌다. 곧 그가 입술을 내려 그녀의 가슴골 사이에 진한 입맞춤을 했다.

그리곤 단단히 고개를 든 그녀의 열매를 빨아 당겼다가 이로 살짝 깨물기도 하고 혀로 부드럽게 어루만져 주기도 하며 자신이 원하는 만큼 맛을 보았다. 지유의 숨결이 점차 거칠어져 가며 심장박동이 빨라지는 것이 느껴졌다.

효건의 손이 그녀의 가슴에서 벗어나 점차 밑으로 내려갔다. 그녀의 옆구리를 조심스레 쓸기도 하고, 탄탄한 아랫배를 거쳐 검은 숲에 감춰진 갈라진 틈 사이로 손가락을 밀어 넣어 앞뒤로 조심스레 문질렀다.

"하악."

낯선 손길로 인해 급하게 숨을 들이마시며 지유의 허리가 휘었다.

"쉬이. 괜찮아."

효건은 낮고 다정한 음성으로 지유를 달래며 그녀의 꽃잎을 헤치고 구슬을 찾아내 둥글게 원을 그리며 어루만졌다. 마음 같아서는 당장 그녀의 안으로 들어가서 세차게 허리를 흔들고 싶었지만, 그녀와의 처음을 자신의 기분대로만 해서는 안 된다는 생각에 초인적인 인내심을 발휘하고 있었다. 충분히 지유가 자신을 받아들일 준비가 되면 그때 그녀의 깊은 곳으로 들어갈 생각이었다. 그의 손가락이 자극적으로 움직이자 그녀의 은밀한 동굴에서 흘러나오는 생명수가 점점 많아지기 시작했다.

그의 인내심이 점차 바닥이 나고 있었다. 그녀의 몸 안으로 들어가고 싶은데 원하는 대로 되지 않자 그의 남성이 고통을 호소하고 있었다. 터질 듯 아파 오는 자신의 남성이 원하는 바를 들어줄 때가 되었다.

“이제 들어갈 거야. 네 안으로.”

그녀는 효건의 말을 듣지 못했는지 아직까지 열기에 빠져 몽롱한 눈으로 그의 눈을 바라보았다. 한 손으로는 그녀의 손을 잡아 깍지를 끼고, 나머지 한 손으로는 자신의 남성을 잡아 그녀의 동굴 입구에 문질렀다. 곧 그곳을 방문할 예정이니 마음의 준비를 하라는 듯 천천히 조심스럽게 움직였다. 그의 남성이 그녀의 은밀한 부분에 닿자 지유의 몸이 움찔하며 힘이 들어갔다. 그녀에게서 나온 생명수를 충분히 자신의 남성이 맛볼 수 있게 은근히 움직였다. 효건은 이를 악물고 천천히 그녀의 동굴을 향해 돌진했다. 뻑뻑한 그녀의 속살이 그의 방문을 거부하듯 움찔거렸다.

“아악. 아.”

“쉬. 조금만, 조금만 힘을 빼. 지유야.”

그의 이마를 타고 흐르는 땀방울이 그녀에게 떨어졌다. 열기로 흐려진 눈을 겨우 뜨니 힘겨운 듯 숨을 들이마시는 효건이 보였다. 그 모습이 너무나 안쓰러워 그녀는 효건에게 잡히지 않은 한 손을 들어 그의 뺨을 어루만졌다.

지유를 향한 열망에 사로잡힌 그가 고개를 들어 자신의 몸 아래에서 신음을 흘리는 그녀를 응시했다. 살짝 찌푸려진 미간과 흐릿하게 변해 버린 눈동자를 하고 있으면서도 그의 고통을 먼저 생각해서 달래듯 뺨을 쓸어내리는 행동을 하는 지유가 너무 아름다웠다. 앞으로 남은 생을 통틀어 다시는 만나지 못할 내 여자라는 거대한 욕심을 그를 덮쳤다. 그는 입술을 내려 그녀의 입술을 머금고 그 안으로 혀를 밀어 넣는 것과 동시에 허리를 강하게 튕겨 부드러운 속살을 헤집으며 단번에 안으로 들어섰다. 지유의 입에서 나온 흐느낌이 소리가 되지 못하고 그의 입 안으로 사라졌다.

따스했다. 자신의 분신을 따스하고 부드럽게 조여 오는 그녀의 깊은 동굴 속에서 평온함을 느꼈다. 이곳에서 절대 벗어나고 싶지 않을 만큼 좋았다. 아파하는 그녀를 위해 조금의 시간을 할애해 키스에만 매달렸다. 그녀의 혀를 자신을 입 안으로 빨아 당겼다가 입술을 살짝 깨물기도 했다. 입 안 곳곳을 맛보며 그녀의 몸이 그를 허락하기를 기다렸다. 긴장으로 뻣뻣하게 굳은 그녀가 서서히 힘을 빼는 것이 느껴지자 그는 안도의 한숨을 쉬었다.

“이제 못 참겠다. 움직여도 되지?”

“으응. ……어서요.”

그녀의 허락이 떨어지지가 무섭게 그는 허리를 튕겼다. 자극적이고 외설스러운 질척한 소리가 점점 빠르게 들려왔다. 오랜만에 맛본 여자의 몸은 너무나 환상적이었다. 그녀를 안고 격렬하게 움직이는 그의 등과 허리 근육들이 기쁨의 비명을 질러 댔다.

순간, 어쩔 줄 몰라 하며 시트를 부여잡고 있던 지유의 손이 그의 머리카락을 헤집고 그를 끌어당겼다. 그의 입술을 한껏 빨아 당기며 효건의 등과 엉덩이를 부지런히 어루만지고 뜨거운 숨결을 쏟아 내었다. 자신의 욕망을 숨기지 않고 적나라하게 드러낸 지유가 그의 움직임에 맞춰 몸을 들썩였다.

“하아. 아.”

“으윽. 지유야. 헉. 헉.”

효건은 서늘하게 보이는 지유에게 이 정도로 뜨거운 열정이 숨겨져 있을 거라곤 생각하지 못했다. 자신을 받아들이며 거친 숨을 몰아쉬는 지유의 흔들리는 몸에서 벗어날 수가 없었다. 본능적으로 그녀의 잘빠진 두 다리가 효건의 허리를 감싸 안으며 더욱 깊게 그를 끌어당기며 더 은밀한 접촉을 원한다는 걸 몸으로 알렸다.

그는 뜨겁고 짜릿한 쾌감에 헐떡이며 그녀의 열망에 화답하듯 더욱더 깊이 파고들었다. 점점 움직임이 빨라지자 곧 절정에 다다른 듯 그녀는 뜨거운 비명을 삼키고 그의 분신을 죄었다. 그녀의 자잘한 떨림이 고스란히 그에게 전해졌다. 그 변화를 감지한 효건도 그때를 맞춰 자신을 그녀의 안에 쏟아 내었다.

아침에 눈을 뜨자 때늦은 눈이 온 수목원을 뒤덮고 있었다. 나뭇가지 사이사이에 달린 눈꽃들이 반짝이며 장관을 이루며 두 사람을 포근히 감쌌다. 시트로 몸을 감싼 채 넋을 놓고 바라보는 지유를 효건이 뒤에서부터 감싸 안았다. 그녀의 정수리에 입을 맞추며 당겨 안은 그의 팔에서 강한 힘이 느껴졌다. 말로 하지 않아도 알 수 있는 평온함이 두 사람을 감쌌다.

7.
기다림

　"이곳을 찾는 사람들에게 작은 허브 화분이나 씨앗을 하나씩 나눠 줬으면 좋겠어요. 체험장에서는 허브 비누 만들기라든가 허브차를 직접 만들어 마시게 하는 방법도 좋을 거 같고요. 자연 재료를 이용한 액자나 시계 같은 소품 만들기도 좋다고 생각해요."
　지유는 봄을 대비해서 수목원 전체 운영 회의를 하면서 당당하게 자기 목소리를 내었다.
　그녀는 이곳에 와서 허브에 대해 접하면서 허브가 좋다는 사실을 알고 있음에도 키우거나 사용하는 방법을 모르는 사람이 의외로 많다는 사실이 안타까웠다. 그런 이유로 수목원에 있는 체험장의 프로그램을 조금 더 다양하게 바꾸려고 애를 썼다.

　"저희 나무동산 수목원을 찾아 주셔서 감사합니다. 오늘 저희 나무동산을 찾아 주신 여러분과 간단하게 로즈마리차를 즐겨 보도록 하겠습니다. 로즈마리는 피부를 부드럽게 하고 긴장을 풀어 주는 효과가 있어요. 우선 말린 로즈마리 2작은 술에 물 $1\frac{1}{2}$컵이 필요하구요. 처음으로 해야 할 일은 주전자에 뜨거운 물을 부어 데운 다음 물을 버리는 거예요.”

지유는 사람들이 자신의 주문대로 움직이는 것을 눈으로 좇으며 조용조용하게 설명을 이어 나갔다.

“그다음 말린 로즈마리를 주전자에 넣어 주세요. 포트는 반드시 유리나 자기류를 이용하셔야 해요. 철이나 금속 제품은 허브차의 맛과 성분을 변하게 하는 점도 유의하시구요. 그리고 끓는 물을 주전자에 부어 2, 3분 정도 우린 다음 찻잔에 따라 드시면 돼요. 차를 우려내는 동안에 꼭 뚜껑을 덮어 수증기와 함께 유효 성분이 날아가지 않도록 하는 것도 잊지 마세요. 간단하죠?”

차를 마시는 사람들의 반응을 살피면서 말을 계속했다.

“자, 한번 드셔 보세요. 처음엔 입에 안 맞을 수도 있겠지만, 자꾸 마시다 보면 허브차의 매력을 느끼실 수 있으실 거예요.”

지유의 말에 방문객들은 조심스레 찻잔을 입으로 가져갔다. 약간 인상을 쓰는 사람도 있었고, 나름 괜찮다는 반응을 보이며 고개를 끄덕이는 사람도 있었다. 간단하기는 하지만 그들에게는 하나의 추억이 될 수 있을 거라 생각한 지유의 표정이 부드러워졌다.

“마지막으로, 집에서 드시는 보리차에 애플민트나 레몬밤 한두 잎을 띄워도 향기가 아주 좋으니 집으로 돌아가시면 한번 해 보세요. 단, 물속에 너무 오래 담가 두면 향이 너무 진해지니 먹기 직전에 살짝 넣어 주는 것도 잊지 마시고요. 남은 시간도 저희 수목원에서 즐겁게 보내시고 자주 놀러 와 주세요.”

지유의 차분하면서도 경쾌한 목소리에 체험장을 나서는 사람들의 얼굴은 하나같이 밝았다.

경애는 지유가 강의를 하거나 체험장에 있으면 주변에서 인자한 미소를 지으며 그녀를 지켜보았다. 지유는 경애와 눈이 마주치면 환하게 웃어 주는 것도 잊지 않았다. 서로 눈을 마주하고 웃는 두 사람이 얼마나 빛나 보이는지…… 옆에서 보는 것만으로도 서로의 애정이 느껴졌다.

효건은 지유의 허브차 마시는 법 강의를 문 밖에서 지켜보다 미소를 머금고 돌아섰다. 그녀의 반짝이는 두 눈에는 열기와 즐거움이 가득했다. 이곳 수목원에서 자신의 자리를 찾아가는 그녀를 보는 것이 기뻤다. 어머니와 눈이 마주치자 환하게 웃는 모습을 보며 지유가 오래도록 어머니와 자신의 곁에 머물 거라는 기대와 불안감을 동시에 느꼈다.

'하아. 언제쯤이면 김지유란 여자에 대해 확실하게 알 수 있을까?'

그는 자신에 관한 일에는 입을 꾹 닫고 있는 지유로 인해 가끔씩 가슴이 답답해졌다. 이젠 솔직히 말해 줘도 될 텐데…… 씁쓸한 아쉬움이 남는다.

효건은 지유가 떠날지도 모른다는 불안감을 가슴 깊이 감춰 두고 내색하지 않았다. 혹시라도 그것을 입 밖으로 뱉어 내면 현실이 될지도 모른다는 우려 때문에 굳게 입을 다물었다.

그녀를 원하는 마음을 인정하고, 그녀와 밤을 보내고 난 뒤로 그는 지독하게 지유를 탐했다. 밤마다 그녀의 방문을 열고 들어가는 효건의 눈엔 지독한 열망만이 존재했다. 지금 지유를 붙잡아 둘 수 있는 유일한 방법이 사랑을 나누는 일뿐이라면 얼마든지 그녀를 가질 생각이었다. 그녀가 다른 생각을 하지 못하도록 그의 곁에 잡아 둘 수만 있다면…… 침대에서 나오지 않을 용의도 있었다.

똑. 똑.

작은 노크 소리에 이어 문이 열리고 효건이 방으로 들어서며 자연스레 문을 잠갔다. 그리고 한 걸음씩 지유에게 다가서며 그녀를 뜨겁게 바라보았다. 그녀를 향한 욕망이 사그라지지가 않았다. 아무리 그녀를 안아도 모자란다는 생각만이 들었다. 그는 끈끈한 감정을 서슴없이 드러내며 지유의 앞에서 걸음을 멈추었다.

그는 지유를 바라보며 셔츠 단추를 하나씩 풀었다. 느릿하게 움직이는 효건을 그녀는 애타게 바라보고 있었다. 조그만 눈짓, 작은 손짓 하나만으로도 그를 미치게 하는 여자였다. 그녀와 시선을 마주치는 것만으로도 그는 자신을 주체할 수가 없었다.

시간과 장소를 무시하고 어느 때건 그녀의 뜨거운 속살에 자신을 묻고 싶은 욕망에 휩싸이는 걸 알까? 자신에 비해 여유롭게 보이는 그녀를 흔들고 싶었다. 자신처럼 간절하게 매달리는 지유가 보고 싶었다.

효건의 셔츠가 바닥으로 떨어지고, 그는 지루할 정도로 천천히 손을 내려 바지 버클에 손을 갖다 대었다. 흐린 불빛 사이로 그녀의 눈동자가 기대로 흔들린다. 긴장한 듯 마른침을 삼키는 게 똑똑히 보였다.

그는 단추를 풀고 지퍼 위에 손을 대고 잠시 그녀를 쳐다보았다. 이제는 그녀가 먼저 다가와 주길 바라는 마음에 거칠어진 호흡을 가다듬고 기다렸다. 마침내 지유는 그의 눈길을 고스란히 받으며 조심스럽게 손을 내밀었다. 그녀의 조그마한 행동에 그의 심장박동이 더

욱 빨라졌다. 그녀에게 다가가 손을 맞잡자 안도의 한숨을 터져 나
왔다. 자신 혼자 원하는 것이 아니라는 것만으로도 좋았다. 그에 못
지않게 그녀도 그를 원하고 있다는 것을 확인하자 떨리는 심장이 조
금은 안정이 되었다.

효건은 지유에게 다가가 셔츠를 벗겨 내고 그녀의 브래지어마저
풀어 버렸다. 왈칵 쏟아지는 그녀의 탄력 넘치는 가슴이 그의 눈에
들어왔다. 그는 미세한 미소를 입가에 매단 채로 그녀를 품에 안았
다. 따스한 온기와 매끄러운 살결에 취해서 손을 들어 그녀의 척추
를 따라 부드럽게 쓸어내렸다. 뒤를 이어 지유의 옷을 하나씩 걷어
내는 그의 손길은 성급하면서도 조심스러웠다. 실오라기 하나 걸치
지 않은 그녀의 유려한 곡선을 눈으로 좇으며 자신의 옷도 빠르게
벗어 던졌다.

나체의 그가 지유의 앞이 아닌 뒤에 자리를 잡자, 그녀가 움찔하
며 고개를 모로 돌렸다. 휜히 드러난 그녀의 목덜미가 유혹적으로
그의 시선을 잡아 끌었다. 효건은 지유의 척추를 따라 손가락을 움
직였다. 보드라운 피부 위를 살짝 덧그리듯 쓸어내렸다. 허리 아래
부분까지 내려간 손이 은근하게 옆구리를 따라 앞으로 와 가슴을 움
켜쥐고 살짝살짝 주물렀다. 들썩이는 가슴을 바라보던 그는 혀를 길
게 내밀어 그녀의 목에서부터 어깨까지 느릿하게 핥으며 맛을 보았
다.

"하아."

그는 뾰족하게 일어선 그녀의 유두를 손가락 사이에 넣고 비비며
어깨를 살짝 깨물었다. 달큼한 향기 짙어졌다. 은근히 몸을 비트는
작은 움직임도, 거친 숨을 뱉어 내느라 들썩이는 가슴도 모두 마음
에 들었다.

지유가 반응을 보인다. 그의 손길 아래 은밀하고 뜨겁게 더운 숨을 몰아쉬며 흐느끼고 있었다. 무섭게 일어선 분신을 당장이라도 그녀의 깊은 곳에 밀어 넣고 싶다는 욕구가 강해졌다. 아직은 아니다. 좀 더 그에게 매달리고 애원하는 그녀의 모습이 보고 싶었다.

귓구멍 속으로 혀를 밀어 넣기도 하고 귓불을 빨아 당기기도 하면서 양손으로 그녀의 유두를 돌리고 잡아 당겼다. 조금 강하게 움직이는 그의 손길에 그녀의 신음 소리가 점차 높아져 갔다. 그의 다리 사이에 가두고 한 손은 그녀의 가슴을 어루만지고 다른 한 손은 편편한 아랫배를 지나 검은 숲이 우거진 곳으로 다가갔다.

그의 손이 닿자 저절로 그녀의 허벅지가 벌어졌다. 그는 그녀의 귓불을 핥고 깨물며 기다란 목을 계속 지분거렸다. 그의 어깨와 팔 중간쯤에 고개를 기댄 지유의 눈꺼풀이 파르르 떨리는 것이 보였다. 쾌락에 젖어 살짝 찌푸려진 얼굴과 달뜬 숨을 몰아쉬느라 살짝 벌어진 입술이 그의 시선을 잡아 끌었다. 가슴을 움켜쥐고 있던 손을 들어 그녀의 고개를 더욱 뒤로 돌려 고정하고, 붉어진 그녀의 입속으로 혀를 밀어 넣는 것과 동시에 은밀한 숲속 깊이 숨어 있는 습지에 가운뎃손가락을 담가 버렸다.

그녀가 순간적으로 그의 혀를 강하게 빨아 당겼다. 그의 손이 빠르게 움직이는 것에 따라 음란하게 느껴지는 질척이는 소리가 방 안을 가득 메우고 지유 또한 허리를 이리저리 비틀었다.

"그, 그만."

그의 팔을 잡고 헐떡이며 겨우겨우 말을 뱉어 낸 그녀의 가슴이 심하게 요동쳤다. 그는 지유의 반응을 만족스럽게 지켜보았다. 이제 그녀의 엉덩이를 찌르고 있는 커다랗게 변해 버린 자신의 분신에게도 쾌감을 맛보게 해 줄 순간이 되었다 생각한 효건은 그녀를 침대에 고이 눕혔다.

힘겹게 숨을 몰아쉬는 그녀의 까맣게 빛나는 두 눈을 보면서 효건은 모든 것을 잊고 지유를 품에 당겨 안으며 입술을 빨아 당겼다. 언젠가 지유가 직접 자신의 이야기를 털어놓는 순간이 오기를 기대하며 그녀에게 자신을 각인시키듯 몸을 움직였다. 느릿하고 부드럽게, 빠르고 격렬하게 그녀를 파고들었다.

"하악."

"헉. 헉."

그는 지유의 겨드랑이 아래로 손을 밀어 넣어 그녀의 몸뚱이를 빈틈없이 품에 가두고 허리를 세차게 차올렸다. 높아져 가는 그녀의 신음 소리를 귀에 담으며 그는 더욱 격렬하게 그녀를 소유해 가기 시작했다. 뜨거운 그녀의 깊은 곳이 그를 강하게 끌어당겼다. 움직이기도 버거운 그 좁은 곳이 숨통을 조이듯 꾹꾹 그를 누르며 자극을 가했다.

부족하다. 가져도, 가져도 자꾸만 모자라게 느껴졌다. 갈증에 뒤이은 허기에 그는 허겁지겁 그녀의 입술을 찾아 물었다. 달뜬 호흡을 뱉어 내는 그녀의 입 안으로 혀를 집어넣으면서도 그녀의 깊은 곳을 파고드는 걸 게을리하지 않았다. 칭얼대듯 울리는 그녀의 색정 어린 음성이 듣기 좋았다.

"흐응…… 하아, 하아."

"후우. 너무 좋다. ……뜨거워."

그가 살짝 몸을 일으켜 그녀를 바라보며 낮게 중얼거렸다. 그의 등을 쪼르르 타고 내린 땀방울이 그녀에게 떨어져 내렸다. 언제까지 그녀의 몸 안에 자신을 묻어 두고만 싶었다. 억세게 조여 오는 그녀로 인해 급한 사정감이 느껴졌지만 그는 이를 악물고 참았다. 쉽게 놓아줄 수 없다는 간절함이 당장이라도 그녀의 몸 안에 자신을 풀어 놓고 싶다는 생각을 억눌렀다.

지유가 작게 도리질 치기 시작했다. 계속해서 안을 들락거리며 공격해 오는 그의 묵직한 분신이 주는 쾌락에 자신을 내려놓으려 하고 있었다. 높은 곳으로 다다르는 그녀를 보는 것 또한 그의 쾌감을 증폭시키는 것이었다. 그녀를 이렇게 흐트러지게 만들 수 있다는 남자만의 자부심. 자신의 몸 아래 깔린 그녀의 흐느끼는 신음 소리, 그를 간절하게 원하는 애타는 손길과 눈길에서 도저히 벗어날 자신이 없었다.

"지유야, 지유야. ……허억."

"아학."

그는 지유의 이름을 부르며 그녀의 절정에 맞춰 자신을 풀어놓았다.

지유는 더운 숨을 몰아쉬며 자신의 위에서 내려오려 하지 않는 효건의 팔을 가만히 쓸었다.

그는 열정적인 남자였다. 자신의 욕망을 숨길 생각도 하지 않았다. 경애가 잠자리에 들면 항상 지유의 방문을 두드렸다. 그는 알까? 그가 방문을 두드리는 순간을 지루하게 기다리고 있다는 사실을…….

그럼에도 솔직하게 자신의 이야기를 하지 못하는 이유가 뭘까? 누군가에게 쉽게 마음을 열지 못하는 그녀의 성격 탓일까? 그의 강렬한 시선을 느끼며 많은 생각이 지유의 머릿속에 떠올랐다. 자신은 아직까지 겁쟁이인 모양이었다.

"한 번 더 할까?"

그녀의 시선을 다른 의미로 받아들인 그가 은근히 물어왔다. 그 짓궂은 질문에 살짝 효건을 팔을 친 그녀가 희미한 웃음을 지었다. 아무 생각 말자. 지금 이 순간 그의 품속이 너무나 따스하기만 하니 말이다.

효건은 고른 숨소리를 내며 잠이 든 지유의 얼굴을 물끄러미 바라보았다. 평온해 보이는 그녀의 곁에서 잠들고 싶었다. 새벽녘에 도둑고양이처럼 몰래 빠져나가는 짓은 그만하고 싶었지만 지유가 그걸 원하지 않으니, 이렇게 조용히 숨어들었다 날이 밝기 전에 빠져나가야만 했다. 아쉬웠다. 온기를 가득 품고 있는 지유를 놔둔 채로 돌아서야 한다는 것이…….

봄이 깊어 가면서 수목원에 사람들이 하나둘 지유와 효건의 사이를 눈치채기 시작했다.

"좋을 때다."

"소장님도 그렇게 생각하세요?"

"그럼요. 효건이도 이제 행복해져야지요. 저렇게 잘 어울리는 사람들이 또 어디 있겠어요."

주방 일을 봐주는 김 씨 아주머니와 조상근 소장 등 다른 사람들의 눈에도 두 사람의 미묘한 분위기가 읽혀졌다. 대놓고 티를 내는 건 아니지만 은근히 지유를 챙기는 효건이었다. 스치며 맞닿은 손길, 잔잔한 미소를 주고받는 두 사람을 보고 그것을 알아채지 못한다면 분명 무척이나 둔한 사람임이 확실했다.

성훈은 소장의 말을 듣고 쓸쓸하게 입맛을 다셔야 했다. 첫눈에 관심이 가는 여자였는데 먼저 차지한 사람이 있었다. 어쩐지 그가 지유 근처만 가면 효건의 눈이 차가운 경고의 빛을 띠더라니…….

예전에 스치듯 했던 생각이 맞았음을 확인한 그는 쓸쓸한 미소를 지었다.

"흥. 어디서 굴러먹던 여자인지도 모르는데 그렇게 쉽게 말할 수 있어요?"

나무동산 카페의 책임자인 주란이 입을 삐죽이며 투덜거렸다. 어떻게든 효건의 관심을 끌어 보고자 애를 쓴 사람은 자신이었다. 오랜 시간에 걸쳐 그의 곁을 맴돌았는데 갑자기 나타난 여자가 그를 채어 가 버렸다. 자신의 경고도 가뿐하게 무시하는 지유를 보며 이를 갈았다. 솔직히 주란의 눈에는 지유가 천하에 둘도 없는 요부로밖에 보이지 않았다.

효건은 저녁 식사 준비를 거드는 지유의 뒷모습에서 눈을 떼기가 힘이 들었다. 아름다운 여자. 확실하게 내 것이라 이름 붙이고 싶은 여자. 가까이 있는 것 같으면서도 마음 한 자락 표현하지 않는 야속한 여자. 어느 순간 그녀를 마음에 담아 버렸고, 이제는 그녀 없이는 살 수 없을 것만 같은……. 그의 마음속에 온통 그녀로 가득 차 있다는 걸 깨달았다.

효건은 점차 불만에 쌓여 갔다. 지유가 자신에 관해서 굳게 입을 다물고 있다는 사실이…… 자신이 그녀에게 그렇게 믿음을 주지 못한 존재라는 사실이 자존심이 상했다. 어떤 남자든 자기 여자에게만은 잘나 보이고 싶기 마련인데, 그는 그녀에게 남과 별다르지 않은 존재라는 사실이 견디기 힘들었다.

"효주야, 어디 아파?"

경애가 근심 어린 얼굴로 지유를 바라보며 입을 열었다. 박 씨 아주머니가 한참 끓고 있는 찌개의 간을 보기 위해 냄비의 뚜껑을 열자 지유의 얼굴이 미세하게 일그러졌다.

“아니에요.”

“진짜 얼굴이 안 좋아 보이네. 어디 안 좋아?”

“감기 기운이 조금 있나 봐요. 열도 조금 나는 거 같고……..”

“에구, 그럼 여기서 이러고 있지 말고 얼른 방에 들어가 쉬어.”

“효주 아프면 안 돼. 빨리 가.”

박 씨 아주머니의 말을 받아 경애도 지유를 주방에서 쫓아내려 했다. 그들의 이야기를 듣고 효건은 말은 꺼내지 않았지만 신경이 쓰였다. 미련한 여자가 아프면서 티도 내지 않고 참고만 있다는 사실이 못마땅했다.

“들어가지.”

효건은 무뚝뚝한 목소리로 말을 꺼냈다. 사실 당장이라도 그녀를 안아서 방에 데려다 누이고 싶었다.

“괜찮아요.”

“안 괜찮아 보이니까 들어가 쉬어.”

그는 고집을 부리는 지유에게 불퉁한 심사를 숨기지 못하고 신경질적으로 말을 뱉었다. 걱정되어 죽겠는데 무조건 괜찮다고만 하는 여자로 인해 속이 상했다. 무엇이든 혼자서 해결하려 하는 지유가 원망스럽기까지 했다. 저러다 어느 순간에 말도 없이 사라지는 건 아닌지…… 그의 불안을 조금도 눈치채지 못하고 미련하게 구는 그녀를 보는 게 너무나 불안하면서도 힘이 들었다.

그를 잠시 쳐다보던 그녀가 앞치마를 벗고 몸을 돌려 주방을 나섰다. 신경 쓰였다. 그의 말에 상처를 받은 건 아닌지…… 잔뜩 찌푸린 미간을 중지로 문지르며 다른 생각을 하기 위해 애를 썼다.

　모두가 잠이 든 늦은 저녁. 그는 지유의 방문을 살짝 두드렸다. 인기척이 느껴지지 않았다. 너무 많이 아파 의식을 잃은 건 아닌가 싶어 문을 여는 그의 손끝이 잘게 떨려 왔다.

　다행히 지유는 고른 숨을 내쉬며 잠들어 있었다. 효건은 그녀의 이마에 조심스레 손을 올려 열이 있는지 확인했다. 다행히 열은 나지 않았다. 그는 그녀가 잠들어 있는 침대 옆, 바닥에 주저앉았다.

　"김지유. 당신, 무지 신경 쓰이는 여자라는 거 알아? ……당신은 은근히 사람 걱정시켜. 그래서 시선을 뗄 수 없게 만들어. 당신은 왜 뭐든 참고 감추려고만 하지? 내가 그렇게 믿음이 가지 않는 사람인가? 가끔은 당신 옆에 내가 있다는 걸 잊은 당신을 보는 게 짜증나. ……아프지 마라. 혼자 아파하는 당신 때문에 내 가슴이 너덜너덜해지는 것 같아."

　효건은 작은 목소리로 넋두리하듯 중얼거렸다. 그는 잠들어 있는 그녀를 미동도 없이 한참을 응시하다 밖으로 나가기 위해 발을 떼었다.

　그녀는 그가 방에 들어온 것도 알아채지 못하고 여전히 깊은 잠에 빠져 있었다.

　아침에 일어나자마자 지유는 입을 막고 화장실로 뛰어 들어갔다. 방에서 나오던 효건이 그 모습을 보고 걱정스러운 눈으로 닫힌 욕실 문을 뚫어져라 바라보았다.

　"괜찮아?"

　하얗게 질린 얼굴로 화장실을 나서는 지유에게 다가선 효건이 걱정스레 물었다.

"괜찮아요."

"병원 가자."

"어제 낮에 먹은 게 얹혔나 봐요."

"그래도 모르는 거잖아. 일단 가자."

"소화제 먹으면 돼요."

"고집 부리지 마."

효건은 지유의 방으로 들어가 옷걸이에 걸려 있는 카디건을 들고 나와 그녀의 어깨에 걸쳐 주었다. 그대로 그녀의 손을 잡아끌어 밖으로 나갔다. 그녀를 억지로 차에 밀어 넣고 시동을 걸면서 이를 꽉 물고 입을 열었다.

"아프면 아프다고 말을 해. 무조건 참는 게 능사가 아니야."

"왜 화를 내요?"

"화가 안 나게 생겼어? 당신은 뭐든 먼저 얘기하는 법이 없잖아. 지금 상태가 좋지 않다는 건 어느 누가 봐도 다 알아. 그런데도 혼자서 끙끙대고 있어. 한 번쯤은 내게 기대면 안 돼? 도대체 무슨 비밀이 그리도 많은 거야?"

그는 무심하게 묻는 그녀를 향해 퍼붓듯 몇 마디를 던지고는 고개를 돌려 버렸다. 가뜩이나 몸이 좋지 않은 사람에게 왜 이리 미련하냐고 더욱 다그칠 것 같아 도저히 쳐다보고 있을 수가 없었다.

시내에 있는 종합병원을 찾은 그와 그녀는 내과에 접수를 하고 대기실에 잔뜩 굳은 얼굴로 앉아 차례를 기다렸다. 이윽고 차례가 되어 진료실로 들어가는 그녀의 뒤를 효건도 당연하다는 듯 따랐다.

"여기 있어요."

"싫어."

그는 짧게 대답하고 그녀의 어깨를 잡아 진료실 안으로 살짝 밀어 넣었다.

지유의 상태를 들은 의사는 조심스럽게 산부인과 진료를 먼저 받아 보는 것이 어떠냐는 의견을 제시했다. 임신이 확실히 아니라고 단정할 수 없는 상태에서 무작정 처방을 내리기 어렵다는 이유였다.

산부인과 진료실을 찾는 지유와 효건의 입은 열릴 줄을 몰랐다. 그들의 복잡한 머릿속과 다르게 얼굴에는 아무 표정도 나타나지 않았다.

"임신입니다. 8주 정도 되었네요. 아기 심장 소리 한번 들어 볼까요?"

초음파로 그녀의 자궁을 들여다보는 여의사의 말이 끝나기가 무섭게 힘찬 심장 소리가 들려왔다.

쿵. 쿵. 쿵.

"아주 건강하네요. 착상도 잘되었네요. 아직은 조심해야 할 시기라는 건 아시죠? 너무 무리하지는 마세요. 뭐, 지금은 별문제 없어 보이니 너무 걱정하지 않으셔도 되고요. 일단 기본 검사 몇 가지 하셔야 해요. 기형아 검사는 다음 번 방문 때 하는 걸로 하죠."

'아기? 내게 아기가 생겼다고?'

지유는 정신이 없었다. 믿을 수가 없었다. 자신이 이렇게까지 둔했던가? 2개월이 되도록 임신 사실을 몰랐다는 것이 어이가 없었다. 새봄맞이 준비를 하느라 바쁘기는 했어도 이 정도로 신경을 쓰지 않고 있었다는 사실이 기가 막혔다.

의사의 설명도 귀에 들어오지 않았다. 그건 그녀의 곁을 지키고 있는 효건도 마찬가지였다. 아이의 힘찬 심장 소리만이 계속해서 그의 귓가에 맴돌고 있었다. 지유와 그의 아기? 상상만으로도 숨이 가빠져 왔다.

'이제 당신을 내 곁에 둘 수 있게 됐어.'

기뻤다. 지유를 자신의 곁에 확실하게 잡아 놓을 수 있는 커다란 이유가 생겼다는 것만으로 그는 가슴이 벅차올랐다. 매일매일을 불안 속에 살다가 작은 희망이 생겼다는 사실에 기쁨을 감추기가 힘들었다. 큰 상처를 가진 어머니에게도 아이의 존재는 희소식이 될 것이 분명했다.

병원을 나서는 지유는 자신의 손에 들린 산모수첩에서 눈을 떼지 못했다. 그 사이에 끼워져 있는 까맣게 보이는 사진 한 장의 무게로 인해 숨을 쉬기도 힘들었다.

자신의 몸 하나도 건사 못 하고 방황하는 처지에 아이라니…….새 생명을 책임질 만한 자격이 그녀에게 있는지 확신이 없었다.

"결혼하자."

"……결혼이요?"

"그래. 우리 아기에게 제대로 된 가정을 만들어 줘야지."

수목원으로 돌아가는 차 안에서 효건은 당연하다는 듯 지유에게 프러포즈를 했다. 이 기회를 절대 놓쳐서는 안 된다는 생각이 강하게 들었기 때문이다.

신이 난 효건은 자신이 그녀를 사랑한다는 걸 이야기하고 싶었지만 참았다. 먼저 사랑한 사람이 약자라더니, 지금 자신의 현실에 그 말이 딱 맞았다. 그가 사랑을 이야기하면 그녀가 받아들일지, 어느 순간 연기처럼 사라져 버리지 않을지 걱정이 되어 쉽게 입을 열기가 어려웠다. 그는 그녀에게 사랑 고백 대신 청혼을 했다.

“난, 난…… 잘 모르겠어요. ……너무 성급하게 결정하지 말아요.”

그는 그녀의 대답에 말문이 막혔다. 그의 생각과 다를 거라고 예상은 했지만 저리 단호하게 이야기를 할 줄은 몰랐다. 그렇다고 여기서 물러설 수는 없었다.

“그렇다면 미혼모라도 되고 싶은 거야? 잘 생각해 봐. 뭐가 최선의 방법인지…….”

지유는 효건의 말에 잠시 멍해졌다. 결혼. 솔직하게 생각하고 있지 않다 허를 찔린 느낌이었다. 수목원이 좋았고, 그의 곁이 좋았다. 하지만 결혼이라니…… 자신이 결혼할 수 있을 거라 생각해 보지 않았던 지유는 입을 다물었다. 결혼이라는 것 자체에 확신이 없었다. 열렬한 사랑도 시간이 지나면 퇴색해 버리는 마당에 뭐에 쫓기듯 치러진 결혼이 얼마나 갈까 싶기도 했다.

‘내가 싫다고 하면 어떻게 되는 거지?’

욱신. 갑자기 코끝이 시큰해지고 심장이 아파 왔다. 스스로도 알지 못하는 감정을 뭐라 설명할 수 없어 슬그머니 고개를 돌려 버렸다.

사뭇 냉랭한 공기가 두 사람 사이에 흘렀다. 고집스레 창밖만 보고 있는 지유를 흘끔거리는 효건의 눈동자도 냉랭했다. 고집쟁이 같으니라고…….

수목원에 도착하기가 무섭게 효건은 지유를 쉬게 해 주려 사택으로 향했다. 그 길에 조상근 소장이 두 사람을 불러 세웠다.

“우리 대표님하고 효주 이리 와 봐.”

“무슨 일이세요?”

"새 카메라가 생겼는데 성능 시험차 이것저것 찍고 있었어. 이왕 찍는 거 두 사람 사진도 하나 찍자."

"저는 됐어요."

지유는 살짝 웃으며 조 소장의 마음이 상하지 않게 거절의 의사를 밝혔다.

"되긴 뭐가 돼? 이 사람들이……. 어여 와. 내가 잘 찍어 준다니까."

결국 조 소장의 강요에 못 이겨 효건과 지유는 흐드러지게 피어난 꽃을 배경으로 나란히 서 어색한 웃음을 지었다.

"좀 자연스럽게 웃어 봐. 그게 뭐야? 딱딱하게 굳어서."

효건은 조 소장의 주문에 좀 전과 다른 따스한 미소를 지으며 지유의 어깨를 감싸 자신에게 당겼다. 지유는 여전히 쑥스러운 티를 감추지 못하고 카메라를 응시했다.

찰칵.

"내가 멋지게 뽑아서 줄게."

조 소장이 기분 좋은 웃음을 터트리며 손을 흔들었다.

"이제 방을 옮기도록 하지?"

효건은 조 소장이 멀어지는 것을 확인하고 사택으로 걸음을 옮기며 조용히 입을 열었다.

"네?"

"어차피 아기도 생긴 마당에 방을 따로 쓰는 건 의미가 없잖아."

"그래도, 갑자기 어떻게……."

"내 말대로 해. 다른 건 다 당신 뜻대로 해도 이것만은 양보 못 해. 다른 사람들에게는 내가 이야기하도록 할게."

그는 최대한 그녀의 곁에 있고 싶었다. 그녀가 자신의 곁에 있다는 것을 확인하고 싶었고, 새벽마다 몰래 그녀의 방에서 빠져나오는 짓을 더 이상 하고 싶지 않았다.

어떤 방법으로든 그녀가 그의 여자라는 사실을 확실하게 하고 싶어 고집스럽게 말을 마쳤다.

8.
믿어도 될까요?

효건은 그와 같은 방을 쓰는 것을 거부하는 지유의 의사를 무시하고 그날 저녁 식사 준비를 하는 자리에서 어머니와 아주머니들께 그녀의 임신 사실을 알렸다. 그리고 이제부터 지유와 같은 방을 쓸 것이라고 폭탄선언을 해 버렸다. 원망을 담은 지유의 시선이 느껴졌지만 그는 끝내 고집을 꺾지 않았다. 우선순위가 바뀌기는 했지만 아기까지 가진 마당에 그녀를 향한 자신의 마음을 숨기고 싶지 않았다.

하얗게 질려 어이없는 눈으로 자신을 응시하다 말없이 방으로 들어가 버린 지유의 뒤를 따라 그가 방으로 들어섰다. 창가에 서서 밖을 바라보는 그녀의 작은 어깨가 유난히 쓸쓸해 보였다.
소리 없이 그녀에게 다가간 효건이 지유의 어깨를 살며시 움켜쥐고 나지막이 속삭였다.

“당신을 사랑하게 됐어.”

“……”

그의 손바닥으로 그녀의 떨림이 고스란히 느껴졌다. 긴장감을 내보이지 않으려 그를 외면하는 그녀를 보며 효건은 계속 말을 이었다. 조금 더 시간이 지난 뒤에, 그녀가 지금보다 더 마음을 열어 보인 다음에 솔직한 마음을 말할 생각이었지만, 저도 모르게 입이 열리고 마음을 내보이고 말았다. 그녀의 가녀린 뒷모습이 너무 안쓰러워 혼자가 아니라는 걸 일깨워 주고 싶은 생각이 강하게 들었다.

“김지유, 당신을 사랑해.”

“난…… 잘 모르겠어요. 무슨 근거로 지금 내가 느끼는 있는 이 감정이 사랑이라 확신을 하죠?”

그와 함께 있는 시간이 소중하고 좋았다. 자꾸만 그에게 시선이 향하고, 그의 음성이라도 들릴라치면 무섭게 심장이 쿵쾅거렸다. 하지만 사랑을 받는 것과 주는 것에 익숙하지 않은 지유는 의구심이 생겼다. 두려웠다. 10년 넘도록 그의 곁을 지켜 주었던 재우조차 그녀를 아프게 했는데…… 고작 반년 정도의 시간을 함께한 그가 자신을 사랑하게 되었다니…… 그냥 혼란스러웠다. 그녀는 사랑을 모르는데 그는 사랑을 이야기한다. 어떻게 해야 할까?

“지금은 당신더러 날 똑같이 사랑해 달라는 말은 하지 않을게. 그냥 밀어내지만 말아 줘. 난 당신 곁에서 앞으로 태어날 우리 아기를 기다리고 싶어. 그렇게 시간이 흐르다 당신이 날 사랑한다는 걸 깨닫게 되는 날, 그때 이야기해 줘. 기다릴게.”

“……”

“그냥 당신이 날 믿고 조금만 내게 기대 줬으면 좋겠다.”

“……효건 씨.”

“쉿. 지금은 아무 말 말고 편히 쉬자.”

효건은 지유를 품에 안으며 어깨를 다독였다. 보답 받지 못한 사랑에 가슴은 아프지만, 감정 표현에 소극적인 지유를 위해 그녀의 페이스에 맞춰서 기다릴 때였다. 다만 그 기간이 그리 길지 않았으면 했다.

그는 식을 올리지 않았어도 지유를 자신의 아내라 생각했다. 그녀를 사랑하게 되었고, 또 자신의 아이를 가진 여자이기에 애틋한 마음은 더욱더 커져만 갔다. 어머니껜 죄송했지만 뭐든지 좋은 것이 있으면 가장 먼저 그녀를 떠올렸다. 좋은 것, 고운 것이 있으면 그녀와 나누고픈 마음뿐이었다.

정기 검사일이 되면 효건이 먼저 지유를 챙겨 병원으로 향했다. 입덧이 심한 지유가 안쓰러워 늘 그가 나서서 그녀를 보살피고 감싸 안았다.

“너무 애쓰지 말아요.”

그는 너무나 자상했다. 항상 그녀를 우선시하며 행여 다칠세라 애지중지하는 것을 모르는 사람이 없을 정도였다.

“내가 하고 싶은 건 해. 그러니 그냥 받아들여.”

“언제까지 그 마음이 변하지 않을까요?”

“무슨 뜻이야?”

“지금 당신이 생각하는 그 마음, 유효기간이 언제까진지 궁금해요.”

그는 그 말에 눈을 가늘게 뜨고 그녀를 바라보았다. 어떤 상처를 가지고 있는지는 모르겠지만 가끔 한 번씩 그의 속을 뒤집는 소리를 태연하게 하는 지유를 보며 한숨을 쉬었다. 아팠나? 그녀가 사람에게 상처를 입어 그를 밀어내려 애쓰는 건가 싶은 생각에 가슴이 답답해졌다. 도대체 그녀 주위에 어떤 사람들이 있었던 걸까? 그들과 자신이 다르다는 걸 그녀는 모르는 모양이었다. 그는 절대 그녀를 아프게 하지 않는 것을 하루라도 빨리 지유가 알아줬으면 했다.

"내가 당신에게 믿음을 주지 못했나 보군. 그렇다면 지금 이 자리에서 확실하게 말하지. 내 마음은 결코 변하지 않아."

그녀는 여러 가지 뜻이 담긴 그의 말에 작게 대꾸했다.

"그러길 바라요."

아픈 말을 하는 그녀의 눈이 걱정스럽게 흔들리고 있었다. 변하지 말아 달라는 주문을 온몸으로 표현하는 지유의 간절함이 그의 가슴에 와 닿았다. 이제 그만 그녀가 솔직하게 자신의 마음을 이야기해 줬으면 좋겠다는 생각이 들었다.

첫 태동을 느꼈을 때 그 감격스러움을 어떻게 표현해야 하는지 지유는 알지 못했다. 그저 자신의 몸 안에서 살아 움직이는 생명력에 아무 말도 하지 못하고 놀라 눈만 커다랗게 뜨고 있었다.

"왜 그래?"

효건은 미동도 없이 놀란 눈을 한 지유를 걱정스럽게 바라보았다. 혹시라도 어디가 좋지 않은 건 아닌지 그녀의 작은 몸짓 하나에도 불안을 느꼈다.

"아, 아기가 움직여요."

"뭐?"

지유는 효건의 손을 잡아 살포시 부풀어 오른 자신의 배에 가져다 대었다.

효건은 자신의 손바닥 아래서 느껴지는 꿈틀거림에 환한 미소를 지으며 지유와 눈을 마주쳤다. 오로지 두 사람만이 느낄 수 있는 묘한 감정을 공유했다. 자신의 뜨거운 시선이 부끄러웠는지 고개를 돌리는 그녀의 볼을 효건은 소중히 감쌌다.

"고맙다."

그의 아이를 품고 있는 여자에 대한 사랑이 점점 커져 갔다. 지금 이 감정을 솔직하게 털어놓아도 될까? 그의 사랑이 너무나 커 그녀가 무섭다고 도망치면 어쩌지? 사랑 앞에 소심해진 그는 그저 미소만 지었다.

효건이 잠시 망설이는 사이에 그녀의 입술이 그의 입술에 포근히 와 닿았다. 마치 '나도 고마워요.' 라고 이야기하듯 부드럽고 다정한 입맞춤이었다.

"효주야."

밖에서부터 지유를 부르는 경애의 목소리가 들려와 두 사람은 화들짝 떨어졌다. 나쁜 짓하다 들킨 아이처럼 놀란 그 상황이 너무 우스워 그들은 서로를 마주 보며 피식 웃어 버렸다. 그와 함께 나누는 소소한 일상이 좋았다. 언제까지나 이 평온함이 계속되기를 진심으로 바랐다.

"저 여기 있어요."

"효주야, 이거 먹어."

경애는 손에 꼭 쥐고 있던 자두 두 개를 그녀에게 내밀었다. 그것을 받아 든 지유의 입매가 잔잔한 선을 그리며 위로 치켜 올라갔다.

"진짜 맛있겠어요."

"응."

"그럼 엄마가 드세요."

"아니야. 아기 주는 거야."

"아기요?"

지유의 물음에 경애의 시선이 그녀의 배로 향했다. 경이롭다는 기색을 감추려고도 하지 않는 경애의 올곧은 눈이 그곳에서 떨어질 줄을 몰랐다. 지유를 효주라 부르고 딸이라 여기면서도 당신 아들의 아이를 가졌다는 것에 대해 이상하게 생각하지 못하는 경애를 보는 그녀의 눈동자가 자잘하게 떨려 왔다. 하루라도 빨리 경애의 정신이 돌아와야 할 텐데 지금으로서는 그런 기미조차 보이지 않았다.

"여기 아기 있어?"

경애는 신이 나서 확인하듯 질문을 던졌다. 차마 지유의 배에 손을 대지 못하고 살짝 손가락질만 하는 그녀의 모습이 너무 귀여워 절로 웃음이 났다.

"네."

"잘됐다."

"좋으세요?"

"응. 많이 좋아."

지유의 말에 경애는 천진한 웃음을 지었다. 너무나 환한 그 미소는 보는 사람마저도 따라 웃게 만드는 경이로운 힘을 가지고 있었다.

경애와 눈을 마주치고 활짝 웃는 지유에게서 눈을 떼지 못하던 효건이 그녀들을 향해 손을 내밀었다.

"우리 산책 갈까?"

"그래요. 가요."

효건은 한 손으로는 배가 불러 임산부 태가 나는 지유의 손을 잡고, 다른 한 손으로는 경애의 어깨를 감싸 안고 천천히 걸음을 옮겼다. 잔잔한 미소를 머금고 그의 곁에서 말없이 걷고 있는 여자가 새

삼 소중하게 느껴졌다.

푸르른 나뭇잎이 바람을 맞아 시원한 소리를 내며 그들을 반겼다. 눈부신 햇살을 가려 주는 높은 나무들 사이로 청량한 공기가 새어 나와 걷고 있는 그들의 가슴으로 파고들었다.

삼림욕장을 향해 느긋한 걸음을 옮기는 세 사람을 바라보는 수목원 식구들의 입가에도 작은 미소가 걸렸다. 평화로운 오후였다. 그 작은 평화로움이 오랫동안 지속되기를 그들은 기원했다.

"잘 어울리는구먼."

"그러게요. 이제 우리 수목원에도 경사만 있으려나 봐요."

겨울이 깊어 가면서 지유의 배도 점점 크기가 커져 갔다. 효건은 그녀보다 더 열심히 임신, 출산에 관한 책을 독파한 결과로 그녀의 배가 트지 않도록 마사지를 해 주면 좋다는 것을 알게 되었다. 그날 이후로 한사코 마다하는 그녀의 배를 부드럽게 마사지를 해 주며 낮은 음성으로 그날 있었던 일을 이야기했다. 그것뿐만 아니라 임신부에게 좋은 음식이라고 하면 어떻게든 먹이려 들어 그녀가 간혹 곤욕스러워하기도 했다.

시간이 지나고 예정일에 가까워질수록 지유는 밤에 몇 번씩 깨서 화장실에 들락거려야 했고, 자다가 몸을 뒤척이는 것도 힘겨워했다.

"윽."

"왜 그래?"

그리 큰 소리도 아니었는데, 지유가 내뱉은 신음 소리에 그가 침대에서 벌떡 몸을 일으켰다.

"아! ……다리."

"다리?"

서둘러 이불을 걷고 그녀의 다리를 보자 쥐가 나 뻣뻣하게 굳은 종아리가 눈에 띄었다. 그는 서둘러 그녀의 발목을 잡고 앞으로 꺾으며 종아리를 힘차게 주물렀다. 잠이 모두 달아난 그의 걱정 가득한 눈이 그녀에게 향해 있었다.

"계속 이래서 어떡해?"

한참 후 경직된 다리가 풀린 그녀가 그를 말렸다.

"……이제 그만해요."

"괜찮아?"

"네. 괜찮아졌어요."

그녀는 고통에서 해방돼 한결 부드러워진 얼굴로 자신의 옆자리를 두드렸다.

"어서 자요. 내일도 일찍 일어나야 하잖아요."

"그래."

그는 그녀의 옆자리에 누워 지유의 가녀린 몸을 끌어당겨 안고 정수리에 입을 맞췄다. 입덧이 가라앉고도 살이 붙지 않은 그녀의 여린 어깨가 안쓰러웠다. 그렇지만 그의 아이를 품고 있는 지유는 여전히 아름다웠다.

"여기서 뭐해?"

"지유 1, 2가 잘 크고 있는지 확인하러 왔어요."

"날도 쌀쌀한데 몸도 무거운 사람이 막 돌아다녀도 돼?"

"운동을 꾸준히 해야 아기 낳을 때 덜 힘들대요."

낮잠을 주무시는 어머니 곁에 지유가 없는 것을 알고 그는 서둘러 이곳저곳을 찾아다녔다. 그러다 품종개량실 한쪽에 마련된 화분의 이파리를 살짝 쓰다듬고 있는 지유를 발견했다. 그 순간 무섭게 뛰던 그의 심장이 차분히 가라앉았다.

"그런데 아직까지도 효건은 준비가 안 됐어요? ……올해 볼 수는 있는 거예요?"

지유의 두 눈에 의심이 가득 찼다. 매번 다음, 다음을 외치는 그의 신용도가 많이 떨어진 상태라 질문을 하면서도 별다른 기대가 없다는 게 맞을 터였다.

"하하하. 그게 지유1이랑 지유2가 너무 예뻐서 눈을 뗄 틈이 없어. 조금만 기다려 봐. 붉은 꽃이 꽤나 매력적인 녀석을 개량해 볼 생각이니까."

"오호, 기대되는데요. 붉은 꽃이라……. 흐음, 이름이랑 안 맞아요. 다른 걸로 해요."

"어째서? 효건이란 이름의 붉은 꽃이 아름다운 품종. 괜찮잖아?"

"꽃이 싫다고 할 것 같은데요. 너무 촌스럽다고…… 후후후."

"뭐야? 이리 와. 미운 말을 하는 요 입 좀 혼내 줘야겠다."

그는 웃으며 도망치려는 지유를 품에 끌어안고 입술을 집어삼켰다. 그녀의 달달하고 보들보들한 입술을 가르고 혀를 밀어 넣으며 효건은 만족스런 신음을 흘렸다. 그의 혀는 집요하게 지유의 입속을 헤집다가 그녀의 혀를 자신에게로 이끌었다. 그의 손은 지유의 몸을 바삐 쓸어내리고 어루만졌다. 둥그렇게 불러온 배로 인해 완벽하게 그녀를 느낄 수 없다는 점이 아쉬웠지만 끈끈하게 얽히는 숨결로 위안을 삼았다. 아랫입술에 이어 윗입술까지 차례대로 맛을 보고 지분거린 그의 입술이 그녀의 목으로 향했다. 그의 정신을 빼앗아 가는 향기로 인해 입매가 만족스럽게 휘였다.

"아, 하고 싶다."

그는 지유의 쇄골에 고개를 묻고 한 손으로 그녀의 가슴을 은근히 주무르며 아쉬움을 토로했다. 예정일이 다가오는 관계로 만삭인 그녀를 곁에 두고 보기만 하는 날들이 계속되었다. 그녀의 안을 파고들고 싶은 마음을 억누르는 하루하루가 곤욕스럽게 느껴졌지만 세상에 태어날 아기를 위해 인내심을 발휘하고 있는 중이었다. 효건은 그렇게 그녀를 만지고 느낄 수 있는 이 행복이 오래 지속될 거라 믿었다.

"김지유, 지금부터 각오 단단히 해. 아기 낳고 보자고……."

다음 해 1월 23일. 설날을 얼마 남기지 않고 양수가 먼저 터져 병원으로 옮겨 간 지유는 촉진제를 맞으며 29시간 30분이라는 진통 끝에 딸을 낳았다. 갓 낳은 아이에게 젖을 물리는 지유의 눈가에 이슬이 맺혔다. 그런 두 사람을 바라보는 효건도 벅찬 감동을 느꼈다. 그가 지켜 줘야 할 사람이 하나 더 늘었다는 묵직한 책임감과 함께 그녀를 향한 사랑이 커졌다는 것이 느껴져 더욱 기분이 좋았다. 이제 그녀와 결혼식만 올린다면 완벽한 가정의 가장이 될 수 있었다.

"힘들었지? 고마워. 그리고 사랑해."

효건은 잠이 든 아기의 곁에 누워 눈을 감고 있는 지유의 손 하나를 양손으로 꼭 잡고 감격에 겨워 떨리는 목소리로 작게 중얼거렸다. 고통으로 인해 몸을 비트는 지유를 보는 내내 얼마나 가슴을 졸였는지……. 새로운 생명을 맞이하기 위해 뼈가 벌어지는 아픔을 온몸으로 버텨 내는 지유의 여린 몸이 금방이라도 바스라질 것만 같아 애가 탔다. 힘겨운 일련의 과정을 모두 끝내고 평온한 얼굴로 잠든 모녀를 보니 가슴이 묵직해졌다.

서은채. 지유와 효건 사이의 첫딸. 까만 눈망울이 엄마를 닮은 아주 예쁜 아기였다.

"은채 출생신고 하고 호적에 올리려면 우리 혼인신고부터 해야지."

"……해야죠. 몸이 회복되는 대로 저희 집부터 들러요."

"그래. 그리고 빠른 시일 내에 결혼하자."

효건은 지유의 말에 안심했다. 이제야 지유가 자신을 온전하게 받아들이려 한다는 것이 느껴져 안도의 숨을 내쉬었다. 혹여 아이를 낳고도 계속 고집을 부리면 어떡하나 하고 고민하던 것이 기우였다는 것을 확인하자 답답했던 마음이 일시에 편해졌다.

"가족 관계는 어떻게 되지?"

"아버지하고…… 새어머니, 의붓동생이 하나 있어요."

그녀의 말끝에 망설임이 느껴졌다. 그녀의 흐려진 눈동자가 더 이상의 질문은 하지 말아 달라고 애원하고 있었다. 새어머니라…… 순간 계모에게 구박받는 신데렐라가 연상되었다. 그래서 집을 떠나온 건가? 자신에 관한 것에 고집스럽게 입을 다물고 있는 이유가 그런 거라면 그녀의 고집이 어느 정도는 이해가 되었다.

"힘들면 말하지 않아도 돼. 나중에 이야기하고 싶을 때, 그때 해."

"……고마워요. 그럴게요."

"좀 쉬어."

효건의 말에 지유는 작게 고개를 끄덕이고 은채 옆에 몸을 뉘었다. 그녀는 오래 걸리진 않을 거라고 속으로 중얼거렸다.

시간이 흘러 100일이 지나고, 지유의 몸이 완전하게 회복되자 움직임이 편해졌다. 은채는 젖살이 올라 통통하니 예쁘게 잘 자라고 있었다.

"은채야, 우리 외할아버지 보러 갈까?"

그녀의 말에 빙긋이 웃으며 배냇짓을 하는 아이의 모습을 보며 미소를 지었다.

놀라시겠지? 일 년이 지나도록 연락 한 번 없다가 아이를 안고 나타나면 기함하실 게 뻔했다. 그래도 상관이 없었다. 이제 지유에게도 그녀만의 가족이 생겼다. 아버지와는 별개로……. 늘 사랑에 목말라하며 관심 어린 시선 한 자락을 갈구했던 어린 시절의 자신은 잊어도 되었다. 그녀의 사랑을 마음껏 표현해도 될 소중한 존재가 여럿이 생겨 버렸다. 자신도 모르는 새에 효건의 사랑을 듬뿍 받고 무럭무럭 자랐다는 생각이 들어 절로 입가가 부드러워졌다. 이제 그의 사랑에 그녀가 보답할 차례였다. 그녀의 마음속에 그의 자리가 오래전부터 있었음을 솔직하게 말할 때가 되었다.

"효건 씨 어디 갔어요?"

야생화 표본실에 있을 거라는 그녀의 생각과 다르게 그는 자리를 비우고 있었다.

"대표님 외출하셨어요."

"그래요?"

최소 6개월은 모유를 먹이자 결심한 지유였지만 첫 아이라 그런지, 아님 자신의 유선이 발달하지 않은 탓인지 모유의 양은 너무도 적었다. 젖을 말린다고 고생하지 않고도 자연스레 젖이 나오지 않게 되어 하는 수 없이 은채는 분유를 먹어야 했다.

그녀는 분유와 부족한 아기용품 몇 가지를 사기 위해 효건을 찾았지만 그는 외출하고 없었다. 지유는 전화기를 들어 효건에게 전화를 걸었다.

“음. 전화도 안 받네.”

“어떡하죠?”

“제가 시내로 나가 보죠. 오늘 꼭 마트에 들러야 해서요.”

“그럼 제가 데려다 드릴게요.”

그녀의 말에 정성훈 연구원이 친절한 미소를 지으며 대답했다.

“아니에요. 바쁘시잖아요. 택시 부르면 돼요.”

봄을 맞이해서 방문객이 급증한 수목원은 한 사람의 일손이라도 아쉬웠다. 이렇게 바쁜 와중에 효건이 외출을 했다는 사실이 조금은 의아했지만, 바쁜 일이 생긴 거라 쉽게 단정 지었다.

콜택시가 도착했다는 소리에 급하게 서두르다 보니 겨우 지갑만 챙겨 나온 그녀가 제 행동이 어이없이 피식 웃어 버렸다. 도대체 정신을 어디다 두고 다니는지…….

“저, 기사님. 휴대폰 좀 빌려 주실래요? 제가 잊은 게 있어서.”

기사님이 흔쾌히 내미는 휴대폰을 건네받은 그녀가 사택으로 전화를 걸어 박 씨 아주머니께 당부의 말을 전했다.

“지금 은채 자고 있는데, 한번 들여다봐 주세요.”

—어디, 밖이야?

“네. 은채 분유가 떨어져서 지금 시내 마트에 가고 있거든요. 미리 말씀드린다는 게 서두르다 보니 깜박했지 뭐예요.”

—은채 걱정하지 말고 다녀와.

“그럼 부탁드려요. 그리고 엄마한테도 얘기해 주세요. 제가 안 보이면 찾으실 거예요.”

—응. 얘기해 둘게.

“네. 그럼 이따 봬요.”

통화를 끝낸 그녀가 휴대폰을 기사에게 돌려주고 창밖으로 시선을 던졌다. 파랗게 새순이 올라오는 나무들을 보며 작게 미소 지었다. 그러다 작은 입을 오물거리며 자고 있을 은채에게 생각이 미치자 마음이 조급해졌다. 깨기 전에 다녀와야 하는데.

그녀가 탄 택시가 시내 번화가로 들어섰다. 여기서 조금 더 가야 오늘의 목적지인 대형마트가 나올 터였다.

"잠시만요. 여기 좀 세워 주세요."

효건이었다. 여자와 함께 시내에 위치한 유일한 호텔로 들어가는 사람은 분명 효건이었다. 지유는 자신의 눈으로 본 사실을 믿을 수가 없었다. 급하게 택시를 세우고 그를 찾아 걸음을 옮겼다.

"설마…… 아니야. 효건 씨는 그럴 사람이 아니야."

지유는 불안한 마음을 털어 내듯 고개를 세차게 저었다. 이렇게 넋 놓고 있을 때가 아니었다. 그가 이 시간에 이곳에 있을 이유가 없는데…… 분명 자신이 오해한 것이 틀림없었다.

그녀는 떨리는 걸음을 겨우겨우 옮겨 호텔 안으로 들어섰다. 자꾸만 뿌옇게 변하는 눈가를 닦아 내며 그를 찾아 두리번거렸다. 후들거리는 다리에 힘을 주고 걸음을 옮겼다. 그가, 여자를 품에 안고 룸으로 올라가는 엘리베이터에 몸을 싣는 게 보였다. 몇 번씩 눈을 깜박여 봐도 그녀가 헛것을 본 것이 아니었다. 아프고 뜨거운 눈물이 그녀의 검은 눈동자에 가득 차올랐다.

"효건 씨…… 하아."

그 여자였다. 예전에 효건을 찾아와 다시 시작하자 애원하고 명함을 주고 간 그의 옛 애인. 효건의 품에 쓰러질 듯 기대어 엘리베이터를 타고 객실로 올라가는 여자는 분명 그 여자였다.

지유의 입이 얼어붙었는지 작은 신음 소리조차 나오지 않았다. 그들을 불러 세워야 한다는 생각도 하지 못했다. 그저 멍했다. 발밑이 꺼지는 느낌이 뭔지 확실하게 알아 버렸다. 두 번 다시 쓰라린 아픔은 느끼지 않을 거라 생각했는데…… 자신이 틀렸다. 그는 다른 여자와 함께 있었던 거다. 예전의 재우 때보다 더 큰 상실감이 그녀를 덮쳤다. 그에게 달려가 따져야겠다는 생각도 들지 않았다. 그저 눈앞의 현실이 믿기지 않았다.

그의 따스함과 다정함이 제 것이 아니라는 생각이 들자 견딜 수 없이 온몸이 떨려 왔다. 믿었는데…… 말로 표현하지 않았어도 그에게 자신을 온전히 내어 줄 정도로 재우보다 더 믿었는데……. 지금 그녀는 이성적으로 생각을 할 수 있는 상태가 아니었다. 완전한 패닉에 빠져 아무것도 눈에 들어오지 않았고, 제대로 된 생각이라는 것을 할 수가 없었다.

"어떻게……."

늘 그녀를 괴롭히며 신경 쓰이던 것이 있었다. 효건이 옛 여자에게 돌아가고 싶다고 생각할지도 모른다는 것……. 전에 저 여자를 쫓아낼 때 그의 의사와 상관없이 자신의 뜻대로 그녀를 보내 버린 것이 걸렸었다. 그녀를 사랑한다는 그의 마음이 변해 버린 것만 같아 두려웠다.

지유는 아픈 가슴을 움켜쥐고 몸을 돌렸다. 이성적으로 생각할 시간이 필요했다. 섣불리 어리석은 판단은 하지 말아야 했다. 그렇게 넋이 나간 상태로 호텔 로비를 빠져나왔지만 멍한 정신은 쉽게 돌아오지 않았다. 도망가고 싶었다. 그녀의 정신을 혼미하게 만드는 모든 것들로부터 모습을 감추고만 싶었다.

힘이 들어가지 않는 다리를 이끌고 호텔 밖으로 나왔다. 수많은 사람이 만들어 내는 생동감도 느낄 수가 없었고, 어떤 소리도 들리지 않았다. 공황 상태에 빠진 것처럼 모든 것이 아득하게만 느껴졌다. 꽤 오랫동안 걸었던 것 같은데 실상 몇 발자국 뗀 것이 다였다. 가슴이 답답했다. 아무리 주위를 둘러봐도 높다란 빌딩과 건물이 그녀의 시선을 어지럽게 만들었다.

'여기가 어디지? 여기서 뭐하고 있는 거지? ……분유. 그렇지 은채 분유 사야 하는데…… 마트로 가야 해.'

끼익.

엄청난 굉음에 그녀가 멍한 눈을 들었을 땐 이미 후진하는 차가 바로 눈앞까지 와 있었다.

쾅.

무릎이 꺾이고 그대로 나가떨어지듯 바닥에 쓰러졌다. 차가 후진을 하느라 속도가 높지 않았지만 정신을 놓고 있던 지유는 머리를 바닥에 세게 부딪힌 여파로 의식이 점차 흐려져 갔다.

'아가……'

흐려지는 눈앞으로 커다랗고 까만 눈동자가 스쳐 지나갔다. 바삐 움직이는 작은 입술도……. 우리 아기 배고플 텐데…… 그 생각을 끝으로 세상의 문이 닫혀 버렸다.

"이만 쉬어."

"효건 씨, 자기야. 그러지 마."

"너, 술 취한 거 아니었어?"

"자기랑 함께 있고 싶어 거짓말했어."

효건은 술 마시기 이른 시간임에도 불구하고 시내에 있는 술집에서 인사불성으로 술에 취한 여자를 데려가라는 연락을 받고 하는 수 없이 그녀를 데리러 와야 했다. 그런데 어이없게도 룸에 들어오자 하영은 멀쩡해졌다. 기가 막혀 화도 나지 않았다.

“나, 이제 네 자기도 아니고 그렇게 불리고 싶은 마음도 없어. 앞으로 이런 네 모습 보지 않았으면 좋겠다.”

“한 번만, 나 한 번만 봐 주면 안 돼?”

“너, 이런 사람 아니었잖아. 쿨한 최하영한텐 지금 이 모습, 어울리지 않아. 그러니 정신 차려. 그리고 난, 널 봐 줄 시간이 없어. 내 가족 지켜보기에도 하루가 바빠서 말이지.”

그는 단호하게 말했다. 그녀에게 작은 여지조차 주지 않기 위해 확실한 자신의 입장을 밝혔다.

“당신 어머니한테도 내가 잘할게. 그리고 음, 그래…… 내가 여기서 살아볼게. 그러니 내게 기회를 줘.”

하영은 가족이라는 말에 그의 어머니를 떠올렸다. 일단 효건을 붙잡기 위해서 머리를 굴린 그녀의 입에서 마음에도 없는 소리가 절로 나왔다.

“네가 아니어도 우리 어머니께 잘할 사람은 많아. 네가 여기서 살 이유도 없고…… 나, 딸도 있고 아내도 있어.”

“딸? 아내? ……설마 그때 그 여자?”

그녀는 그의 입에서 나온 낯선 단어에 새된 비명을 터트렸다.

“그래.”

“말도 안 돼. 어떻게…… 몇 년을 혼자 있었잖아. 나 잊지 못해서 그런 거잖아.”

“네 이기심의 끝은 어디까지야? 그래, 네 말대로 처음엔 그랬을지 모르지. 여자란 존재를 믿지 못했으니까. 너로 인해 여자라는 존재가 지긋지긋했거든.”

문 앞까지 다다른 그가 그녀를 바라보며 툭 던지듯 말했다.

“뭐?”

"이제 그만 정신 차려. 옛정을 생각해서 네 어리광을 이만큼 받아 준 줄 알아. 그리고 두 번 다시 너 안 봤으면 좋겠다는 내 말 진심이다. 이제 연락하지 마. 이 얘기하려고 나온 거야. 확실하게 짚고 넘어가야 더 이상 네가 착각 속에 살지 않을 것 같아서. 참, 그리고 하나 더 나, 내 여자하고 내 딸 많이 사랑한다. 네가 아니라……."

하영을 데려가라는 전화를 받지 않는 건데 그랬다. 옛정 생각해 그녀를 밀어내지 못해 하영을 찾은 것이 실수였다. 이런 식으로 나올 줄 알았다면 그냥 전화로 확실하게 못 박아 두는 건데 그랬다는 자책이 들었다.

효건이 호텔을 나서자 사람들이 모여 웅성거리는 모습이 보였다. 어수선한 분위기에 미간을 찌푸린 그가 건성으로 흘끔 쳐다보고 고개를 돌렸다. 한창 배냇짓을 하는 딸의 얼굴이 아른거리며 마음이 바빠졌다. 말도 하지 않고 외출을 한 터라 더욱 신경이 쓰였다. 그는 지유와 은채가 있는 수목원으로 가기 위해 빠르게 움직였다.

잠에서 깨어나듯 눈을 뜬 지유는 낯선 공간이 주는 의아함에 눈을 굴렸다. 여긴 어디? 내가 왜? 짧은 시간 안에 수많은 의문이 생겨났다.

민혜와 싸우고 집을 나왔는데 자신이 왜 병원에 누워 있는 건지 이해가 되지 않았다. 신분을 증명할 만한 것이 아무것도 없어 의식을 찾을 때까지 기다렸다는 간호사의 말에 지유는 아버지에게 전화를 걸었다.

"저예요."

─누구? 지유? 지유냐?

"저 좀 데리러 와 주셨음 해요."

―어디냐? 지유야 너, 지금 있는 거기가 어디야?

김 사장의 목소리가 다급하게 들려왔다. 집을 나간 지 2년여 만에 걸려 온 딸의 전화에 김 사장의 목소리가 떨렸다.

"여기 강원도……."

3시간 후 병원에 나타난 김 사장의 손에 이끌려 지유는 서울로 향했다.

그녀가 사라졌다. 늦은 밤이 되도록 연락이 없는 지유가 걱정되어 여기저기 찾아보니 행방이 묘연했다. 그렇게 사라져 버렸다. 아무런 말도 없이……. 떠날 때는 미리 이야기하겠다는 약속도 지키지 않을 채로…… 너무나 깨끗하게……. 그녀를 시내까지 태워 준 택시 기사도 모른다고 했다. 시내 중심가에 다다랐을 때 갑자기 차를 세우더니 내렸다고만 했다. 그녀가 차를 세운 곳이 그가 하영을 만난 호텔 앞이었다. 아마도 그와 영의 모습을 지유가 본 모양이었다.

"하아."

"효주 없어. 효주 안 와?"

경애는 불안한 눈으로 아들을 바라보며 울상을 지었다. 한시도 지유의 곁에서 떨어지지 않으려 하는 어머니였기에 그 마음이 어떨지 짐작이 갔다.

"올 거예요. 그러니 너무 걱정하지 마세요."

말은 그렇게 했지만 그도 그녀가 돌아올 거라는 확신은 없었다. 시내에 있는 병원에 혹시 신원을 알 수 없는 여자 환자가 있는지 알아보았지만 어디에도 없었다.

Rrrrr. Rrrrr.

전화벨이 울리자 그는 빠르게 수화기를 들었다.

"네,"

—서 대표. 입구에 손님이 왔는데…….

그는 조심스러운 조 소장의 말에 빠르게 답을 했다.

"제가 지금 가겠습니다."

효건은 서둘러 전화를 끊고 밖으로 뛰어나갔다. 혹시 늦게 집으로 돌아온 그녀가 미안해서 안으로 들어오지 못하고 장난치고 있는 건 아닌가 하는 기대로 수목원 입구로 향하는 그의 걸음은 무척 빨라졌다.

"너, 뭐야?"

지유가 아니었다. 수목원 입구에서 그를 기다리는 것은 하영이었다. 맥이 풀린 그의 눈에 분노의 불길이 일었다.

"너, 뭐냐고?"

"……효건 씨."

하영은 잡아먹을 듯 고함치는 효건을 낯설게 바라보았다.

"네가 왜 여기 있어? 너 안 보고 싶다는 내 말이 장난 같았어?"

그가 하영만 만나러 가지 않았다면 지유가 그렇게 사라지지 않았을 거란 자책에 모든 화를 그녀에게 쏟아 내었다.

"난, 그냥 효건 씨를 만나고 싶어서……."

하영은 솔직하게 포기가 되지 않았다. 어리석은 미련일지 몰라도 그가 사는 모습을 눈으로 보고 싶었다. 그녀의 눈으로 보고 작은 여지라도 있으면 그 틈을 놓치지 않으리라 다짐하고 그를 찾아 나선 참이었다.

"너 때문이야. 다 너 때문이라고……. 네가 나를 불러내지만 않았어도 이런 일은 없었어."

"……?"

화가 난 효건은 수목원 입구에 세워져 있는 전나무를 주먹으로 내리쳤다. 그도 알고 있었다. 자신이 억지를 부리고 있다는 것을……. 전화가 왔어도 나가지 않았으면 그만인 것을, 마지막이랍시고 지유에게 이야기도 하지 않고 하영을 만나러 간 그의 잘못이 가장 컸다. 그렇지만 지금은 비난의 말을 던질 대상이 필요했다.

하영은 그의 말을 알아듣지 못했지만 격렬하게 분노를 표현하는 효건을 보며 두려움에 떨어야 했다. 그에게 헤어지자는 말을 했을 때도 보지 못했던 격한 반응에 어쩔 줄을 몰라 하며 당혹감을 감추지 못했다.

"꺼져, 당장 꺼져 버려. 너랑 다시 시작하고 싶은 생각 눈곱만큼도 없으니 당장 사라지라고……. 두 번 다시 내 눈앞에 나타나지 마. 다시 널 보게 된다면 그땐 널 죽일지도 몰라."

그는 하영을 향해 크게 화를 내고 거칠게 몸을 돌렸다.

이 바보 같은 여자가 혼자서 아파하고 있는 건 아닌가 하는 생각에 그는 일이 손에 잡히지 않았다. 그렇게 시간은 흘러만 갔다.

9.

절망

"검사 결과 특별한 외상과 뇌에 이상은 발견되지 않았습니다."

"아무 이상이 없는데도 기억을 못 한다는 게 말이 됩니까?"

"환자분이 과거 일정 시간을 기억하지 못한다는 것은 심리적 요인에 의한 해리성 기억상실이 의심됩니다. 심한 스트레스로부터 자신을 보호하기 위해 자연스럽게 기억을 지운 경우라고 할 수 있죠. 일반적으로 충격적인 사건이나 내면의 고통을 경험한 후에 나타나는 경우가 많은데, 김지유 씨는 교통사고에 의한 뇌에 충격까지 더해져 정확한 원인을 찾기는 어려울 것 같습니다."

"그럼 어떻게 해야 합니까?"

"보통 기억상실은 갑작스럽게 나타났다 대부분 곧 회복됩니다. 일반적으로 심리치료를 통해 환자의 정신적 충격과 갈등을 완화시켜 주면 기억이 회복되는 경우가 많아요. 또 반면에 너무 성급하게 기억을 회복시키려는 시도는 오히려 환자에게 부담을 주어 치료에

도움이 되지 않기도 하고요. 편한 상태에서 환자가 일상생활을 무리 없이 해 나가는지 지켜보는 것이 필요할 겁니다. 무엇보다 마음을 편하게 가지고 심리적 부담을 덜어 주는 것이 중요해요. 이런 경우 딱히 치료제라고 할 수 있는 게 없으니까요.”

서울로 돌아오는 차 안에 정적이 흘렀다. 의사와의 대화를 곱씹 어 보고 있는 두 사람의 입이 굳게 닫혔다.

김 사장은 나지막이 한숨을 내쉬었다. 전화 한 통을 하고 깜깜무 소식인 딸을 찾기 위해 나름 여러모로 수소문을 해 봤지만 딱히 지 유를 찾을 수가 없어 애를 태우던 나날이었다. 이제 그만 포기해야 하나 하는 순간에 갑작스레 걸려 온 전화 한 통에 가슴이 얼마나 철 렁했는지…….

창밖을 내다보던 김 사장이 지그시 눈을 감았다. 조금 전 의사와 의 대화 내용이 생각나자 가슴이 묵직해졌다. 그다지 좋은 상황은 아니었지만 무사히 돌아온 것에 만족하기로 했다. 그래도 지유가 집 을 나서기 전의 기억은 가지고 있으니 다행이다 싶었다. 그것마저도 모두 잃어버렸다면…… 생각만으로도 끔찍했다.

기억이 나지 않았다. 민혜와 싸우고 집을 나선 다음부터 사고 나 기 전까지가 기억에서 사라져 백지 상태였다.

‘……하나도 기억이 나지 않아.’

어떤 충격을 받았을까? 뭘 잊고 싶었을까? 궁금했다. 이상하게 가슴 한구석이 허전해졌다. 무척 소중한 걸 잊은 것 같은 느낌……. 하지만 깊이 생각하려 애를 쓰자 두통이 밀려왔다. 그녀는 지끈거리 는 관자놀이를 꾹꾹 힘주어 눌렀다.

“천천히 생각해라. 너무 조급해하지 말고…….”

그녀를 지켜보고 있던 아버지가 조심스레 말을 걸었다. 계속해서 자신의 상태를 살피는 시선이 부담스러워 지유는 눈을 감아 버렸다. 터질 듯한 머릿속이 쉽사리 정리되지 않았다.

"어서 와."

현관 앞까지 마중을 나온 이 여사의 작은 목소리가 들려왔다. 숙이고 있던 고개를 드니 그녀를 제대로 쳐다보지도 못하고 쩔쩔매고 있는 이 여사의 모습이 눈에 들어왔다.

피식 웃음이 나왔다. 그녀가 없는 동안에도 달라지지 않은 게 하나는 있었다. 저 경직된 표정하며 잔뜩 주눅이 든 말투. 2년에 가까운 시간이 지났다고 하는데 어쩜 저리 변화가 없는지…… 새어머니 이 여사에게 박수라도 쳐 주고 싶은 심정이었다. 장하십니다. 오전에 외출했다 돌아온 사람에게 말하듯 소심하게 웅얼거리는 말에 '진짜 반갑기는 해요?' 라고 물을 뻔했다.

"힘들 텐데 올라가서 쉬어라."

지유의 미묘한 변화를 눈치챈 것인지 그녀의 등 뒤에서 아버지가 말을 걸었다.

"네."

쉬자. 당장 기억이 돌아올 것도 아니니 일단은 쉬어야 했다. 2층 자신의 방으로 올라가 문을 열자 익숙한 공간이 그녀를 맞이했다.

블랙과 화이트가 절묘하게 어우러진 방 중앙에 위치한 커다란 침대가 가장 먼저 눈에 띠었다. 그 위를 덮고 있는 화이트 원단에 유러피안 스타일의 클래식한 자수가 돋보이는 침구 역시 변함이 없었고, 세련되면서도 기능성을 중요시한 화장대도 그대로였다. 드레스 룸, 욕실, 2인용 테이블과 의자, 커튼에 걸린 장식품까지…… 그녀가 떠나던 그때와 조금도 달라진 것 없이 모든 게 기억 속의 모습 그대로였다.

이 방에 있는 자잘한 소품까지 다 기억이 나는데, 왜 그동안 어디서 뭘 했는지는 기억이 나지 않을까? 출구를 알 수 없는 미로에 갇힌 느낌이었다.

지유는 천천히 침대에 주저앉아 한숨을 쉬었다. 머릿속에 뿌연 막을 씌운 느낌에 가슴까지 답답해졌다. 한참을 그렇게 넋을 놓고 앉아 있었지만 달라진 건 하나도 없었다. 여전히 안개가 자욱한 머릿속과 묵직한 가슴뿐이었다. 그녀는 긁힌 자국이 남아 있는 팔을 천천히 쓸어내렸다. 이렇게 작은 흔적조차 남기지 않은 잃어버린 시간을 어떻게 찾아야 하는지 막막했다. 그냥 모르는 척 살아가는 게 가능할까? 어차피 기억에서 사라진 시간이라 치부하고 무시하면 될까? 복잡한 마음이 쉽게 정리되지 않았다.

답답함에 거칠게 머리카락을 쓸어 올린 그녀는 커다랗게 한숨을 내쉬고 욕실로 향했다.

그녀는 욕조에 물을 받으며 하나씩 옷을 벗었다. 거울에 비친 자신의 얼굴을 물끄러미 바라보다 시선을 내렸다. 달라졌다. 그녀는 손을 들어 천천히 가슴을 쓸어 보았다. 전보다 가슴이 더 커졌다? 톡 불거진 유두의 색도 진해져 있었다.

'뭐지?'

두근두근.

심장이 무섭게 펌프질을 하고 왈칵 두려움이 솟아났다. 기억나지 않는 지난 시간 동안 어디서 뭘 했던 걸까? 그녀의 몸은 전과 다르게 미묘하게 변해 있었다. 기억에서 사라진 시간이 무섭게 느껴졌다. 한기가 밀려왔다. 가슴속 깊은 곳에서부터 일기 시작한 찬바람이 온몸을 덮쳐 왔다. 부들부들 떨리는 몸을 부둥켜안고 지유는 서둘러 욕조 안으로 들어가 눈을 감고 머리를 뒤로 젖혔다. 따스한 물이 차가워진 마음까지 덥혀 주진 못했지만 조금의 안정은 찾을 수 있었다.

'라벤더 오일이 필요해.'

신경안정에 좋은 라벤더가 왜 갑자기 생각이 났는지 의구심이 들었지만 피로감에 싸인 심신이 더 이상의 생각을 막았다. 천천히 가자. 천천히 생각하자며 자신을 다독였다.

"살아 있었네?"

욕실에서 나오자 방문에 비스듬히 기대어 있는 민혜가 보였다. 혼란스러운 생각을 정리하기도 전에 들려온 민혜의 이죽거림에 지유는 냉기 가득한 눈으로 그녀를 노려보았다.

"너 뭐야? 누가 맘대로 들어오래?"

"그동안 어디서 뭘 했을까?"

민혜는 비웃음을 머금고 그녀의 말을 못 들은 것처럼 질문을 던졌다.

"네가 그걸 알아서 뭐하게? 왜 죽었으면 했는데, 살아서 돌아오니 속이 쓰리니?"

"이런 용케 들켜 버렸네. 아예 자리 깔아도 되겠다. 호호홋."

지유는 약 올리듯 웃음 짓는 민혜를 무심한 눈으로 응시했다. 한심했다. 아무리 화려하게 치장을 해도 내면에 흘러나오는 탐욕은 가려지지 않았다. 그녀는 날카로운 눈으로 민혜를 노려보며 그녀의 약한 부분을 사정없이 후벼 파는 말을 던졌다.

"그러는 넌, 아직도 재우의 마음을 가지지 못했니? 여전히 능력이 딸리는가 보구나."

“뭐?”

“얘기 좀 해 줄래? 네 능력이 언제쯤 향상될는지. 그때가 오긴 오는지.”

“허어.”

“네가 내 상대가 될 거라 생각해? 아직은 일러. 피곤하니까 그만 나가 봐.”

“흥. 그동안 어디서 무슨 짓을 했는지 알게 뭐야? 기억도 나지 않는다면서?”

민혜는 지유가 의기소침해 있을 거라 생각했다. 자신의 생각과 다르게 지유의 입에서 나온 공격적인 말에 순간 당황해하다 그녀의 약점이라고 생각하는 부분을 물고 늘어졌다.

손재우. 생각만으로 화가 치밀었다. 지유만 없으면 그를 쉽게 가질 수 있을 거라 생각했던 자신을 비웃기라도 하듯 재우는 눈길도 주지 않았다. 조금 시간이 지나면 돌아올 거라는 예상과 달리 지유의 외출이 길어지자 그는 안절부절못했다.

지유를 찾기 위해 발버둥 치는 그에게 김지유는 납치된 게 아니라 가출한 거라고, 자기 스스로 걸어 나갔으니 제 발로 돌아올 거라 아무리 이야기를 해도 소용없었다. 지유의 실종이 자신 때문이라고 자책하는 그의 방어막은 상상외로 강력해 약간의 접근조차 허용치 않았다.

민혜는 빌어먹게도 지유의 말에 반박할 수 없다는 사실에 자존심이 상했다.

“내가 기억을 잃었다 해도 너하곤 관계없잖아. 너의 무능력과 내 기억상실이 아무 상관이 없다는 말이야. 무슨 뜻인지 이해는 하니?”

“허. 웃겨.”

"조바심 내지 마. 그동안 네가 내 것을 얼마만큼 빼앗아 갔는지 천천히 확인해 볼 생각이니까. 뭐 별 게 있을 거 같지는 않다만……. 그만 나가 봐. 더 이상 너와 한가하게 이야기를 나누고픈 생각이 없다."

지유는 파르르 떠는 민혜를 향해 싸늘한 미소를 짓고 우아하게 몸을 돌려 화장대 앞에 앉아 머리를 말리기 시작했다. 거울을 통해 파르르 떨고 있는 민혜의 모습이 보였지만 그녀는 관심을 두지 않았다.

쾅.

커다란 소리를 내며 문이 닫혔다.

"그렇게 해서 문이 부서지겠니?"

지유는 작게 실소를 던지고 손에 들린 드라이어를 화장대 위에 살짝 내려놓았다. 가슴 깊숙이 숨겨져 있던 한숨이 터져 나왔다. 초점 잃은 눈으로 화장대 거울에 비친 자신의 모습을 쳐다보다 느리게 자리에서 일어나 1층으로 향했다.

그녀의 것을 모두 빼앗겠다고 큰소리친 민혜는 지유가 사라졌다는 이유 하나만으로 홀가분해져 아무것도 하지 않고 시간을 보냈음이 틀림없었다. 딱히 좋은 머리를 가지지 않은 그 애가 할 수 있는 일이라는 것도 한정적이었을 테고 말이다.

지유는 천지분간 못 하고 날뛰는 민혜와 한집에서 살고 싶은 마음이 들지 않았다. 노골적으로 악의를 드러내는 민혜와 겉으로만 평온함을 가장하며 살 이유가 없었다. 더 이상 싫은 사람과 얼굴 부딪히면서 스트레스를 받을 이유가 없다는 생각이 강하게 들어 걸음에 힘이 들어갔다.

"드릴 말씀이 있어요."

지유는 곧장 서재에 있는 아버지를 찾아갔다.

"그래, 말해 봐라."

"저, 독립할래요."

"뭐?"

"여기서 더 이상 가족 놀이하고 싶은 생각은 없어요. 나가서 편히 사는 게 좋을 것 같아요."

"집에 온 지 몇 시간이나 지났다고 그런 말을 해?"

"저, 당분간은 아무 생각 안 하고 쉬고 싶어요. 그런데 이 집에서는 그게 불가능해요. 이 집에서 비비적대고 싶지도 않고요."

지유는 놀란 눈을 하고 있는 아버지를 흔들리지 않는 눈으로 마주 보았다. 절대로 반대 의사는 허용하지 않겠다는 굳은 의지를 담아서……. 그녀는 가슴속에 커다란 숙제를 안고서 새로운 삶을 시작하기로 마음먹었다. 그 첫 번째가 이 공간에서 과감하게 벗어나는 것이었다.

"지유야."

"아버지, 더 이상은 싫어요. 정말로 이곳에서 살고 싶지 않아요."

지유가 변했다. 예전엔 싫고 마음에 들지 않는 것이 있어도 그에게는 표현하지 않았었다. 그러나 이제는 분명하고 확신에 찬 눈을 하고 거부의 말을 뱉어 내는 딸을 보고 있자니 입 안이 쓰게 느껴졌다. 항상 멀게 느껴지는 딸과 이 이상 가까워질 수 없는 건가? 가슴이 묵직해졌다. 여기서 안 된다고 하고 하면 지유가 또 사라질 것만 같아 김 사장은 고개를 주억거릴 수밖에 없었다.

"안…… 안 돼. ……그러지 마."

아프고 안타까웠다. 여자의 어깨를 꼭 움켜쥔 남자의 듬직한 손

이제게서 멀어져 갔다. 그녀에게 등을 보이며 멀어져 가는 남자를 목이 터져라 불렀지만 그는 뒤돌아보지 않았다. 지유는 격렬하게 고개를 저으며 그를 잡기 위해 발을 내딛으려 했다. 하지만 두 발은 땅에 깊숙이 박혀 있는 것처럼 움직여지지가 않았다. 한 번만, 제발 한 번만 뒤를 돌아봐 달라고 애원하고 또 애원했다.

지유는 남자의 차가운 뒷모습을 보며 절망에 빠졌다. 가슴 미어지는 아픔에 이어 찾아온 것은 지독한 배신감이었다. 몸이 부들부들 떨릴 정도의 울화가 솟구쳤다. 나한테 어떻게 이래? 말이 되어 나오지 않는 커다란 외침이 그녀의 안에서 울려 퍼졌다.

또다. 그녀의 마음을 냉랭하게 변화시키는 어둠이 땅덩어리에서부터 시작되어 슬금슬금 그녀의 다리를 타고 올라오고 있었다. 아무리 떨쳐 내려 해도 끈끈하게 달라붙는 그것을 피할 방법이 없었다. 아무리 도리질 치고 몸을 움직여 그것을 털어 내려 해도 불가능했다.

"으흑."

지유는 축축해진 눈가를 손으로 덮어 버렸다. 깜박 잠이 들었던 모양이다. 벌써 몇 번째인지……. 가위에 눌린 것처럼 형상도 희미한 사람을 보며 가슴 찢어지는 감정을 맛보고 나니 기운이 쭉 빠져 버렸다. 지친다. 두통과 불면증으로 인해 밤에 숙면을 취하지 못하다 보니 이런 일이 간혹 생겼다.

그녀는 느릿하게 몸을 일으켜 화장실로 향했다. 차가운 물에 세수를 하고 물이 뚝뚝 떨어져 내리는 얼굴을 들어 거울을 들여다보았다. 아무런 감정도 담겨 있지 않은 얼굴이 하얗게 질려 있었다.

"도대체 뭘 잊고 싶었던 거니?"

지유는 커다란 공원이 훤히 보이는 창가에 서서 로즈마리차가 담긴 컵을 양손으로 감싼 채 무표정한 얼굴로 밖을 응시했다. 열린 창을 통해 보이는 하늘은 여전히 어두컴컴하고 칙칙했다. 간혹 굉음을 내며 빠르게 지나가는 자동차 소리도 크게 들리지 않았다. 느릿하게 닫혔다 열린 그녀의 눈동자엔 생기라곤 조금도 찾아볼 수가 없었다. 그 어떤 것에도 감흥이 느껴지지 않았다. 놀랄 일도 새로운 일도 없는 그런 일상이 계속되었고 잃어버린 기억을 되찾는 날까지 이 상태가 계속되지 않을까 싶었다.

그녀는 지난 시간의 한 부분을 잃었는데도 세상은 변함이 없이 평온했다. 지유가 서울을 떠나 있던 시간 동안 민혜는 한국건설 구매부에 입사하고, 여전히 재우의 뒤꽁무니를 쫓고 있었다. 지유가 돌아온 것을 안 재우는 줄기차게 그녀를 찾아왔지만 아직은 그의 얼굴을 마주하고 싶지 않아 만남을 거부했다. 언젠가 한 번은 만나서 정리를 해야 하는데…….

가슴이 답답했다. 묵직한 체기가 계속 남아 있는 듯한 가슴에 통증이 일었다. 뿌연 안개에 가려져 있는 기억의 일부분으로 인해 온 삶이 엉망이 되어 버렸다. 시간이 지남에 따라 될 대로 되라는 마음과 어떻게든 과거를 기억해야 한다는 생각 사이에서 방황하고 있었다. 반복되는 모순적인 생각들……. 지유는 지친 얼굴로 눈을 감아 버렸다.

순하기만 했던 아이가 엄마의 부재를 알아차렸는지 까다롭게 변해 버렸다. 낮과 밤이 바뀌고 작은 소리에도 민감하게 반응하는 통에 아이를 돌보는 일이 어려웠다. 봄이라 방문객도 많고 신경 쓸 일이 한두 가지가 아니어서 그런지 지유의 빈자리가 더욱 크게 느껴졌다. 그의 뒤에서 소리 없이 일을 처리해 주던 그녀가 없다는 사실이 절실하게 와 닿을 때마다 그의 한숨은 깊어져만 갔다.

"김지유, 어서 돌아와. 지금 오면 말없이 사라진 거 다 용서해 준다."

그는 칭얼거리는 은채를 가슴에 안고 다독이며 시린 눈으로 창밖을 응시했다. 당장이라도 지유가 문을 열고 들어올 것만 같아 그곳에서 눈을 떼기가 쉽지 않았다.

하루, 이틀…… 시간이 지날수록 그의 가슴은 바짝바짝 타들어 갔다. 생사여부라도 알려 주면 이 애타는 마음이 조금은 덜할 것만 같은데 그녀에게선 아무런 소식도 없었다. 그녀가 이야기하고 싶어 하지 않아도 억지로라도 캐물을 걸 그랬다는 자책도 수없이 하곤 했다.

'지유야, 은채 엄마, 어디에 있는 거야?'

그는 고개를 돌려 은채를 가진 걸 알게 된 날, 찍은 사진을 들여다보았다. 그녀가 신기루가 아니라는 걸 알려 주는 흔적. 조금은 어색한 미소를 짓고 있는 봄꽃처럼 화사한 여자가 몹시도 보고 싶었다.

믿었다. 그녀가 그들에게 다시 돌아올 거라고……. 그저 잠시 오해가 있어서 시간이 필요한 것뿐이라고 생각했다. 그러나 그 시간이 길어지자 마음이 점점 조급해졌고, 혹시나 싶어 신문에 광고도 내보았지만 별다른 소득이 없었다.

"바보 같은 놈."

그녀가 솔직하게 자신에 대한 이야기를 해 주기를 기다린 자신이 바보 같았다. 지유에 관해 작은 힌트조차 없어 그녀를 찾는 일이 까마득하기만 했다. 이대로 그녀를 잃고 살아갈 자신이 없었다. 어떻게든 지유를 찾아 자신의 곁에 데려다 놓아야 하는데…….

지유의 입가에 달린 작은 미소가, 부드러운 머릿결이 너무나 그리웠다. 가슴 한가운데로 비바람이 들이쳤다. 세찬 바람에 이리저리 휘둘리는 가느다란 나뭇가지처럼 갈 곳을 잃어버린 심장이 스산하게 변해 버렸다.

이럴 줄 알았으면 더 자주 사랑한다 고백할 것을……. 공염불이 될 거 같아서 자주 하지 못했던 말이 한이 되어 가슴에 남았다. 그의 사랑을 다 보여줄 기회도 주지 않고 그녀가 사라져 버렸다는 것을 받아들이기가 힘들었다.

효건은 깊은 한숨이 내쉬고 잠이 든 은채를 조심스럽게 침대에 뉘었다. 이불을 잘 덮어 주고 가슴을 몇 번 토닥인 다음 문을 열고 밖으로 나왔다. 앞으로 한두 시간은 깨지 않을 터였다.

"휴우."

그의 입에서 무거운 한숨이 쏟아져 나왔다. 손바닥 안에 쏙 들어오는 휴대전화가 왜 이리 무겁게 느껴지는지 모르겠다. 전화가 울릴 때마다 혹시나 하는 마음으로 통화 버튼을 누르는 그 간절함을 그녀는 알까?

그는 차에 올라 등받이에 머리를 기댔다. 눈을 감고 한 손으로 눈두덩을 꾹꾹 눌렀다. 그녀를 만나면 물어보고 싶었다. 왜 아무 말도 없이 갑자기 사라졌느냐고, 왜 우릴 버렸느냐고……. 말없이 그를 떠난 그녀가 원망스러웠다. 그는 커다란 가슴 가득 허전함을 알게 한 그녀가 미웠다. 미워서, 너무나 미워서 그리웠다. ……보고 싶었다. ……사랑했다.

봄이 지나고 겨울이 오도록 지유는 깜깜무소식이었다. 시간이 지날수록 효건의 눈빛은 더욱 차가워지고 얼굴에는 아무런 표정도 떠오르지 않았다. 날이 잔뜩 서 있는 그의 모습에 수목원에 있는 모든 사람이 그를 어려워하기 시작했다. 그는 벽을 높다랗게 쌓고는 그 안으로 들어가 오로지 나무와 은채 돌보는 일에 전력을 다했다.

"어머니, 그만 들어가세요. 여기 너무 춥고 날도 많이 어두워졌어요."

"효주가 안 와."

경애의 시선은 수목원 입구에 못 박혀 있었다. 지유가 사라진 후로 어머니는 수목원 입구가 훤히 보이는 곳에 자리를 잡고 앉아 그녀를 기다렸다. 예전에 그의 동생 효주가 죽고 난 뒤 늘 삼림욕장을 찾았던 어머니가 이제는 그 장소를 바꿨다.

어머니는 아침에 눈을 뜨기가 무섭게 수목원 입구에 놓아둔 의자에 앉아 하염없이 출입구만을 바라보았다. 어머니를 따라 은채의 놀이터도 자연스럽게 그곳으로 정해졌다. 아마도 겨울이 깊어지면 사택 거실의 커다란 창 앞으로 기다림의 자리가 바뀔 것이다.

"은채, 목욕해야 해요."

"아기? 목욕해?"

"네."

"가자."

그는 미련이 남은 듯 연신 뒤를 흘끔거리는 어머니의 손을 잡고 사택으로 향했다. 의지할 곳을 잃은 어머니가 혹시나 잘못될까 싶어 그는 일부러 은채의 목욕을 경애에게 맡겼다. 그렇게라도 뭔가 열중할 일이 있으면 조금은 낫지 않을까 싶어 결정한 일에 의외로 어머니는 잘 따라 주었다.

따스한 물이 좋은지 방긋방긋 웃으며 장난치는 아이를 바라보는 그의 가슴이 무겁게 내려앉았다.

"아가야."

경애는 다정하게 은채를 부르며 부드럽게 아이의 몸을 씻겼다. 그 작고 보드라운 손으로 물장구를 치며 까르륵거리는 아이를 사랑 가득한 눈으로 바라보며 구석구석 작은 몸뚱이를 마사지하듯 문질 렀다. 머리를 감기고 깨끗한 옷으로 갈아입혀 젖병을 물렸다. 오물 거리며 힘차게 고무젖꼭지를 빠는 아이와 눈을 마주하고 어머니는 연신 웃었다.

효건은 딸과 어머니를 보며 허탈한 미소를 지을 수밖에 없었다.

'네가 없어도 이렇게 살아가는구나. 김지유, 네가 정말 원망스럽 다. 넌, 우리 생각은 전혀 나지 않나 보다.'

은채의 작은 얼굴에 가득 담긴 지유의 모습을 발견할 때마다 가 슴이 휑해졌다. 그가 이렇게 그리움에 젖어 있는 것을 모르는 그녀 가 야속하기만 했다. 돌아올 줄을 모르는 그녀가 원망스러웠다.

'오늘은 한잔 마셔야겠군.'

지유가 못 견디게 그리운 날엔 독한 술을 마셨다. 술기운을 빌려 잠을 청해야 그나마 죽은 듯 잘 수 있었다. 품 안의 온기를 빼앗긴 그의 가슴은 벌써 몇 달째 한겨울이었다. 그의 가슴이 다시 따스하 게 데워질 날이 올는지 지금으로서는 알 수 없었다.

며칠 전부터 감기에 걸린 은채가 유난히 심하게 보챘다. 그는 작 은 몸뚱이를 떨며 서러운 울음을 멈추지 않는 은채를 달래느라 바빴 다. 말 못 하는 아이가 몸이 좋지 않은 것을 울음으로 표현한 모양 이었다.

"은채야, 약 먹자."

오후부터 기침이 심해지고 열이 조금씩 오르기 시작하더니 해열제를 먹여도 듣지 않았다. 그저 감기일 거라 생각하고 미지근한 수건으로 온몸을 닦아 주어도 별다른 차도를 보이지 않고 아이가 경기를 하기 시작했다. 덜컥 겁이 난 그는 한밤중 응급실을 찾았고, 급성폐렴이라는 진단을 받았다.

응급치료를 받은 은채가 커다란 병원 침대에 누워 쌕쌕거리며 힘겹게 숨을 몰아쉬는 걸 보자 두려움이 왈칵 치밀어 올랐다. 이 작은 아이마저 그를 떠날 것만 같아 가슴이 메어 왔다.

'아프지 마라. 은채야. 아프지 마. 엄마도 없는데 아프면 서럽잖아. 김지유, 당신 어딨어? 우리 딸이 이렇게 많이 아픈데 당신은 어디서 뭐하고 있는 거야? 걱정도 안 되니? ……오늘은 진짜, 당신이 너무 많이 밉다.'

효건은 의자에 앉아 은채의 작은 손을 꼭 쥐었다. 온기를 나눠 주며 아빠가 곁에 있다고 끊임없이 되뇌었다. 심장이 찢기고 온몸이 타들어 가는 듯 고통이 뒤따랐다. 대신 아플 수만 있다면 그렇게라도 하겠는데 그가 할 수 있는 일이라곤 그저 은채의 곁을 지키는 것뿐이었다. 날이 훤히 새도록 그는 은채의 얼굴에서 눈을 떼지 못했다.

너무 작고 여린 아이가, 그녀를 닮은 아이가 어서 털고 일어나길 간절하게 빌고 또 빌었다.

그는 새벽 햇살이 창문으로 쏟아져 들어오는 것을 지켜보며 이제 그만하자고 결심했다. 돌아오지 않는 그녀를 기다리는 것도, 그녀를 그리워하는 것도…… 모두 그만두자 마음먹었다.

10.
재회

3년 후.

삐삐삑. 삐삐삑.

시끄럽게 울리는 알람 소리에 떠지지 않는 눈을 힘겹게 들어 올려 시간을 확인하고 알람시계 버튼을 눌렀다. 새벽까지 제대로 잠을 이루지 못하다 겨우 여명이 밝아 올 무렵 잠이 들어 일어나기가 힘이 든 지유는 베개에 얼굴을 묻고 신음 소리를 흘렸다.

"흐으음. 하아."

더 꾸물거렸다간 지각할 것이 뻔해 겨우 몸을 일으킨 지유는 늘씬한 팔을 쭉 뻗어 기지개를 켰다. 얇은 슬립 하나만 입고 침대에서 내려서 천천히 욕실로 향했다. 등에서 허리를 지나 엉덩이에 이르는 곡선이 얇은 실크 슬립 위로 육감적으로 비쳤다. 가늘고 긴 다리는 모델의 그것처럼 흉터 하나 없이 곧고 아름다웠다.

무의식적으로 양치질을 하고 머리를 감은 그녀가 샤워기 아래 서서 흘러나오는 물줄기에 몸을 맡겼다.

"휴우."

깊은 한숨이 터져 나왔다. 가슴속에 체기처럼 느껴지는 답답함이 사라지지 않았다. 벌써 삼 년째. 그 잃어버린 시간이 족쇄처럼 자신을 옭아매고 매 순간 가슴 가득한 허전함을 느껴야 했다. 아주 중요한 것을 잊었는데…… 아직까지 찾지 못했다. 그게 뭘까? 가끔씩 아련히 그리운 무언가가 뿌연 안개처럼 피어올랐다 사라지곤 하였다. 때문에 그녀는 손에 잡힐 듯 잡히지 않는 뿌연 영상에 늘 안타까움을 느껴야 했다.

'이번 주에 다시 그곳에 가 봐야 하나?'

기억을 잃은 후로 그녀가 발견된 병원 근처를 여러 번 방문했었다. 잃어버린 시간을 되찾는 데 도움이 될 만한 것이 있을까 싶어서…… 혹시나 그녀를 알아보는 사람이 있을까 싶어서 버스터미널 입구에 한참을 앉아 있었던 적도 있었다. 아무 연고도 없는 그곳엔 어떤 이유로 가 있었던 걸까? 그곳에 도착하면 늘 껄끄러운 기분이 드는 이유는 뭘까? 무엇 때문인지 몰라도 본능적으로 기억이 돌아오는 걸 거부하고 있다는 생각마저 들곤 했다.

"으, 늦겠다."

자연스럽게 화장을 끝내고, 블랙 원피스에 블랙 테일러드 재킷을 걸치고 그레이 색상의 롱 스카프로 포인트를 준 지유가 출근을 서둘렀다.

(주)한국건설.

국내 시공능력평가 1위이자 한 해 해외 수주 계약 규모가 50억 달러에 이르는 명실상부한 국내 최대 건설사의 기획실장이 지유의 직책이었다.

기획실로 가기 위해 엘리베이터 앞에 선 그녀를 아버지인 김준기 사장이 불렀다.

"사장실로 잠시 올라와."

"지금요?"

"그래."

사장실에 마주 앉은 부녀 사이에 잠시 정적이 흘렀다.

"하실 말씀 있으시면 빨리 하세요. 저 바빠요."

"누가 들으면 회사 일 혼자서 다 하는 줄 알겠구나."

김 사장은 딸이 집을 나갔다 돌아온 후로 지유를 대하는 것을 조심스러워했다. 잘 벼린 칼처럼 선뜩한 기운을 뿜어내는 딸을 바라보다 마음을 정한 듯 입을 열었다.

"혹시 재우하고 결혼할 생각이냐?"

"훗. 왜요? 민혜가 물어봐 달래요? 아님 이 여사님이 궁금해하던가요?"

"지유야."

그녀는 나무라듯 자신의 이름을 부르는 아버지를 뚫어지게 바라보았다. 손재우. 그녀가 집으로 돌아온 것을 알게 되자 부리나케 찾아왔었다. 계속되는 그녀의 거부에도 꿋꿋이 주위를 맴돌았다. 그와 마주한 첫날, 그리움이 가득 담긴 눈으로 자신을 바라보며 연신 미안하다 되뇌는 그를 무심하게 바라보았다. 그 후로 그는 예전처럼 그녀의 곁을 지키려 애를 쓰고 있었다. 한결같은 그에게 조금은 마음이 쓰일 법도 한데 이상하게 아무런 감정이 생기질 않았다. 전보다 더욱 냉랭해지기만 했다. 그런 지유와 재우를 보면서 민혜는 애를 태웠고 조바심을 내었다.

"제가 만약 결혼하게 되면 제일 먼저 아버지께 말씀드리죠."

"재우, 괜찮은 아이다. 너에게 지극정성이고……. 네 나이도 있고 하니 웬만하면 결혼하는 게 어떠냐?"

그녀는 아버지 입에서 나온 의외의 말에 한쪽 눈썹을 치켜 올리며 숨겨진 꿍꿍이를 찾듯 아버지를 바라보았다. 민혜가 아니라 나? 민혜가 얼마나 재우에게 목을 매고 있는지 잘 아시는 분이 전혀 뜻밖의 말을 꺼냈다는 사실이 놀랍기까지 했다.

"민혜가 재우를 어떻게 생각하는지 모르세요?"

"……안다."

"그런데도 제게 그런 말을 하세요?"

"난, 네가 행복했으면 좋겠다."

"……."

많은 의미를 내포한 말 한마디에 순간 말문이 막혔다. 이제 와 그녀의 행복을 바란다는 아버지의 말이 위선적으로 들리는 건 그녀의 비틀린 감정 탓이리라.

"아직까지 결혼 생각 없어요."

"……그래."

"하실 말씀 끝내셨음 나가 봐도 되죠?"

지유는 틈을 내주지 않고 자리에서 일어났다. 더 이상 대화를 나누고 싶지 않다는 확실한 거부의 표현이었다. 그것을 알아챈 김준기 사장은 고개를 끄덕였다. 사실 민혜가 어리광을 부리듯 그에게 부탁을 했다. 손재우와 결혼을 하고 싶으니 밀어 달라는 것이었다. 그는 재우가 지유를 마음에 두고 정성을 쏟고 있다고 알고 있었다. 민혜가 재우에게 살갑게 구는 것이 그저 언니의 남자이기 때문인 줄로 알았던 그는 전혀 생각지도 않은 그녀의 말에 놀라고 말았다. 혹시라도 민혜로 인해 지유가 재우를 받아들이지 못하는 것이 아닌가 싶은 노파심에 딸을 불러 넌지시 묻게 되었다. 뜨악해하는 딸의 표정을 보고 멈칫하고 말았지만…….

좁히기 쉽지 않은 거리. 그의 피를 이어받은 딸임에도 불구하고 그들은 좀처럼 가까워지지 않았다. 예전엔 그렇지 않았는데, 그의 재혼이 이렇게 딸과의 사이를 벌려 놓을 줄 알았다면 조금 더 신중했어야 하지 않았나 하는 생각에 뒤늦은 후회를 했다.

"그래라. 참, 류 교수님 만나는 건 잊지 않았지."

"네. 내일 보기로 했어요."

"알았다."

그녀의 대답을 들은 아버지가 고개를 돌렸다. 나가 보라는 무언의 행동이었다.

조경업체 변경 건으로 아버지의 대학 선배인 류 교수를 만나기로 했다. 원래 김준기 사장이 나가기로 한 자리였지만 빠질 수 없는 전경련 회의가 잡혀 버리는 바람에 대신 그녀에게 그 일을 일임했다. 지유도 류 교수를 어렸을 때부터 봐 왔던지라 잘 알고 있다는 것이 한몫했다.

"여보세요."

그녀는 사장실을 나와 자신의 방으로 향했다. 피곤한 눈자위를 손가락으로 꾹꾹 누르며 한숨을 내쉬었다. 집을 나온 이후로 회사에서 마주치는 것 외에 가능하면 얼굴을 보지 않으려고 애쓰며 살아온 3년이었다. 그런 그녀에게 관심도 없어 보이던 아버지의 말에 가슴 한구석이 묵직해졌다. 많이 늙으신 건가? 싶은 것이 기분이 좋지 않았다.

Rrrrr. Rrrrr.

그녀는 자리에 앉기가 무섭게 울리는 휴대전화를 들고 통화 버튼을 눌렀다.

"김지윱니다."

―헤이, 지유.

"와, 이게 누구야? 승희?"

생각지도 않았던 친구의 전화에 그녀의 목소리가 높아졌다.

―잘 지냈어?

"그럼, 언제 왔어? 아주 들어온 거야?"

―아니, 잠시 들어왔어. 한 달 정도 있다가 다시 들어가 봐야 해.

"그래?"

―오늘 시간 돼? 얼굴 좀 보자.

"그래, 그러자. 어디서 볼까?"

영국에서 같이 공부하던 친구 승희는 그녀가 귀국하던 무렵에 그곳에 있는 건축회사에 취직을 하였다. 몇 년 동안 간간이 안부 전화만 하다 얼굴을 볼 수 있다 생각하니 그녀의 입가에 절로 미소가 피어났다.

―내가 오늘 낮에 W호텔에서 누구 좀 만나야 하거든. 7시쯤에 거기 한식당 정원. 어때?

"알았어. 그럼 이따 봐."

―응.

그녀가 퇴근 시간을 이토록 기다려 본 게 언제인지 기억조차 나지 않았다.

오랜만에 승희를 만나 저녁 식사를 하기로 하고 가벼운 걸음으로

W호텔 한식당으로 가기 위해 로비를 가로지르던 지유는 처음 본 낯선 남자가 팔을 세게 움켜잡고는 자신의 이름을 부르자 그 자리에 멈춰 설 수밖에 없었다.

시선을 잡아끄는 남성적인 매력이 넘치는 남자의 눈빛이 차가우면서도 애절하게 보였다. 모르는 사람인데…… 어딘가 모를 절박한 표정을 보니 왠지 대답이라도 해 줘야 할 것 같았다. 평소 같으면 이런 무례한 경우를 절대 받아 주는 법이 없는 지유가 이상하게 가슴 한쪽 끝이 따끔거리며 냉기가 흐르는 차가운 눈을 가진 낯선 남자에게 눈을 떼지 못했다.

"김지유?"

"?"

낯선 남자의 입에서 나온 제 이름에 눈이 커다랗게 열렸다. 떨리는 가슴을 진정시키며 의문이 가득 담긴 시선으로 당혹감을 감추지 못하고 물었다.

"절, 아세……요?"

"뭐? 당신, 나 몰라?"

지유는 하얗게 질려 가는 남자의 얼굴을 뚫어지게 바라보았다.

"죄송한데, 다른 사람하고 착각하셨나 봐요. 전 처음 뵙는데……."

그녀는 약간의 미안함을 담아 조심스럽게 입을 뗐다. 남자의 어이없어하는 표정을 보니 그녀의 기분이 다 상할 정도였다. 지유는 미간을 좁히고 눈앞의 남자를 본 적이 있는지 기억을 더듬었다. 그녀의 이름을 알고 있는 걸 보니 아주 모르는 사람은 아닐 텐데…….

"지금 나하고 장난해?"

"이보세요. 말씀이 좀 심하시네요."

"내 말이 심해?"

"아파요. 일단 이 손 좀 놓고 얘기해요."

그에게 잡힌 팔이 욱신거리기 시작했다. 손가락 마디가 하얗게 변할 정도로 거센 남자의 악력으로 인해 아마도 팔에 멍이 들지 싶었다. 그녀의 말을 들은 그가 흘끔 팔을 쳐다보고는 손에 약간 힘을 빼긴 했어도 잡은 손을 완전히 떼진 않았다. 도망간 빚쟁이 대하듯 행동하는 남자로 인해 지유의 인상이 절로 찌푸려졌다.

"그렇게 사라져서 연락 한 번 없이 지금까지 뭐했어?"

"하아."

몰아붙이는 그의 말에 그녀는 한쪽 눈꼬리를 치켜 올리며 기가 막힌다는 듯 한숨을 터트렸다.

"기다리는 사람은 생각도 안 나던가?"

"이봐요. 보자보자 하니까 기가 막혀서……. 댁이 누군지는 모르겠지만 내가 댁한테 바람나서 집 나간 마누라 취급받아야 할 이유는 없거든요."

"아니, 당신 집 나간 마누라 맞아."

"뭐라구요? 이 사람이 지금 뭐라는 거야. ……우선 이것 좀 놔요."

그녀는 그의 말 같지도 않은 소리에 얼굴이 붉어졌다. 지유는 남자를 쳐다보며 의심의 눈초리를 거두지 않았다. 한국건설 사장의 딸이 기억상실에 걸렸다는 사실을 아는 사람의 장난인가 싶었다. 아무리 쉬쉬해도 알 만한 사람은 다 아는 사실로 인해 그녀를 안다는 남자의 말을 쉽사리 믿을 수가 없었다. 더구나 집 나간 마누라라니…….

"당장 이 손 놔요. 아님 사람을 부르겠어요."

한 번 의심이 들기 시작하자 목소리가 곱게 나가지 않았다. 지유는 최대한 단호하게 말을 하고 억지로 팔을 비틀어 그의 손아귀에서 빠져나오려 애를 썼다.

"이런 장난 진짜 재미없다."

"그거야말로 내가 하고 싶은 말이에요."

바르작거리는 움직임이 커지자 남자의 표정이 묘하게 변하기 시작했다. 좀 전과 다른 의미의 뜨거운 시선을 받으며 지유는 마른침을 삼켰다. 그녀를 잡아먹을 듯 쳐다보는 남자의 시선이 위험하게 느껴졌다.

"가만히 좀 있어."

"이 손부터 놔요."

"손 놓으면 당신 도망칠 거잖아."

"일단 놓기나 해요."

"말해 봐. 지금까지 뭐하느라 연락조차 없었는지……."

"난, 기본적인 예의도 모르는 사람과 이야기를 나눌 만큼 착하지 않아요."

"허어."

그의 입에서 나지막이 헛웃음이 흘러나왔다. 지금 이 자리에 서서 의심스러운 남자의 무례함을 받아 줄 이유가 없었다. 그것도 위험천만함이 물씬 풍기는 남자를 상대로 말이다. 그녀는 왠지 모르게 마음이 조급해졌다. 어서 빨리 이곳을 벗어나야 했다.

"앗."

그때였다. 지유는 잠시 넋을 놓고 깊은 생각에 빠진 남자를 보며 순간적으로 강한 힘을 주어 그의 손을 세차게 뿌리쳤다. 갑작스런 움직임에 그녀가 넘어질 듯 휘청거리자 그는 반사적으로 그녀의 허리를 당겨 안았다. 오로지 그에게서 벗어나야 한다는 강박관념에 사로잡혀 바삐 몸을 움직인 결과였다.

"……?"

그녀의 눈이 커다랗게 열렸다. 자신의 존재를 알리는 커다랗게 발기된 그의 남성이 그녀의 아랫배를 묵직하게 찌르고 있었다. 그는 묘하게 변하는 지유의 시선을 온몸으로 받으며 자연스럽게 그녀의 허리를 당겨 안았다. 얼마 만에 맛보는 그녀의 온기인 건지……. 절대 그녀를 안은 손을 풀고 싶지 않았다. 지금 그들이 서 있는 곳이 호텔 로비의 한가운데라고 해도 말이다.

"당장 내게서 떨어져요."

그녀는 겨우 정신을 차리고 그의 가슴을 밀치며 매몰차게 말을 꺼냈지만 떨리는 목소리까지 숨기지는 못했다.

"그러고 싶지 않아. ……느껴져? 날 이렇게 만들 수 있는 사람은 당신뿐이야."

"지금 무슨 헛소리를 하는 거예요?"

"모르겠어? 손끝 하나로 날 이렇게 만들 수 있는 사람은 당신밖에 없다는 말이야."

"……정말 날 알아요?"

당당한 그를 보며 지유의 입에서 두려움이 담긴 목소리가 조심스레 흘러나왔다. 그의 말이 진짜일까? 믿어도 될까? 혼란스러웠다.

'혹시 내가 기억하지 못하는 시간을 이 사람이 알고 있는 걸까?'

자신을 잘 알고 있는 듯한 남자의 말과 무언가를 찾아내려 애쓰는 시선이 묘하게 거슬리며 그녀의 심장을 자극했다.

"……날 본 적이 있나요?"

그녀의 입에서 두려움이 담긴 목소리가 조심스레 흘러나왔다.

그녀의 삶에서 2년이 채 되지 못하는 기간 동안의 기억이 사라져 버렸다. 아무리 기억하려 애를 써도 안개에 싸인 듯 뿌연 영상으로만 보이는 날들. 그 시간을 마주한 것일까? 왈칵 두려움이 밀려왔다. 눈앞에 있는 남자의 말이 사실이라면…… 내가 이 사람과 결혼을 했어? 그녀는 고개를 저었다. 솔직히 믿을 수가 없었다. 다짜고짜 크기를 키운 분신을 들이미는 남자라니…… 아무래도 의심스러웠다. 갑자기 많아진 생각으로 인해 용량이 초과된 머리에서 고통을 호소하기 시작했다.

"아무래도 사람을 잘못 보신 것 같네요."

그의 손을 세차게 뿌리치는 지유의 눈동자가 미세하게 떨렸다. 그녀의 단호한 행동에 그는 다시 손을 뻗지 않았다. 그녀는 미심쩍은 남자의 손아귀에서 벗어나야 한다는 생각이 강하게 들었다.

"뭐? 당신 진짜……."

지유의 말에 그는 살벌한 눈으로 그녀를 노려보았다. 그녀는 허물어질 것 같은 마음을 숨기고 당당하게 그와 맞섰다.

"이봐. 그쪽 여기서 뺨을 맞지 않을 걸 다행으로 여겨."

"하."

그는 그녀의 말에 기가 막힌 듯 헛웃음을 지었다. 지유는 여기서 무너지면 안 된다는 일념으로 다리에 힘을 주고 꿋꿋하게 버텼다. 경악으로 물들어 가는 남자의 눈동자가 마음에 쓰였지만 애써 외면했다. 불안하게 뛰고 있는 제 심장을 진정시키는 것이 먼저였기에 더욱 세게 몰아붙였다.

"왜? 내 말이 우스워? 난 그쪽이 더 우스운데……. 무턱대고 남의 팔을 잡고 발기된 물건을 들이미는 남자가 제정신이야? 그런 미친 사람을 내가 왜 상대해야 해? 다음부턴 상대를 똑똑히 보고 수작

부려.”

“…….”

그녀는 그를 노려보며 작지만 단호하게 말을 던졌다. 그리고 그 말을 뒤로하고 무언가에 쫓기듯 다리를 움직여 엘리베이터에 몸을 실었다. 다행히도 그가 그녀를 잡기 전에 엘리베이터의 문이 닫혔다. 닫히는 문 사이로 활짝 열린 그의 눈동자가 보였다. 그 고통과 원망이 가득한 눈빛이 가슴에 여운을 남겼다.

불안한 듯 연신 뒤를 흘끔거리며 3층 한식당 정원에 도착한 지유는 예약된 룸으로 들어섰지만 승희는 아직 도착 전이었다. 텅 빈 테이블에 의미 없는 시선을 던지고 있는 그녀의 머릿속이 폭주하는 생각들로 요동쳤다.

초조했다. 매몰차게 말은 했지만 떨리는 가슴이 진정되지 않았다. 만에 하나 그가 그녀를 진짜 알고 있는 거라면……. 지금이라도 다시 가 볼까? 가서 물어볼까? 어떻게 나를 아느냐고, 진짜 알고 있느냐고 물어볼까? 그녀는 무너지듯 의자에 앉아 손톱을 물어뜯었다.

기억을 잃은 후로 어떤 문제가 닥쳐도 도망치지 말고 당당하게 맞서자 마음먹었던 것이 모두 물거품이 되었다. 아무리 수상한 사람이었다고 해도 제대로 물었어야 했나? 자꾸만 이랬다저랬다 변덕스러운 마음 때문에 그녀의 미간은 펴질 줄을 몰랐다. 무엇이 진실일까? 복잡한 생각들이 정리가 되지 않았다. 계속되는 혼란에 이성적인 생각을 할 수가 없었다.

‘가 보자. 속는 셈치고 다시 가서 자세히 물어보자.’

지유는 굳은 결심을 하고 자리에서 일어나 문으로 향했다.

“어, 먼저 와 있었네.”

그녀가 손잡이를 잡으려 손을 뻗었을 때, 문이 열리고 승희가 들어섰다. 반가운 웃음을 함박 머금은 그녀가 지유의 손을 맞잡고 흔들었다.

"진짜 반갑다."

"그래."

승희의 말에 어색한 웃음을 지으며 도로 자리에 앉았다. 계속해서 질문을 던지는 친구의 말에 무의식적으로 대답을 하면서도 상처받은 남자의 눈동자만 생각났다. 도저히 신경이 쓰여 가만히 있지를 못했다.

"너 왜 그래? 무슨 일 있어?"

승희는 대화에 집중하지 못하는 친구를 탐색하듯 살폈다.

"어?"

"몸은 여기 있는데, 마음은 다른 곳에 가 있는 사람처럼 보여. 대답도 건성으로 하고……. 뭐 신경 쓰이는 일 있니?"

"……나, 잠깐만 나갔다 올게. 잠시면 돼. 알았지."

지유는 급한 마음에 승희의 대답도 듣지 않고 룸을 빠져나갔다. 엘리베이터 하행 버튼을 열심히 누르다 계단으로 향해 뛰기 시작했다. 그런 식으로 도망치는 게 아니었다. 되든 안 되든 부딪히는 게 맞았다. 갔으면 어쩌지? 그새 사라져 버렸으면 어떻게 하지? 기억에서 사라진 시간 동안 어디에서 무얼 하며 지냈는지 알아야 했다. 무거운 돌덩이를 가슴에 얹은 듯 살 수는 없었다. 1%의 가능성이라도 붙잡고 싶은 마음에 발걸음이 빨라졌다.

'제발, 거기 있어요.'

간절한 염원을 담아 애원을 하며 계단을 뛰어 내려갔다.

없었다. 로비에 도착해 이리저리 고개를 돌려 보아도 그 남자는 그 자리에 없었다. 뭘 기대한 걸까? 그런 식으로 비겁하게 도망쳐 놓고, 이 자리에서 변함없이 기다리고 있을 거라 생각했니? 그녀의 가슴에 스산한 바람이 들어차기 시작했다.

'바보, 김지유.'

류성운 교수가 효건에게 전화를 해 온 것은 국내 최대 건설사인 한국건설에서 조경 공사를 맡길 업체를 변경한다는 이유 때문이었다. 한국건설의 사장이 자신의 후배라며 믿을 만한 업체를 추천해 달라 부탁을 해 왔다고 했다. 일단 여러 곳의 조경 회사를 추천받아 그중에 한 업체와 계약을 체결할 것이라고 했다.

얼굴도 볼 겸 한국건설에 제출할 기본 서류를 구비해 올라오라는 말에 W호텔 커피숍에 만나기로 약속을 했다.

약속 날, 이상하게 아침부터 심장이 덜거덕거렸다. 별다를 것 없는 일상의 시작이었는데, 거슬릴 정도로 심장이 빠르게 뛰었다. 애써 심장을 무시한 효건은 어머니 품에서 방긋 웃는 은채와 아쉬운 작별을 하고 떨어지지 않는 걸음을 옮겼다.

"안녕하셨어요?"

"그래, 어서 와. 멀리서 오느라 고생 많았다."

사람 좋은 웃음을 지으며 류성운 교수가 효건을 맞이했다. 류 교수는 효건의 아버지와 막역한 사이였다. 그의 아버지가 어이없는 사고로 죽기 전까지 끈끈한 의리를 과시하곤 했었다.

차를 시키고 마주 앉은 두 사람 사이에 잠시 정적이 흘렀다. 찬찬히 살피듯 효건을 주시하던 류 교수가 먼저 입을 열었다.

"너희 수목원에서도 조경 사업을 하고 있으니 좋은 기회가 될 수도 있겠다 싶어서 전화를 했다."

"신경 써 주셔서 감사합니다."

"원, 녀석. 딱딱하기는……. 그래, 네 어머니는 차도가 좀 있으시냐?"

"그만그만하세요."

"더 나빠지지 않는 것도 어디냐."

"네."

류 교수의 눈에 애틋함이 어렸다. 친구가 그렇게 허망하게 가지만 않았어도 제 능력을 활짝 펴 더 높은 자리로 날아오를 수 있는 녀석이었다. 책임감이 강한 성품이라 몸이 아픈 어머니를 외면하지 못하고 그 곁에 날개를 접은 효건을 볼 때마다 마음이 짠하면서도 믿음직스러웠다. 소소하게 들어가는 돈이 많은 수목원을 잘 꾸리고 있는 것도 효건이 주식 투자로 제법 재산을 모았기에 가능한 일이었다.

그가 본 효건은 과묵하고 진중한 면이 많았다. 딸이 있으면 사위 삼고 싶을 정도 괜찮은 녀석인데 왜 그리 여자 복이 없는 건지……. 사는 게 바빠 시간을 낼 수 없었던 그가 모처럼 수목원을 방문했다가 깜짝 놀라고 말았다. 아내도 없이 아이 하나만을 키우고 있는 것을 보고 억장이 무너지는 느낌이었다. 이제 그만 행복해질 때도 되었건만 왜 이리 빡빡한 삶을 살아야만 하는지…….

"아이 엄마 소식은 있고?"

"……아니요."

그는 류 교수의 눈을 차마 마주 쳐다보지 못했다. 눈앞의 찻잔에 시선을 고정한 채로 입을 다물어 버렸다. 생각하지 않으려 애쓰며 살아온 3년이었다. 생각지도 않게 그의 처지를 아는 사람을 만나 허를 찔리는 질문을 받기 전까진 그럭저럭 잘해 왔다고 믿었는데 그게 아니었다. 아침부터 불편한 심장이 여전히 요란스레 뛰는 것이 영 못마땅했다.

"곧 좋은 소식이 있을 게야."

"네."

"서류는 잘 챙겨 왔고? 한국건설에는 내일 만나는 걸로 약속해 놨다."

"네."

"그럼, 나가서 저녁이나 먹자. 술도 한잔하고⋯⋯."

"네, 제가 모시겠습니다."

"허허. 녀석, 발발거리고 뛰어다닐 때가 엊그제 같은데 언제 이리 커서 같이 대작할 정도가 되었나."

류 교수의 말에 효건은 희미한 미소로 답했다. 그는 화장실에 다 녀온다는 류 교수를 기다리며 화려하면서도 잘 정돈된 호텔 로비를 물끄러미 바라보고 있었다. 그때 그의 망막 안으로 걸어 들어오는 여자를 보고 눈을 뗄 수가 없었다. 순간적으로 숨 쉬는 것도 잊고 넋을 놓아 버렸다. 그녀는 여전히 매력적이고 당당했다. 이래서였 나? 이러려고 아침부터 심장이 반응을 보였나? 믿을 수가 없었다.

'김지유.'

"어? 네가 지유를 어떻게 알아?"

"네?"

허망한 눈으로 닫힌 엘리베이터를 노려보는 효건의 등 뒤로 류성 운 교수의 목소리가 들려왔다. 의문을 가득 담은 류 교수의 눈이 엘 리베이터와 효건 사이를 바삐 오갔다.

지유를 안다. 순간 그의 입에서 안도의 한숨이 흘러나왔다. 다행이다. 그녀와의 접점이 있다는 사실 하나만으로도 그의 가슴에 일렁이는 격랑이 조금은 가라앉았다.

"그녀를 아세요?"

"내일 보기로 했잖아. 한국건설."

"네? 한국건설이요?"

"그래. 한국건설 김 사장 딸이자 기획부 실장이 지유 아니냐."

"……."

찾았다. 아버지의 친구인 류성운 교수의 말을 듣고 가장 먼저 든 생각은 드디어 찾았다는 것이었다. 그녀가 대단한 집 딸이라는 것이 의외이긴 했지만 그다지 중요한 문제는 아니었다.

'도망을 쳐? 내 앞에서…….'

두 번이나 그를 밀어내고 사라진 지유를 생각하며 효건은 냉랭한 눈으로 그녀가 사라진 방향을 흘끔 노려보았다. 파란이 인다. 급격하게 뛰는 심장이 어서 빨리 그녀를 잡아 오라고 명령을 내리는 것만 같았다. 그는 이를 사리물고 태연함을 가장했다.

"그녀에 대해서 잘 아세요?"

"잘 알지."

"너처럼 지유도 어렸을 때부터 알았지. 참, 내가 몇 년 전에 너한테 지유를 소개해 주려고 마음먹었는데, 저 녀석이 사라지는 바람에 흐지부지되었던 적도 있다. 허허. 넌, 지유를 어떻게 알아?"

"……."

그는 류 교수의 말에 뭐라 답을 하기 어려워 머뭇거렸다. 밑도 끝도 없이 '제 아이의 엄마입니다.' 할 수도 없어 입을 다물었다. 그러다 그녀가 사라졌다는 대목에서 눈을 가늘게 뜨고 다시 질문을 던졌다.

"사라져요? 어디 갔었나요?"

"왜? 널 소개해 주려고 했다니 궁금하냐?"

그는 류 교수의 말에 어색한 미소를 지었다.

성운은 효건을 탐색하는 시선을 살피며 말문을 열었다. 무언가 말 못 할 사연이 있는 듯 말을 아끼는 폼이 영 수상쩍었지만 말을 멈추지는 않았다. 그저 뭔가 아주 중요한 순간일지도 모른다는 생각이 들었을 뿐이었다.

"……저 녀석도 참 안됐어. 제 모친이 몸이 아파 병석에 있다 저 녀석 열 살 때 죽었거든……. 한 오륙 년 있다가 김 사장이 재혼을 했어. 여자가 딸 하나를 데리고 들어온 모양이던데…… 이상하게 집에 정을 붙이지 못하더라고, 자꾸 밖으로만 돌고, 유학 가기 전까지 김 사장도 속이 말이 아니었던 모양이야. 유학 갔다 와서 김 사장 밑으로 들어가 일을 시작했지. 제법 평판도 좋고 능력도 있다는 얘기를 들었지. 그러다 한 5년 전인가 제 의붓동생하고 싸우고 집을 나갔다고 하더군. 자세한 말은 하지 않는데, 한동안 연락도 없어서 김 사장이 애를 태웠지."

"언제 돌아왔답니까?"

"3년쯤 전에 병원에서 연락을 받고 찾으러 갔더니 무슨 충격에서였는지 집을 나서던 순간부터 제 아비가 찾으러 올 때까지의 일을 기억하지 못한다 하더군. 해리성 기억상실이라고 하는데, 아직까지 완전하게 기억이 돌아오지 않은 모양이야."

"기, 기억상실이요?"

그는 류 교수의 입에서 나온 전혀 뜻밖의 말에 놀라 미간을 찌푸렸다. 그녀에게 그런 일이 있을 거라곤 한 번도 생각해 본 적이 없어 너무 놀랍기만 했다. 그래서였나? 그래서 연락도 없었고, 그를 보고도 낯선 사람 대하듯 행동한 건가? 심장이 갈가리 찢기는 아픔에 숨이 쉬어지지 않았다. 그녀를 향한 원망이 끝 간 데 없이 뻗어 가고 있었는데, 그녀는 암흑 속에서 기억의 한 부분을 잃은 채로 생활하고 있었다니……. 허탈했다.

"그래. 제 삶의 일부분을 기억하지 못하는데도 뭐든 열심히 하더군."

"……."

그의 귀에는 류 교수의 말이 더 이상 들리지 않았다. 패닉 상태에 빠진 것처럼 멍하니 눈만 깜박였다. 한참 만에 정신을 차린 그의 눈빛에 생기가 돌기 시작했다. 죽어 가던 생명이 힘을 받아 되살아나듯 그렇게 또렷한 의지를 담은 표정을 지었다.

'김지유, 이대로 널 놓는 일은 하지 않을 생각이야. 네가 날, 기억하지 못하면 기억나게 해 주지.'

어머니와 은채를 생각하면 어떻게든 그녀의 기억을 되살려야만 했다. 그녀 스스로 그들을 기억해 내어 돌아오기를 바랐다. 아무리 잊으려 애를 써도 잊을 수가 없던 그녀를 이제는 놓치고 싶지 않았다. 꼭 그의 곁에 세워 놓고 싶었다. 그때, 그 나무 아래 서서 쑥스러운 미소를 지었던 때로 돌아가고 싶었다.

'기대해도 좋아.'

"아저씨, 저 부탁 한 가지만 들어주세요."

지유는 힘겨운 걸음을 옮겼다. 축축 처지는 몸이 너무 무거워 그냥 주저앉아 버릴까 하는 생각도 얼핏 했다. 충격이 컸다. 승희와 시간을 보내는 내내 바보 같은 자신의 행동을 자책하기 바빴다. 왜 그냥 보냈을까? 그 남자가 사기꾼일지언정 자세한 이야기나 들어

보는 건데, 놀란 마음을 진정시킬 수가 없어 미련하게 굴었다. 그녀
가 어떤 삶을 살았는지 알 수 있는 기회일지도 모르는데……. 가슴
속의 무거운 짐을 내려놓을 수도 있었는데…… 놓쳐 버린 것에 대
한 아쉬움이 계속 남았다.

"지유야."

엘리베이터에서 내리자마자 그녀를 기다리는 사람이 있었다. 그
녀는 금방이라도 부서져 내릴 것 같은 표정으로 재우를 바라보았다.
피곤했다. 오늘 같은 날은 누구도 상대하고 싶지 않았다.

"돌아가."

"나, 커피 한 잔만 주라."

그는 그녀의 동정심을 자극하는 애처로운 표정으로 입을 열었다.
그는 자신을 밀어내지 말아 달라는 간절함을 담아 그녀를 응시했다.

"손재우, 그냥 가. 오늘 진짜 피곤해서 널 상대하고 싶지 않아."

"지유야."

"제발, 그냥 가면 안 돼?"

"……."

그는 고집스레 입을 다물고 있었다. 무슨 일이 있어도 그녀와 이
야기를 나누고야 말겠다는 의지를 분명히 했다.

"들어와."

그녀는 작은 한숨을 내쉬고 문을 열고 안으로 들어갔다. 그는 행
여 문이 닫힐세라 급한 걸음으로 그녀의 뒤를 따랐다.

주방에서 한참 딸그락거리던 지유는 잘 정돈된 거실 소파에 앉아
있는 재우에게 쟁반을 들고 다가갔다.

"커피보다는 이게 스트레스 해소에 좋을 거야."

"……."

은은한 빛깔이 눈길을 끄는 재스민차가 투명한 유리 찻잔에 담겨 그의 앞에 놓였다. 그는 자신의 맞은편 자리에 앉아 차를 마시는 그녀를 뜨거운 눈으로 쳐다보았다. 그의 것이 될 수도 있던 여자, 친구 관계에서 벗어나 당당하게 그녀의 앞에 남자로 설 수 있던 기회를 한순간에 어이없이 날려 버렸다.

힘겨워하던 지유에게 손과 어깨를 빌려 주며 그녀의 곁을 지켰던 그였다. 소녀에서 여자가 되는 모습을 지켜보며 가슴앓이를 하던 날들이 얼마였던가……. 그래서 더 미련이 남았다. 그 단 한 번의 실수로 그녀를 잃을 순 없었다. 지유가 사라진 뒤에 느낀 허무함을 더 이상은 느끼고 싶지 않았다.

"아직도 용서가 안 돼?"

"그런 말 하려거든 그냥 가. 너랑 나, 인연이 아니었을 뿐이야."

"미안해. 정말 실수였어."

"……다 지난 일이야."

"그렇게 단정 짓지 마. 지난 일이라고 말해도 그 여파가 현재까지 미친다면 아직 끝난 일이 아니야."

"나한테 뭘 원하니?"

"내게 기회를 줘."

그녀는 간절한 표정의 재우를 물끄러미 바라보았다. 오랫동안 그녀의 곁을 지켜 준 친구였다. 잘 정돈된 짧은 머리카락이 어울리는 준수한 사람, 민혜가 충분히 욕심낼 만한 따스한 마음을 가진 친구였다. 그녀를 향한 재우의 마음을 잘 알기에 그를 받아들여도 될까 하고 조심스런 마음을 가졌을 때 닥친 일로 멀어졌다. 그녀의 눈으로 생생하게 지켜본 그의 충격적인 모습에 너무 놀라기도 했지만 이제는 모두 지난 일일 뿐이었다. 그녀는 그를 받아들일 마음이 눈곱

만큼도 없었다. 아직까지 그의 곁을 어슬렁거리는 민혜의 존재도 성가셨고, 가장 중요한 그녀의 마음이 예전과 같지 않았다.

"후우. 재우야. 그만하자."

"뭘? 뭘 그만해?"

"몰라 묻니? 우리 쓸데없는 일에 힘 빼지 말자. 나한테 너, 친구일 뿐이야."

"난, 너와 친구 하고 싶지 않아. 여자와 남자, 그거 하고 싶어."

"그 기회를 날린 건 너야. 그러니 그만해."

그녀는 재우를 노려보며 쌀쌀맞게 대꾸했다. 더 이상의 쓸데없는 감정 소모는 하고 싶지 않았다. 지금 그녀는 자신의 일만으로도 벅찼다. 간간이 스쳐 가는 기억이 손에 잡힐 듯 잡히지 않아 그녀를 힘들게 했다. 더구나 저녁 무렵 그녀에게 다가와 아는 체한 남자의 뜨겁고 강렬한 눈빛이 계속 떠올랐다. 상처 입은 사람의 간절함이 그녀의 마음을 자극했다. 그녀의 심장이 찌르르 울렸다.

"미안해. 죽을 때까지 사죄하는 마음으로 살게. 그러니 한 번 더 기회를 줘."

"네가 나한테 이렇게 죽을죄를 지은 것처럼 행동할 필요 없어. 재우야…… 우린 아니야. 벌써 5년 전에 남자, 여자 할 기회가 사라졌어. 너 이렇게 자꾸 고집부리면 난, 네 친구도 할 수가 없어. 내 말 무슨 뜻인지 아니?"

"널, 사랑해."

"……."

그녀는 재우의 말에 순간적으로 말문이 막혔다. 그의 간절한 마음을 모르는 바는 아니었지만 그녀의 가슴엔 그의 자리는 없었다. 하지만 그녀가 힘들어할 때 곁을 지켜 준 정을 생각해서도 매몰차게 굴고 싶진 않았다. 그녀의 옆에서 쑥스러운 웃음을 지으며 손을 내밀어 준 재우만을 기억하고 싶었다.

'더 이상 방법이 없는 건가?'

"웃기지 마. 난, 지금도 너와 민혜가 붙어 있던 모습이 생생하게 기억해. 그런데 사랑이라고? 난, 너의 그 얕은 사랑은 필요 없어. 실수라 말할 정도의 욕망도 제어하지 못하는 널 어떻게 믿어? 앞으로 그런 일이 다시 한 번 일어나지 말란 법이 어디 있어? 네가 내 입장이 되어 봐. 몰랐으면 또 모를까 뻔히 아는데, 뻔히 내 두 눈으로 똑똑히 목격했는데, 없던 일로 할 수는 없어. 모르겠다. 차라리 그때 그 일을 잊었다면 널 받아들이기 쉬웠을지도 모르지. ……3년이면 충분하다고 생각하지 않아? 그러니까 이제 그만해. 내 옆에서 죄지은 사람처럼 눈치 보고 애원하는 일 그만하라고……. 너, 아주 짜증나. 알아?"

그녀의 눈에 차오른 경멸을 읽었던 걸까? 그가 안타깝게 그녀를 바라보다 천천히 자리에서 일어났다.

텅 비어 버린 가슴이 시려 왔다. 가차 없이 그를 밀어내는 그녀를 보면서 그는 이를 지그시 깨물었다. 늘 사랑에 목말라 하던, 갖고 싶던 여자의 가슴에 상처를 입힌 그가 할 수 있는 일이라곤 기다리는 것뿐이었다.

좀 더 기다렸어야 했나? 아직까지 그녀의 화가 풀리지 않은 모양이었다. 지유가 돌아온 뒤 3년간 그녀의 곁을 지키며 꽉 닫힌 마음의 문이 열리기를 기다렸다. 그 기다림에 서서히 지쳐 가는 느낌이 들어 무작정 그녀의 집 앞에서 기다렸지만 지유는 틈을 주지 않았다.

재우는 오른손을 들어 관자놀이를 지그시 눌렀다. 모르겠다. 지유의 시선이 그에게 향하기를 기다린 시간이 오래되어 지금도 당연히 그래야 한다고 생각하고 있는 건지, 그녀의 사랑을 간절히 원하고 있는 건지 이제는 그 마음도 흐릿해진 느낌마저 들었다. 계속 밀어내기만 하는 지유로 인해 숨 쉬기가 곤란했다.

"오늘은 이만 갈게."

"손재우."

"알아. 네가 무슨 말을 하려는지…… 근데, 아직은 포기가 안 된다."

문으로 향하는 재우의 쓸쓸함이 내려앉은 어깨가 너무 아파 보였다. 그녀는 차마 손을 내밀어 보듬어 줄 수는 없어 양 주먹을 꼭 쥐고 그를 외면했다. 그러니까 하지 말랬잖아. 너도 아프지만 나도 아파. 왜 내 입에서 험한 소리가 나오게 만드니…….

미안했다. 지유는 재우를 사랑하진 않았지만 그렇다고 상처를 주고 싶진 않았다. 어차피 다 지난 일을 되새겨 가며 그를 고통 속에 밀어 넣고야 말았다.

'재우야, 좋은 사람 만나. 민혜같이 욕심 많은 여자 말고, 나처럼 상처 많은 사람도 말고 너를 사랑해 주고 네 사랑을 받을 자격이 충분한…… 그런 예쁜 여자를 만나.'

그녀는 말로 뱉을 수 없는 말을 속으로 되뇌었다.

11.

애타는 마음

"휴우."

지유의 입에서 깊은 한숨이 터져 나왔다. 답답한 가슴을 부여잡고 창가에 서서 빠르게 모양을 바꾸는 구름에 의미 없는 시선을 던졌다. 비가 오려는지 어두컴컴한 하늘색이 그녀의 마음과 똑같았다. 어제 머릿속에 스친 남자의 영상이 끈질기게 따라붙어 그녀를 혼란스럽게 했다. 간혹 떠오르는 기억 속에 사람들은 뿌연 안개에 가려져 있었다. 분명 누군가를 만나고 어떤 식으로든 관계를 맺으며 생활했을 것인데…… 길이 보이지 않는 어둠 속을 헤매고 있는 느낌이었다.

뒤늦은 후회. 어제 그를 외면하고 고개를 돌린 순간부터 끈덕지게 그녀를 괴롭히던 말이었다. 왜 그리 미련하게 굴었는지, 도대체 뭐가 무서워서……. 그녀는 조바심이 나 입술을 잘근잘근 깨물었다.

똑. 똑.

"실장님, 류성운 교수님 오셨습니다."

"들어오시라고 하세요."

창가에서 몸을 돌려 벽에 걸린 시계에 시선을 던졌다. 류 교수와 만날 시간이 된 것을 확인한 그녀가 옷매무새를 가다듬었다. 복잡한 생각들은 잠시 미뤄 둬야 할 때였다.

문이 열리고 인자한 미소를 머금은 류 교수가 모습을 드러내었다.

"아저씨."

그녀는 문 앞까지 마중을 나가 반가운 어조로 입을 열었다.

"허허. 녀석."

"어서 오세요. 오랜만에 뵙네요."

"그래, 그동안 잘 지냈지?"

"그럼요."

류 교수의 손을 맞잡고 환한 미소를 짓던 그녀가 멈칫했다. 그 남자다. 어제 그녀를 잡고 말도 안 되는 소리를 뱉어 낸……. 도망치듯 그를 밀어냈지만 조금 전까지 그녀의 머릿속에 잔상을 남겨 괴롭히던 사람. 이 남자가 여긴 왜? 수많은 생각이 그녀를 스쳐 갔다.

그녀의 의문 가득한 눈빛을 읽은 류 교수가 인자한 얼굴로 입을 열었다.

"여긴, 나무동산 수목원을 운영하는 서효건 대표야. 이번에 조경 업체 변경 건으로 김 사장한테 이야기한 친군데, 서로 인사도 나눌 겸 오늘 자격 심사를 위한 서류를 가지고 같이 왔다."

"아……."

"효건이도 인사해. 여긴 한국건설 김지유 실장."

"안녕하십니까?"

살짝 고개를 숙여 인사를 건넨 효건의 찌를 듯 날카로운 눈동자가 그녀에게 고정되었고, 깊은 울림이 느껴지는 매력적인 음성이 그 뒤를 따랐다.

그의 얼굴에서 시선을 떼지 못하는 그녀의 입술이 맞붙어 열릴 줄을 몰랐다. 허허벌판에 단 두 사람만 있는 듯한 느낌에 자잘한 소름이 돋아났다. 아무런 소리도, 아무 생각도 들리지도, 나지도 않았다. 올무에 갇힌 작은 동물처럼 쌕쌕거리며 밭은 숨만 뱉어 내었다. 그녀가 정신을 차린 건 노크 소리에 이어 문을 열고 들어온 비서의 모습을 확인한 다음이었다.

"반갑습니다. 이쪽으로 앉으세요."

그녀는 두 사람을 간이 회의 테이블로 안내하며 떨리는 심장을 진정시키기 위해 입을 작게 오므려 긴 숨을 뱉었다. 이런 식으로 마주할 거라곤 생각해 보지 않았다. 뜻밖의 장소에서 재회를 했다는 사실이 믿기지 않아 말문이 막혀 버렸다.

세 사람이 자리를 찾아 앉고, 그들 앞에 청명한 푸른색의 차가 투명한 유리잔에 담겨 앞에 놓였다.

"……드셔 보세요."

"이게 웬 거냐?"

류 교수는 특이한 색을 내는 차를 미심쩍은 눈으로 살피며 조심스레 물었다.

"블루 마로우라는 허브차예요. 기침이나 기관지염에 좋고, 위장을 진정시키는 효과가 있어요. 아저씨 예전부터 위가 좋지 않다는 게 기억나서 준비해 봤어요."

"허허. 고맙다."

지유의 세심한 배려를 느낀 류 교수는 대견하다는 듯 고개를 끄덕이며 잔을 들어 맛을 보았다.

"색이 참 예쁘죠? 시간이 지나면 색이 변하는데 그걸 지켜보는 것도 재미있거든요. 또, 여기에 레몬즙을 첨가하면 오묘한 핑크색으로 변해요. 나중에 한번 맛보게 해 드릴게요."

지유는 날카롭게 일어선 신경을 진정시키기 위해 애를 쓰며 낮게 숨을 뱉어 내었다. 입가에 화사한 미소를 머금은 채로 자연스럽게 말을 이어 가고 있었다.

긴장되었다. 태연하게 행동하기 위해 애를 쓰고 있었지만 그녀의 척추를 타고 흐르는 긴장감은 쉽게 사그라지지 않았다. 눈앞에서 그녀를 외면한 채로 주위를 둘러보는 효건의 작은 움직임에 그녀의 신경이 미세하게 반응을 일으켰다. 당장이라도 그녀를 다그칠 거라는 예상과 달리 그는 너무나 고요했다. 마치 그녀에게 아무런 관심조차 없다는 듯 행동했다.

그녀를 알고 있다는 그의 말이 진실이었나? 아님 류 교수에게 저에 관한 이야기를 듣고 접근한 사기꾼이 맞는 걸까? 혼란스러운 와중에도 그의 덤덤한 모습을 보고 있자니 서운했다. 아니 배신감마저 들었다. 그러다 문득 그를 밀어내고 도망친 것은 저였다는 게 떠올라 어이없는 웃음을 지었다. 미쳤다, 김지유. 달아날 때는 언제고, 알은체를 하지 않는다고 서운해하다니……. 그녀는 변덕스러운 자신의 감정이 낯설어 당혹스러웠다.

효건은 즐거운 듯 재잘거리는 지유의 입술에서 시선을 떼지 못했다. 입가에 은은히 걸려 있는 작은 미소와 생기가 넘치는 눈동자……. 예전 수목원에서 허브 강연을 하던 모습이 절로 연상되어 심장이 욱신거렸다.

'당신, 어떻게 지냈어? 잘, 지냈나? 우리들을 잊어버리고도…….'

입 밖으로 내뱉지 못하는 말들이 입 안을 맴돌다 사라졌다.

그는 문이 열리고 환한 미소를 지은 지유의 모습을 본 순간 깊은 안도의 숨을 내쉬었다. 모진 말을 들었을지언정 눈앞에 그녀를 두고 나니 어제의 만남이 현실이라는 게 믿겨졌다. 꿈이 아니다. 손을 내밀면 만질 수 있는 거리에 그녀가 있다는 사실만이 중요했다. 지독히도 원망하고, 지독히도 그리워한 내 여자, 내 아이의 엄마. 그녀를 만났다.

그녀의 성품을 닮아 세련되면서도 군더더기 없이 깔끔한 사무실 창가에 놓은 작은 허브 화분들이 그의 시선을 끌었다. 그래도 아직까지 허브를 좋아하던 기억 하나는 잊히지 않는 모양이었다.

그는 그녀 앞으로 작은 상자를 내밀었다.

"이게 뭐죠?"

"허브를 좋아하시는 것 같아 다행입니다. 저희 수목원에 있는 허브농원에서 만든 것들인데 마음에 드셨으면 좋겠군요."

효건은 류 교수에 선물하기 위해 가져온 것을 지유에게 내밀었다. 조심스레 상자를 여는 그녀를 지켜보는 그의 심장이 무섭게 달음질치기 시작했다. 그녀가 그를 기억해 내는 데 작은 실마리라도 되었으면 하는 간절한 바람을 담아 그녀를 바라보았다.

그는 마음속으론 간절히 외쳤다. 기억해 내. 너만 바라보고 있던 나를, 너를 닮아 예쁘기 만한 은채를, 엄마라 부르며 마음을 줬던 어머니를, 바람결에 아우성치는 싱그러운 나뭇잎을 바라보며 좋아라 했던 수목원을, 너의 손길이 닿아 있던 허브농원을⋯⋯.

"어머. 바스백이네요."

그녀가 작은 탄성을 지르며 로즈마리가 채워진 바스백을 조심스레 어루만졌다. 아련함을 담고 있던 눈이 무언가를 기억해 내려는 듯 살짝 찌푸려졌다. 그녀가 수목원에서 함께 생활할 때 주로 사용하던 것이었다. 손바닥 정도 크기의 표백한 무명천을 주머니 모양으로 만들어 입구를 끈으로 끼워 여러 가지 기능별 허브를 한 줌 채워 넣은 다음 목욕할 때 사용했다. 어머니와 둘이 나란히 앉아 바스백과 라벤더 비누를 직접 만들면서 환하게 웃던 모습이 생생하게 떠올라 그의 가슴 한구석이 욱신거렸다.

여러 허브 중에서도 그녀가 바스백에 주로 넣던 것은 로즈마리였다. 그녀는 로즈마리를 사용하면 무거운 머리가 맑아지고 기분이 상쾌해진다고 했었다. 그리고 초조하고 마음이 불안해지거나 스트레스를 많이 받은 날에는 라벤더 오일을 목욕물에 넣곤 했다.

그녀는 그를 완벽하게 지웠지만, 그는 그녀의 작은 습관 하나하나까지 전부 기억하고 있었다. 그러다 문득 허탈한 웃음을 지었다. 하고많은 물건들과 허브 중에 하필 그녀가 좋아하고 즐겨 쓰던 것을 챙겨 왔다는 사실에 가슴이 헛헛해졌다. 무의식적으로 한 행동에 담긴 의미를 생각해자 숨 쉬기가 버거워졌다.

'어서 기억해 내. 당신 스스로 우리들에게 돌아와 줘. 제발……'

'왜?'

그녀가 입술을 깨물었다. 눈을 가늘게 뜨고 사라져 가는 기억을 붙잡기 위해 안간힘을 썼다. 묘한 기시감이 느껴졌다. 너무나 익숙한 향기와 손에 익은 감촉, 그녀가 천천히 고개를 들어 그를 응시했다. 그녀를 세세하게 살피는 그의 눈동자가 많은 이야기를 담고 빛을 내고 있었다. 좀 전까지 무심하리만치 그녀를 외면하던 것과 상반되는 모습에 가슴 한구석이 덜거덕거렸다.

"……좋네요."

"부담 가지지 말고 쓰세요. 이걸 좋아하던 어떤 사람이 생각나 챙겨 왔어요. 그 사람은 이걸 직접 만들었죠. 로즈마리 외에도 재스민이나 케모마일도 좋아했어요. 오늘은 유난히 그 사람이 생각나네요."

그녀는 의미심장한 그의 말에 아무런 대꾸도 하지 못했다. 머리가 아팠다. 순식간에 스쳐 지나가는 영상에 그녀의 눈이 활짝 열렸다. 뭐지? 푸른색으로 둘러싸인 숲에서 인자한 얼굴로 그녀를 손짓하는 사람이 있었다. 아득해지는 정신을 붙잡기 위해 애를 쓰며 그녀는 고개를 흔들었다.

"서류 준비해 오셨다고 했죠? 주세요."

그녀는 흐릿한 머릿속을 가다듬고 사무적인 어조로 서류를 요구했다.

"……여기 있습니다."

그가 조금 실망한 투로 준비해 온 서류를 내밀었다. 공사실적증명서와 재무제표 등을 꼼꼼하게 확인한 그녀가 되었다는 의미를 담아 고개를 끄덕였다.

"업체 선정 적격 여부는 일주일 내에 결정될 거예요. 서류 검토를 하고 저희와 계약을 맺게 되면 지금 건설 중인 아파트 조경 공사부터 시작하게 될 겁니다."

"실사(實査)는 하지 않는 게냐?"

"네? ……실사요?"

"그래. 저번 조경업체에 문제가 있어서 바꾸는 걸로 알고 있는데 직접 가서 눈으로 봐야 하지 않겠나 싶다."

지유의 말에 류 교수가 궁금한 듯 입을 열었다.

"그것까진…… 제가 맡은 일은 업체 선정까지만이에요."

"업체 선정을 하려거든 눈으로 직접 봐야 하는 거 아닙니까?"

"그래, 그렇지. 여기 서효건 대표의 말이 맞구나."

류 교수는 효건의 말에 맞장구를 치며 연신 고개를 끄덕였다. 어제 호텔에서 지유에 관한 이야기를 듣더니 그가 부탁을 해 왔다. 무슨 일이 있어도 지유가 수목원에 방문할 수 있도록 도와 달라고 했다. 자세한 이야기는 나중에 다 해 준다며 믿고 들어 달라는 간청을 모른 척할 수가 없어 그에게 부탁받은 대로 열심히 지유를 설득했다.

"내 생각엔 나무 상태도 확인하고, 믿을 만한 업체인지 네 눈으로 확인하는 것만큼 중요한 건 없다고 본다."

"……그럼 담당 직원을 보내도록 할게요."

류 교수의 강경한 어조에 그녀는 뒤로 한발 물러섰다.

"김 실장님은 책임감이 부족한 사람이군요."

"무슨 뜻이에요?"

"자기 일을 타인에게 떠넘기는 사람을 보통은 책임감이 부족하다고 말을 하죠. 업체 선정을 맡은 책임자가 직접 보지도 않고 고작 아랫사람 시켜서 대충대충 일을 처리한다면 어떻게 생각해야 할까요?"

"……."

지유는 그의 말에 대답하지 않고 눈을 치켜 올렸다. 공격적인 남자의 말투가 그녀의 신경을 건드렸다. 왠지 모르게 그녀를 자극하는 남자로 인해 초조함을 느꼈다. 그녀가 그렇게까지 할 필요가 있을까? 원래대로 하면 그녀 고유의 업무도 아닌 일로 시간을 내서 협력 업체를 찾아다닐 필요는 없었다. 그저 아랫사람을 시키면 될 일일 뿐인데도 망설여졌다.

그때였다.

쾅.

노크도 없이 문이 벌컥 열리고 커다란 소리를 내며 닫혔다. 들어온 사람을 확인한 지유의 눈썹이 못마땅하게 일그러졌다.

"김민혜 대리, 이게 무슨 짓입니까? 지금 손님 와 계신 거 안 보여요?"

"이게 어떻게 된 일이야?"

그녀는 다짜고짜 따지듯 묻는 민혜를 살벌하게 노려보았다.

"뭐가 말입니까?"

"이건 내 일이야. 업체 관리하고 계약하는 건 내 일이라고……."

"나중에 이야기하죠. 지금 이 자리에서 꺼낼 말은 아닌 것 같은데."

지유는 차분하면서도 단호한 목소리를 내었다.

민혜는 파르르 떨며 터져 나오려는 노기를 감출 생각도 하지 않았다. 꼭 쥔 주먹의 손톱이 손바닥을 파고들 정도였는데도 아픔이 느껴지지 않았다. 겨우겨우 밀고 들어온 회사였다. 김 사장에게 갖은 아양을 다 떨어 어렵게 입사한 그녀가 자리를 잡기도 전에 집을 나갔던 지유가 돌아왔다. 그리고 그녀는 자연스럽게 회사에 출근을 했고, 가시적인 성과를 내며 기획실 실장 자리를 꿰찼다.

탁월한 능력을 가진 지유에 비해 많이 부족한 그녀였지만 욕심만은 뒤지지 않았다. 지유만 없었더라면…… 아예 돌아오지 않았더라면 하고 바랐던 날이 며칠이었는지. 하지만 점점 벌어지는 그녀와의 격차는 줄어들 기미가 보이지 않았다.

뺏길 것만 같아 마음이 조급했다. 재우도, 아버지의 관심도, 지금껏 누렸던 모든 것이 손가락 사이로 빠져나가는 모래알갱이처럼 느꺼져 불안했다. 외부인이 있건 없건, 그런 건 중요하지 않았다. 마지막 발악을 하듯 자신의 것을 빼앗기지 않기 위해 그녀는 눈에 불을 켜고 달려들었다.

"웃기지 마. ……내 꺼야. 다 내가 할 거야. 그러니 넌, 손 떼."

"당장 나가도록 해. 지금 여기가 어디라고 생각하는 거야?"

지유는 이성을 잃고 눈을 번뜩이는 민혜를 혐오와 경멸을 담은 눈으로 지그시 바라보며 작게 말을 꺼냈다. 그만하라는 경고의 메시지도 함께 담아…….

"못 해. 그러니 이 일 나한테 넘겨."

"정신 차리고 나가라고 했다."

"싫어. 안 해. 지금 이 자리에서 분명하게 말해. 내 일에 간섭하지 않겠다고, 말하라고."

지유는 작게 한숨을 쉬고 눈을 꼭 감았다가 떴다. 천천히 자리에서 일어나 문을 향해 걸어가 손잡이를 힘껏 잡아 문을 열었다.

"나가."

"내 말 못 들었니? 확실하게 하기 전엔 안 나간다고 했지."

안하무인. 단순무식. 딱 그 말이 맞는 아이였다. 그녀는 앞뒤 분간 못 하고 날뛰는 망나니를 노려보며 입술을 깨물었다. 열린 문틈으로 날카로운 목소리를 들은 비서실 직원들이 불안한 듯 눈동자를 굴렸다. 무작정 밀고 들어가는 민혜를 잡지 못한 실책 때문에 노심초사하는 모습으로 두 사람을 관찰했다.

"후우."

그녀는 깊은 한숨을 내쉬고 조용히 문을 닫았다. 류 교수와 효건을 향해 미안한 표정을 지은 지유가 민혜에게 한 걸음 다가섰다.

"확실한 걸 좋아하는구나. 그렇게 확실한 걸 좋아하는 김민혜 대리는 이야기를 나눌 때와 장소는 구분하지 못하는가 봐. 좋겠어. 앞뒤 구분 못 하고 기분 내키는 대로 살아서……. 나도 너처럼 생각 없이 살아 봤으면 좋겠다.”

지유의 작지만 냉기가 뚝뚝 떨어지는 말투에 민혜는 오만 정이 다 떨어져 나간 듯 치를 떨었다. 그녀는 민혜의 태도에 아랑곳하지 않고 분명한 어조로 경고의 말을 뱉었다.

“여기서 계속 소란 떨면 그나마 붙어 있는 그 자리마저 위태롭다고 생각하지 않아? 지금 누구 때문에 귀찮은 업무 떠맡은 건지 분간이 안 되니? 네가 업체 선정만 제대로 했어도, 관리만 제대로 했어도 하지 않아도 될 일이야. 모르겠니? 네가 강력하게 추천해서 선정한 업체가 어떤 나무를 납품했는지 보고도 몰라? 친환경 아파트라고 대대적으로 광고한 곳에 다 죽어 가는 나무를 형식적으로 심어 놨어. 거기에 파생되는 문제가 한두 가지일 거라 생각해? 소리 없이 네 잘못을 덮으려 노력하는 사람한테, 뭐? 네 일? 손 떼라고? 그런 말이 어디서 나와? 감히 어딜 쫓아와서 패악질이야? 당장 나가. 그나마 회사에 털끝 하나라도 걸치고 있고 싶으면 조용히 입 다물고 죽은 듯 찌그러져 있어.”

“…….”

서슬 퍼런 지유의 눈빛에 기가 죽은 민혜가 분한 듯 입술을 깨물었다. 화는 나지만 반박의 말 한 마디 할 수가 없었다. 이를 악물고 이야기하는 지유의 말이 모두 사실이기에 대꾸를 하지 못했다.

“……안 나가고 뭐해?”

“두고 봐. 분명 후회할 날이 올 거야.”

“그런 쓸데없는 말 말고는 다른 할 말은 없어요? 김민혜 대리?”

민혜는 가슴을 들썩이며 지유를 노려보다 신경질적으로 문을 열고 밖으로 나갔다. 그 뒷모습을 잠시 노려보던 지유가 거친 숨을 들이켜고 눈을 몇 번 깜박이며 돌아서 어색한 미소를 지었다.

"죄송합니다. 못 볼꼴을 보여 드렸네요."

"우린 괜찮다. 그런데 혹시 저 애, 민혜 아니냐?"

"……네."

"그렇구나."

류 교수는 차마 말을 잇지 못하고 그저 고개를 주억거렸다. 아무리 친자매가 아니라 하더라도, 그래도 언니인데…… 손윗사람을 대하는 태도가 말을 잃게 만들었다. 더구나 집도 아닌 회사에서 상사를 대하는 행태를 보니 평소의 민혜 모습이 어떨지 그림이 그려졌다.

"이제 보니 실장님은 책임감이 강하신 분이군요. 제가 오해를 했네요. 죄송합니다. 제대로 된 업체 선정과 관리를 위해 최선을 다하시는 분이시니 저희 수목원에 오셔서 나무 상태가 어떤지 직접 확인하실 거라 기대해도 되겠죠?"

"……?"

그녀는 갑작스런 효건의 질문에 마른침을 삼켰다. 업체 선정과 관리를 제대로 하지 않았다고 민혜를 다그쳤으니, 그녀도 책임을 지는 차원에서 직접 오라는 말이었다. 때를 놓치지 않고 달려드는 효건을 보니 실소가 터질 지경이었다.

"식사라도 함께하자고 하고 싶은데, 분위기가 이래서 조금 그렇군요."

자신의 말에 대답 없는 그녀를 잠시 살펴보다 자리에서 일어서자 류 교수도 덩달아 자리에서 일어섰다.

"그래. 우리 이만 가자."

“……죄송해요.”

“아니다. 우린 신경 쓰지 마라.”

“그럼, 연락드릴게요. 살펴 가세요.”

“그래, 바쁜 사람 너무 오래 잡고 있었구나. 수고해라.”

류 교수는 지유의 어깨를 다독이고 밖으로 나갔다. 잠시 그녀를 물끄러미 바라보던 그도 아무 말 없이 류 교수의 뒤를 따랐다.

그녀는 뭔가 말을 하려 입을 달싹이다 이내 닫아 버렸다. 그리곤 아무 말 없이 그냥 나가는 그의 등을 원망스러운 눈으로 바라보았다. 진짜 어제 그 남자와 동일인인지 의심스러울 정도였다. 그녀를 대하는 태도가 어제의 그와 오늘의 그는 너무도 달랐다.

“아까 그 여자는 누굽니까?”

효건이 엘리베이터 앞에서 류 교수에게 질문을 던졌다.

“지유 의붓동생.”

류 교수의 건조한 말 몇 마디에 그의 입매가 미세하게 비틀렸다.

날을 세운 지유를 보는 것은 처음이었다. 수목원에 왔을 때 조금 까칠하고 사람을 곁에 두려 하지 않는 모습을 보긴 했어도 이 정도로 공격적인 모습은 아니었다. 냉기 가득한 날카로운 눈빛은 사람 기죽이기에 딱이었다. 그녀의 온몸에서 뿜어져 나오는 주위를 압도하는 위압감에 팔에 소름이 돋았다.

도대체 어떤 삶을 살았던 건지……. 언니를 우습게 아는 동생을 보니 그녀가 안쓰러워지기까지 했다. 그래서 벗어나고 싶었던 걸까? 지독하리만치 말을 아끼던 그녀가 불편하고 괴로운 곳으로 다시 돌아가 제대로 된 삶을 살았을지 생각만으로도 가슴이 묵직해졌다.

그녀에 관해 많은 것을 알고 싶고, 그녀를 위로해 주고 싶었지만 지금은 아니었다. 그녀에게 시간을 줘야 했다. 그녀 스스로 그에게 다가올 시간을……. 그녀가 그에게 오는 순간 모든 아픔을 잊을 수 있게 꽉 안아 주리라 다짐했다.

"실장님, 나무동산 서효건 대표께서 찾아오셨습니다."

지유는 인터폰이 울리고 들려온 비서의 말에 눈이 휘둥그레졌다.

"누구요?"

"나무동산 서효건 대표……."

"아! 들어오시라 하세요."

전혀 예상치 못한 상황에 그녀의 심장이 빠르게 뛰었다. 자리에서 천천히 몸을 일으켜 그를 맞이하는 그녀의 두 다리가 후들거렸다. 그를 다시 만나야겠다는 생각을 하긴 했지만 막상 그것이 현실이 되자 당혹감이 그녀를 덮쳐 왔다. 문이 열리고 손에 커다란 상자 하나를 든 그가 모습을 드러내었다. 일주일 만이었다.

"……어쩐 일이세요? 오늘 약속이 잡혀 있던가요?"

"아니요. 전해 드릴 것이 있어서 잠시 들렀습니다. 혹시 업무에 방해가 되었나요?"

"그건 아니에요. 일단 앉으세요."

지유는 그에게 의자를 권하고 맞은편에 자리를 잡았다. 문이 열리고 비서가 차를 내올 때까지 두 사람 사이에 정적이 흘렀다. 그를 다시 만나게 된다면 물어야지 했던 것들이 하나도 떠오르지 않았다. 말없이 두 사람은 그렇게 같은 공간에서 서로의 존재를 느끼고 있었다.

혼란스런 지유의 머리가 의문으로 가득 차 터지기 일보 직전에 노크 소리가 들리고 차가 담긴 쟁반을 든 비서가 들어섰다.

“애플민트차네요. 고마워요.”

비서를 향해 작게 고개를 끄덕인 지유가 효건에게 차를 권했다.

“드세요.”

“지난번에 봤을 때도 그랬는데, 허브차를 좋아하시나 봅니다.”

“네. 향기도 좋고 여러 가지 효능이 많아서 마실수록 좋다는 생각이 들어요. 이 애플민트차만 해도 소화에도 좋고 비타민이 풍부해 감기 예방에 좋거든요.”

지유와 효건은 정작 하고픈 말은 뒤로 감춰 놓은 채로 형식적인 말을 주고받았다.

그녀의 입가에 걸려 있는 작은 미소를 보니 예전 수목원에서 만개한 허브꽃을 보며 짓던 미소가 떠올라 그의 얼굴이 아련하게 바뀌었다. 그리웠다. 예전의 그녀가…… 그를 향해 조그맣게 웃어 주던 모습이 너무나 보고팠다. 당장이라도 그녀에게 묻고 싶었다. 나를 모르느냐고…… 작은 기억도 떠오르지 않느냐고…….

잠시 정적이 흐르고 효건은 헛기침을 하며 목을 가다듬었다. 이대로 계속 있다간 지유를 쳐다보며 넋을 놓을 것만 같아 특별할 것이 없는 질문을 던졌다.

“실사 일정은 아직 잡히지 않았습니까?”

“네. 제가 당분간은 조금 바빠요. 급하게 처리해야 할 일이 있어서 시간 내기가 어렵네요.”

“그렇군요.”

효건은 가볍게 고개를 끄덕이고 지유의 눈을 빤히 들여다보았다. 동공이 활짝 열린 검은 눈동자가 똑바로 그에게 향해 있었고, 살짝 붉어진 뺨이 그녀의 어색함을 대신하고 있었다.

“제게 줄 것이 있어 찾아오셨다고요?”

"네. 별 건 아닌데……."

뒷말을 흐린 효건은 상자를 열고 그 안에 들어 있던 화분 두 개를 꺼내 테이블에 올려놓았다. 생각외의 물건을 보는 지유의 얼굴에 의문이 가득했다.

"이게……."

"공기 정화에 좋은 식물들인데 선물로 드리고 싶었어요."

화분을 쳐다보는 그의 얼굴이 묘하게 바뀌었다. 기대와 설렘, 아픔과 허무가 공존하는 것과 같이 복잡하기만 했다. 그 복잡 미묘한 감정 아래 숨어 있는 짙은 그리움이 그녀의 손에 잡힐 듯 다가왔다.

"잘 봐 달라는 청탁성 뇌물은 아닌 것 같고……. 색이 참 곱네요."

"그렇죠?"

효건은 붉은 꽃잎을 손으로 쓸어내리며 살짝 미소 짓는 지유를 보며 그녀의 말에 동조했다. 그녀의 손길 아래 놓여 있는 것이 꽃잎이 아니라 저였으면 하는 생각이 들었다.

"이쪽 건 율마라고 알려진 골드크리스트 윌마의 개량종이고, 이건 아젤리아라는 식물의 개량종이에요. 둘 다 신종이죠. ……율마 신종은 이름이 있는데 이쪽 아젤리아 신종은 아직 이름을 못 붙였어요."

"……?"

효건은 화분을 차례대로 가리키며 말을 이었다.

지유는 낮게 가라앉은 그의 목소리를 들으며 미세하게 눈매를 좁혔다. 뭔가를 추억하는 듯한 그의 모습을 보고 있자니 심장이 죄어 오기 시작했다.

"기억을 잃었다면서요?"

그는 화분에서 눈을 떼고 복잡 미묘한 눈길로 그녀를 응시하며 나지막이 물었다. 그 말을 하는 그가 너무 아파 보여 지유는 숨이 막히는 느낌이었다.

"……류 교수님께 들으셨나요?"

"네."

"…….."

지유의 입이 굳게 닫혔다. 순간적으로 뭐라 대답해야 하나 싶었다. 그가 자신의 사라진 시간에 대해 알고 있는지가 궁금하면서도 사실 여부를 확인하려니 긴장이 되었다. 뭐라 말해야 할지 갈피를 잡고 못하고 머뭇거리는 와중에 그가 다시 질문을 던졌다.

"기억나는 게 전혀 없습니까?"

"아쉽게도요."

"그렇군요."

그녀를 똑바로 쳐다보는 그의 시선이 흔들렸다. 그녀는 서운함, 아쉬움, 허무함…… 약간의 씁쓸함이 느껴지는 그의 표정을 보고 있다 마음을 정하고 빠르게 말을 쏟아 내었다.

"호텔에서 처음 마주쳤을 때, 내게 한 말을 기억해요? 류 교수님과 함께 이곳에 오기 전부터 날 알고 있는 게 맞아요? 당신 말이 사실이라면 나와 서효건 씨는 어떤 사이였죠? 도대체 내게 무슨 일이 있었던 건지 얘기해 줄 수 있어요?"

가슴을 들썩이며 그의 대답을 기다리고 있는 지유의 얼굴 가득히 간절함이 담겨 있었다.

"맞아요. 호텔에서 마주치기 전부터 당신을 알고 있었어요. 당신의 기억에서 사라진 시간 동안 나와 함께 있었던 것도 맞아요. ……그런데 내가 당신에게 해 줄 수 있는 말은 이것밖에 없어요. 나머지는 당

신이 직접 생각해 내요. 나와 어떤 관계였는지, 무슨 일이 벌어졌놓
지 하는 것들⋯⋯.”

“⋯⋯왜? 솔직하게 이야기해 주지 않는 거죠? 당신은 내가 과거
를 기억해 내지 말았으면 하나요? 뭔가 감추고 싶은 게 있나요?”

지유는 효건을 이해할 수가 없었다. 그녀의 사라진 시간을 알고
있다면서 왜 이야기해 주지 않는지 도무지 알 수가 없었다. 그는 자
신만큼 간절하지 않은 걸까? 과거를 아는 사람을 만나면 모든 것이
해결될 거라 생각했던 것이 바람에 불과했나?

“아니요. 그건 아니에요. 나만큼 당신의 기억이 돌아오기를 간절
히 원하는 사람도 없을 겁니다. 하지만 내가 지금까지 알고 있는 것
을 당신에게 이야기한다 해도 그 말을 믿을 수 있어요? 아무런 의심
없이 내 말이 진실이라고 받아들일 수 있어요? ⋯⋯난, 지유 씨가
스스로 나를 찾아와 줬으면 해요. 그래서 어떤 일이 생기더라도 나
를 믿고 의지하면서 두 번 다시 흔들리지 않았으면 해요.”

“⋯⋯.”

“기다릴게요. 지금처럼 그 자리에서⋯⋯.”

그녀는 뜻 모를 말을 하는 그를 뚫어지게 바라보았다. 허탈했다.
혼란만 커졌다. 과거에 그를 믿지 못했나? 어떤 의미일까? 그러면서
도 그녀를 기다리겠다는 그의 말이 커다랗게 다가왔다. 그런데⋯⋯
그의 말에 수긍할 수가 없었다. 거부의 뜻으로 작게 도리질 치는 그
녀를 아련한 눈으로 바라보던 그가 느릿하게 자리에서 일어났다.

“바쁜데 시간을 너무 많이 뺏었네요. 그럼, 전 이만 가 보겠습니
다.”

지유는 자리에서 일어나 살며시 고개를 숙여 인사를 건넨 효건이
사무실을 나가는 모습을 멍하니 쳐다보았다. 그녀를 잔뜩 흔들어 놓

은 채로 무심하게 나서는 그를 잡을 수가 없었다. 묻고 싶은 것은 많은데 쉽사리 입이 열리지가 않았다. 그저 머릿속에 맴도는 말이라곤 왜?…… 라는 말뿐이었다.

지유는 혼란스러운 머릿속을 정리하기 위해 눈을 감았다.

일주일 전 그는 류 교수가 함께한 자리여서 그런지 그녀에게 별다른 말을 하지 않고 돌아갔다. 그가 다시 그녀를 찾을지도 모른다는 생각을 하던 차에 그의 방문을 받고 나니 올 것이 왔다는 생각이 가장 먼저 들었다.

둘만 있는 자리기에 그녀에게 자신을 기억해 내라고 다그치지 않을까 걱정했던 것이 머쓱할 지경이었다. 그는 과거의 일을 이야기하려 하지 않았다. 당연히 그가 말할 거라 생각했던 그녀가 이상한 사람이 되어 버린 것만 같았다.

지유는 가볍게 코웃음을 쳤다. 지금도 머릿속이 암흑에 싸여 있는데 도대체 뭘 기억해 내서 그를 찾으라는 소린지. 그녀는 그가 나가고 난 뒤 적막한 공간에서 한참을 오도카니 앉아 있었다. 그러다 흐트러지는 마음을 다잡고 그가 두고 간 화분에 시선을 주었다. 그가 이름이 있다고 말한 화분을 쳐다보니 작은 푯말이 하나 눈에 띄었다.

[지유1.]

“이게…….”

글씨를 본 지유의 눈동자가 불안하게 흔들렸다. 그녀는 ‘지유1’이라 명명된 화분 옆에 있는 붉은 꽃이 인상적인 식물을 쳐다보며 작게 중얼거렸다. 심장이 불안하게 뛰기 시작했다. 지금 뭘 떠올린 거지…….

“그럼 이쪽은 효건……?”

한국건설 사옥을 나서는 효건의 발걸음은 무겁기만 했다. 그녀를 두고 돌아서자니 깊고 넓은 상실감이 밀려들었다. 차라리 묻지 말아야 했다. 처음 생각대로 그녀가 그를 기억해 낼 때까지 기다렸어야 했다. 아직은 아니라는 걸 아는데도 쉽지가 않았다. 당장이라도 그녀의 손을 끌고 함께 가자 말하고 싶었다. 그래서 물었다. 뭔가 기억나는 것이 있는지…… 허탈했다. 아무것도 떠오르는 것이 없다는 그녀의 답을 들으니 서럽기까지 했다.

"아직은 아니지? 당신을 좀 더 기다려야 하는 거지?"

그는 뒤돌아서 아쉬움이 뚝뚝 묻어나는 눈길로 그녀가 있는 건물을 올려다보았다. 떨어지지 않는 걸음을 힘겹게 이끌고 느릿하게 움직였다.

그가 이름을 가지지 못했다고 이야기했던 아젤리아는 공기 정화 능력과 화려한 색의 꽃이 아름다운 품종이었다. 여러 가지 변종과 다양한 색상을 가진 아젤리아가 개발되었지만 고온기에 뿌리가 썩는 근부병에 걸리기 쉬운 단점이 있어 그것을 보완해 병충해에 강한 품종으로 키워 볼 생각을 했고, 지유가 원하는 대로 '효건'이라 이름 붙였다.

그가 아젤리아를 선택한 이유는 지유가 예쁜 색의 꽃을 보며 자주 그를 떠올려 줬으면 하는 소박한 바람에서였다. 그의 희망처럼 그녀가 틈나는 대로 '효건'을 들여다보고 잘 자라고 있는지 확인했으면 했다. 더불어 '효건'은 그녀가 신경 쓰겠다고 했던 약속을 기억해 내길 바라는 간절함도 포함되어 있었다.

"빨리 좀 기억해 줘. 나를……."

지유에게는 스스로 기억을 되찾아 돌아와 달라고 말은 했지만 무작정 손을 놓고 있을 생각은 아니었다. 그녀를 직접 봐야만 안심이 되는 그의 심장을 위해서라도 최대한 자주, 그리고 많이 그녀를 찾을 계획이었지만 뜻대로 될지 지금으로서는 알 수 없었다.

효건은 그녀를 곁에 두고 싶어서 조급해지는 마음을 살살 달래며 미련이 잔뜩 담긴 걸음을 떼었다.

"이번 저희 한국건설에서 책임 경영 정착과 함께 글로벌 영업을 강화하고 신사업 개척에 박차를 가하기 위해 조직 개편을 단행하였습니다. 기존 사업부 체제를 유지하면서 업무가 중첩되는 영역은 단일화했습니다. 또한 해외영업, 플랜트 및 투자전략 등 미래성장사업 발굴을 위한 조직을 마련하였습니다. 이에 해외 사업 총괄과 국내 사업 총괄, 경영 지원 총괄 등 3개의 총괄 체제로 재편되었습니다."

회의실을 가득 메운 사람들의 긴장감 넘치는 표정과 달리 지유는 무덤덤한 얼굴로 전방을 주시했다.

"우선 해외 사업 수주의 비중을 높이고 해외 사업 지속 확대, 국외 플랜트 사업 부문 역량 강화에 힘써 주실 해외 사업부는 현재 플랜트 사업부를 맡고 계신 고현수 부장이, 국내 주택 경기 불황 여파에서 벗어나기 위해 단순한 주택 사업에서 탈피, 도심 개발 및 신사업 개척, 해외 사업 지원 업무가 추가된 국내 사업부에는 그간 기획부를 이끌어오던 김지유 실장을 부사장으로 승진 발령하였습니다. 품질안전실을 CEO 직속으로 올렸고, 경영기획부와 경영관리부를 경영지원부로 일원화했습니다. 경영지원부는 이문용 관리부장이 발령되었습니다."

한국건설 설립 50주년을 맞이해서 파격적인 인사 개편이 이루어졌다. 또한 지유의 부사장 승진으로 후계 구도를 확실히 하려는 움직임이 엿보였다.

개편 발표 후 지유를 향해 축하의 인사말이 쏟아졌다. 이에 형식적인 미소를 머금은 그녀는 작게 고개를 숙여 화답을 했다.

"잘해 봐."

김 사장이 지유의 어깨를 격려하듯 두드리고 대회의실을 빠져나갔다. 하지만 지금 지유의 머릿속엔 서효건이라는 낯선 남자의 모습이 진득하니 달라붙어 있는 상태였기에 승진 소식이 반갑지만은 않았다. 그녀는 여러 사람의 축하 인사에 형식적으로 고개를 숙이고 서둘러 대회의실을 벗어났다.

현재 그녀의 가장 큰 관심사는 서효건 그였다. 두 번째 만났을 때 그와 좀 더 이야기를 나눠 볼 시간적 여유가 있었으면 좋았겠지만, 갑자기 들이닥친 민혜로 인해 쫓기듯 사무실을 나서는 사람을 붙잡을 정신이 없었다. 예상도 못 한 세 번째 만남엔 화분 두 개를 건네주며 스스로 기억을 되찾으라는 말만 했다. 선문답처럼 이루어진 그와의 대화는 그녀의 혼란만 가중시키는 꼴이 되었다.

그녀는 초조함에 입술을 깨물었다. 기억에서 사라져 버린 시간을 되찾으려는 노력을 하면서도 막상 그 과거를 마주할 준비가 덜 되어 있는 건 아닌가 하는 생각이 들었다. 자꾸만 조급해지려는 마음과 천천히 생각하자는 마음 사이에서 혼란만 가중되고 있었다.

지유는 잡념을 떨쳐 내듯 세차게 고개를 저었다. 그의 말이 진실이든 아니든 그가 자꾸만 신경 쓰이는 것은 사실이었고, 어찌 되었건 간에 그가 운영한다는 수목원을 방문해야 한다는 것은 분명했다.

"아아악, 김지유, 김지유. 김지유. 헉. 헉."

민혜는 지유의 승진 소식을 듣자 분을 참지 못하고 이를 갈았다.

지유가 눈앞에 있다면 잡아먹기라도 할 듯 커다랗게 소리를 지른 그녀가 가슴을 들썩이며 심호흡을 했다. 회의실을 나서는 지유의 뒷모습을 노려보다 힘겹게 걸음을 옮겨야만 했다. 죽어도 따라가지 못하는 건가? 어떻게 하면 지유의 코를 납작하게 해 줄 수가 있는 걸까? 자존심이 상했다. 김지유에 비해 보잘것없는 자신이 너무 싫어서…… 지유만 눌러 버릴 수 있다면 무슨 일이라도 할 수 있을 것만 같았다.

옥상 정원의 한쪽 구석에서 거칠어진 호흡을 가다듬으려 이를 악문 민혜의 머리가 빠르게 돌아가고 있었다. 허공을 노려보는 그녀의 눈빛이 차갑게 번뜩였다. 이대로 밀려날 수는 없었다. 지유에게 커다란 한 방을 날릴 수 있는 일을 찾아봐야겠다고 마음먹었다.

12.
지난 시간과 마주하기

"휴우."

다섯 조경업체의 서류를 받아 사전 검토를 한 끝에 효건의 나무동산과 세원조경 두 곳으로 압축되었다. 생각보다 탄탄하고 내실 있는 경영을 한 나무동산이 조금 더 우위를 차지하고 있었지만 확실한 결정은 두 곳 다 가 보고 나서 하기로 내부 방침을 정했다. 어제 세원조경을 다녀왔고, 이제 나무동산 차례였다.

똑. 똑.

지유의 손가락이 규칙적으로 책상을 두드렸다. 효건이 그녀에게 화분을 선물하고 돌아간 지 벌써 보름이라는 시간이 흘렀다. 그 시간 동안 그녀는 치열하게 자신의 기억을 더듬었지만 별다른 소득은 없었다. 고작 그가 주고 간 이름 없는 화분이 효건일지도 모른다는 것 정도였다. 흘끔 그가 전해 준 화분에 시선을 주었다가 이내 눈을 돌렸다.

작게 한숨을 내쉰 지유는 그가 자격 심사를 위해 제출한 서류 중 하나에 시선을 두고 뚫어지게 노려보았다. 아무리 응시해도 변하지 않는 글자들. 그녀의 손이 미세하게 떨리고 나무동산의 사업자등록증 사본에 인쇄된 주소가 아프게 눈에 와 박혔다.

그녀가 지난 시간을 되짚기 위해 자주 찾아갔던 장소와 인접한 곳. 그렇다면 그의 말이 모두 사실이라는 건데, 그곳에서 무슨 일이 있었던 걸까? 그와 나는 어떤 관계였지? 과거의 일부를 찾게 되면 벼락이라도 맞은 것처럼 한순간에 기억이 돌아오리라 예상했던 것과 너무도 달랐다. 머리가 터지게 고민을 하고 기억을 더듬어도 여전히 그녀의 머릿속은 어두운 안개에 싸여 있었다.

그녀는 한 손으로 턱을 괴고 눈앞에 놓인 명함을 뚫어지게 바라보며 마른 입술을 축였다. 효건의 명함을 바라보는 그녀의 표정엔 비장함마저 감돌았다. 더 이상 미룰 수는 없었다. 어찌 되었건 과거의 편린들과 마주해야 할 때였다.

만나야 하는데…… 꼭 만나서 이야기를 듣고 눈으로 확인해 봐야 하는데……. 수화기를 든 손이 잘게 떨렸다. 피를 말리는 신호음이 길게 이어졌다. 터질 듯 빠르게 뛰는 심장박동으로 인해 호흡마저 거칠어졌다.

―여보세요.

"……한국건설 김지웁니다."

―아!

그의 입에서 작은 탄성이 쏟아졌다. 왠지 반가워하는 느낌이 든 것은 착각일까?

"말씀하신 대로 실사를 하기로 했어요. 언제쯤 시간이 되시나요?"

―이왕 하는 거면 빠른 게 좋지 않을까요?

"네, 그게 좋겠네요. 그럼, 내일은 제가 안 되고 모레 방문하는 걸로 하겠습니다."

―데리러 갈게요.

"아니에요. 번거롭게 그러실 필요 없어요."

―갑니다. 모레 오전에 찾아뵙겠습니다.

고집스런 그의 음성이 그녀의 귓속을 간질였다.

그의 입술이 그녀의 귓불을 핥아 올리고 점점 아래로 향해 목을 지나 쇄골에 깊은 입맞춤을 했다. 조금 더 아래로 향하는 그의 검은 머리를 열기에 싸인 눈으로 지그시 응시했다. 안타깝고 애달프다. 아쉽고 허전하다. 조금 더 가까이 효건을 느끼기 위해 그의 머리를 가슴으로 당겨 안았다.

―……여보세요?

대답이 없는 것을 이상하게 느꼈는지 그의 음성이 조금 높아졌다.

"혁."

그녀는 갑자기 들려온 그의 목소리에 화들짝 놀라 환상에라도 빠진 듯한 몽롱함에서 깨어났다.

―어디 안 좋으십니까?

그녀는 걱정 가득한 그의 물음에 아니라는 말로 얼버무리며 서둘러 전화를 끊었다. 지유는 붉어진 뺨을 두 손으로 감쌌다. 민망함에 몸 둘 바를 몰랐다. 도대체 뭘 한 거니? 무슨 상상을 한 거니? 사실처럼 너무나 생생한 장면이 떠올라 얼굴이 화끈거렸다. 마치 그의 입술이 실제로 그녀에게 와 닿은 느낌이었다. 혹시 지금 그녀가 떠올린 것이 상상이 아니라 잃어버린 기억 속에 있었던 일이라면…….
갖가지 감정들이 뒤엉켜 혼란스러웠다. 무엇이 상상이고 무엇이 과거의 기억인지 헷갈렸다.

솔직히 그녀는 그가 했던 말 모두를 믿고 싶었다. 그녀의 기억에서 사라진 시간 동안 함께하고 있다고…… 그 1년이 넘는 시간을 찾을 수 있기를 진심으로 바랐다.

"여기서 잠시 기다리세요. 부사장님께선 아직 회의가 덜 끝나셨어요."

"네."

이틀 후 효건은 소회의실로 안내를 받았다. 지난번에 왔을 땐 그녀의 직책이 실장이었던 걸로 기억하는데 그새 승진을 한 모양이었다. 부사장이라는 말에 그가 의아한 눈을 하자 비서실 직원이 간단하게 설명을 해 주었다.

"얼마 전에 승진하셨어요. 국내 사업을 책임지는 자리로요."

"그렇군요."

그는 고개를 끄덕이며 평온함을 가장했다. 왠지 모르게 그녀와의 거리가 점점 멀어지는 것만 같아 기분이 좋지 않았다.

솔직히 그는 지유에게 화분을 전해 준 다음에 어떤 연락이라도 있지 않을까 기대를 했었다. 조금이라도 그를 떠올리는 계기가 되었으면 하는 바람이었지만 그녀에게선 아무런 연락도 없었다.

기대가 컸던 만큼 실망 또한 컸고, 조금은 의기소침해질 무렵 그녀의 전화를 받았다. 휴대폰에 뜨는 그녀의 번호를 보고 떨리는 가슴을 진정시키기 위해 몇 번의 심호흡을 했어야만 했다. 수화기를 통해 들려오는 그녀의 목소리를 확인하자 그의 떨림은 극에 달했다. 차분하고 예의 바른 고운 목소리…… 목소리나마 오래도록 듣고 싶었지만 그녀는 그의 바람을 들어주지 않았다. 통화를 하다 서둘러 전화를 끊는 그녀에게 혹시라도 무슨 일이 생긴 건 아닌가 하는 걱정으로 일이 손에 잡히지 않았다. 오늘 아침 일찍 그녀에게 온 이유도 그의 눈으로 똑똑히 확인하고 싶은 마음 때문이었다. 그런데 그녀는 그와의 거리를 더욱 벌리며 자신의 자리를 확고히 잡아 가고 있었다.

그녀를 기다리고 있는 회의실이 좁게 느껴졌다. 탁 트인 곳에서 주로 생활하다 사방이 막힌 공간에 들어와 있자 숨이 막혔다. 그는 삭막하게 보이는 흰색의 벽들이 조금씩 다가오는 느낌이 들어 눈을 내리깔며 딴생각을 하려고 애를 썼다.

'언제 오는 거지? 오래 걸리려나……'

지유를 기다리는 시간이 지루하리만치 더디게 흐르고 있었다.

그는 그녀가 직접 수목원으로 온다는 것을 말리고, 데리러 온다며 일부러 고집을 부렸다. 그녀가 수목원으로 오는 길이 외롭지 않았으면 하는 바람이 들었다. 그가 직접 그녀를 그곳으로 데리고 가고 싶었다. 가는 동안 이야기를 나눌 수도 있고, 조금이라도 많은 시간을 그녀와 함께하고 싶은 욕심이 생겨 고집을 부렸다. 하지만 막상 와 보니 가슴이 답답해졌다. 그녀가 수월하게 기억을 찾으면 좋겠지만 수목원에 가서도 별 차도가 보이지 않으면 어쩌나 하는 걱정이 뒤늦게 들기 시작했다.

효건은 잠시 주위를 둘러보다가 문을 열고 밖으로 나갔다. 바람이라도 쐐야 할 것 같았다.

회의가 생각보다 길어졌다.

지유는 급한 걸음으로 가방을 챙겨 그가 기다리고 있다는 소회의실로 향했다. 그가 도착했다는 말만으로도 묘한 흥분이 밀려왔다.

그에게 묻고 싶은 게 많았다. 그녀의 질문에 그가 솔직하게 이야기를 해 줄까? 그의 말을 어디까지 믿을 수 있을까? 소회의실까지의 거리가 멀게만 느껴졌다.

'어딜 갔지?'

그가 없다. 떨리는 마음을 억누르며 회의실 문을 열었지만 그는 보이지 않았다. 그의 사연 많은 눈동자를 마주할 거라는 예상과는 달리 아무것도 없는 휑한 공간이 그녀를 반겼다. 그녀는 순간 다리에 힘이 풀려 휘청거렸다. 가슴속으로 찬바람이 몰아쳤다. 그를 마주하면 어떤 얼굴을 해야 할까 걱정했던 것이 우스울 정도였다.

그녀가 천천히 주위를 둘러보자 회의 테이블 위에는 그의 것이 분명한 휴대전화와 노트북 가방, 다이어리가 놓여 있었다. 멀리 가지 않았구나. 다행이다. 그녀는 미세하게 흔들리는 눈을 꼭 감았다. 그의 물건을 확인하자 요란하게 뛰던 심장이 평온해졌다.

Rrrrr. Rrrrr.

그의 휴대전화가 요란하게 울리기 시작했다. 깜짝 놀란 그녀가 전화로 손을 뻗었지만 차마 받을 수는 없었다. 개인적인 전화인지도 모르는데, 함부로 받아서는 안 된다는 생각이 들어 손을 거둬들였다. 한참을 울던 전화벨 소리가 끊겼다. 급한 일이 있으면 다시 하겠지 하는 생각을 하던 차에 다시 한 번 벨이 울리기 시작했다.

'급한 일인가?'

영상통화. 조심스럽게 그의 전화를 받아 통화 버튼을 누르자 영상통화가 연결되었다. 화면 한쪽을 가득 메우고 있는 환하게 웃는 여자아이의 모습이 눈에 들어왔다. 잠시 그녀를 바라보던 아이의 고개가 옆으로 갸우뚱해졌다.

—엄마? 엄마아.

“…….”

높고 경쾌한 아이의 목소리가 들려왔다. 엄마? 손이 떨렸다. 지유
는 아이 입에서 나온 엄마라는 소리에 민감하게 반응했다. 경악으로
커다랗게 열린 눈을 한 채로 화면에서 시선을 떼지 못했다.

—하무니, 엄마 이떠.

그녀가 아무런 대꾸도 하지 않자 아이는 누군가를 향해 커다란
소리를 내었다. 꺅꺅거리는 아이의 머리 위로 중년 여자의 얼굴이
비쳤다.

—효주?

“?”

—효, 효주야, 어디야? ……빨리 와. ……왜 안 와?

그녀는 반가운 듯 울먹이는 중년 여자의 모습을 넋을 잃고 바라
보았다. 입이 풀칠이라도 한 듯 열리지가 않았다. 아이는 엄마를 부
르고, 어딘가 모르게 낯익은 여자는 효주라는 이름을 계속해서 불렀
다. 아이의 엄마 이름이 효주인 모양이었다. 이상하리만치 익숙한
이름이었지만 그게 다였다. 어디서 그 이름을 들었는지 곰곰이 생각
할 여유가 그녀에겐 없었다.

아이, 아이라니…….

‘그럼 나는? 그가 한 말은 뭐지? 내가 아이의 엄마와 많이 닮은
걸까? 집 나간 마누라 운운하던 그 말은 무슨 뜻이었지?’

정신이 없는 외중에도 화면 속 사람들은 시끄러울 정도로 떠들어
댔다. 넋을 놓고 화면을 응시하던 지유의 눈동자가 불안하게 흔들렸
다. 휴대폰을 든 손이 부들부들 떨려 왔다. 이성이라는 것이 순식간
에 사라져 버리고 혼돈만이 남았다.

효주라는 이름을 가진 아이 엄마가 버젓이 있음에도 그녀에게 접

근한 다른 이유가 있었던 걸까? 그가 무슨 의도로 그녀에게 접근한 건지 알 수가 없었다. 혹시 그녀의 기억이 사라진 걸 안 그가 계획적으로 접근한 건가? 그가 한 말이 모두 거짓이었나? 의심이 꼬리에 꼬리를 물고 이어졌다. 기분이 나빴다. 그가 자신을 이용한 건지도 모른다는 생각이 들자 점점 화가 나기 시작했다.

지유는 그들의 부름에 아무런 대꾸도 하지 않고 전화를 끊어 버렸다. 다시 전화벨이 울렸지만 끝끝내 받지 않았다.

그녀는 창가에 서서 빠르게 움직이는 자동차의 행렬에 시선을 던졌다. 그가 기다리고 있는 회의실로 올 때만 해도 기대감으로 빠르게 뛰었던 심장이 지금은 다른 이유로 빠르게 뛰었다.

'내가 모르는 뭔가가 있는 걸까?'

선명하지 않은 기억 사이에서 무언가를 끄집어내려 애를 써 봐도 손에 잡히는 것은 없었다. 그가 그녀를 속인 건지도 모른다는 생각과 그럴 리가 없다는 생각 사이에서 혼란만 커져 갔다.

달깍.

문이 열리고 그가 들어왔다. 뒤를 돌아보지 않더라도 그의 시선이 오로지 그녀에게 향해 있다는 것이 느껴졌다.

"오래 기다렸어요?"

친근한 그의 목소리가 유난히 거슬렸다.

"가죠."

지유는 테이블 위에 놓아둔 자신의 가방을 집어 들고 그대로 문으로 향했다. 차마 그의 얼굴을 마주 보고 싶은 기분이 들지 않아 그가 있는 쪽으로는 고개도 돌리지 않았다.

효건이 그의 곁을 스쳐 지나는 지유의 팔을 잡아 세웠다. 이상하게 날을 세우는 것이 뭔가 못마땅하고 신경이 쓰였다. 그녀를 만나러 오기까지의 시간이 얼마나 길게 느껴졌는지 이 여잔 모른다. 반가운 얼굴로 맞아 주지는 못할망정 냉정한 태도로 일관하자 울컥하고 서운함이 치밀어 올랐다.

"뭡니까? 갑자기 왜 이래요?"

"실사하자면서요? 가자고요."

"뭐야? 도대체 뭣 때문에 이리 화가 난 거야?"

낮은 음성이 그의 입을 타고 흘러나왔다. 귓가에 잔잔하게 맴도는 깊은 울림이 듣기 좋았지만 제 것이 아니라 생각하니 그가 미웠다. 복잡하고 진득한 감정이 그녀의 뇌리와 심장에 똬리를 틀고 앉았다. 무시하자 신경 쓰지 말자고 아무리 되뇌어 봐도 소용이 없었다. 그저 그를 향해 마구 외치고 싶었다. 지금 그녀의 가슴속에 쌓인 화도 풀고 싶었다.

'진짜 나 아는 거 맞아요? 나한테 했던 말이 다 진실이에요? 그럼 그 효주란 여자는 누군데…….'

묘한 질투심이 몽실몽실 피어올랐다. 왜 이리 이 남자에게 신경이 가고 마음이 쓰이는지 미칠 지경이었다. 그녀는 참다못해 그를 향해 따지듯 입을 열었다.

"저한테 왜 이러세요? 내가 화를 내든 말든 무슨 상관이라고…… 밖에서 이러고 다니는 거 부인은 알아요?"

그는 가시가 돋친 그녀의 말에 인상을 썼다. 무슨 말도 안 되는 소리를 하고 있는 건지 이해가 되지 않았다. 부인이라니……. 어이없는 표정으로 그녀를 쳐다보며 나지막이 되물었다.

"무슨 말이야?"

"보아하니 아이까지 있으신 거 같은데, 아이한테 창피할 짓은 하면 안 되는 거 아니에요?"

그녀의 말에 그의 시선이 휴대전화로 향했다. 그녀의 팔을 잡아 끌고 회의 테이블 위에 놓여 있는 자신의 휴대전화를 들어 통화 목록을 확인했다. 어머니의 번호가 찍힌 걸 보니 그가 자리를 비운 사이 전화가 왔던 모양이었다. 도대체 그녀가 무슨 오해를 한 건지 궁금했지만 내색은 하지 않고 다른 질문을 던졌다.

"……그 아이 엄마가 너라면?"

"도대체 무슨 말을 하는 거예요? 내가 아이를 낳았다고요? ……말도 안 돼."

그는 딸아이를 부정하는 지유를 보며 가슴이 찢어지는 느낌이 어떤 것인지 알았다. 아이를 갖고 행복해하며 그 긴 산고의 시간 동안 자신의 손을 꼭 붙잡고 고통을 나눴다. 그렇게 힘겹게 세상에 내어놓은 아이에게 행복한 미소를 지었던 사람이 그 사실을 잊었다는 것이 가슴 아팠다.

"세상엔 말도 안 되는 그런 일이 벌어지기도 해. 그러니 기억해 봐."

그의 차를 타고 수목원으로 향하는 차 안은 고요를 넘어 적막하기만 했다. 각자 생각에 빠진 두 사람의 입은 굳게 닫혀 있었다. 그도 딱히 그녀에게 말을 걸지 않았고, 그녀도 곁에 있는 그를 잊을 정도로 깊은 생각에 빠져 있었다.

빠르게 스치는 바람 소리와 시야 뒤편으로 사라지는 모든 사물이 그녀에겐 아무런 감흥도 주지 못했다. 아무 말도 할 수가 없었다. 자식을 잊어버리는 어미도 있나? 얼핏 본 화면 속의 커다란 눈망울을 가진 아이의 모습이 계속하니 그녀의 마음을 어지럽혔다.

아이라니……. 말이 되지 않았다. 그의 말을 쉽사리 받아들이기가 힘들었다. 갈피를 잡지 못한 생각들이 여러 갈래로 뿌리를 뻗어 가며 머릿속을 어지럽혔다. 그는 스스로 기억해 내라는 말을 하고 입을 다물어 버렸지만 커 가는 궁금증을 묵혀 두지 못했다.

"효주는 누구예요? 아이 엄만가요?"

"……생각나는 게 하나도 없나?"

오랜 침묵 끝에 지유의 입이 열렸다. 효건은 전혀 생각지도 않은 그녀의 질문에 씁쓸함을 느꼈다. 그의 어머니 입을 통해 수없이 들었을 이름. 처음부터 어머니는 그녀를 동생의 이름으로 불렀는데……. 그것도 그녀의 기억 속엔 남아 있지 않았다는 것을 확인하자 가슴이 더욱 답답해졌다. 실망하지 말자고, 천천히 가자고 그렇게 다짐했는데도 불구하고 야속한 마음이 앞서기 시작했다. 그녀를 다그치고 싶었다. 어떻게 그렇게 깨끗하게 잊을 수 있느냐고 원망 어린 말을 쏟아 낼 것 같아 핸들을 잡은 손에 힘을 주었다.

"모든 게 뿌연 안개 속에 싸인 느낌이에요. 바람결에 바스락거리는 나뭇잎 소리가 들려요. 나를 향해 고운 미소를 지어 주는 어떤 분이 있었어요. 그 미소를 보면 가슴이 따스해지고, 아픈 심장을 다독여 주는 것처럼 포근함을 느꼈던 것도 같아요. 그런데 그 얼굴이 생각나지 않아요."

그녀의 작고 차분한 목소리가 그의 가슴속을 파고들었다. 효건은 묻고 싶었다.

'난, 나는 기억나지 않아? 조금도?'

"우린 어떻게 만났나요?"

그녀는 그를 향해 무언가를 확인하려는 듯한 질문을 던졌다. 어떻게든 찾고 싶었다. 잃어버린 기억의 작은 한 조각이라도.

"……주웠지."

"뭐라고요? 주워요?"

그녀는 생각지도 못한 장난스러운 그의 말에 목소리를 높였다.

"그래. 자기가 잠자는 숲 속의 공주라도 된 듯 낙엽 속에 죽은 듯 숨어 있는 걸 주웠어."

그의 입가가 희미한 미소가 걸렸다. 그녀가 삼림욕장에 쓰러져 있던 모습이 생생하게 떠올랐다. 그녀를 처음 품에 안았던 그 느낌이 고스란히 그의 팔과 가슴에 남아 있는 듯했다. 그날부터였을까? 그녀가 그의 마음속에 파고든 것이…….

"근데 왜 자꾸 반말해요?"

지유는 처음엔 깍듯하게 말을 높이던 그가 회의실에서부터 말을 놓기 시작한 게 생각나 따지듯 물었다.

"예전에 네가 내 여자가 된 후로 계속 반말했어. 아! 물론 그것도 잊었겠군."

운전석 쪽으로 몸을 틀고 자신을 바라보는 그녀를 룸미러를 통해 흘끗 쳐다보았다. 조금 전까지 그의 입가에 걸린 미소가 순식간에 사라져 버렸다.

내 여자. 그의 입을 통해 들려온 그 단어를 듣는 순간 심박수가 최대치로 뛰었다. 그녀는 저도 모르게 얼굴이 화끈해지는 느낌에 서둘러 고개를 모로 돌렸다.

끼이익.

그가 차를 고속도로 갓길에 급하게 세웠다. 비상깜박이를 켜고 안전벨트를 푼 그는 그녀를 향해 몸을 돌렸다. 갑작스런 그의 행동에 놀란 그녀가 효건을 의아한 눈으로 바라보았다.

"……왜?"

한 손은 핸들을 잡고 다른 한 손은 그녀가 앉은 보조석의 헤드를 잡은 그가 고개를 돌려 그녀의 입술을 머금었다. 조급하게 굴지 말자던 다짐도 다 소용없었다. 붉어진 그녀의 얼굴이 얼마나 가슴 떨리게 예쁜지, 달싹이는 그녀의 입술이 얼마나 매혹적인지 전혀 모르는 지유에게 화가 났다. 그를 완벽하게 잊은 그녀에게 자신을 각인시키고 싶었다. 이렇게라도 해서 그를 기억하게 할 수만 있다면……

달콤했다. 몇 년 동안 잊으려 애를 썼던 그녀의 보드랍고 향기로운 입술을 마음껏 맛보고 헤집으며 안도감을 느꼈다. 그의 앞에 그녀가 있다. 그녀의 혀를 세차게 빨아 당기다 혀를 밀어 넣었다. 채워지지 않는 강렬한 욕망이 급속도로 커져 갔다. 갖고 싶다. 지유의 안에 자신을 묻고 그녀가 그에게 돌아온 것을 확인하고 싶었다.

그녀의 입술을 잘근잘근 깨물었다. 그의 키스에 응답하며 조금씩 반응을 보이는 그녀가 반가웠다. 혀를 내밀어 부드럽게 그녀의 입술을 핥자 거칠어진 숨결이 느껴졌다. 그는 이번엔 섬세하고 조심스럽게 그녀의 입 안에 혀를 밀어 넣었다. 그녀의 뜨거운 혀와 입 안 모든 것이 그의 오랜 기억 속의 것과 똑같다는 사실에 안심했다. 점점 깊어지는 효건의 입술과 혀의 움직임에 지유가 한 손을 들어 그의 뺨을 감싸 안았다. 그녀의 아래, 위 입술을 번갈아 빨아 당긴 그가 다시 강하게 몰아붙였다.

한참 만에 아쉬운 듯 입술 뗀 그가 그녀의 이마에 자신의 이마를 맞대었다. 그는 키스로 채워지지 못한 욕망을 밀어내고 거칠어진 호흡을 정리한 뒤 시동을 걸며 입을 뗐다.

"사과할 생각은 없어. 널 다시 본 그 순간부터 이렇게 하고 싶었으니까."

그녀의 향기가 차 안을 가득 채웠다. 효건은 눈을 감고 크게 숨을 들이마셨다. 늘 그리워했던 향기, 그녀가 그의 품에서 잠이 들 때면 그 향기에 취해 행복했었다. 그는 느릿하게 지유와 함께 했던 추억을 곱씹었다.

지유는 손등으로 입을 가리고 고개를 창문 쪽으로 돌렸다. 부끄러웠다. 단단하고 남성적인 그의 입술이 그 정도로 부드럽고 감미로울 거라고 생각하지 못했다. 익숙한 느낌, 그와의 키스가 처음이 아닌 것처럼 너무나 자연스러운 자신의 반응이 놀랍기만 했다. 그의 뺨을 조심스레 감쌌던 것이 자신이 아닌 듯 느껴졌다. 긴장으로 인해 호흡이 곤란할 지경이었다. 그가 강하게 의식되면서 숨결이 자꾸만 거칠어졌다.

갑작스런 키스에 정작 물으려 했던 아이 이야기는 꺼낼 수도 없었다. 그의 시선을 고스란히 받으며 질문을 하고 대화를 나눌 용기가 없어 조가비처럼 입을 다물어 버렸다.

그곳이었다. 그녀가 잃어버린 기억을 찾으려 애를 쓰며 몇 차례나 방문했던 곳. 터미널 앞에서 죽치듯 앉아 지나가는 사람들에게 시선을 주다 돌아서곤 했던 곳을 지나쳤다. 역시 그와는 어떤 식으로든 연결된 것이 틀림없었다. 왜? 어떤 이유로 그녀는 그를 떠났을까? 갑자기 밀려드는 갖가지 상념들이 그녀를 집어삼켰다.

입을 꾹 다문 자신이 신경 쓰이는지 그의 시선이 간간이 느껴졌지만 모른 체했다.

'어떻게 당신을 떠나게 되었는지 얘기해 줄 수가 있어요?'

'우리에게 무슨 일이 벌어진 건가요?'

가장 궁금한 것이 그것이었다. 어쩌다 그의 곁을 떠나게 되었는지…….

'내가 당신을 사랑했나요?'

자신의 성격상 사랑하지도 않는 남자의 곁에 있을 리는 없었지만 그를 사랑했다면 그 기억을 되찾고 싶었다. 아직은 절실하게 와 닿지 않은 희미한 감정을 가슴에 숨긴 채로 그를 흘끔 쳐다보다 이내 외면했다.

지유는 나무동산에 다가갈수록 입 안이 바짝바짝 마르는 느낌이 들었다. 유독 빠르게 뛰는 심장박동으로 인해 태연함을 가장하는 게 점점 힘들어졌다. 묵직하게 가슴을 짓누르는 아이의 존재. 과연 아무렇지 않게 아이와 마주할 수 있을지 자신이 없었다. 일단 만나보긴 해야 할 텐데 자꾸만 소심해지는 마음 탓에 초조함만이 커져갔다.

"거의 다 왔어."

그의 말에 그녀의 가슴이 커다랗게 들썩였다. 일을 핑계로 왔지만 그녀의 잃어버린 시간을 되찾기 위한 목적이 더욱 컸다. 두 사람 모두 그 사실을 잘 알고 있는 관계로 그들 사이에 정적이 흘렀다.

지유는 조바심치며 달려 나가려는 심장을 살살 달래며 시선을 눈앞의 풍경에 고정시켰다. 땀이 차오른 손바닥을 허벅지에 살살 문지르고 두 손을 맞잡았다. 그리고는 관찰하는 시선으로 주위를 둘러보았다.

빽빽하게 들어찬 나무들이 잘 닦인 도로를 감싸고 있어 아늑하게 보이는 길이 수목원 입구를 향해 뻗어 있었다. 그녀는 뭔가 생각나는 것이 있는가 싶어 호기심 가득한 눈동자를 굴렸지만 딱히 떠오르는 것은 없었다. 그때 저 멀리 등나무에 감싸인 수목원 입구가 눈에 들어왔다.

지유는 작게 숨을 내쉬었다. 형식적인 실사가 될 것이 확실했지만 일을 핑계로 왔기에 우선 조경수를 먼저 봐야 했다. 기억에서 사라진 과거의 시간을 확인하는 일은 그다음이 될 것이었다.

"우선 일부터 할까? 조경용 나무부터 봐야지?"

그는 수목원 입구에서 오른쪽으로 차를 몰아 조경원으로 그녀를 이끌며 물었다. 지유는 그의 말에 고개를 끄덕이고 차에서 내릴 준비를 했다.

효건은 묵묵히 자신의 뒤를 따르는 그녀의 존재를 온몸으로 느꼈다. 지유의 불안하게 흔들리는 눈동자가 자꾸 신경이 쓰였지만 내색하지 않았다. 수목원에 가까워질수록 그녀의 심경이 복잡해지리라는 것은 불 보듯 뻔했다. 하지만 지금부터의 시간은 오롯이 그녀만의 몫이었다. 그녀의 기억에 도움이 될는지는 닥쳐 봐야 알 일이었다. 그저 간절히 바라는 것이 있다면 제발 그녀가 그와 수목원에서 일들을 기억해 줬으면 하는 것이었다.

그는 조경수를 찬찬히 둘러보는 지유를 안타까운 눈으로 바라보았다. 그는 뭔가 기억나는 것이 없느냐고 그녀를 다그치고 싶은 것을 억누르며 최대한 여유롭게 행동했다.

"이쪽이 조경 공사에 주로 사용되는 나무야. 매화나무, 목련, 산수유 같은 화목류와 감나무, 느티나무 등 단풍류는 저쪽에 따로 키우고 있어."

그는 집게손가락으로 한곳을 가리키며 설명을 계속했다.

"황금사철나무는 울타리용이나 정원수로 많이 사용하기도 해. 기본 설계가 나오는 것에 맞춰 장소에 맞는 품종을 선택하면 될 거야."

관리가 잘된 나무를 바라보는 그의 눈빛에 뿌듯함이 묻어 있었다.

해충의 피해도 입지 않은 듯 나무마다 이파리가 풍성하고 결이 고왔다. 그녀는 만족한 듯 작게 고개를 끄덕였다. 자신이 맡은 일에 최선을 다하고, 그것을 자랑스럽게 세상에 내놓을 수 있는 사람이 눈앞에 서 있는 남자일 거라 생각되었다. 힘겨울 때 커다란 나무 아래에서 말없이 어깨를 빌려 줄 믿음직스러운 사람. 그는 그녀에게 그런 느낌을 갖게 만들었다.

사실 평온함을 가장하고 있었지만 그녀의 관심은 조경원보다는 수목원 안으로 향해 있었다. 왠지 그곳에 가 봐야 할 것 같다는 느낌이 자꾸 들어 마음이 조급해졌다.

효건은 꼼꼼하게 조경원을 둘러본 그녀를 수목원으로 향하는 샛길로 인도했다. 걸어가기엔 조금 거리가 있긴 했지만 지금은 그 거리만큼의 시간이 필요할 때였다.

"가자."

천천히 그의 뒤를 따르는 지유에게 시간을 주기 위해 느긋하게 걸음을 옮겼다.

"천천히 둘러봐. 뭔가 생각나는 것이 있는지……."

그는 수목원으로 통하는 문을 지나자 그녀를 향해 몸을 돌렸다. 그녀의 안색을 살피는 그의 눈빛은 조심스러웠다. 효건은 불안해 보이는 걸음을 내딛는 지유에게 눈을 떼지 못했다. 살짝 찌푸려진 미간과 이곳저곳을 둘러보느라 빠르게 움직이는 머리를 의미심장하게 바라보았다. 차츰 지유의 걸음이 빨라지기 시작했다. 주위를 둘러보며 반짝이는 눈동자와 점점 부드럽게 풀어지는 고운 입매를 보니 기대감이 커지기 시작했다.

그녀는 물끄러미 그를 바라보다 시선을 옆으로 돌리고 길을 따라 걸었다. 파스텔 톤의 낮은 울타리가 그림처럼 펼쳐져 있고, 각양각

색의 꽃과 키가 낮은 나무가 저마다의 자태를 뽐내고 있었다. 동화 속 나라에 온 듯한 착각에 그녀의 입가에 절로 미소가 피어올랐다. 마음이 편해지고 따스함이 느껴졌다. 오랫동안 살았던 고향에 온 것처럼 푸근함을 느꼈다. 시끄러운 세상과 동떨어져 고요하고 평화롭기만 한 공간은 시간의 흐름이 멈춘 듯했다.

지유는 효건을 뒤로하고 이곳저곳을 둘러보기 위해 걸음을 옮겼다. 오후의 햇살이 포근히 내리쬐는 수목원은 고요하고 부드러웠다. 방갈로처럼 꾸며진 체험장 안으로 걸음을 옮기는 그녀의 행동은 물 흐르듯 자연스러웠다.

"아!"

지유의 입에서 작은 탄성이 터져 나왔다.

허브 비누를 만들기 위한 재료들이 눈에 들어왔다. 비누베이스, 비누틀, 아로마에센셜오일, 압화카드를 만들기 위한 재료들. 준비된 카드에 계절 허브를 압화해 본드로 붙이고, 마무리용 필름으로 디자인 부분을 덮고 손수건을 위에 올려 저온으로 다림질을 하면……. 지유의 눈이 점점 크게 열렸다. 어떻게 이런 것들을 다 알고 있는 거지? 그녀는 빠르게 주위를 훑어보다 밖으로 나왔다.

빠른 걸음으로 커다란 연못을 지나 숲 속의 별장처럼 아기자기하게 꾸며진 찻집으로 향했다. 연못을 바라보게 설계된 데크에 서서 아련한 눈으로 먼 곳을 응시했다. 색색이 다른 나뭇잎을 보자 온몸의 신경이 올올히 살아나는 듯싶었다.

'맞아. 여기 왔던 적이 있었어.'

이곳에 서서 따사로운 봄의 햇살을 온몸으로 느꼈고, 차가운 겨울바람도 맞아 보았다. 희미하긴 하지만 낯설지 않은 느낌에 그녀는 작은 안도의 한숨을 내쉬었다. 조금이라도 더 기억나는 것이 있나 싶어 주위를 둘러보는 지유의 눈이 유난히 반짝거렸다.

"정말 뻔뻔하고 이기적인 거 알아요?"

평온함을 즐기던 지유의 귀에 날이 잔뜩 서 있는 낯선 목소리가 들려왔다. 그녀는 소리가 난 쪽으로 고개를 돌렸다. 30대 초반은 되어 보이는 여자가 적의를 드러낸 채로 그녀를 노려보고 있었다.

"?"

"홍길동이라도 되는 모양이죠? 갑자기 사라져 여러 사람 기함하게 만들더니 또 무슨 낯짝으로 다시 찾아왔는지 알고 싶네요."

"날 알아요?"

"이건 또 뭐하자는 플레이야? 나랑 장난이라도 치고 싶은가 보네."

그녀의 건조한 물음에 빈정대듯 중얼거리는 여자를 뚫어지게 쳐다보며 가물거리는 기억을 뒤적였다. 그녀를 향해 악의를 감추지 않으려는 것을 보니 사이는 그다지 좋지 않았던 모양이었다.

'내가 여기에 있었던 게 확실한가 보군.'

작은 안도감에 이어 이 상황이 조금은 우습게 느껴져 지유의 입매가 느슨해졌다. 전혀 낯이 익지 않은 여자가 잡아먹을 듯 그녀를 노려보고 이죽거리는 게 어이가 없기도 하고 재밌기도 했다.

"내게 하고 싶은 말이 뭐예요? 예고도 없이 찾아오지 말라는 거예요? 아님 얼굴 들 낯이 없으니 조용히 사라지라는 말이 하고 싶은 건가요? 내 생각엔 후자 같긴 한데, 맞아요?"

지유가 혼잣말하듯 꺼낸 말에 상대방의 얼굴이 붉어지는 걸 보니 자신의 생각이 맞는 모양이었다.

"지금은 날 그냥 둬요. 생각할 게 너무 많아 그쪽을 상대할 여력이 없어요. 보아하니 그쪽하고 나, 별로 친했던 것 같지도 않으니 조용히 입 다물고 있으라고 해도 괜찮겠죠?"

"뭐? 뭐라고?"

"내 말 이해 못 해요? 날 건들지 말라는 말이에요."

지유는 그 말을 끝으로 고개를 돌려 먼 산을 바라보았다. 미움 가득한 시선을 받는 일에 익숙해져 있는 그녀에게 이름도 모르는 여자의 뾰족하게 날 선 시선은 아무런 상처가 되지 않았다. 가슴을 들썩이며 씩씩대던 여자가 제 풀에 지쳐 몸을 돌릴 때까지 지유는 여자를 철저하게 무시했다.

눈을 시원하게 만드는 숲의 청아한 공기가 그녀의 가슴을 가득 채워 가고 있었다. 연못에서 흘러나오는 옅은 물비린내조차도 상쾌하게 느껴졌다. 연못을 돌아 왼쪽으로 올라가면 삼림욕장이 있을 것이었다. 직접 가 보지 않아도 그것이 거기에 있다는 느낌이 들었다. 가을이 깊어지면 도토리를 주우려고 분주하게 움직이는 청솔모도 만날 수 있을 터였다.

그녀의 머리가 분주하게 움직이며 혼자만의 시간 여행을 떠나고 있었다. 흐리게만 보였던 배경에 색이 입혀지고 그 위를 스쳐 가는 사람들의 모습이 형체를 찾아가는 것만 같았다.

'아이.'

그의 휴대전화를 통해 보았던 산머루색의 커다란 눈망울이 한없이 순해 보이는 여자아이가 문득 떠올랐다. 그 아이를 보고 싶었다. 아이를 보면 잃었던 기억이 선명하게 떠오를 것만 같았다. 그제야 지유는 효건을 찾아 두리번거렸다. 그에게 말해야 했다. 아이가 보고 싶다고, 그 아이를 보게 해 달라고……

"어?"

찻집 입구에 그가 있었다. 그는 혼자가 아니었다. 등을 보인 그의 곁에서 의기양양한 표정을 짓고 있는 여자의 얼굴을 보자 어떤 기억이 스멀스멀 솟아오르기 시작했다. 좀 전에 그녀를 향해 적의를 마음껏 드러냈던 여자가 자연스럽게 그의 옆자리를 차지하고 있었다.

지유의 눈꺼풀이 빠르게 깜박이고 눈동자가 불안하게 흔들렸다. 전에도 이런 일이 있었던 것만 같은 느낌이 들었다. 여자가 있었다. 그의 품에 안기듯 몸을 내맡긴 어떤 여자가……. 해일이 일었다. 커다랗고 무시무시한 것이 그녀를 어둠 속으로 끌어당겼다. 심장이 난도질당하는 느낌이었다. 막아 놓은 둑이 터지듯 온갖 것이 그녀에게 밀려드는 것만 같아 숨이 막혔다. 아팠다. 심장도, 머리도……. 암울한 빛을 내는 하늘이 조금씩 그녀를 집어삼켰다.

"헉."

미웠다. 원망스러웠다. 그러면서도 불안했다. 외딴 곳에 혼자 남겨진 아이처럼……. 누구도 그녀를 원하지 않을지도 모른다는 공포가 무럭무럭 자라나고 있었다. 처리 속도를 넘어서 과부하에 걸린 것처럼 아득해지는 기억을 붙잡으려 애쓰는 사이에 그녀의 몸은 서서히 추락하고 있었다.

쿵.

커다란 소리에 놀란 효건이 뒤를 돌아봤을 땐 지유는 이미 찻집 앞 데크에 쓰러져 있었다. 조금 전까지 수목원을 둘러보며 아련한 표정을 짓던 지유가 하얗게 질린 얼굴로 의식을 잃고 쓰러지자 그는 허둥지둥 그녀를 향해 뛰었다.

"지유야, 김지유."

절박한 그의 음성이 애타게 그녀를 불렀다. 금방이라도 그녀가 잘못되었을까 싶어 조바심이 났다. 빠르게 가고 있다고 생각하는 것과는 달리 다리가 마음대로 따라 주지 않았다. 무거운 추를 매달아 놓은 듯 그녀에게 가는 길이 멀게만 느껴졌다. 그가 과한 욕심을 부려 그녀를 아프게 한 것만 같은 생각에 그의 심장에서 피눈물이 쏟아져 내렸다.

"정 박사님 좀 불러 줘요."

효건은 옆에 있던 주란을 향해 외치고 조심스레 그녀를 안아 들었다. 평상심을 찾으려 했지만 손이 부들부들 떨려 왔다.

'제발, 제발. 지유야. ……욕심내지 않을게. 네 기억이 돌아올 때까지 기다릴 테니…… 내게 이러지 마.'

겨우 찾았다 생각했던 여자를 다시금 잃어버리게 될까 봐 두려웠다. 그를, 수목원을 기억하지 못해도 좋으니 이런 모습을 보이지 말라고 애원했다. 차근차근 시간을 두고 다가갔어야 했다. 그녀의 곁에서 그녀의 기억이 돌아올 때를 조용히 지켜보기만 했어야 옳았다. 서둘러 그녀를 이곳으로 데려온 벌을 받는 것 같아 가슴이 미어졌다.

"효주야, 괜찮아?"

힘겨운 듯 느린 속도로 몇 번 눈을 깜박이자 깨끗한 천장이 보였다. 그녀의 옆에서 들려온 목소리. 천천히 고개를 돌리니 애달픈 표정을 짓고 있는 중년 여자가 보였다. 그녀를 효주라 부르는 여자. 그의 휴대전화를 통해서 본 아이가 할머니라 부르던 여자. 반가운 얼굴로 효주를 목 놓아 부르던 여자.

지유는 희미한 미소를 짓고 작게 고개를 끄덕였다. 불안해 보이는 여자를 안심시켜 주고 싶은 마음에 껄끄럽게 느껴지는 목을 가다듬어 작은 소리를 내었다. 기시감. 전에도 이런 일이 있었다.

“저, 물 좀 마시고 싶어요.”

“응. 내가 금방 갖고 올게.”

여자는 사명감을 띤 얼굴로 빠르게 방을 빠져나갔다. 지유는 그 뒷모습을 물끄러미 바라보다 침대에서 몸을 일으켰다. 천천히 주위를 둘러보다 방 한구석에 놓여 있는 작은 화장대 위 사진이 눈에 띄었다. 지유는 느릿하게 걸음을 옮겨 화장대 위에 놓인 그와 그녀의 사진을 뚫어지게 바라보았다. 익숙한 느낌, 쑥스럽게 앞을 보고 웃는 그녀를 뜨거운 눈으로 바라보는 효건의 시선에 담긴 것은 애정이었다.

“은채를 가졌다는 것을 알게 된 날이야.”

그녀의 뒤에서 그의 음성이 들려왔다. 그녀를 놀래키지 않기 위해 최대한 작은 음성으로 말을 거는 그의 손엔 물 컵이 들려 있었다.

‘은채.’

그녀가 낳은 아이의 이름이 은채인 모양이었다. 궁금했다. 보고 싶었다. 하지만 그녀는 아이의 이름을 입 밖으로 부르지 못했다. 자식을 기억하지 못하는 어미라……. 아이를 낳기만 했지 어느 것 하나 책임지지 못한 그녀는 아이를 볼 자격이 없다는 생각이 들었다.

“택시 좀 불러 줄래요?”

그녀는 그가 내민 물 잔을 받아 겨우 입술만 축이고 입을 뗐다.

“……데려다 줄게.”

“아니요. 혼자 가고 싶어요.”

그녀는 아무것도 기억하지 못하는 모양이었다. 혹시나 그녀의 기억 회복에 도움이 될까 했던 것이 무용지물이 되었다. 그녀의 가녀린 어깨는 여전히 쓸쓸하고 외로워 보였고, 가면을 뒤집어쓴 것처럼 얼굴엔 아무런 표정도 나타나지 않았다.

'소용없었구나.'

그는 떨리는 마음을 감추려 이를 사리물었다. 묻지 않으려 했는데, 이것만은 묻지 않을 수가 없었다.

"……아이는 보고 싶지 않아?"

"나중에요. 아직은…… 준비가 안 되었어요."

그 말을 마치고 그녀는 가차 없이 몸을 돌렸다.

그에게 보여 주고 싶지 않았다. 상처받은 자신의 표정을 그에게 들킬세라 창가 쪽으로 걸어가 창문을 열었다. 향긋한 숲 내음이 그녀의 지친 신경을 살살 달래 주었다. 어두워진 하늘을 보니 꽤 오랜 시간이 지난 모양이었다.

그의 시선이 아프게 등에 와 박혔다. 지금 돌아선다면 속절없이 그에게 끌려 갈 것만 같았다. 지금은 아니었다. 그의 곁에 서기엔 그녀는 너무나 불완전했다.

"차 불러 줘요. 터미널까지만 가면 돼요."

"네가 원하는 곳까지 내가 데려다 줄게."

"아뇨. 같은 말 반복하지 말아요. 그냥 지금은 내가 원하는 대로 해 줘요."

그녀의 말에 그는 입을 다물었다. 그의 고집대로 그녀를 이곳으로 끌고 와 눈앞에서 쓰러지는 모습을 보았을 때 했던 다짐이 떠올랐다. 그녀가 원하는 대로, 그녀가 원할 때까지 기다리자 했던 그 마음이 생생하게 느껴졌다.

"그래. 조금만 기다려. 차 부를게."

그는 택시를 부르기 위해 몸을 돌렸다. 방문을 열자 경애의 안타까운 시선이 그에게 쏟아졌다.

"나, 효주 보고 싶어."

"어머니, 나중에요. 효주, 나중에 봐요."

"싫어. 또 어디 가면 어떡해."

"……지금 효주 자요."

"또 자?"

"많이, 많이 자야 아픈 거 다 낫죠. 지금 들어가 못 자게 하면 효주가 계속 아플 거예요."

"나, 효주 아픈 거 싫어."

"네. 그러니 내일. ……다음에 봐요."

그는 기가 죽어 고개를 끄덕이는 어머니를 보며 참기 어려운 아픔을 느꼈다. 지금 잠들어 있는 은채가 일어나 지유에게 매달려 주기라도 했으면 하는 생각까지 들었다. 기다리자 해 놓고, 그녀가 올 때까지 기다리자 마음먹어 놓고도 그녀를 보내는 일은 너무 힘겨웠다.

차가 도착했다는 효건의 말에 지유는 사택을 나섰다. 주위를 두리번거리며 혹시 어딘가에서 불쑥 나타날지도 모르는 아이의 모습을 찾아보았지만 보이지 않았다. 허전한 마음과 안도의 마음이 모순적으로 부딪혔다. 마음에 들지 않았다.

그녀의 모습을 본 사람들의 반응이 가지각색이었다. 커다랗게 숨을 들이켜는 사람이 있는가 하면 당장이라도 뛰어올 것 같은 행동을 취하는 사람, 말을 잇지 못하고 버벅거리며 손가락질만을 하는 사람…… 그들 모두는 그녀를 기억하고 있었다.

찻집에서 그녀를 향해 적의를 드러내던 여자. 효건의 곁에서 의

기양양한 표정으로 눈을 내리깔고 있던 여자가 보였다.

　지유는 못마땅한 표정으로 자신을 흘깃 쳐다보는 여자의 곁을 지나면서 작은 목소리로 중얼거리고 차에 올랐다.

　"김주란 씨. 잘 있어요."

13.
의심

　"서울과 인접한 곳에 위치한 P시에서 공고한 신도시 개발 계획입니다. 총면적 3백만 5천5백 평에 총인구 3만 8천7백 명을 수용할 계획이고, 2025년까지 개발 완료할 예정인 이곳의 입찰이 24일에 있습니다. 이 지역은 P시에서 시청 이전을 비롯한 신도시를 조성함으로써 지역의 균형 발전을 선도하겠다는 거창한 목표를 세워 의욕적으로 사업을 추진 중에 있는 곳으로, 그 공사 비용이 2조 1천6백억 원에 달할 것으로 예상되고 있습니다. 시공 능력이나 자금력을 따져 보면 우리 한국건설을 비롯한 호림건설, 유원건설의 삼파전이 될 거라는 예상입니다."
　지유는 회의실 한 면 가득 채워진 P시의 지역 지도에서 개발 예정지를 가리키며 의욕적으로 말을 이었다.
　"우리 한국건설이 지난 50년간 쌓아 온 건축물에 관한 노하우는 다른 경쟁 업체가 따라올 수 없을 만큼 대단하다고 자부하고 있습니다. 풍부한 건설 경험과 사업 관리 능력을 바탕으로 원가 절감과 공기 단축을 목표로 이번 개발 사업은 우리가 따내야 합니다. 제가 한국건설의 국내 사업부에 와서 처음으로 추진하는 일이 P시의 개발입니다. 전, 이 일을 절대 다른 건설사에 뺏기고 싶지 않습니다. ……여러분 모두 한마음으로 저를 따라와 주실 거라 믿습니다.”

지유는 회의실에 앉아 있는 각 부서의 팀장과 일일이 눈을 마주치고 자신감 넘치는 표정으로 말을 마쳤다. 여자라는 것이 믿기지 않을 정도의 힘과 위엄을 보이는 그녀를 보며 그들은 긴장감과 더불어 승부욕을 느꼈다.

“각 부서의 팀장님께는 개별적으로 지시할 내용이 있으니 스케줄에 맞춰 제 방으로 오시기 바랍니다.”

힘찬 걸음으로 본부장실로 돌아온 지유의 표정은 얼음장처럼 차가웠다. 창가에 앙증맞게 늘어져 있는 화분에 시선이 멈췄다. 그가 직접 가져다 준 화분 두 개. 그녀의 시린 얼굴에 잔금이 가며 상처 입은 동물의 것처럼 고통이 배어 나왔다.

도망치듯 수목원을 빠져나온 지 열흘이 지났다. 한국건설의 조경 업체로 나무동산이 선정되었고, 이틀 전부터 1300세대 한국 미르아파트의 조경 공사를 시작하였다는 보고를 받았다. 그녀와의 만남을 요구하는 그의 청도 거절했다. 의식적으로 그를 피하고, 그의 소식을 외면하고 지냈다.

신경이 쓰이는데 그것을 모른 체하자니 자꾸만 표정이 무겁게 가라앉았다. 그날 이후 날이 선 그녀를 직원들은 어려워했다. 한기가 느껴지는 그녀의 표정에 말 한 마디 제대로 붙이지도 못하고 눈치를 보는 아랫사람들이 늘어 가고 있었다.

두려웠다. 그녀는 두려움을 감추기 위해 더욱 서늘한 냉기를 풍겼다. 그를 만나야 하는데…… 완벽하지 않지만 어느 정도 돌아온 기억을 쉽사리 받아들이지 못했다. 뇌에 진득하니 박혀 떨어지지 않는 그의 마지막 모습이 그녀를 고통 속에 밀어 넣었다. 그녀는 자신이 차가운 이성을 지녔다고 생각했었다. 감정으로 대처하기보단 이성적으로 생각하고 실행하는 아주 합리적인 사람이라 자부했는데, 전혀 그렇지가 못했다. 정신적으로 너무나 나약한 사람이 그녀였다. 효건의 모습을 본 충격으로 아이를 잊었다니……. 내 딸. 내 아이. 그 단어가 주는 파급효과는 상상외로 커다랬다.

자격이 없는 것만 같았다. 아이를 볼 낯이 없었다. 그러면서도 무척이나 아이가 그리웠다. 당장이라도 딸을 보러 가고 싶었지만 참았다. 어떤 충격에도 상처 입지 않고 의연하게 대처하기 위한 시간이 필요했다. 그녀는 완벽하고 완전한 기억을 가지고 돌아가리라 다짐했다.

똑. 똑.

"네."

문이 열리고 첫 번째로 구매, 계약팀 임 팀장이 들어섰다.

"어서 오세요. 앉으시죠."

지유는 느긋하게 회의 테이블에 앉았다. 그녀의 방엔 소파가 아예 없었다. 능률적인 업무 진행을 위한 간이 회의 테이블이 놓여 있을 뿐이었다.

"먼저 말을 하지 않아도 아시겠지만, 내가 임 팀장님께 지시하고 싶은 내용은 호림에서 입찰가를 어느 정도로 예상하고 있는지 알아보라는 겁니다. 주위에서 삼파전이라 말하지만 제 예상엔 한국과 호림, 두 곳 중의 한 곳이 선정될 것이 분명해요. 수단과 방법을 가리지 마시고 대략적인 입찰가라도 알아내셔야 합니다."

"네. 안 그래도 그쪽에 있는 인맥을 동원해 넌지시 알아보고 있는 중입니다."

"최대한 비밀 유지해야 하는 것도 아시죠?"

"물론입니다."

"우리 쪽 보안에도 각별히 신경 쓰셔야 하고요. 저희는 마감 시간인 24일 오후 5시에 최대한 근접해서 입찰할 겁니다. 사장님과 이야기를 나눠 최종 시한 전에 입찰가를 제시할 예정이니 업무에 차질이 생기지 않도록 철저하게 단속하세요."

"네."

"그리고 제가 전에 지시한 것은 어떻게 되었습니까?"

"아직 별다른 행보를 보이고 있지 않습니다."

"절대 눈을 떼지 마시고 잘 지켜보세요. 분명 그냥 넘어가지 않을 겁니다."

"예."

몇 마디의 대화가 더 이어진 후 임 팀장이 나가고 문이 굳게 닫혔다. 지유는 고개를 숙이고 깊게 심호흡을 했다. 넋 놓고 있을 시간이 없었다. 의욕적으로 일을 해도 모자랄 판에 다른 곳에 정신을 팔고 있는 자신이 한심했다. 어느 것 하나 제 맘대로 되는 것이 없다는 생각에 짜증이 솟구쳤다.

(주)한국건설 창립 50주년 기념식.

우리호텔 다이아몬드 홀에서 화려하게 거행되는 창립 기념식에 많은 인사들이 초청되었다. 잔잔한 클래식 음악이 깔리고 맛깔스러운 음식이 차려졌다. 홀 곳곳을 돌아다니며 귀빈들과 인사를 나누는 김 사장 곁에는 지유가 있었다.

그녀는 붉디붉은 긴 치마에 검정색으로 밑단을 대고, 그 위에는 금박 장식이 멋스럽게 프린트된 튜브톱 형식의 개량 한복을 입고 너무 과한 노출을 피하기 저고리를 변형한 흰색 시스루의 짧은 재킷을 걸쳤다. 자연스럽게 올린 머리 아래로 깨끗하고 곧은 목덜미가 살짝살짝 내비치는 그녀에겐 단아함과 요염함이 함께 느껴졌다.

지유는 아버지의 곁에서 수많은 사람을 맞으며 최대한 자연스러운 미소를 입가에 머금고 있었다. 억지로 미소를 짓고 있으려니 입가에 경련이 일 지경이었다. 그녀는 아버지에게 양해를 구하고 피곤해진 다리를 쉬게 해 주고자 구석 자리로 걸음을 옮겼다.

"여어, 김지유 오랜만이야?"

힘겨운 걸음을 붙잡는 목소리에 지유는 눈을 질근 감았다 떴다. 피곤했다. 지금은 그저 쉬고 싶은데……. 그녀는 아무런 감정이 실리지 않은 무미건조한 표정으로 자신을 불러 세운 사람에게 시선을 주었다.

"그러네."

"여전해. 이번에 승진했다면서? 축하해."

그녀는 호림건설 박한석 실장의 능글거림에도 눈 하나 깜박이지 않았다. 한국건설과 거의 쌍벽을 이루는 건설사가 호림건설이었다. 호림건설의 세 아들 중 장남이 지금 눈앞에 있는 박한석이었고, 예전부터 두 사람은 업계에서 라이벌로 통했다.

"진심이야? 그럼 난, 고맙다고 하는 게 순선가?"

"하하하. 좋을 대로……."

"그래? 그럼 피차 억지 예의 지킬 필요는 없지? 못 들은 걸로 할게. 어차피 진심이 아닐 테니 말이야.”

“이런 들켜 버렸네. 하하하.”

“그럼 이만 실례.”

지유는 더 이상 박한석와 이야기를 나누고픈 마음이 들지 않아 몸을 돌렸다.

“결혼할 나이가 되지 않았나? ……나는 어때?”

“왜? 나한테 관심 있어?”

“아니, 너한테 관심 있는 건 아니고 네가 가진 것에 관심이 있지.”

탐욕을 숨기려고 하지 않는 그를 향해 비소를 날린 그녀가 매서운 눈으로 쏘아보며 낮게 말을 꺼냈다.

“솔직해서 좋네.”

“그게 내 매력 아니겠어.”

“매력 넘쳐서 좋겠어. 근데 어쩌나? 그 매력이 나한텐 통하질 않으니 말이야.”

“하하. 그래, 김지유하면 도도한 게 매력이지. 네 도도함이 언제까지 갈지 궁금한데……. 얼마 못 갈 게 뻔하긴 하지만 말이야.”

한석은 기분 좋은 듯 한쪽 눈을 찡긋거리기까지 했다. 그의 행동에 그녀의 미간이 눈에 띄게 찌푸려졌다.

“무슨 뜻이야?”

“조만간 네 코가 납작해지는 걸 볼 수 있을 것 같아서 말이지.”

“오! 그런 일이 생겨? 나도 궁금하네. ……내 코가 납작해지면 네 코는 무사할까? 지금도 별로 높지 않은데 나중엔 얼굴 중앙에 숨구멍 두 개만 남는 게 아닌가 몰라. 하긴 뭐, 별로 달라지지도 않겠네. 지금이나 나중이나……. 숨 쉬는 덴 지장 없을 테니 괜찮으려

나? 훗, 그럼 잘 있다 가.”

한석은 우아한 걸음으로 등을 돌려 멀어지는 지유를 노려보았다. 꺾고 싶어도 꺾을 수 없는 꽃과 같은 여자가 지유였다. 업계에서 소문난 능력을 지닌 그녀를 가져 보려고도 했지만 그녀는 그에게 눈길조차 주지 않았다. 은근히 비교당하던 그가 그녀를 향해 악의를 품게 된 것은 당연했다.

느릿하게 입매를 비틀어 비웃음을 지은 그가 눈을 돌려 홀 내부를 찬찬히 살폈다. 누군가와 눈이 마주친 그가 의미심장한 시선을 교환하고 그대로 몸을 돌렸다.

“최후의 웃는 자가 누가 될지 궁금하지 않아? 김지유?”

그는 그녀가 자신의 발밑에 무릎 꿇는 장면을 상상하며 가벼운 걸음으로 호텔을 빠져나갔다.

재우의 시선은 오로지 지유에게로 향했다. 지유의 움직임에 따라 같이 움직이는 민혜의 표독스러운 시선이 그것을 놓치지 않았다. 마음에 들지 않았다. 언제나 김지유. 지유밖에 모르는 재우를 흔들어 놓고만 싶었다. 그에게 뭔가 타격을 줄 수 있다면 이 분한 마음이 조금은 풀릴까?

“오빠, 얘기 좀 해.”

“난 너랑 할 말 없어. 그만 가라.”

“언닌, 오빠한테 관심 없어. 해바라기 그만할 때도 되지 않았어? 나 좀 봐 주면 안 돼?”

민혜는 재우의 팔을 잡았다. 그의 시선이 그제야 그녀에게로 향했다.

“이 손 놔.”

“싫어.”

재우는 눈에 띄게 미간을 찌푸려지며 민혜의 손을 매몰차게 쳐 내었다. 그의 눈에 그들이 실랑이하는 장면을 지유가 물끄러미 쳐다 보는 것이 보였다.

“지유가 또 오해하겠네.”

그는 마른침을 꿀꺽 삼키더니 어쩔 줄을 몰라 했다. 더 이상 지유 의 오해는 사고 싶지 않은데, 그는 서둘러 민혜의 곁을 벗어나 지유 에게로 향했다.

“오빠, 정말 이러기야?”

그의 뒤에서 민혜의 새된 목소리가 튀어나왔다. 그녀는 걸음을 빨리해 그의 앞을 가로막았다.

“비켜.”

“나한테 잠깐도 시간을 못 내줘?”

“그래. 너한테 잠시라도 틈을 보였다가 또 예전처럼 당하면 어쩌 라고.”

“나 혼자만 일방적으로 그런 건 아니잖아. 내가 오빠에게 이렇게 까지 비난받아야 해? 왜 나한테만 그래?”

억울했다. 그녀가 그에게 먼저 접근해서 유혹한 건 맞지만 그도 응했으니 그런 일이 벌어진 거였다. 그럼에도 불구하고 그는 모든 것이 그녀의 책임인 것처럼 행동하고 있었다.

“……널 보면 내가 미칠 것 같아서 그래. 그날의 실수가 자꾸만 떠오르고…… 못난 내 모습이 너무 싫어서, 그 싫은 모습이 계속 생 각나서…… 네 얼굴이 보고 싶지가 않아. 한순간의 욕망을 제어하 지 못해 소중한 걸 잃었어. 너라면 그런 자신을 쉽게 용서할 수 있 니? 실수의 원인을 마주할 때마다 무슨 생각이 들겠니?”

“…….”

“피하고 싶어. 나란 놈은 그렇게 약해 빠져서 도망칠 수밖에 없어. 그러니 그만 보자. 그만 알짱대. 나, 너 안 보고 싶어. 자꾸 내 잘못을 떠올리고 싶지 않아. 난, 지금…… 난, 지유 하나만 생각하기에도 벅차. 지유가 나를 외면할 때마다 심장이 찢어지는 것만 같아. 그러니 그만해. 어떤 일이 있어도 널 받아들이는 일은 없어. 쓸데없는 감정 소모하고 싶지 않아.”

민혜는 주먹을 더욱 세게 말아 쥐었다. 부들부들 떨리는 주먹이 그녀의 억울함과 분노를 대신하고 있었다. 가질 수 없다면 버려야 하나? 지유도 갖지 못하게 만들어 버려야 하나? 그녀의 못된 심보는 다시 지유에게로 향했다. 너만 없었어도…….

지유는 파티션으로 구획을 나눠 쉴 수 있게 간이 휴게실로 만든 곳으로 향했다. 그곳에 놓여 있는 쿠션감이 좋아 보이는 의자에 피곤한 몸을 잠시 내려놓았다.

“오랜만이다.”

“응.”

지유는 재우의 말에 살포시 미소를 지었다. 불편해 보이는 그와는 달리 그녀의 표정은 변화가 없었다.

“저, 민혜가 얘기 좀 하자고 해서…….”

그는 조금 전 상황에 대해 변명하듯 입을 열었다.

“휴우. 손재우. 설명하지 않아도 돼.”

그녀는 답답했다. 너무나 멋지고 괜찮은 사람이 그녀의 앞에만 오면 천하에 둘도 없는 찌질이가 되고 마는 상황이 마음에 들지 않았다. 그녀는 천천히 자신의 옆자리를 두드렸다. 그가 조심스럽게 앉으며 그녀의 표정을 살폈다.

"그러지 마. 네가 왜 자꾸 내 눈치를 봐? 민혜랑 이야기를 하든, 다른 여자와 이야기를 하든, 그건 다 네 자유야. 내가 뭐라고, 자꾸 날 신경 써?"

"지유야. 그만. ……그렇게 말하지 마."

그는 서운함을 느끼며 서둘러 그녀의 말을 막았다. 다음에 그녀의 입에서 대충 어떤 말이 나올지 예상이 되었다. 듣지 않아야 했다. 말하지 못하게 해야 했다. 정말이지 더 이상은 지유의 입에서 나오는 거절의 말이 듣고 싶지 않았다.

"재우야. 넌, 나한테 소중한 사람이야."

효건은 먼발치에서나마 그녀가 보고 싶어 류 교수와 함께 기념식장을 찾았다.

보름 만에 보는 지유는 너무나 아름다웠다. 그는 화려하게 장식된 홀과 너무나 잘 어울리는 그녀를 묵묵히 바라보았다. 여러 사람을 상대하느라 바쁜 그녀는 그가 온 줄도 모르고 있어 조금은 서운했다.

"어디 아프냐?"

류 교수가 어느새 효건의 곁에 와서 걱정 가득한 눈을 하고 있었다. 전에 만났을 때보다 한층 야윈 모습이 보기 좋지 않았다.

"아닙니다."

지유의 모습을 뒤쫓던 그의 시선이 류 교수를 향했다. 류 교수는 흘끔 지유가 있는 방향을 쳐다보고는 입을 열었다.

"지유와 어떤 사연이 있는지 아직 말 못 하겠냐?"

"……아직은."

효건은 류 교수에 물음에 확실한 대답을 하지 못했다. 아직은 때가 아니었다. 그녀가 그들 곁으로 돌아온 다음. 그다음에 모든 것을 이야기하고 싶었다. 이렇게 불안하고 불확실한 상태에서 어떤 말도 성급하게 뱉고 싶지 않았다.

"그래. 기다리마. 별거 아니면 네 녀석 나한테 혼날 줄 알아라. 내가 궁금해서 밤에 잠이 다 안 와."

장난스럽게 말한 류 교수는 사람 좋은 미소를 짓고 그의 어깨를 툭 쳤다.

"한국 건설 김 사장, 소개해 주랴?"

류 교수의 말에 그의 시선이 이번에는 여러 사람에게 둘러싸여 있는 그녀의 아버지에게로 향했다. 그를 잠시 바라보던 효건이 천천히 도리질을 쳤다.

"아니요."

그가 처음으로 그녀의 아버지와 인사를 나눈다면 협력 업체의 대표가 아닌 지유의 남자로서야 했다. 당당하게 그녀의 곁에 서서 지유의 남자라고 자신을 소개하고 싶었다.

"그래? 그럼 다음에 하자."

"네."

그때 그녀가 아버지의 곁을 벗어나 구석 자리로 향하는 것이 보였다.

그는 류 교수와 대화를 끝내고 본능처럼 그녀에게로 걸음을 옮겼다. 잠시나마 그녀의 체취를 맡고, 그녀의 존재를 느낀다면 조금은 더 기다릴 힘을 얻을 것만 같았다. 그녀가 어디에 있는지 뻔히 아는 상태에서 기다림이란 피를 말리는 고통이었다. 하루하루가 고난의 연속이었다. 당장이라도 그녀에게 달려가고픈 마음을 억누르며 쉬어지지 않는 숨을 겨우겨우 뱉어 내고 있었다.

하지만 파티션 너머에서 들려온 그녀의 말에 발밑이 무너져 내렸다. 짙고 깊은 암흑이 점점 그 주둥이를 넓히며 그를 삼켰다. 소중한 사람? 그녀에게 소중한 사람이 생겼다? 그래서 그를 외면하고 수목원을 잊은 건가? 아무리 기다려도 그녀는 그들에게로 오지 않는 건가? 이대로 그녀를 잃을 순 없었다. 은채를 생각해서라도 이렇게 허망하게 그녀를 보낼 순 없었다.

그는 흔들리는 다리에 힘을 주고 그녀의 앞에 섰다. 예상대로 그녀는 혼자가 아니었다. 말끔하게 잘생긴 남자가 그녀와 나란히 앉아 있었다. 남자의 시선은 오로지 지유에게 꽂혀 있었다.

"김지유."

그는 암울하게 느껴질 정도로 낮은 목소리로 그녀를 불렀다. 그녀의 눈동자가 불안하게 흔들렸다. 그녀에게 향해 있던 남자의 시선도 그에게로 향했다.

"누구십니까?"

남자의 예민한 반응에도 효건은 그에게 시선조차 주지 않았다. 그녀를 또다시 잃을지도 모른다는 두려움을 가슴속으로 갈무리하며 태연하게 행동했다.

"연락 기다렸는데……."

"그랬나요?"

지유의 부드러운 음성이 그를 사로잡았다. 죽어도 놓지 못할 것 같았다. 놓고 싶지 않았다. 그의 곁에 그녀를 데려다 놓고 마음껏 사랑하고 싶었다. 이 불안한 마음을 두 번 다시 느끼고 싶지 않았다. 조바심치지 말자고 그렇게 다짐했건만 그녀 앞에만 서면 그것이 소용없었다.

“몸은 괜찮아?”

효건의 다정한 물음에 그녀는 작게 고개를 끄덕였다.

재우는 두 사람을 번갈아 보다가 섬뜩할 정도로 매서운 눈으로 남자를 응시했다. 두 사람 사이에 뭔가가 있다. 지유가 자신을 대하는 표정과 눈앞의 남자를 보는 표정이 사뭇 달랐다. 뭔가 미묘한 차이가 느껴지고 기분이 더러워졌다. 본능처럼 그의 앞에 서 있는 남자가 위험하다는 생각이 들었다. 같은 것을 원하는 수컷끼리의 묘한 승부욕. 절대로 지고 싶지 않았다.

“우리 지유와 어떻게 아는 사인가요?”

재우는 일부러 지유의 곁으로 바짝 다가가며 친밀감을 드러내었다. 그제야 기분 나쁜 듯 한쪽 눈썹을 치켜 올린 남자의 시선이 그에게 고정되었다.

“먼저 자신을 밝히는 게 예의가 아닐까요?”

효건의 말에 지유가 자리에서 일어나 두 사람 사이에 섰다. 그녀는 효건을 바라보며 대신 대답했다.

“여긴, 내 오랜 친구인 손재우예요. 재우야, 이 사람은…….”

두 남자의 시선이 지유에게로 향했다. 각기 다른 의미로 그녀의 답을 기다리는 두 사람에게서 조바심이 느껴졌다. 재우는 별다른 관계가 아니기를 바라는 간절한 마음으로, 효건은 그녀만의 특별한 사람임을 바라는 마음으로…….

‘뭐라 얘기해야 하죠? 내 아이의 아빠? 아님 날 아프게 한 사람? 그것도 아니면 김지유의 남자, 잃어버린 시간 동안 내가 사랑했던 남자?’

“……우리 회사 협력 업체 대표님.”

그녀의 말에 재우는 안도의 표정을 지었고 효건의 안색은 어두워졌다.

"그리고 내 관심을 끈 남자."

지유의 눈은 똑바로 효건에게로 향했다. 망설임 없는 단정적인 말에 두 사람의 표정이 바뀌었다.

"지유야."

"재우야, 다음에 보자. 나, 이 남자하고 할 얘기가 있어."

그녀는 효건의 팔을 잡고 끌고 홀을 빠져나갔다.

재우는 멍하니 두 사람을 응시했다. 가슴 가득 물이 차오르는 것처럼 숨이 막혀 왔다. 지유의 관심을 끈 남자라니…… 지금껏 누군가를 옆에 두는 것을 두려워하던 그녀에게 남자가 생겼다? 그는 지유를 영영 놓아야 할지도 모른다는 생각에 넋이 나가 버렸다.

조금 떨어진 곳에서 세 사람을 흥미진진한 눈으로 바라보던 민혜는 회심의 미소를 지었다. 어쩌면 그들 모두를 곤경에 빠지게 할 수 있지 않을까 하는 생각에 축 가라앉았던 기분이 급상승하는 느낌이었다. 짜릿했다.

그런 민혜는 누군가가 쳐다보고 있다는 사실도 알지 못하고 자신만의 즐거움에 빠져들었다.

많은 사람의 시선이 지유와 효건에게 쏟아졌지만 그녀는 아랑곳하지 않았다.

그녀가 마지막으로 기억하는 그는 어떤 여자와 함께 있는 모습이었다. 배신감으로 터질 듯 아파 오는 심장과 머리를 다독여 가며 수목원을 나왔지만 완벽하지 않은 기억만 가지고 그를 다그칠 수는 없었다. 조금씩 늘어 가는 예전 기억을 정리하며 그를 떠올리지 않으려 애썼던 시간이었다. 조금은 핼쑥하게 보이는 그를 다시 만나기 전까지 나름 잘하고 있다고 생각했는데……. 모든 것을 떠나 그를 다시 보니 반가웠다. 기억이 완전하게 돌아올 때까지는 연락을 하지 않을 생각이었지만, 예상치 못하게 그를 마주하고 나니 가슴속에서부터 잔잔한 떨림이 시작되었다.

지유는 행사가 열리는 다이아몬드 홀 맞은편 구석에 비어 있는 준비실로 그를 잡아끌었다. 문을 닫고 그를 벽으로 밀어붙인 지유의 눈빛이 뜨겁게 타올랐다.

"여긴 어떻게 왔어요?"

"류 교수님과 함께 왔어."

"……난, 아직 당신을 마주 볼 준비가 안 됐어요."

"김지유."

그의 올곧은 눈이 그녀에게 향했다. 아팠다. 떠올린 기억 속에서 느꼈던 절망감이 그녀를 엄습했다. 심장이 들어와 박힌 아픔이 너무 커서 그를 편하게 볼 수가 없었다. 누구였을까? 간간이 떠오른 기억은 아직까지 제자리를 찾지 못하고 뒤엉켜 있었다.

상처받은 듯 보이는 그의 눈동자가 그녀를 붙잡았다. 그녀가 잃어버린 기억을 떠올리는 동안 그 역시 마음고생이 심했던 모양이다. 아프고 안타까웠다. 그를 미묘한 눈으로 바라보던 지유가 충동적으로 움직였다.

그녀는 그의 넥타이를 잡아당겨 고개를 숙이게 만들고 느리게, 너무 느려 지루함을 느낄 정도로 천천히 다가갔다. 고운 색을 띤 앙증맞은 혀를 내밀어 그의 입술을 천천히 핥았다. 조금씩 음미하듯 그의 아래, 윗입술을 덧그리듯 어루만졌다. 성급한 그의 혀가 그녀를 맞이하며 내밀어졌지만, 그녀는 도망치듯 그것을 피해 버렸다. 조바심을 느낀 그는 그녀의 허리를 잡아당겨 안았다. 풍성한 치맛자락 속으로 여린 그녀의 몸이 고스란히 느껴졌다.

이것이었다. 효건은 너무나 간절히 원하던 그녀를 품에 안았다는 것만으로도 기쁨이 넘쳤다.

"하아, 지유야."

그의 입에서 신음하듯 억눌린 목소리가 흘러나왔다. 애간장을 태우는 그녀의 야릇한 행동에 그는 미칠 것 같았다. 작은 손짓 하나, 소소한 몸짓 하나에 반응하는 그의 분신은 이미 크기를 키워 가고 있었다. 그녀가 은채를 낳기 전에 마지막으로 사랑을 나눈 뒤로 늘 그리워만 하던 부드러운 여체를 마음껏 탐하고 싶다는 욕망이 터져 나왔다.

그녀의 허리를 잡은 그의 손에 힘이 들어갔다. 자신의 분신을 그녀에게 밀어붙이는 효건의 행동엔 절박함마저 담겨 있었다.

지유는 한 손으로는 그의 넥타이를, 다른 한 손으로는 그의 뺨을 부드럽게 쓸어내렸다. 한 번의 깜박임도 없이 그의 눈과 얼굴을 샅샅이 살피며 반응을 즐겼다. 괴롭히고 싶었다. 자신을 아프게 한 보복을 해 볼까 하는 못된 성미가 불뚝거렸다. 자신의 손길에 움찔거리는 그가 보기 좋았다. 자신의 손길을 갈구하는 그의 모습이 너무 좋았다.

그녀는 그의 입술을 가르고 혀를 밀어 넣었다. 기다렸다는 듯 효건의 입술이 활짝 열리고 그녀의 혀를 맞이하는 그의 환희가 고스란히 느껴졌다. 그의 타액을 마시고 입 안을 휘저었다. 은밀하고 노골적인 움직임에 맞춰 쾌락에 젖은 그에게서 깊은 신음이 새어 나왔다. 꼿꼿하게 선 그의 분신이 존재감을 드러내며 그녀의 아랫배를 찔렀다. 그가 그녀를 원하고 있다는 사실에 쾌감이 밀려 들었다.

어느덧 허리를 감싸고 있던 그의 손이 가슴으로 올라와 애간장을 녹일 듯 자극했던 그녀의 젖무덤을 움켜쥐었다. 옷깃의 바스락거리는 소리마저 그의 욕망을 부채질했다.

그의 입술이 그녀의 귓불과 목을 핥아 내렸다. 고개를 모로 꺾어 그의 입술이 쉽게 움직일 수 있도록 목을 내어 준 그녀의 입에서도 더운 숨이 터져 나왔다. 더 가까이 다가가기 위해 그는 필사적으로 그녀를 잡아당겼다. 한 치의 틈도 허용할 수 없는 그는 그녀의 풍성한 치맛자락을 걷어 올리기 시작했다. 아무것도 보이지 않았다. 그저 그녀를 느끼고 싶다는 열망만이 존재했다.

효건의 성급한 손길을 느낀 지유가 그의 품을 빠져나왔다. 채워지지 않는 욕망으로 인해 흐릿한 눈을 한 그가 그 자리에 서서히 주저앉았다. 마치 지유를 어루만지던 것이 현실이 아닌 것처럼 멍하고 아쉬움이 가득한 눈으로 그녀를 응시했다.

지유가 천천히 그의 맞은편에 쪼그리고 앉아 그의 이마에 자신의 이마를 가져다 대었다. 그와 마찬가지로 그녀의 숨결에도 열망이 묻어 있었다.

"기다려요. 내가, 당신에게 갈 때까지……. 당신 말대로 내 스스로 찾아 나설 때까지 기다려요. 알았죠?"

그녀는 명령을 내리듯 말을 마쳤다. 그리곤 마음을 다잡고 그의 곁에서 떨어져 나와 밖으로 향했다.

"하아."

효건의 입에서 깊은 한숨이 새어 나왔다. 무릎을 세워 그 위에 팔을 얹고 고개를 숙였다. 다행이라는 생각이 가장 먼저 들었다. 그녀는 그를 잊지 않고 있었다. 그녀가 직접적으로 기다려 달라는 말을 했다. 돌아올 것이다. 그들의 품으로 돌아올 것이라는 믿음이 생겼다. 그 시간 동안 그는 하루하루 말라 가겠지만 희망이 있다는 것만으로 충분했다. 그는 빠르게 뛰는 심장을 움켜쥐었다.

'김지유. 가능하면 빨리 오는 거 알지?

딸깍.

"훗. 뭐야 그새 마음이 바뀐 거야?"

효건의 입에서 나른하고 허스키한 목소리가 흘러나왔다. 그녀와의 키스의 여운이 채 가시지 않은 그의 음성은 잔뜩 잠겨 있었다.

"어머, 사람이 있었네요. ……난, 아무도 없는 줄 알고……."

낯선 목소리에 그는 숙이고 있던 고개를 들었다.

민혜는 호기심 가득 반짝이는 눈동자로 그를 뚫어지게 응시해 왔다. 문이 열리고 준비실에서 나오는 지유를 숨어서 지켜보았다. 옷매무새를 가다듬으며 붉어진 볼을 양손으로 감싸는 행동을 보니 대충 무슨 일이 일어났는지 짐작할 수 있었다. 대단하신 김지유에게 남자라…… 그것도 전혀 면식이 없는 낯선 남자. 궁금했다. 어떤 사람인지…….

그녀는 건장한 몸을 천천히 일으키는 남자에게 시선을 못 박았다. 무표정한 얼굴이 상당히 매력적인 남자는 움직임이 민첩했다. 그녀에게 살짝 고개를 까닥여 인사를 대신한 그는 그대로 문으로 향했다.

"그냥 여기 계셔도 되는데요."

"……."

그녀의 말에 그는 몸을 돌려 민혜를 응시했다.

"조금 심심했거든요. 뭐, 이런 파티야 거기서 거기겠지만 오늘따라 유독 지루하네요. 아마도 그쪽을 만나려고 그렇게 지루하게만 느껴졌나 봐요."

자신만만한 어조로 붉은 입술을 뾰족하게 내밀며 그를 응시하는 여자를 쳐다보았다. 명백한 유혹이 담긴 말에 그의 입술이 비틀어졌다. 이 여자는 그가 누군지 모르는 모양이었다. 하기야 자기 기분에 빠져 성질내느라 주위에 누가 있건 말건 신경도 쓰지 않았으니 그를 못 알아보는 것도 당연했다. 눈앞에서 지유에게 어떤 행동을 했는지 똑똑히 기억하는 그로서는 여자가 괘씸하기만 했다.

지유의 의붓동생. 류 교수는 분명히 그렇게 말했었다. 버르장머리 없는 그녀의 행동과 말투, 얼굴 표정 하나까지 고스란히 떠올랐다. 여자는 탐색하는 듯한 시선으로 천천히 그를 훑어 내렸다. 본능적으로 알 수 있었다. 이 여자는 지유를, 그의 여자를 아프게 할 사람이라는 것이…….

"나에게 뭘 원하지?"

"글쎄요? 뭘 해 줄 수 있어요?"

민혜는 그에게 한 발 다가서며 나른한 미소를 지었다.

"어쩌나? 난, 발정 난 암캐에겐 관심이 없는데…… 더구나 그 암캐가 뭔가를 알아내려고 의도적으로 접근했다면 더 관심이 떨어지지."

"왜 내가 의도적으로 접근했다고 생각하죠?"

그는 그녀를 피해 뒤로 물러서며 말했다.

"아닌가?"

"아니라면요."

"아니라…… 그럼 그쪽은 생각보다 훨씬 저렴한 여잔가 보군. 상대가 누군지도 모르고 무작정 덤벼드는 걸 보니 말이야."

"왜? 첫눈에 반했다는 생각은 하지 못하죠?"

"글쎄, 왜일까? 아마도 그쪽 속셈이 훤히 들여다보여서라고 해 두지."

분명 지유에게 해를 끼치고자 하는 흑심이 보였다. 이 자리에서 계속 말을 섞어 봐야 좋을 것이 없다는 결론을 내린 그는 민혜를 피해 문으로 향했다.

"김지유와 어떤 사이죠?"

그의 손이 손잡이에 닿았을 때 민혜의 목소리가 들려왔다. 역시…….

"내가 왜 그 질문에 대답해야 하는지 모르겠군."

뒤도 돌아보지 않고 차갑게 일갈한 그가 그대로 문을 열고 밖으로 나가 버렸다.

문이 닫히고 홀로 남은 민혜는 이를 악물었다. 분명 뭔가가 있다. 지유와 저 남자 사이에……. 그것이 뭘까? 두 사람이 어떤 관계인지 알아내는 것이 급선무였다. 혹시 지유가 집을 나갔던 시간 동안 알고 지낸 사람인가? 생각이 거기에까지 미치자 마음이 더욱 조급해졌다. 저 남자의 등장으로 인해 재우가 내 것이 된다면……. 준비실을 나서는 민혜의 걸음은 날아갈 듯했다.

류 교수는 우연히 지유가 효건의 팔을 잡고 바쁜 걸음을 옮기는 것을 지켜보았다. 수많은 시선이 있는 장소에서 과감한 행동을 한 지유의 뒤를 기쁜 듯 따라가는 효건의 얼굴을 보자 입가에 미소가 지어졌다. 그 뒤를 따르는 작은 인영을 보기 전까지…….

그는 조금 여유가 있어 보이는 김 사장에게 다가갔다.

"여어. 축하해. 벌써 한국건설이 50년이나 되었나?"

"어서 오세요. 제가 정신이 없어서 인사도 못 했습니다."

"오늘의 주인공이 무슨 인사, 객이 알아서 찾아와야지."

서로 마음이 맞아 많은 이야기를 나누곤 했던 두 사람의 입가에 연신 웃음이 피어올랐다.

"참, 지유 보셨습니까?"

"봤네. 참 고와."

김 사장은 홀 한쪽에 굳은 얼굴로 그림자처럼 앉아 있는 아내를 대신해 완벽하게 안주인 역할을 하는 지유가 자랑스러웠다. 품위와 절제가 느껴지는 행동과 어느 자리에 내놔도 흠 잡을 것 하나 없는 대화 수준에 일 처리 능력까지……. 자신의 딸이라서가 아니라 지유를 보고 있자니 뿌듯함이 느껴졌다.

"생각 외로 일도 너무 잘해요. 그 녀석이 그 정도 능력을 갖고 있을 거라고는 솔직히 생각 못 했습니다."

"하하. 이 사람 이거…… 완전 딸 바보가 되었구만."

"하하하. 네. 저도 몰랐는데 그랬던가 봅니다."

"그래, 다른 식구들은……."

"뭐, 늘 그렇지요. 특별한 일도 없고, 무탈합니다. 집사람이야 워낙 조용한 성격이라 소리 나는 일도 없고, 이제 남은 일이라곤 애들에게 잘 어울리는 짝이나 지어 주는 것뿐이겠지요."

류 교수는 편한 얼굴로 대답하는 김 사장을 잠시 처다보다 조심스레 질문을 했다.

"그 아이, 민혜라고 했던가? 그 아인 어때?"

"우리 민혜요? 하하. 그 녀석 애교가 많아서 제가 껌벅 죽습니다. 어찌 그리 착착 앵기는 지 예뻐요."

"일은 잘 하나?"

"뭐, 아무래도 능력은 지유만 못하지요. 지유가 워낙 뛰어나다 보니 비교가 안 되는 거고, 그래도 특별히 속 썩이는 것 없이 착해요."

"……지유와 사이는 좋은가?"

"지유가 안 붙여 줘서 그렇지 민혜는 언니, 언니 하며 무척 잘 따라요."

김 사장은 대답하다가 의아한 눈으로 그를 바라보았다. 자꾸만 민혜에 대해 묻는 것이 이상했다. 평소에도 허튼소리는 하지 않는 사람이 류성운이었다. 그런 사람이 다른 때는 관심도 갖지 않던 민혜에 대해 궁금해한다라…….

"혹시 하고 싶은 말이 따로 있습니까?"

"……사람 관계라는 것이 그래. 눈에 보이는 게 전부가 아니거든. 내 노파심일지 모르겠지만, 민혜 그 아이, 보이는 게 다가 아닐 걸세. 내가 지유 엄마를 모르는 것도 아니고, 김 사장이 얼마나 지유 엄마를 사랑했는지 잘 아는 사람으로, 나중에 죽어서도 지유 엄마 얼굴 보려면 사람부터 잘 둬야 할 것 같네."

"그게 무슨……."

"하하하. 내 기분 좋은 날 술 한잔했더니 오지랖이 넓어져서 말이야."

김 사장은 자신의 질문에 대답하지 않고 웃음으로 얼버무리는 류 교수를 지그시 바라보았다. 찜찜한 기분. 뭔가가 있는 듯했다. 민혜가 무슨 잘못을 저지른 건가? 아무것도 아니라면 류 교수가 지유 생모까지 들먹일 이유는 없었다. 그가 무언가를 묻기 위해 입을 열 찰나, 류 교수의 말소리가 들려왔다.

"사람이 일을 못하면 가르치면 그만일세. 아니면 제가 가진 그릇에 맞는 일을 시키면 되는 거고, 한데 인간이 가져야 할 기본 도리를 모르는 것들은 어찌해야 할까? ……하하. 이거 내가 좋은 날, 계속 쓸데없는 말만 늘어놓고 있네그려.”

너털웃음을 지은 류 교수가 김 사장의 어깨를 격려하듯 툭툭 치고는 멀어져 갔다. 날카로운 눈으로 류 교수를 바라보던 김준기 사장은 천천히 주위를 둘러보았다.

집으로 돌아온 김 사장은 피곤하다며 방으로 들어가는 아내를 물끄러미 바라보다 서재로 향했다.

“저 물 한 잔 주십시오.”

집안일을 돌봐 주는 도우미장에서 부탁을 하고 의자에 깊숙이 몸을 묻었다. 찜찜했다. 분명 류 교수는 그에게 무언가를 말하고 싶어 했다. 나중에 지유 엄마를 볼 낯이 없다라……

노크 소리가 들리고 물 잔이 올려진 쟁반을 들고 도우미장이 모습을 드러내었다.

“여기 있어요. 사장님.”

책상에 물 잔을 내려놓고 나가려는 도우미장을 그가 불러 세웠다. 그녀는 지유의 엄마가 죽기 전부터 이 집 일을 돌봐 주던 사람이었다.

“내, 뭐가 궁금해서 그러는데…… 솔직하게 이야기해 줄 수 있겠습니까?”

“네, 말씀하세요.”

“그동안 집사람하고 민혜, 내가 없을 때 우리 지유와 잘 지냈습니까?”

“……네. 그럼요. 잘 지내셨죠.”

한 박자 늦은 대답에 그의 눈이 가늘어졌다. 그는 의자 팔걸이를 움켜쥐고 무표정한 얼굴로 다시 물었다.

“솔직하게 말씀해 주세요. 중요한 일입니다.”

“저, 이런 말씀드려도 되나 모르겠는데, 워낙 마음이 여린 분이라 그런지 사모님께서는 지유를 너무 어려워했어요. 한 공간에 있는 것도 눈치를 보며 힘들어했거든요.”

“한 공간에 있는 걸 힘들어해요? 어떤 식으로…….”

“……한 식탁에서 밥 먹는 것조차도 어려워하셨어요. 계속 눈치를 보며 밥도 제대로 먹지 못하고 안절부절못하니 나중에는 지유가 아예 식사 시간에 얼굴을 내밀지 않았어요.”

“그런 일이…… 하지만 내가 있을 때는…….”

“사장님께서 계실 땐 덜했죠. 아무래도 두 사람 다 그런 모습을 사장님께 보이고 싶지 않았을 테니까요.”

“그럼 지유는 식사를 어떻게 했습니까?”

“방에서 혼자 먹든가, 사모님 식사 끝나고 나중에 먹든가 했었죠. 그러다 어느 순간부터 밖으로 돌기 시작했어요. 결국 아예 집에서 식사를 하지 않았어요.”

“하아.”

기가 막혔다. 지유가 그의 속을 썩이며 밖으로 나돈 이유가 이런 것이었다니…… 그는 그저 사춘기 반항 정도로만 생각하고 지유를 야단치기만 했었다.

“민혜. 민혜하고는 어땠습니까?”

“별로…… 사이가 좋지 못했어요. 민혜가 지유 물건에 마음대로 손대고 가져가고 그랬거든요. 지유가 그러지 말라고 여러 번 얘기해도 안 들으니 그냥 포기하고 말더라고요. ……민혜는 지유가 곁에 있어도 없는 사람 취급했어요. 아예 무시하더라고요. 지유도 딱히 민혜한테 살갑게 굴지도 않았고요.”

"……알았습니다. 나가서 일 보세요. 내가 이런 거 물었다는 건 비밀로 해 주십시오."

"네."

그는 도우미장이 나가는 것을 확인한 후에 눈을 꼭 감고 의자에 깊숙이 몸을 묻었다. 회사 일에 바쁘다는 이유로 지유에게 신경을 쓰지 못했던 것이 한스러웠다. 몸이 깊은 어둠 속으로 점점 가라앉는 느낌이었다. 한창 예민할 나이에 새로운 식구들과 어울리지 못하고 겉도는 딸아이의 속내를 알아보려 하지도 않았다니……. 공부는 잘했지만 집에 있지 못하고 밖으로만 도는 딸이 유학을 갔을 땐 안도감을 느끼기도 했었다. 솔직히 믿고 싶지 않았다. 그 오랜 시간 동안 외로웠을 딸을 생각하니 차라리 그것이 거짓이었으면 했다. 도우미장의 눈에도, 하물며 선배인 류 교수의 눈에도 보인 것이 자신의 눈에만 보이지 않았다니……. 류 교수의 지유 엄마 볼 낯이 없다는 말이 자꾸만 그를 괴롭혔다. 자신의 피를 이어받은 자식은 밖으로 내몰고 의붓자식을 끼고 십 년 넘게 살아왔다는 것이 한스럽게 느껴졌다.

'미쳤지. 그 어린 가슴에 피멍 드는 것도 모르고…….'

김준기 사장은 의미 없는 시선으로 서재 천장을 쳐다보다 휴대전화를 들고 전화를 걸었다.

—예, 사장님.

"이 비서, 민혜에 대해서 좀 알아봐요."

—네?

"민혜가 회사에서 어떤지, 지유와의 관계는 괜찮은지, 밖에서 뭘 하고 다니는지……. 내 말 무슨 뜻인지 모르겠나?"

—아, 아닙니다. 알겠습니다.

“가능하면 빨리 보고하게.”

—네, 사장님.

그는 전화를 끊고 깊게 숨을 들이마셨다. 속으로는 제발, 제발 하며 그의 생각이 틀리기를 간절히 바랐다.

14.
드러나는 진실

"아빠."

수목원에 도착하자마자 입구에서 놀고 있던 은채가 쪼르르 뛰어
나왔다. 그는 작은 얼굴 가득 반가움을 담고 달려오는 딸을 향해 양
팔을 활짝 벌렸다. 그는 가슴속을 파고드는 작은 온기를 소중하게
안아 올렸다. 지유와 같은 이목구비를 가진 은채의 얼굴을 세세히
살폈다. 은채를 보고 있으니 지유에 대한 그리움이 더욱 짙어졌다.

"은채 잘 놀았어?"

"네."

"할머니는?"

"조기."

은채는 작은 손가락을 들어 수목원 안쪽을 가리켰다.

수목원 입구가 보이는 나무 아래 벤치에 어머니가 앉아 계셨다.
입구에서 한시도 눈을 떼지 않는 모습을 보니 가슴이 찌르르하니 아

파 왔다.

"어머니."

"효주 데리고 왔어?"

"······아니요."

"······."

그의 대답에 금방 풀이 죽어 쓸쓸한 얼굴을 하는 것을 보니 가슴이 아팠다. 얼마 전 그녀를 만난 여파가 상당히 오래가고 있었다. 어머니가 지유를 얼마나 기다리고 있었는지 잘 아는 그로서는 의기소침해 있는 어머니를 다독일 수밖에 없었다.

"어머니, 조금만 더 기다리면 효주가 올 거예요."

"효주 와? 진짜?"

"네, 온다고 약속했어요."

"언제? 내일?"

"그것보다는 조금 더요."

"몇 밤 자면 돼?"

"······."

그는 지유가 온다는 말 한마디에 기대감을 감추지 못하고 눈을 반짝이는 어머니를 보며 안타까운 미소를 지었다. 그녀가 그들 곁으로 언제쯤 돌아올지는 그도 알지 못했다. 그저 그 시간이 길지 않기를 바랄 뿐이었다.

"아빠, 엄마 보러 가."

"응?"

"엄마한테 가."

효건은 은채의 말에 더욱 가슴 아픈 미소를 지었다.

'은채야, 나도 가고 싶다. 나도 보고 싶다. 지금 당장이라도 그녀

한테 달려가고 싶다.'

"지금은 안 돼. 조금 더 있으면 엄마가 온다고 했어. 그때까지 우리 조금만 더 기다리자."

"엄마 나빠."

"은채야 그런 말 하는 거 아니야."

효건은 울먹이는 딸을 쳐다보았다. 커다란 눈망울 가득 들어차 있는 눈물이 당장이라도 흘러내릴 듯 위태롭게 보였다. 크고 검은 눈 가득 일렁이는 슬픔을 보니 그의 심장도 덩달아 울렁거렸다.

"엄마는 은채 시러해."

"아니야. 그렇지 않아."

"맞아. 엄마는 은채 시러서 안 보러 와."

"은채야 그런 거 아니야. 엄마는…… 우리 은채 많이 사랑해."

그는 아이를 달래며 먼 하늘을 바라보았다. 시시각각 색을 달리 하는 하늘이 그의 마음처럼 어지럽게만 보였다. 수목원의 울긋불긋 한 나뭇잎과 꽃도 별다른 감흥을 불러일으키지 않았다. 그리 곱게 보이고 아름답게 느껴지던 모든 것이 시들해졌다. 지유가 그들의 곁 으로 오기 전까지 계속 그럴 것 같았다.

"어머니, 이제 그만 들어가요."

효건은 은채를 품에 안고 어머니의 손을 잡고 사택으로 향했다. 경애는 안타까운 눈으로 계속 뒤를 흘끔거렸고, 은채는 그의 어깨 너머로 수목원 입구를 쳐다보았다.

아침부터 한 방울씩 내리는 빗줄기가 시간이 지나면서 점점 굵어 지기 시작했다. 온통 축축하게 젖어드는 도시의 음울함이 그녀의 두 통을 더욱 가중시키고 있었다. 가슴이 묵직한 것이 컨디션이 좋지 않았다. 푹 자지 못하고 밤새 뒤척이다 출근 시간이 되어 무거운 몸을 겨우 일으켜 나온 참이었다. 그녀는 평소 허브차를 즐기던 것과 달리 오늘은 진하게 내린 커피를 주문했다.

잔뜩 어지러운 시선으로 창밖을 바라보았다. 뒤죽박죽된 머릿속과 책상 가득 놓인 서류더미 사이로 은은한 커피향이 맴돌았다.

그녀는 가늘고 긴 손가락으로 관자놀이를 지그시 눌렀다가 떼었다. 그 손을 그대로 내려 군살 하나 없이 편편한 아랫배를 조심스레 어루만졌다. 혼란스러운 머릿속이 정리될 기미가 보이지 않았다. 여기에 한 생명을 품었었다. 녹음이 짙은 나무 아래를 천천히 거니는 그녀의 곁엔 자상한 미소를 지은 그가 함께였다. 눈물을 흘리며 잠에서 깨어난 그녀는 텅 빈 옆자리를 멍하니 바라보다 떨려 오는 자신의 몸을 감싸 안았다.

자격이 있을까? 아이가 그 정도로 클 때까지 존재조차 잊었던 엄마인데, 기억에도 남아 있지 않는 아이에게 뭐라 해야 할까? 그 순수한 검은 눈동자를 떳떳하게 마주할 용기가 나지 않았다. 볼 낯이 없었다.

삐익.

그녀의 상념을 깨뜨리는 소리에 흐릿했던 초점을 맞추자 아슬아슬하게 걸려 있던 눈물이 볼을 따라 흘러내렸다. 그녀는 느릿하게 손을 들어 눈물을 닦아 내고 수화기를 집어 들었다.

"김지웁니다."

—사장님께서 지금 좀 보자십니다.

그녀는 비서실장의 목소리에 어지럽던 마음을 다잡고 허리를 꼿꼿이 세웠다.

"지금 가죠."

수화기를 내려놓는 그녀의 손에 힘이 들어갔다. 지금 당장은 해야 할 일이 있었다. 복잡한 생각일랑 잠시 접어 두어야만 했다. 시간을 확인한 지유는 거울 앞에 서서 외관을 점검하고 급하게 사장실로 향했다.

P시의 입찰 예정가가 정해지기는 했어도 정확한 금액은 한 번 더 의견 조율이 필요하다는 판단하에 아버지와 미팅 약속이 잡혀 있긴 했지만 아직 조금 이른 시간이었다. 갑자기 그녀를 호출한 것을 보면 무슨 문제가 생긴 것이 틀림없었다.

"들어가 보십시오. 기다리고 계십니다."

그녀가 사장실에 들어서기가 무섭게 아버지의 비서인 이 실장이 자리에서 일어나 사장실 문을 노크하고 곧장 문을 열어 주었다. 그녀는 비서실장의 굳은 얼굴과 어색한 움직임에 고개를 갸우뚱거렸다.

"어서 와라."

김 사장은 딱딱하게 굳은 얼굴로 그녀를 맞이했다.

그녀는 어리둥절한 얼굴로 아버지를 응시했다. 날카롭게 치켜뜬 눈으로 눈앞에 있는 서류를 뚫어지게 바라보는 아버지의 표정은 살벌하기까지 했다.

"아직 미팅 시간 전인데 무슨 일 있으세요?"

김준기 사장은 딸의 건조한 물음에 보고 있던 서류에서 고개를 들었다. 아픈 마음을 표현하지도 못하고 묵묵히 견뎌 준 딸이 대견했다. 그저 겉으로 보이는 모습만 믿고 아무 문제가 없을 거라 판단한 자신의 무관심에 치가 떨렸다. 그가 안이한 생각을 하고 있을 동안 보이지 않는 곳에서 얼마나 치열한 싸움을 벌이고 있었을까? 바쁘다는 핑계로 따스하게 보듬어 주지도 못한 딸을 향한 미안함이 그를 작아지게 만들었다.

"……힘들었지?"

"?"

밑도 끝도 없는 아버지의 말에 그녀의 심장이 바스락거렸다.

"미안하다."

"왜 그러세요?"

거리가 느껴졌다. 그와 지유 사이에 어느 순간부터 부녀지간의 자연스러운 대화라는 것이 없어져 버렸다. 그저 형식적이고 공적인 사장과 부하 직원의 관계, 그 이상도 그 이하도 아니었다. 그 사실이 아프게 와 닿았다. 어린 딸아이에게 못할 짓을 했구나 싶은 것이 마음이 좋지가 않았다.

한참 만에 사장실을 나온 지유의 눈동자는 차가운 빛을 띠고 있었고, 불끈 쥔 두 주먹은 부들부들 떨리기까지 했다. 이를 악문 그녀는 힘찬 걸음을 옮기며 터져 나오려는 화를 가슴 깊이 꾹꾹 눌러 담았다.

4시 30분.

지유는 구매부 문을 열고 안으로 들어서서 주위를 둘러보았다. 바삐 움직이는 사람들에게서 생동감이 느껴졌다. 그녀를 발견하고 고개를 숙여 인사를 하는 직원들에게 눈으로 인사를 대신한 그녀가 민혜와 이야기를 나누고 있는 임 팀장에게로 향했다. 중요한 이야기를 하는지 그녀가 다가서는 것도 알지 못할 정도로 진지하게 대화를 하고 있는 두 사람을 담담하게 바라보았다.

"어? 부사장님 오셨습니까?"

임 팀장이 지유를 발견하고 자리에서 일어서며 고개를 숙였다.

"입찰 금액이 나왔어요."

지유는 곁에 있는 민혜를 무시하고 결재가 떨어진 서류를 그에게 내밀었다. 파일을 열어 금액을 확인한 그가 고개를 끄덕이고 미리 켜 놓았던 컴퓨터 앞에 자리를 잡았다. 원래 예상하고 있던 입찰액보다 훨씬 큰 금액에 어리둥절해졌지만 사장 결재란 힘찬 글씨로 사인이 되어 있었다.

"부르셔도 되는데 여기까지 가지고 오셨네요."

임 팀장은 서류를 책상 앞에 훤히 펼쳐 놓고 사람 좋은 웃음을 지으며 지유를 응시했다.

"임 팀장님, 어차피 전자 입찰이니 오늘은 제가 한번 해 볼까 하는데 괜찮죠?"

치유는 호기심 가득한 눈동자를 빛내며 임 팀장을 향해 물었다.

"아! ……네. 그러시죠."

"저, 커피 한 잔만 주시겠어요? 임 팀장님이 커피를 잘 타신다는 소문이 있던데, 저도 한번 맛볼 수 있겠죠?"

그녀는 매력적인 웃음을 지으며 그를 향해 부탁의 말을 했다. 약간 얼이 빠진 얼굴로 그녀를 바라보던 그가 열렬히 고개를 끄덕이며 자리를 떴다. 계속해서 임 팀장 옆을 지키던 민혜는 비웃음이 담긴 얼굴로 지유를 쳐다보고는 밖으로 나가 버렸다. 마치 그녀와 한 공간에 있는 것조차 견딜 수 없다는 듯이…….

지유는 민혜의 뒷모습을 시린 눈으로 노려보았다. 민혜의 모습이 눈앞에서 완전히 사라지자 그녀는 비어 있는 자리에 앉아 모니터를 응시했다. 전자 입찰 서류의 빈공간은 빽빽하게 채워져 있었고, 유일하게 비어 있는 입찰 금액란에 커서가 위치해 있었다. 잠시 숨을 고른 그녀는 시계를 확인하고 잠시 기다렸다. 탕비실 문이 열리고 임 팀장이 모습을 드러내자 길고 가느다란 손가락을 들어 키보드 숫자판을 조작하고 기업인증서의 비밀번호를 입력했다.

그녀는 입찰되었다는 것을 확인하고 천천히 자리에서 일어섰다. 그녀의 앞에 커피 잔을 내미는 임 팀장을 향해 해사한 미소를 지은 그녀가 낮은 목소리로 말을 걸었다.

"커피는 마신 걸로 하죠. 수고했어요."

그녀는 우아한 걸음으로 구매부를 나섰다. 약간 얼이 빠진 얼굴로 그녀를 바라보던 임 팀장이 서둘러 컴퓨터 앞에 앉았다. 입찰 내역을 확인한 그의 얼굴이 일그러지며 깊은 한숨이 터져 나왔다.

사흘 뒤.

민혜는 느긋한 걸음을 옮겨 회사 로비를 가로질러 엘리베이터 앞에 섰다. 지각을 한 민혜의 미간은 잔뜩 찌푸려져 있었다. 어제 과음을 한 것이 문제였다. 지근대는 관자놀이를 누르며 신경질적으로 상향 버튼을 눌렀다. 평소 같으면 아프다는 핑계를 대고 출근을 하지 않았겠지만 오늘따라 어서 출근하라는 엄마의 성화에 하는 수 없이 나온 참이었다. 해야 할 일은 많은데 마음만 분주한 날들이 계속되고 있었다.

땡 하는 소리와 함께 엘리베이터 문이 열리자 그녀는 느릿하게 발을 움직였다. 그녀가 내려야 할 8층을 누르고 가슴 앞에 팔짱을 낀 상태로 천천히 변하는 숫자를 짜증 섞인 눈으로 응시했다.

8층. 엘리베이터에 내린 민혜는 전혀 서두르는 기색이 없이 사무실을 향했다. 그때 부사장인 지유가 구매부 직원들의 배웅을 받으며 사무실에서 나오는 모습이 보였다. 그녀와 눈이 마주친 지유의 입가에 차디찬 미소가 걸렸다.

"김민혜 대리는 출근이 늦네요."

지유의 말에 그녀 주위에 있던 직원들의 시선이 민혜에게 쏠아졌다. 민혜는 다른 사람들의 시선을 무시하고 지유를 있는 대로 노려보았다. 불안했다. 지유가 아침부터 구매부에 올 일이 뭐가 있을까? 그녀는 불안한 마음을 달래기 위해 입술을 깨물었지만 별로 효과가 없었다. 멀어지는 지유에게 눈을 떼지 않았다. 분명 뭔가가 있었다. 자꾸만 조바심이 일어 견딜 수가 없었다. 이렇게 불편한 상황이 마음에 들지 않아 직접적으로 지유에게 따지는 것이 좋겠다는 생각에 몸을 돌리는데, 가방 속 휴대전화가 울렸다.

"여보세요."

―민혜냐?

"네, 아빠."

민혜는 경쾌한 목소리로 대답을 했다. 마치 눈앞에 김 사장이 있는 것처럼 반갑게 전화를 받았다.

―오늘 일찍 들어오거라. 집에서 좀 보자.

"무슨 일 있어요?"

―특별한 건 아니고…… 축하할 일이 있으니 식사나 같이했으면 좋겠구나.

"그래요? 알았어요. 일찍 들어갈게요."

그녀는 신이 난 것처럼 전화를 끊고 곰곰이 생각에 잠겼다. 계부인 김 사장의 목소리가 낮게 가라앉아 있었다. 축하할 일이 생겼다는 사람의 목소리치곤 너무나 진중하고 우울하게까지 들렸다.

Rrrrr. Rrrrr.

"전화가 불이 나네."

그녀는 짜증스럽게 중얼거리며 휴대전화를 응시했다. 발신자를 확인한 그녀의 눈동자가 흔들렸다. 주위를 둘러보다 빠르게 걸음을 옮겨 직원 휴게실로 들어섰다.

"여보세요?"

그녀의 입에서 떨림이 고스란히 드러나는 목소리가 새어 나왔다.

—너! 일부러 그런 거지?

"그게 무슨 말이에요?"

—몰라 물어? 너 때문에 내가 물먹었어. P시 개발 건 한국건설로 떨어졌다고…… 너 때문에 다 망했어.

"그럴 리가……."

민혜는 잔뜩 흥분한 호림건설 박한석의 말에 신경질적으로 머리카락을 쓸어 올렸다. 오늘이 P시 입찰 결과가 나오는 날이었나? 그래서 지유가 아침부터 구매부에 모습을 드러내었던 모양이다.

—김지유가 시켰어? 둘이 짜고 그런 거지? 너 기다려. 나 이대로 혼자 죽진 않아.

"말도 안 돼. ……절대 그럴 리가 없어요."

—웃기지 마. 널 믿은 내가 미친놈이지.

그녀는 길길이 날뛰던 박한석이 전화를 끊자 급하게 구매부로 향했다. 커다랗게 심호흡을 하고 사무실 안으로 들어서자 묘한 분위기가 그녀를 맞이했다. 어딘가 모르게 들뜬 것 같으면서도 착 가라앉은 것이 심상치 않았다.

"얘기 좀 해요."

망연자실하게 앉아 있던 임 팀장이 민혜의 목소리에 흐릿한 눈을 들었다. 자조적으로 코웃음을 친 그가 천천히 자리에서 일어났다. 뭔가 이상하긴 했었다. 입찰 직후부터 은근히 그녀를 외면하는 그가 이상했지만 애써 무시했었다.

“어떻게 된 거예요?”

정원으로 꾸며진 회사 옥상에 올라서기가 무섭게 그녀가 다그치
듯 입을 열었다.

“어떻게 되긴…… 망한 거지.”

임 팀장이 한숨을 내쉬고 먼 하늘을 바라보았다. 마음이 급해진
민혜가 그의 팔을 잡고 흔들었다.

돈 때문이었다. 임 팀장이 민혜의 손을 잡게 된 것이……. 그동안
착실히 저축했던 돈으로 주식 투자를 하면서 그는 어둠의 나락으로
빠졌다. 처음 시도한 투자에서 쏠쏠한 재미를 본 그는 있는 돈을 다
시 재투자하기에 이르렀고, 그렇게 몇 차례 약간의 손실과 이익을
반복하다 국제 유가의 급등, 미·중·일 등 주요국의 환율 정책 변
화에 따른 주가 폭락 사태가 빚어지면서 커다란 부채를 지게 되었
다.

부사장인 지유가 은밀히 민혜를 지켜봐 달라 부탁을 해 온 것과
동시에 민혜가 다가왔다. 같은 사무실에서 근무하면서 그의 재정 상
태를 어느 정도 알고 있던 그녀의 솔깃한 제안에 마음이 흔들렸다.
민혜가 원하는 것은 P시의 입찰 금액이었다. 회사의 사활을 걸 만한
사업이었기에 경쟁사에서도 한국건설의 입찰액에 관심이 많았다. 민
혜는 입찰 시한 전에 금액을 알려 달라 주문을 했고, 때마침 민혜와
이야기를 나눌 때 지유가 다가와 서류를 전해 주었다. 그는 입찰 금
액이 적힌 서류를 일부러 책상 위에 활짝 펼쳐 놓아 민혜가 금액을
확인할 수 있도록 도왔다. 지유의 커피 요구에 탕비실로 들어가서
민혜와 전화통화를 하며 다시 한 번 입찰액을 주지시켰다.

지유가 커피를 주문하지 않았더라면…… 아니 그는 알고 있었다.
서류에 적힌 입찰 금액과 실제 P시의 전자 입찰에 기입해 넣은 금

액이 다르다는 것을 확인하자 그는 절망에 빠졌다. 부사장은 모든 것을 알고 있었다. 그와 김민혜의 계약을…….

살얼음 위를 걷듯 불안하고 조심스러운 며칠이 지나고 오늘 아침 드디어 입찰자 선정 공고가 나왔다. 그의 예상대로 한국건설이 P시의 개발자로 선정되었고, 아침부터 부사장이 구매부를 방문했다. 모두의 축하를 받으며 격려의 말을 한 그녀는 사무실을 나가기 직전에 그에게 다가와 한마디를 했다.

"사표 준비하세요."

민혜는 조바심을 내며 시간를 보내다 퇴근 시간이 되자 번개처럼 사무실을 빠져나왔다. 임 팀장과 이야기를 나눈 뒤로 언제 호출이 올지 몰라 피가 마르는 듯한 불안한 시간을 보냈다. 다행히도 퇴근할 때까지 지유는 아무 반응도 보이지 않았다.

그녀는 집으로 향하는 내내 운전대를 잡지 않은 손가락을 깨물었다. 김 사장이 모든 사실을 알기 전에 어떻게든 손을 써야 한다는 생각에 마음이 조급해졌다. 어떻게 하지? 어떤 방법을 써야 하지? 그녀는 이런 결과가 나올 것이라 예측하지 못했기에 당혹스럽기만 했다. 그녀의 계획대로 P시의 개발권은 호림건설이 가져가야 했다. 일이 그렇게만 되면 지유를 회사에서 쫓아낼 수도 있었고, 그녀가 한 짓이 들통 나지도 않았을 터였다.

"어쩌지?"

그녀는 이제 와 자신이 얼마만큼 커다란 일을 저질렀는지 느낄 수 있었다.

민혜가 집에 도착해 차에서 내려 정원을 가로지를 때 대문이 열리는 소리가 들렸다. 자연스럽게 뒤를 돌아본 그녀의 눈이 경악으로 커다랗게 벌어졌다.

"네가 여기 웬일이야?"

"내가 못 올 데라도 왔니?"

"……."

그녀를 무심한 눈빛으로 쳐다보는 지유가 저승사자처럼 느껴졌다. 자신의 숨통을 죄려고 집까지 쫓아온 게 아닌가 하는 생각에 민혜는 표독스러운 눈으로 지유를 노려보았다. 지금은 최대한 몸을 낮춰야 할 때라는 생각이 들어 입술을 깨물며 터져 나오려는 말들을 억눌렀다.

"왜? 날 보니 뭔가 찔리는 거라도 있어?"

민혜는 의미심장한 미소를 머금은 지유의 말에 마른침을 삼켰다.

"내가 그, 그런 게 어딨어?"

"정말 없어? 자신감이 아주 대단하구나. 아직까지 큰소리치는 걸 보니 말이야. 아, 자신감이 아니라 자포자기한 건가? 될 대로 되라?"

"……무슨 뜻이야?"

민혜는 신경질적으로 지유의 팔을 잡아당기며 이글거리는 눈으로 그녀를 노려보았다. 좋지 않다. 분명 뭔가가 있었다. 집을 나간 이후로 가능하면 이곳으로 발걸음을 하지 않던 지유가 갑자기 모습을 드러낸 이유를 알아야만 했다. 계부의 귀에 그녀가 벌인 일이 들어가지 않도록 조치를 취하기 전에 지유의 얼굴을 대면하고 나니 불안감이 가중되었다.

"몰라 물어? 이거 참, 안 좋은 머리 가지고 그만큼 애쓴 걸 칭찬해 줘야 하나? 네가 생각한 게 고작 임 팀장이었어? 하도 호기롭게 큰소리치기에 무슨 일을 꾸미나 했더니, 겨우 그거였니? 네가 우리 입찰액을 호림에 흘려서 뭘 얻고 싶었는데? 그렇게까지 해서 네가 갖고자 한 게 뭐야? 그만큼 갖고도 부족했니? ……아님 날 엿 먹이려는 게 목적이었어?"

지유는 자신의 팔을 잡은 민혜의 손을 매몰차게 뿌리치며 노려보았다.

지유의 말에 민혜의 얼굴에서 핏기가 가셨다. 창백해지는 낯빛을 감추지도 못한 채 처음 든 생각은 어떻게 눈치챘는지 궁금하다는 것이었다. 그 뒤를 이어 작은 목소리로 조곤조곤 따지고 드는 지유가 얄미웠다. 엄청난 사실을 말하면서도 마치 아무 일도 아니라는 듯 표정 하나 바뀌지 않는 지유가 몹시도 보기 싫었다. 그녀는 화가 났다. 당당하기만 한 지유의 일그러진 표정을 볼 수는 없는 건가 싶어 분한 마음만 들었다.

"그래. 부족해. 늘 허기져. 그래서 그걸 고자질하려고 온 거야?"

"고자질씩이나…… 그럴 가치가 있다고 생각해? 난, 네 이름조차 입에 담기 싫어. 그런데 내가 왜 그런 수고를 해야 하지?"

지유는 민혜의 곁을 스치며 곁눈질로 그녀를 흘끔 쳐다보았다.

"그럼 뭐 하러 여기에 나타난 건데?"

"잊었니? 여긴 원래부터 내 집이야. 내가 태어나서 자란 내 집. 내가 내 집에 오면서 너한테 허락을 받아야 하는 거니? 말이 참 웃기구나."

"이 집에서 일 년에 한 번 얼굴 보기 힘든 사람이 갑자기 나타났는데 아무것도 아니라고? 그게 믿겨져?"

"아버지가 아무 말씀 안 하시디?"

아버지라는 말에 민혜의 몸이 서서히 굳어졌다. 그녀의 우려가 현실이 되었다 생각하니 숨이 쉬어지지 않고 정신이 아득해지는 느낌이 들어 눈에 힘을 주었다. 이제라도 잘못을 인정하고 도움을 요청해야 하지만 자존심이 상했다. 절대 지유를 뛰어넘을 수 없는 건가 싶어 절망스러웠다. 그녀는 죽어도 지유에게만은 고개를 숙여 부탁이라는 것을 하고 싶은 마음이 들지 않았다.

이 여사는 아무리 기다려도 지유가 들어오지 않자 현관문을 열고 정원으로 나섰다. 정원 한가운데에서 지유와 민혜가 서로를 노려보며 으르렁대고 있는 것이 보였다. 심상치 않은 분위기에 그녀는 걱정스런 얼굴로 천천히 둘을 향해 걸음을 옮겼다.

"안 들어오고 여기서 뭐해?"

이 여사는 조심스럽게 입을 열고 지유와 눈이 마주치자 서둘러 눈을 내리깔았다.

민혜는 이 여사를 보고 작게 한숨을 내쉬는 지유를 보자 가슴속에서 불꽃이 일었다. 두려움과 불안함이 극에 달해 예민해진 그녀의 신경을 긁어 대는 지유의 한심하다는 듯한 눈빛과 죄지은 사람처럼 벌벌 떠는 엄마를 보자 절로 노성이 터져 나왔다. 그녀는 이 여사를 향해 분풀이라도 하듯 떠들었다.

"엄만, 뭐가 무서워서 자꾸 그래? 쟤가 엄마 잡아먹어? 뭐가 어려워서 자꾸 기죽어서 눈치보고 그러냐고? 내가 엄마 때문에 미치겠어. 저깟 게 뭐라고 죄지은 사람처럼 벌벌 떨어 떨길……."

"……."

지유는 짜증을 가득 담아 소리치는 민혜를 가소롭다는 듯 바라보았다. 알고 보면 참 단순한 아이였다. 그 사실을 본인이 모른다는 것이 문제지만……. 유치원생처럼 마음에 안 든다고 짜증내고 화내고, 조금만 좋으면 헤헤거리고, 잔머리를 굴린다고 애는 쓰지만 근본적으로 치밀하지도 못하고 어설프기만 했다. 거기다 한 가지 문제가 더 있다면 욕심이 너무 과했다. 자신에게 주어진 것에 만족하지 못하고 자기 것이 될 수 없는 것에 대한 욕망을 다스리지도, 자제하지도 못했다.

"재수 없어. 네가 잘났으면 얼마나 잘났다고 사람 깔보고 지랄이야, 지랄이."

민혜는 악에 받쳐 커다랗게 소리를 질렀다.

"네 눈엔 내가 잘난 척하며 너희 모녀를 깔보는 걸로 보여?"

"뭐?"

지유는 민혜의 히스테릭한 목소리에 집으로 향하던 몸을 천천히 돌렸다. 파르르 떨며 막말을 하는 민혜를 보자 기가 막혔지만 그녀는 무심한 어조로 되물었다.

"네 엄마가 날 전염병에 걸린 사람 대하듯 외면했다는 생각은 안 드니? 내가 날 보면서 슬슬 피해 달라고…… 눈도 마주치지 말아 달라고 요구했어? 그거 알아? 네가 이 집에 왔을 때 난, 고작 열여섯 살이었어. ……그런 내가 잡아먹기라도 해? 그 어린애가 그렇게 무서웠어? 쳐다보지도 못할 정도로? 처음 봤을 때부터 10년이 넘도록 날 그렇게 대한 사람이 네 엄마라는 여자야. 거기다가 너, 싸가지는 밥 말아 쳐 드셨는지 꼬박꼬박 맞먹으려드는 나이 어린 것까지……. 내가 너희 모녀를 어떻게 대해야 해? 너처럼 앞뒤 분간 못하고 덤벼드는 꼴을 보면서 그냥 가만히 있으면 되는 거야?"

"……웃기지 마. 넌 항상 그랬어. 세상 사람들이 다 네 발아래 있는 듯 눈 내리깔고 쳐다보며 사람 염장을 질렀다고……. 다 네 잘못이야. 지가 잘못해 놓고 왜 우리한테 뒤집어씌우려고 그래? 그저 남들보다 조금 잘사는 집에 태어난 것이 그리도 대단한 거야? 그럼 너처럼 그렇게 이기적으로 굴어도 다 용서되는 거야? 웃겨. 부모 잘 만나 아쉬운 것 하나 없이 살아온 주제에……."

"지금 뭐라고 떠드는 거야? 내가 이기적? 건방 떨지 마. ……내가 눈 내리깔고 너희 모녀 염장을 질렀다고? 허, 네 눈에 애정 어린 시선 한 자락 잡아 보겠다고 애쓰는 어린아이는 들어오지도 않았던 모양이구나. 이 집에 들어오기가 무섭게 아버지 옆에 찰싹 달라붙어 갖은 아양을 다 떨며 아버지의 재력을 이용해 먹은 게 누군데? 누구한테 이기적이네 어쩌네 하는 거야?"

지유는 딱딱하게 굳은 표정으로 가슴속에 담긴 말을 차갑게 뱉어 내었다. 그저 사랑받고 싶었던 사춘기 시절의 상처가 고스란히 떠올랐다. 그녀는 태연하게 서 있기에도 힘이 들었지만 초인적인 힘으로 평온함을 가장했다. 퇴근하고 집으로 오라는 아버지의 말을 듣는 게 아니었다. 민혜의 일이야 아버지한테 일임하면 되는 문제였고, 괜히 찾아와 보고 싶지도 않은 얼굴을 마주하며 예의를 가장하는 것도 싫었다. 결론적으로는 그녀의 예상대로 집 안으로 들어가기 전부터 분위기가 껄끄러워지고야 말았다.

"아양 떠는 것도 능력이라는 거 몰라? 사실 아무리 친딸이라고 해도 애교라곤 눈곱만큼도 없는 너보단 내가 낫지. 그러니까 아빠도 날 더 귀여워하시는 거고……. 인정할 건 인정해야지. 넌, 있으나 마나 한 존재야. 그러니까 네가 없어졌을 때도 애써 찾지 않은 거고……. 아빤 너 같은 거 안중에도 없어."

의기양양한 민혜는 잔뜩 거들먹거리며 지유를 자극했다. 김 사장 곁에 다가오지 못하고 아쉬운 눈으로 세 사람을 바라만 보던 지유를 생각하자 잔뜩 가라앉았던 기분이 조금은 나아지는 것처럼 느껴졌다.

"민혜야."

이 여사는 걱정 가득한 얼굴로 민혜의 이름을 작게 불렀다. 발을 동동 구르며 어쩔 줄 모르고 두 사람의 눈치만 살폈다. 그녀에게는 두 아이 모두 편하지가 않았다.

지유는 제가 낳은 아이가 아니라 늘 조심스러웠다. 말 한 마디라도 살갑게 하기 어려울 정도로 소심한 탓도 있지만, 어린 나이에도 불구하고 서늘한 지유의 표정을 보면 입이 굳어 버렸다. 지유가 어렵기만 했던 그녀는 아이가 제 호의를 달갑게 여기지 않을 거라 지레짐작하고 가능하면 지유와 부딪히는 것을 자제했다. 그것이 쌓이고 쌓여 한집에서 사는 기간이 길어질수록 지유와 관계가 더 서먹해지고 불편하게 변해 이제는 손을 쓸 수도 없는 지경가지 와 버렸다.

민혜도 없이 살면서 원하는 것을 제대로 해 주지 못해 늘 신경이 쓰였었다. 그러다 재혼을 하고 혹시라도 계부와 지유에게 치여 기가 죽어 사는 것이 아닌가 싶어 늘 노심초사했었다. 다행히도 민혜가 김 사장에게 살갑게 굴어 예쁨을 받았기에 망정이지 그러지 않았다면 그나마도 더 눈치가 보일 뻔했다. 민혜와 지유의 사이가 좋지 않다는 것을 알게 된 뒤로 그녀는 그 누구의 역성도 들 수가 없었다. 그저 말없이 두 사람을 바라보기만 했다.

그때였다.

"이게 다 무슨 소리야? 민혜, 너 평상시에도 지유에게 이렇게 대했니? 허허, 내가 늙었구나. 사람을 잘못 봐도 한참을 잘못 봤어. ……당신도 실망스럽구려. 아이가 버르장머리 없이 굴면 꾸짖어야지 어떻게 두 눈 멀뚱멀뚱 뜨고 쳐다보고만 있어?"

어느 틈에 나타난 김 사장이 세 사람을 바라보며 인상을 찌푸렸다. 못마땅한 것을 감추지 않은 그의 얼굴에는 노기가 잔뜩 서려 있었다.

김준기 사장은 지유가 추진하던 일이 좋은 결과를 가져와 축하도 해 주고 민혜의 일도 상의하기 위해 일부러 자리를 마련했다. 심란한 마음을 감추고 일찌감치 퇴근해 차에서 내린 그의 귀에 민혜의 날카로운 목소리가 대문을 넘어 들려왔다. 깜짝 놀란 그는 무슨 일인가 싶어 운전기사가 가지고 있는 열쇠로 문을 열고 들어와 눈앞에 보이는 광경을 보고 말을 잊었다. 지유와 민혜의 오가는 말을 듣고 있자니 기가 막혔다.

대화 내용을 듣고 있던 그는 누군가가 잔혹하게 심장을 쥐어짜는 듯한 고통을 느꼈다. 뛰어나가고 싶은 것을 억누르며 손이 하얗게 변하고 손톱이 손바닥에 박힐 정도로 꽉 주먹을 쥐고 두 사람의 말이 끝나기를 기다렸다. 그러다 민혜의 입에서 지유를 찾지 않은 이유가 있으나 마나 한 존재이기 때문이라는 말이 나왔을 때는 도저히 참고 있을 수가 없었다.

"아빠."

"여, 여보."

무섭도록 표정이 굳어진 김 사장의 눈치를 보며 이 여사와 민혜가 당혹감을 감추지 못했다.

"내 죄다, 내 죄야. 금쪽같은 내 자식 가슴에 피멍울 맺히는 것도 모르고, 야멸스런 아이를 좋다고 하하거렸으니……. 이 꼴 보자고 내 성을 물려주었어. 내 죽어서 그 사람을 어찌 보나. ……다들 들어와."

김준기 사장은 무거운 걸음으로 세 사람을 지나쳐 집으로 향했다. 직접 눈과 귀로 확인한 것과 이야기로만 들은 것은 천양지차였다. 막상 지유에게 함부로 구는 민혜를 눈으로 보니 울화가 치밀었다.

　김준기 사장은 확실하게 하자는 생각에 비서를 시켜 민혜에 관한 것을 알아보라 지시를 내렸다. 그간 민혜의 행실과 사내에서의 평판, 지유와의 관계 등을 알아보는 과정에서 놀라운 사실을 알게 되었다. 민혜가 한국건설과 경쟁 업체인 호림건설의 박한석 실장과 은밀한 만남을 가졌다는 내용이었다. 지유가 의욕적으로 추진하고 있는 P시의 개발 시행 업체 입찰이 얼마 남지 않은 시기에 경쟁 회사의 중요 인물과 만남이라니…… 의심스러웠다. 그리고 그 의심이 사실로 밝혀진 순간 그는 말을 잃었다. 그 기막힌 심정이란 이루 말로 표현할 수도 없을 정도였다. 자신의 친자식은 아니었지만 지유 못지않게, 아니 어쩌면 제 핏줄이 아니라는 이유로 민혜에게 더욱 신경을 쓰고 살갑게 대했던 그였다. 그의 믿음과 애정을 송두리째 배신한 민혜를 어떻게 해야 좋을지 결론이 나지 않았다.

　그는 지유를 불러 민혜가 저지른 일을 알렸다. 민혜가 구매부 임팀장을 앞세워 한국건설의 입찰액을 알아낸 뒤 입찰 마감 시간 전에 호림건설 박한석 실장에게 전하기로 한 계획을 이야기하자 지유는 허무한 웃음을 지었다. 입찰 건은 알아서 하겠다는 말을 하고 사장실을 나서는 지유의 뒷모습을 보며 아픈 가슴을 부여잡았다.

　화려하면서도 깔끔하게 꾸며진 거실에 정적이 흘렀다. 상석에 자리 잡은 김준기 사장의 굳은 얼굴은 펴지지가 않았고, 긴장한 것이 역력한 이 여사와 민혜는 그를 흘끔거리며 눈치를 보았다. 그들과 전혀 상관없다는 표정의 지유는 지루해 보이기까지 했다.

　"민혜, 그동안 쌓인 게 참 많은 모양인데 어디 할 말 있으면 이 자리에서 한번 해 봐라."

“……..”

“왜 갑자기 꿀 먹은 벙어리라도 된 게냐? 좀 전만 해도 청산유수로 떠들어 대더니만…… 하고 싶은 말이 있으면 해 봐.”

“……잘못했어요.”

민혜는 고개를 숙이고 애처롭게 작은 목소리로 입을 열었다.

“뭘? 도대체 뭘 잘못했는데?”

“……..”

그는 소파 손잡이를 손바닥으로 내리치며 호통을 쳤다.

“왜? 기억이 나지 않냐? 내가 한번 말해 보랴? 지유가 네 동생이냐, 네 친구냐? 어디서 언니에게 버르장머리 없이 함부로 입을 놀려? 지유가 네게 뭘 그리 잘못한 것이 많아서 그따위 말을 해? 내가 지유를 찾지 않은 이유가 뭐라고?”

그는 이를 사리물고 빠르게 뛰는 심장을 지그시 누르며 치솟은 화를 억누르려 심호흡을 했다. 모든 게 제 탓인 걸 모르지 않았다. 어찌 되었든 재혼을 한 것도, 민혜를 어여삐 여긴 것도 모두 그가 한 행동임을 잘 알고 있으면서도 터질 듯 솟아오른 분노는 쉽게 가라앉지 않았다.

“제 잘못은 깨닫지도 못하고 누굴 탓해? 날 기망한 걸로 모자라 그런 엄청난 일까지 저질러 놓고 뭐라 떠들어 떠들긴……. 네가 이렇게 내 뒤통수를 칠 줄을 생각도 못 했다. ……널, 내가 어떻게 해야 할까?”

김준기 사장이 모든 것을 알고 있다는 것을 깨달은 민혜는 떨려오는 손을 맞잡았다. 공황 상태에 빠져 아무런 생각도 나지 않았다. 지유를 끌어내리기 위해 혈안이 되어 있을 때는 느끼지 못했던 두려움이 왈칵 밀려들었다.

“아니에요. 오해세요. ……전, 전 아무 짓도 하지 않았어요.”

“뭐라?”

“아빠, 전 모르는 일이에요. 쟤가 날 미워해서…… 날 모함하기 위해 모두 꾸민 일이에요.”

민혜는 정신없이 변명의 말을 쏟아 내었다. 일단, 무슨 말이라도 해야 한다는 생각에, 이대로 김 사장의 노여움을 살 수 없다는 얕은 생각에 그녀는 자신이 무슨 말을 내뱉고 있는지도 분간이 되지 않을 만큼 빠르게 중얼거렸다.

“뭐가 말이냐?”

민혜의 말에 김 사장의 얼굴이 더욱 싸늘하게 변해 갔다.

“P시의 입찰가를 호림에 알려 준 거, 제가 그런 거 아니라고요. 전, 너무 억울해요.”

“하아, 기가 막히는구나.”

“?”

“내가 네게 P시나 호림에 대해 말을 한 적이 있느냐? 엄청난 일이라고만 했지. ……나는 네 입에서 나온 말들을 네게 한 기억은 없구나. ……누가 누굴 미워해서 모함을 해? 허어.”

“…….”

경악으로 크게 열린 눈을 하고 있는 민혜를 보며 김 사장의 입에서 헛웃음이 흘러나왔다. 헛살았다. 정말 헛살았다 싶어 그는 주먹을 꼭 쥐고 눈을 감았다.

마지막까지 그는 민혜의 거취가 신경이 쓰였다. 비록 회사에 악영향을 끼치는 행동을 했을지언정 10년이 넘도록 딸이라 생각하고 키워 온 아이를 매몰차게 몰아낼 수는 없어 지유와 함께 민혜 문제를 상의해 볼 생각이었다. 그의 그런 생각도 모르고 민혜는 정신을 차리지 못하고, 모든 잘못을 지유에게 떠넘기려 하는 행동을 하고 있다는 사실이 기가 막혔다. 만일 그가 먼저 알아낸 게 아니었다면 어땠을까 하고 생각하니 지유에게 미안한 마음이 드는 것을 막을 수가 없었다.

"식사는 아무래도 다음으로 미뤄야겠네요."

소파에서 몸을 일으킨 지유가 세 사람을 무심한 얼굴로 바라보며 입을 열었다.

"앉아라."

"아뇨. 전 이만 갈게요. 여긴 제가 있어야 할 자리가 아닌 것 같아요."

"그게 무슨 말이야? 너는 가족이 아니냐?"

"……언제부터 제가 가족이었나요? 이 집에 제 자리가 있었던 적이 있어요?"

지유는 세 사람을 둘러보며 느릿하게 입을 떼었다. 무심하게 느껴지는 건조한 어조에 아버지의 눈동자가 충격으로 흔들리는 것을 보면서 그녀는 걸음을 옮겼다. 한순간도 그들과 가족이란 이름으로 어우러져 살아 본 기억이 없는 그녀는 지금의 상황이 우습기만 했다. 10년이 넘도록 관심을 보이지 않던 아버지가 이제 와 충격을 받은 것도, 죄인처럼 아버지의 눈치를 보고 있는 이 여사와 민혜도……. 억지로 웃기려는 코미디 한 편을 보는 기분이었다.

김준기 사장은 지유가 나가는 것을 보면서도 잡지 못했다. 이런 집 안이라면 자신조차 머물고 싶지 않다는 생각이 들어 차마 잡을 수가 없었다. 그 오랜 시간 동안 딸의 아픔과 외로움을 몰랐다는 자책에 그는 한동안 입을 열지 못했다. 상상외로 지유의 상처가 큰 것 같아 어찌할 바를 몰랐다.

"……솔직히 지금은 두 사람 얼굴을 보고 싶지도 않아. 내 모르면 몰랐지, 알고도 이렇게는 살 수가 없어."

김 사장은 한참 만에 입을 열었다. 이제라도 잘못된 것은 바로잡아야만 했고, 그 일을 할 사람은 그 자신이었다.

"여보, 그게 무슨 말이에요? ……내가 잘못했어요. 애를 잘못 키운 내 죄예요. 그러니 제발, 그런 말은 말아요."

"……너무 늦었다고 생각하지 않소? 그동안 내가 속은 걸 생각하면…… 치가 떨려. 일단 집을 구해 줄 테니 민혜를 데리고 당장 나가도록 해요. 그리고 민혜는 내일부터 회사에 나올 필요 없다."

그는 강경한 어조로 말을 하고는 서재로 들어가 버렸다. 쾅 소리가 나도록 문을 닫은 그는 비틀거리는 걸음을 옮겨 의자에 주저앉았다. 지유의 마음을 외면하고 살아온 시간들이 회한으로 다가왔다.

'이 죄를 어떻게 갚아야 할까? 여보, 지유 엄마…… 내 당신 볼 낯이 없소. 미안하이.'

15.
되찾은 과거

지유는 집으로 돌아와 욕조 가득 물을 받았다. 효건에게서 받은 로즈마리가 가득 담긴 바스백을 욕조에 넣고 옷가지를 벗기 시작했다. 은은한 향기가 욕실을 가득 채울 무렵 그녀는 길게 늘어진 머리카락을 자연스럽게 틀어 올려 핀으로 고정하고 몸을 움직여 다리부터 천천히 욕조에 담갔다. 욕조에 기대어 눈을 감고 날카로운 신경을 가라앉히기 위해 느릿하게 심호흡을 했다. 예민하게 곤두섰던 신경이 차분히 가라앉자 좀 전의 어이없는 일들이 생각나 비릿한 미소를 머금었다.

가족. 아버지의 입에서 그 말이 나왔을 때 하마터면 커다랗게 비웃을 뻔했다. 민혜 모녀가 집으로 들어온 뒤로 방황하는 그녀를 보면서도 이유를 알려고 하지 않았던 사람의 입에서 나올 소리는 아니었다. 진심으로 가족이라 생각했다면 그저 사춘기려니 하는 안일한 생각 말고 한 번쯤은 왜 그러느냐고 물었어야 옳았다. 이제 와 가족이라는 이름으로 그들과 묶이기엔 시간이 너무 많이 지나 버렸다는 것을 모르는 모양이었다.

"너무 늦었다구요, 아버지."

그녀는 욕조에 담긴 물을 두 손 가득 담아 얼굴을 씻어 내었다. 그녀의 온몸을 가득 채운 어지러운 상념을 씻어 내듯 정성을 들여 더디게 손을 움직였다. 그리움을 가득 담은 향기가 콧속으로 밀려들자 그녀의 머릿속엔 수목원이 떠올랐다. 자잘하게 부서지는 햇살과 바람결에 따라 춤을 추는 나뭇잎들과 싱그러운 나무 향…… 그곳을 생각하자 좀 전과 다른 의미로 가슴이 찌릿해졌다.

언제쯤이면 기억이 완전하게 돌아올는지 자꾸만 조바심이 났다. 아예 머릿속이 깜깜했던 전과 달리 어설프게 떠오르는 기억으로 인해 두려움마저 느껴야 했다. 온전하게 모든 걸 기억해 낸다고 해도 무리 없이 받아들일 수 있을지……. 그녀는 수많은 생각으로 터질 듯 죄어 오는 머리를 양손으로 꾹 눌렀다. 이러지도 못하고 저러지도 못한 채 제자리에서 그저 발만 동동 구르는 제 모습이 마음에 들지 않았다.

"홍보관 개관이 내일이든가요?"

"네."

"갑시다."

지유는 강남에 새로 짓는 한국파크 오피스텔의 분양과 때를 맞춰 문을 열게 될 모델하우스를 직접 둘러보고자 비서를 대동하고 사무실을 나섰다. 한국파크 오피스텔은 설계에서부터 그녀가 신경 썼던 곳이라 더욱 애착이 갔다.

싱글족을 위한 작은 평형으로, 강남역과 삼성역에 있는 오피스텔에 비해 저렴한 투자 비용으로 분양할 예정이었다. 전용면적 23.98㎡의 깔끔하고 모던한 인테리어가 돋보이는 견본 주택을 둘러보는 그녀의 눈빛이 예리하게 반짝였다. 그녀는 분양 담당자의 설명을 들으며 찬찬히 모델하우스를 둘러보았다. 몇 분 뒤 공식적인 일정을 끝낸 그녀가 회사로 돌아가기 위해 그곳을 나섰다.

끼이익. 쿵.

그 순간 모델하우스 옆 도로에서 신경을 거슬리게 하는 둔탁한 소리가 들려왔다. 자연스럽게 고개를 그쪽으로 돌린 지유의 눈동자가 불안하게 흔들렸다.

"허헉."

옆 건물에서 주차된 차를 빼던 누군가가 마침 그곳을 지나가는 행인을 치었다. 차의 후미에 받힌 사람이 바닥에 쓰러져 있었고 놀란 몇몇이 그곳으로 다가가는 모습이 느린 화면처럼 눈앞에 펼쳐졌다. 시끄럽게 웅성거리는 소리도 멀게 느껴졌다. 숨이 막혀 왔다. 그녀는 그곳에서 시선을 떼지 못했다. 크고 높은 해일이 그녀를 덮치는 느낌에 순간 정신이 아득해졌다.

"……님, 괜찮으세요?"

하얗게 질린 그녀의 얼굴을 보며 걱정스레 묻는 비서의 말소리도 희미하게 들려왔다. 눈도 한 번 깜박이지 않고 넋을 놓은 채로 쓰러진 사람을 보고 있던 지유의 눈이 질끈 감겼다.

비틀.

암흑에 싸인 듯 머릿속이 캄캄해지는 느낌에 다리가 휘청거렸다. 그대로 주저앉으려는 그녀를 누군가가 옆에서 단단히 잡아 주었다. 지유는 멍한 상태로 그 손에 의지해 차에 올랐다. 잠시 후 빠르게 스쳐 가는 도로에 시선을 던진 그녀가 몇 번 눈을 깜박였다.

"부사장님 괜찮으세요?"

"아! ……지금 어디로 가는 거죠?"

"병원에 가셔야 할 것 같아서……."

"아니요. 괜찮아요. 그냥 회사로 가요."

"네."

머리가 아팠다. 지근지근. 그녀의 머릿속에서 치열한 전투가 벌어졌다. 한꺼번에 쏟아지는 과거의 편린들로 과부하에 걸릴 지경이었다. 주먹을 움켜쥐고 눈을 꼭 감았다. 찌르르하게 아파 오는 가슴을 부여잡고 거친 숨을 내쉬었다.

여자, 여자가 있었다. 그의 전 애인. 그녀의 눈앞에서 호텔 객실로 올라가는 효건의 모습이 선명하게 그려졌다. 그 뒤에 찾아온 혼란과 아픔에 고스란히 떠올랐다. 그녀의 믿음을 배신한 그에 대한 원망과 오해일지도 모른다는 생각 사이에서 비틀거렸다. 재우에 이어 그마저…… 그 충격은 이성적으로 생각할 수 있는 수준이 아니었다. 그러다 차에 부딪쳐 쓰러졌다. 아득해지는 의식의 끝에 아이의 얼굴이 가물거렸다. 배고팠을 텐데…….

지유는 울컥 치밀어 오르는 설움에 입술을 깨물었다. 누구보다 듬직하게 곁을 지켜 주던 사람으로 인해 3년의 세월을 어둠 속에서 헤맸다. 나약한 정신을 가진 자신이 가장 문제겠지만 왠지 억울하다는 생각도 들었다.

은채, 내 작은 아이. 걸음마 시작하는 것도, 말을 떼는 것도 보지 못한 아이. 세상에서 가장 처음으로 한 말은 뭘까? 아이에 대해 알고 싶은 것이 많은 만큼 미안함도 컸다. 엄마의 손길을 가장 필요로 하는 시간에 곁에 있어 주지 못했다는 죄책감은 이루 말할 수 없을 정도였다. 그 죄책감이 당장이라도 아이에게 뛰어가고픈 그녀의 발목을 매몰차게 잡았다.

'은채야……'

─당신 탓이야.

전화를 받자마자 들려온 지유의 울먹이는 목소리에 효건은 눈이
휘둥그레졌다. 하루하루 목을 길게 빼고 그녀를 그리워한 그의 착각
인가도 싶었다.

"여보세요?"

─당신이 나빠. 왜, 왜 그랬어?

"지유야?"

─흑흑. 그 여자…… 난, 봤어. 당신하고 같이 객실로 올라가는
거…… 어떻게 나한테 그래? 당신이…….

"김지유……."

말문이 막혔다. 돌아왔다. 드디어 그녀가 완벽하게 잊었던 시간을
되찾았다. 감격에 겨워 겨우겨우 그녀의 이름을 되뇌었다. 변명이라
도 해야 하는데, 그게 아니라고 해명을 해야 하는데 입이 떨어지지
않았다. 흐느낌이 섞인 지유의 목소리가 꿈결처럼 느껴졌다.

─나쁜 놈. ……너 때문에 내가 ……우리 은채를 잊고 있었어.
……당신 때문에 그 오랜 시간 동안 아이를 보지도 못했어. 다……
전부 다 당신 탓이야.

"그래, 그래. 지유야. ……미안해. 내가 다 잘못했어."

─당신 안 봐. 당신이 너무 원망스러워.

"그러지 마, 제발. 지유야. 당신이 생각하는 그런 거 아니야. 그
러니까 그렇게 무서운 말하지 마. 내가, 내가 다 설명할게. ……응?
지금 갈게. 내가 가서 다 말해 줄게."

엄청난 말을 뱉어 내는 지유를 말리느라 그는 필사적이었다. 다신 안 본다니…… 그녀의 연락을 얼마나 기다렸던가, 그녀의 고운 얼굴을 다시 볼 날을 손꼽아 기다리다 심장이 너덜너덜해질 지경이었다.

─오지 마. ……와도 안 봐. 진짜로 당신, 용서 못 해.

"지유야. 김지유."

그는 끊긴 전화를 붙들고 목 놓아 그녀를 불렀다. 애가 타 미칠 것만 같았다. 그녀의 기억만 돌아온다면 아무 걱정 없으리라 생각했던 것과 달리 전혀 예상치 못한 방향으로 튀는 지유 때문에 피가 마르는 기분이었다.

효건은 하던 일도 내팽개치고 차를 몰았다. 시간은 중요하지 않았다. 당장 그녀를 만나야 한다는 절박함에 아무런 생각도 할 수가 없었다. 사랑하는 여자와 떨어져 살고 싶지 않았다. 그녀를 애타게 기다리는 은채에게도 엄마를 찾아 줘야 했고, 늘 수목원 입구에 시선을 고정하고 사는 어머니께도 지유를 보여 드려야 했다.

그가 한국건설 앞에 도착했을 때는 너무 늦은 시간이었다. 모두 퇴근을 하고도 남았을 시간. 불이 꺼지지 않은 몇몇 사무실을 제외하고 한국건설 사옥은 어둠에 잠겨 있었다.

효건은 차에서 내려 로비로 향했다. 그녀의 집이 어딘지 모르는 상태에서 작은 실마리라도 얻을 수 있을까 하는 기대를 가지고.

"실례합니다. 혹시 김지유 부사장님 퇴근하셨습니까?"

대번 경계의 눈으로 그를 위아래로 훑어보는 경비원을 보고 효건은 입술 안쪽을 깨물었다. 쉽지 않겠다는 생각이 스쳐 지나갔다.

"무슨 일로 그러십니까?"

"제가 꼭 부사장님을 만나야 할 사정이 있는데, 퇴근하셨습니까?"

“지금 시간이 몇 신데…… 퇴근했어요.”

퉁명스럽게 말을 하고 고개를 돌리는 경비원에게 다른 질문을 해도 대답해 줄 것 같지 않았다. 한숨을 쉰 그는 휴대전화를 들어 그녀의 번호를 눌렀다. 역시나 전화기가 꺼져 있다는 여자의 상냥한 목소리만 흘러나올 뿐이었다.

방법이 없었다. 그저 기다리는 것밖에……. 3년을 기다렸는데 그깟 하루를 더 못 기다리나 싶었다. 그 어느 때보다 길게 느껴지는 시간이었지만 그는 묵묵히 자리를 지켰다.

서서히 날이 밝았다. 죽은 듯 누워 있던 도시가 조심스럽게 기지개를 켜고 있었다. 거의 뜬눈으로 새우다시피 한 그는 한국건설을 뚫어지게 바라보았다. 이제 조금만 더 있으면 지유가 출근을 할 것이었다. 기대감과 걱정이 동시에 들면서 피곤이 몰려왔다.

하나, 둘, 바쁜 걸음을 옮기는 사람들이 눈에 들어오기 시작했다. 그는 차에서 내려 다시 한 번 로비를 찾았다. 그의 얼굴을 기억하는 경비원의 눈초리가 대번 날카롭게 변했다.

“이 사람이…….”

“부사장님 출근하셨습니까?”

“이른 아침부터 뭣 때문에 이래요?”

“꼭 만나야 할 일이 있어서 그럽니다.”

그의 간절함이 통했는지, 아니면 그가 조금은 불쌍하게 보였는지 모르겠다. 한숨을 쉬고 그에게 시선을 던진 경비원이 안내데스크로 이끌었다.

“여기 이분이 부사장님을 꼭 만나야 한다는데 비서실에 전화 한 통 넣어 줘 봐.”

“약속하셨어요?”

“그건 아닌 거 같아.”

“그럼 안 될 텐데…….”

“출근하셨는지 정도만 알아봐 줘.”

경비원의 말에 안내데스크 직원은 의아한 눈을 그를 쳐다보고는 전화를 집어 들었다.

“네, 여기 로비인데요. 부사장님을 뵙고 싶다는 손님이 오셨는데 혹시 부사장님 출근하셨어요?”

“……네. 네. 알겠습니다.”

상대방과 통화를 마친 직원이 고개를 흔들었다.

“아직 출근 안 하셨대요.”

그 말은 들은 효건은 살짝 고개를 숙여 인사를 대신하고 로비 한편에 마련된 의자에 주저앉아 출입문을 뚫어지게 바라보았다.

하루 종일 그녀는 모습을 드러내지 않았다. 그는 경비원과 안내데스크 직원의 따가운 눈총을 받으며 꼼짝도 않고 자리를 지켰다. 전화는 여전히 불통이었고, 그의 가슴은 지유를 향한 걱정으로 까맣게 얼룩지고 있었다. 다신 안 본다는 그녀의 말이 현실이 될까 두려웠다.

지유는 아픈 가슴을 붙잡고 오열했다. 너무 속이 상해 효건에게 전화를 걸어 원망의 말을 뱉곤 그대로 무너져 내렸다. 아이에게 너무 미안해서, 딸처럼 아껴 준 어머니한테 미안해서 애타게 그녀를 부르는 그를 외면했다. 미웠다. 그런 모습을 보여 준 효건이 미우면서도 그의 듬직하고 따스했던 손길이 생각나 미칠 것만 같았다.

그에게서 다시 전화가 왔지만 받지 않았다. 시끄럽게 울리는 벨 소리가 듣기 싫어 배터리를 분리해 던져 버렸다. 기억만 돌아온다면

다 좋을 것 같았다. 희미하고 불확실한 제 과거의 한 부분을 찾을 수만 있다면 시리게 느껴지는 가슴도 채워질 거라 생각했다. 하지만 막상 맞닥뜨린 현실은 생각과 달랐다. 제 자식을 기억에서 지운 어미라니……. 그렇게 무책임하고 나약한 사람이 자신이었다니……. 그녀를 외롭게 방치한 아버지보다 더 지독한 사람이었다는 사실을 받아들이기가 너무 힘겨웠다.

그렇게 출근도 하지 못하고 이틀을 꼬박 앓았다. 회사에서 연락이 왔을 테지만 확인해 볼 생각은 없었다. 그저 멍하니 앉아 창밖을 보다가 혼자 울컥한 기분에 눈물도 흘렸다. 당장 아이에게 갈 것처럼 현관을 향했다가도 무슨 낯으로 찾아가나 싶어 주저앉기를 몇 번이나 했다.

사흘째 되는 날 아침 그녀는 출근 준비를 시작했다. 핸드폰을 챙기고 새로운 배터리를 끼워 넣고 며칠 만에 바짝 마른 얼굴로 집을 나섰다. 이대로 멍하니 있을 수는 없었다. 일단 급한 일부터 처리해 놓고 수목원에 가 볼 생각이었다. 먼발치에서나마 아이를 볼 수 있기를 희망하며 걸음을 옮겼다.

"김지유."

로비에 들어서기가 무섭게 그녀의 팔을 낚아채는 사람이 있었다. 눈에 효건이 담기는 순간 심장이 미친 듯이 뛰었다. 이 사람이 이 시간에 여기서 뭐하고 있는 거지? 밤새 잠을 못 이루고 평소보다 이르게 출근한 길이었다. 까칠해 보이는 그의 얼굴에는 피로가 덕지덕지 붙어 있었다. 면도도 제대로 못 했는지 지저분하게 자란 수염과 퀭한 두 눈이 그녀를 아프게 했다. 홀쭉하게 야윈 뺨을 향해 손을 뻗을 뻔한 그녀는 주먹을 꼭 쥐었다.

"여긴 어쩐 일이에요?"

"당신이 그렇게 전화를 끊었는데, 내가 어떻게 안 와?"

그의 뒤에서 안절부절못하는 직원을 향해 눈으로 괜찮다고 말을 했다. 주춤거리며 뒤로 물러서는 사람을 흘끔 보고 다시 그에게 시선을 돌렸다.

"내가 당신 보고 싶지 않다고 한 말, 장난 아니에요."

"그러지 마, 제발. 내게도 기회를 줘야지. 3년 동안 널 기다린 내 얘기도 한 번은 들어 봐야 하잖아."

그의 눈동자에 아픔이 고였다.

"일단 돌아가요."

"김지유. 난 이대로는 못 가."

지유는 고집을 부리는 그를 보며 거친 숨을 들이켰다. 출근하는 직원들로 로비는 북적였고 그녀는 그들의 호기심 한가운데 서 있었다.

"따라와요."

그보다 앞서 걸음을 옮겼다.

부사장실로 곧장 들어간 지유가 뒤따라오는 효건을 서늘한 눈으로 쳐다보았다. 그가 말을 꺼내기도 전부터 가슴에 찬바람이 들어찼다. 그날의 고통이 생생히 떠오르면서 당장이라도 뒷걸음쳐 도망가고 싶었다. 그녀는 이를 악물고 그에게 말을 걸었다.

"변명해요. 들어 줄 테니……."

"……그날 낮에 전화가 왔었어. 술에 취해 정신 못 차리는 여자가 있는데 데려가라고. 아마도 날 만나기 위해 그곳까지 내려온 모양인데, 어디 다른 사람을 보낼 수도 없고 해서 내가 갔어. 술집에 가서 데리고 나와 객실까지 함께 갔고, 거기서 다시는 오지 말라고 말하고 곧장 나왔어. 네가 걱정할 만한 행동은 하지 않았어."

"······고작. 그거야?"

"······."

"미리 말이라도 하지. 그 여자 데리러 가는 게 그렇게 급했어? 뭐가 그리 대단한 일을 한다고······ 그렇게 허겁지겁 뛰어나가서 날 이렇게 만들어?"

그녀의 원망 어린 말에 그는 야속한 얼굴로 그녀를 쳐다보았다. 사소한 일이었다고 말하고 싶은 모양이었다.

"3년이었어요. 지난 3년 동안 내가 어디서 뭘 하고 있었는지 몰라 살아도 사는 게 아니었어요. 그런데 고작 그런 이유 때문이었다고? 하아, 그런 것 때문에 기억을 잃고 아이까지 잊고 살았다니······."

"미안하다."

"알았어요. 어떻게 된 건지 잘 알았으니 이만 돌아가요."

"김지유. 설명했잖아. 그런데도 이렇게 밀어내기만 하면 나더러 어쩌라고······."

그는 그녀를 잡으려 팔을 뻗었다. 지유는 그의 손을 밀어내며 도리질 쳤다.

"그러지 마. 널 지금껏 기다렸어. 너를 그리워하며 나도 힘든 시간을 보냈다는 거 몰라? 김지유라는 여잘 찾기 위해 얼마나 많은 노력을 했는지······. 네가 너에 대해 한 마디도 하지 않았다는 건 기억해? 이름 석 자만 가지고 사람 찾는 게 쉬울 것 같아? 그 막막함을 아느냐고······. 알면 내게 이러지 못해. 아무리 나로 인해 고통의 시간을 보냈다고 해도 이럴 순 없어. 다신 보고 싶지 않다는 그런 말 내게······ 하면 안 되는 거야."

상처 입은 그의 눈이 외쳤다. 제발 밀어내지만 말아 달라고······.

아무 말도 나오지 않았다. 솔직하게 그의 입장은 전혀 생각해 보지 않았다. 그가 그녀에 대해 알았다면 더 빨리 찾아왔겠지. 3년씩이나 답답함 속에서 살 필요가 없었던 건데……. 그 당시에는 두려웠다. 믿음이 부족하다는 게 맞았다. 언젠가 그도 변할 거라고 그렇게 생각했다. 두 번 다신 아프고 싶지 않아, 그를 잃게 되는 것이 두려워 굳게 입을 다물었고, 그것이 그녀의 큰 잘못이라는 걸 이제야 알았다.

"효건 씨."

그녀의 목소리가 떨려 나왔다. 제 아픔을 보기에 급급해 그의 아픔을 생각지도 못하고 몰아붙였다고 생각하니 가슴 한구석이 선뜩해졌다.

"오늘은 이만 갈게. 이렇게라도 당신 얼굴 봤으니 됐다. 걱정했어. 출근도 하지 않고 연락도 안 돼서……. 시간 나면 은채 보러 와. 당신 닮아서 많이 예뻐."

그가 뒤돌아서 문을 열고 나가는 모습을 멍하니 쳐다보았다. 차마 손을 뻗어 그를 잡지 못 했다.

일에 집중하는 게 쉽지가 않았다. 축 처진 효건의 어깨가 자꾸만 눈에 밟혀 몇 시간째 같은 줄만 읽고 있었다.

"휴우."

그녀는 무거운 숨을 뱉어 내고 정신을 집중하려 애를 썼다. 겨우 눈에 들어온 거래처별 공사 잔량 보고서를 읽으며 미간을 찌푸렸다. 계속되는 부동산 침체로 공사원가율은 떨어지고 고정성경비의 지출은 그대로다 보니 영업이익률이 3%나 떨어졌다. 획기적인 방안이 없이 이 상태가 지속된다면 주택사업 부문은 고전을 면키 어려웠다.

대책 마련을 위한 회의를 소집해야겠다는 생각을 하던 차에 사장실에서 호출이 왔다.

그날 이후 불안하리만치 잠잠하던 아버지의 호출에 특별한 이유 없이 바빠지는 마음을 달래며 사장실로 향했다. 민혜의 일로 부르시나? 그 사건 이후로 구매부 임 팀장에 이어 민혜까지 출근을 하지 않자 말들이 많았지만 여러 가지 뜬소문에 휩쓸려 말을 보탤 생각이 들지 않았기에 그녀는 모르쇠로 일관했다. 어떤 결정을 했는지 몰라도 그건 아버지의 몫이었다.

"어서 와라."

사장실의 문을 연 지유의 눈에 재우가 들어왔다. 아버지의 맞은편에 앉아 긴장한 것이 역력한 얼굴로 그녀를 응시하는 그의 눈엔 간절함마저 깃들어 있었다.

"네가 이 시간에 여긴 어쩐 일이야?"

"재우가 네게 할 말이 있다고 해서 이렇게 불렀다. 일단 앉아라."

김 사장은 뾰족한 반응을 보이는 지유를 어르듯 자리에 앉길 권했다. 그가 전에도 한번 떠보듯 재우 얘길 꺼내 봤지만 지유가 단호하게 거절을 해서 더 이상 말을 잇지 않았었다. 그러나 막상 재우가 직접 찾아와 자신의 마음을 털어놓고 도움을 청하는 것을 보니, 지유를 생각하는 마음이 얼마나 큰지 절로 알 수가 있었다. 재우라면 지유를 맡겨도 좋을 듯싶었고, 딸에게 딱 맞는 상대라는 확신이 들었다.

"이게 무슨 짓이야? 네가 왜 여기 와 있어?"

"지유야."

날카로운 지유의 어조에 김 사장은 나무라듯 그녀의 이름을 불렀다.

“아버님께 허락받으러 왔어. 너랑 결혼하고 싶다고…….”

재우는 단단히 결심을 한 듯 지유의 따가운 시선을 피하지 않고 단호하게 말을 꺼냈다. 한국건설 창립기념일에 낯선 남자를 데리고 사라진 지유를 보자 마음이 조급해졌다. 눈앞에서 그녀를 잃을지도 모른다는 사실이 현실이 되자 불안했다. 어떻게든 그녀를 곁에 묶어 두고 싶어 고심 끝에 김 사장을 찾아 나섰다. 평소에 김 사장이 그를 어떻게 생각하는지 잘 알고 있는 터라 이야기를 꺼내는 것은 어렵지 않았다. 다만, 지유가 문제였다. 늘 아니라고 말하는 그녀를 설득할 수 있을지가 미지수였다.

“내 말 못 알아들었니? 넌 아니라고 했잖아.”

“내가 잘할게.”

“아니, 내 마음에 네 자린 없어. 그러니 그만해.”

지유의 고운 미간이 잔뜩 찌푸려지고 표정이 일그러졌다. 그녀는 일을 크게 만든 재우가 마음에 들지 않는다는 티를 확연히 드러내었다.

“김지유. 재우한테 그렇게까지 말할 건 뭐냐?”

“아버진 아무것도 모르면 가만히 계세요.”

지유는 아버지를 향해 노여움을 감추려 하지 않았다. 막무가내로 밀어붙이는 재우도 짜증스러웠고, 아무것도 모르면서 그 장단에 맞춰 주는 아버지도 마음에 들지 않았다. 지금 서효건이라는 남자 생각으로도 벅찬데 재우까지 그녀를 힘들게 했다.

“네가 이렇게 찾아오면 내가 마음을 돌릴 거라 생각했니? 내가 너한테 싫다고 말한 게 거짓말 같았어? 무턱대고 아버지에게 말을 꺼내면 옳다구나 하고 내가 받아들일 거라 생각한 거야? 너 왜 이리 사람 질리게 하니? 그만큼 알아듣게 얘기했잖아. 왜 자꾸 네게 모진 말을 하게 만들어. 넌, 나한테 친구야. 그 이상이 될 수가 없어.”

“지유야, 너도 알 거야. 내가 오랜 시간 동안 너를 지켜봐 왔다는 걸. ……물론, 내가 네게 잘못한 것이 있다는 건 알아. 하지만 그렇다고 널 놓을 순 없어. 그냥, 사람이니까…… 사람이니 누구나 실수는 하잖아. 그러니까…… 네가 조금만 이해하고 받아 주면 안 돼? 한 번만 더 기회를 줄 수 없어? 두 번 다시 네 맘 아프게 하지 않는다고 약속할게.”

재우는 지유의 마음을 돌리기 위해 필사적으로 애를 썼다. 그에 대한 불신이 어느 정도인지 잘 알고 있지만 지유를 떠나보낼 수는 없었다. 더듬거리며 속내를 털어놓은 뒤 하염없이 그녀를 바라보았다. 그의 간절한 마음을 읽어 달라는 염원을 담아…….

“난, 실수에 그리 관대한 사람이 아니야. 더구나 그 대상이 틀렸어. 죽어도 난 너를 받아들일 수 없어. 그러니 그만해. 너에게 상처 주는 말, 더 이상하게 하지 마.”

“…….”

지유는 틈이 보이지 않을 정도로 매몰차게 말을 마쳤다. 입을 열고 대화를 계속할수록 재우에게 독이 되는 말을 꺼낼 것 같아 참고 또 참았다. 무겁게 가라앉은 재우의 얼굴을 보는 것도 힘에 겨웠다. 마음 같아선 그가 어떤 짓을 했는지 모두 다 까발리고 싶었지만, 그녀는 참았다. 힘들고 외로웠던 학창 시절에 그나마 숨 쉴 공간을 마련해 준 친구에 대한 마지막 배려였다.

두 사람을 물끄러미 바라보던 김 사장의 입이 조용히 열렸다.

“지유야, 내가 네게 이런 말을 할 자격이 있는지 모르겠다만……이번 일을 겪으면서 내가 생각한 바가 참 많다. 너한테 본의 아니게 상처를 주게 되어 가슴이 많이 아프기도 하고……. 그래서 네게도 온전히 너를 위해 줄 네 편이 있었으면 좋겠다고 생각하던 차에 마침 이렇게 재우가 나를 찾아왔구나. 재우라면 너를 위해 주고 아껴 줄 거라는 믿음이 간다. 그러니 그렇게 단칼에 잘라 내지 말고 신중하게 생각을 해 줬으면 좋겠구나.”

딸을 볼 면목이 없었지만 그는 솔직한 마음을 표현하고자 애를 썼다. 애정을 온전히 주지 못했어도 잘 커 준 딸에게 미안했다. 그는 미안함과 별개로 이제라도 지유가 행복하길 바랐다.

지유는 어렵게 입을 여는 아버지를 무심한 눈으로 쳐다보았다.

내 편? 나를 위해 주고 아껴 줄 사람? 그녀의 머릿속에 효건이 떠올랐다. 뒤이어 수목원을 생각하자 그녀의 표정이 순식간에 부드럽게 바뀌었다. 머릿결을 스치고 지나가는 다정한 바람의 냄새가 생생하게 맡아졌다.

지유는 천천히 자리에서 일어났다. 조금 전보다는 훨씬 여유로운 표정을 지으며 입을 열었다.

“그런데 아버지 그거 아세요? ……전 이미 제 편이 있어요. 제가 기억을 잃어버렸던 그 시간 동안에도 저를 잊지 않고 기다려 준 저만의 가족이 있어요. ……이제 저도 제 가족에게 가야겠어요.”

“그게 무슨 말이냐?”

“제가 남편과 아이도 내팽개쳐 두고 집 나온 여편네라는 말이에요. 풋.”

지유는 말을 꺼내 놓고 보니 지금 상황과 딱 맞는 말이라는 생각이 들어 웃음이 터져 나왔다. 그녀는 자리에서 일어서서 재우를 향해 봄날처럼 화사한 미소를 지었다.

“재우야, 미안해서 어떡하니? 난, 이미 남편이 있어. 아이도 있고……. 그래서 너랑 결혼할 수가 없어. 우리나라에선 중혼이 허락

되지 않잖아? 그러니 마음 접어. 그리고 내 남편 욕심이 많아서 너랑 같이 있는 모습을 보면 아마도 큰일 나지 싶다. 네가 친구로 날 찾아온다면 언제든지 환영이야. ……아버지, 제가 어지간하면 지금 하고 있는 일들 마무리하고 떠나고 싶었는데, 그게 안 될 것 같네요. 건강하시고, 다음에 제 딸 얼굴 보여 드릴게요. 아주 예뻐요."

"……."

"……그게 무슨……."

얼이 빠져 멍한 두 사람을 뒤로하고 가벼운 걸음으로 사장실을 나섰다. 의미 없이 시간을 끄는 것은 그만둘 때가 되었다. 지금 가장 중요한 것이 무엇이고, 자신이 있어야 할 자리가 어디인지 더 이상의 고민은 할 필요가 없었다. 그녀는 집으로 가 당장 갈아입을 옷가지를 챙겨 차를 몰았다. 터질 듯 부풀어 오른 심장이 간질거려 그녀는 입술을 깨물었다. 입가를 비집고 새어 나오는 미소가 그녀의 얼굴을 환하게 만들어 주었다. 예전부터 가지고 싶었던 가족에게 향하는 그 길이 너무도 따스해 눈물이 날 정도였다.

아이가 보고 싶었다. 지금 당장 아이에게로 달려가고 싶었다. 그 작디작은 몸뚱이를 안고 미안하다, 잊어서 미안하다 사과하고 싶었다. 그녀의 눈가에 눈물이 차올라 금방이라도 흘러내릴 듯 위태롭게 일렁였다.

늘 인자한 미소를 지어 주었던 경애의 모습도 아른거렸다. 애정이 가득 담긴 눈으로 그녀를 바라보며 좋은 것, 맛난 것이 있으면 항상 챙겨 주곤 했던 그 따스함이 몹시도 그리웠다. 무더운 여름날, 더위에 치친 심신을 달래 주는 나무 그늘의 시원한 바람 같은 남자. 더불어 그녀의 마음을 아프게 한 사람. 그러면서도 늘 그 자리에 서서 그녀를 기다려 주던 남자 서효건. 그의 모습이 가슴 가득 차올랐다.

"……보고 싶다."

그들을 떠올리자 그녀가 있어야 할 곳이 어딘지 정확하게 알 수 있었다.

상처받고 아팠던 가슴이 사랑과 인정으로 치유된 곳, 그곳으로 가야 했다. 이제 그녀를 기다리고 있는 사람들의 인내심을 시험하는 짓 따위는 그만둬야 했다. 그에게도 말을 했었다. 기다리라고, 자신의 발로 찾을 때까지 기다려 달라고……. 그 기다림이 얼마나 피를 말리는 일인지 모르는 바가 아니었기에 이렇게 넋 놓고 있을 때가 아니었다.

그녀의 기억들도 꼬리를 물고 떠올라 서서히 제자리를 찾아가고 있었고, 나무동산으로 가게 되면 비어 있는 나머지의 작은 기억도 제자리를 찾을 것만 같았다. 생각이 거기에 미치자 갑자기 마음이 조급해지기 시작했다.

나무동산.

푯말이 보이자 그녀는 깊게 숨을 내쉬었다. 수목원 입구에 차를 세운 그녀는 조심스레 문을 열고 밖으로 나섰다. 아련한 눈으로 주위를 둘러보면서 걸음을 옮기는 그녀를 향해 아는 얼굴들이 인사를 건넸다. 입을 달싹이며 뭔가 말을 하려는 사람들을 향해 작은 미소로 답을 대신하고 그리웠던 곳으로 향했다.

매표소를 지나 수목원 안으로 들어서자 그녀를 뚫어지게 바라보고 있던 사람이 의자에서 천천히 몸을 일으켰다. 그녀에게서 눈을 떼지 않고 비틀비틀 한 발씩 느릿하게 걸음을 옮기며 손짓을 했다.

늘 같은 자리에서 그녀를 기다려 준 경애를 보자 눈물이 솟아올랐다. 이 연약하고 고운 분을 너무 오랫동안 기다리게 했다니……
죄스러웠다.

“저…… 왔어요.”

“효주야, 효주야. ……내 딸.”

그녀는 눈물이 그렁그렁한 눈으로 제 손을 덥석 잡고 연신 쓰다
듬는 경애에게서 눈을 떼지 못했다. 끝없는 사랑을 주기만 한 고마
운 분이었는데, 그 마음을 너무 아프게 한 것 같아 미안함에 입이
떨어지지 않았다.

“엄마…….”

경애는 괜찮다고 연신 고개를 끄덕이면서도 지유의 손을 놓지 않
았다.

“이제 안 가?”

그녀가 다시 떠날까 봐 걱정스레 묻는 경애를 보고 차마 다른 말
을 하지 못하고 고개만 끄덕였다. 미안하다는 말도…… 보고 싶었
다는 말도 꺼낼 수가 없었다. 안도의 숨을 내쉬며 연신 손을 잡아
다독이는 그 손길이 너무나 부드럽고 따스해 다른 생각이 나지 않았
다. 그저 그 따스함을 마음껏 느끼고만 싶었다. 시리고 아팠던 한겨
울 같은 그녀의 가슴에 따스한 봄 햇살이 내리쬐었다.

“엄마?”

지유는 은채의 경쾌한 목소리에 고개를 숙여 아이와 눈을 맞췄다.
어느 틈에 나타났는지 조금 전까지 보이지 않던 아이가 그녀의 치맛
자락을 붙잡고 흔들었다. 내 분신, 내 아이. 그녀에게서 눈을 떼지
않는 은채를 보자 눈가에 눈물이 마구 쏟아져 내렸다. 그녀는 손등
으로 입을 막고 아이를 뚫어지게 바라보며 서서히 몸을 낮췄다.

“은채야.”

떨리는 음성을 감출 수도 없었다. 아이를 마주하고 나니 감격스러웠다. 어떻게 이 아이를 잊었을까? 너무도 미안했다.

'잘 커 주었구나. 엄마가 없어도 너무나 예쁘고 건강하게 잘 자라 주었구나.'

"엄마, 은채 보러 와써?"

"응. 이제 왔어. 우리 은채 보려고 이제 왔어."

아이와 눈높이를 맞추고 쪼그리고 앉아 손을 뻗자 은채는 그녀의 품에 와 안기며 작은 팔로 목을 감싸 안았다. 그 따스하고 포근한 느낌과 말랑한 살결, 풋풋한 살 내음에 마음이 편안해지는 것을 느꼈다.

"미안해. 엄……마가 너무 늦게 와서……. 우리 은채 오래 기다리게 해서 너무너무 미안해."

"괜차나."

그녀는 아이의 짧은 대답 한마디에 온몸의 긴장이 한순간에 풀려 버렸다. 단순히 괜찮다는 말뿐이었는데도 불구하고 은채가 모든 것을 이해하고 받아들인 것만 같아 고마웠다.

엄마. 그 단어에 담긴 의미가 파도처럼 그녀를 덮쳐 왔다. 누군가에게 엄마라는 이름으로 불릴 수 있다는 사실이 믿기지 않았다. 이 아이만은 그녀처럼 외롭지 않게, 마음껏 사랑을 주리라 다짐했다. 그 작고 작은 등을 쓸어내리며 계속해서 사랑한다, 미안하다를 낮게 중얼거렸다.

은채를 품에 안고 경애와 나란히 서서 사택으로 걸음을 옮겼다. 혀 짧은 소리로 시끄러울 정도로 많은 이야기를 풀어 내는 아이의 목소리를 들으며 계속 고개를 끄덕였다. 못 알아듣는 얘기도 많았지만 그런 건 중요하지 않았다. 아이는 엄마라는 단어에 한이 맺히기라도 한 것처럼 말 한마디에도 엄마 소리를 여러 번 해 댔다.

"어마, 이게 누구야? 은채 엄마 언제 왔어?"

사택 안으로 들어가자 점심 식사를 준비하던 박 씨 아주머니가 반갑게 그녀를 맞아 주었다. 호들갑스러울 정도로 반가움을 표현하는 아주머니께 그저 고개를 끄덕일 수밖에 없었다. 그녀를 김지유가 아닌 은채 엄마라 부르는 말에 가슴이 먹먹해져 와서 아무런 대꾸도 할 수 없었다.

점심을 먹는 동안 은채와 경애는 지유의 곁에 찰싹 달라붙어 부담스러울 정도로 눈을 맞췄다. 오물거리며 그녀에게 음식을 받아먹는 은채를 보는 것도 경이로웠다. 그녀는 먹는 모습만 봐도 예쁘다는 말을 실감하며 찌르르 아파 오는 가슴을 살살 달래었다. 앞으로 많은 시간이 남았으니 지금까지 해 주지 못한 것을 하나하나 해 주면 된다고 자신을 다독였다.

은채가 낮잠 잘 시간이 되었는지 계속 눈을 비비면서도 그녀의 품에서 벗어나지 않으려 애를 쓰는 모습을 보자 가슴이 메어 왔다. 경애는 두 사람을 애잔한 눈으로 응시하며 미소를 지었다.

"은채 졸리면 자."

"안 자. 엄마."

"졸리잖아. 계속 눈 비비는데?"

"안 졸려. 엄마."

말을 그렇게 하면서도 은채의 눈꺼풀이 무겁게 내려앉는 것이 눈에 보였다. 은채를 안은 자세가 조금은 어설펐지만 그녀는 다정한 손길로 아이를 토닥였다.

"은채야 코 자."

“어디 안 가? 엄마?”

“응? 아니, 아무 데도 안 가. 은채 옆에 있을 거야.”

“약속.”

아이의 작은 손가락에 새끼손가락을 걸고 살살 흔들자 은채의 입가에 만족스런 미소가 걸렸다. 그제야 안심이 되었는지 은채의 두 눈이 스르르 감겼다. 잠든 아이를 계속 안고 눈을 떼지 못하자 박씨 아주머니가 낮은 목소리로 말을 걸었다.

“팔 아파. 오늘만 날인가. 가서 뉘여. 그래야 애도 편히 자지.”

“……네.”

아이를 조심해서 안아 올려 방으로 향했다. 은채를 침대에 살포시 뉘이고 이불을 덮은 후 가슴을 몇 번 토닥였다. 누가 가르쳐 주지 않아도 본능적으로 아이를 편히 잠들 수 있게 행동하고 있다는 것도 인지하지 못했다.

잠든 아이에게 눈을 떼지 못하고 한참을 바라보았다. 그녀의 어릴 적 모습과 무척이나 닮은 딸이 신기하기만 했다. 그러다 그녀는 아이에게 시선을 떼어 주위를 둘러보았다. 아기자기하게 잘 꾸며 놓은 아이 방은 엄마의 손길이 미치지 않았음에도 불구하고 깜찍하고 편해 보였다. 아이를 향한 효건의 애정이 고스란히 느껴지는 공간을 보며 잠시 못난 생각을 지우듯 도리질 쳤다. 그녀가 없어도 너무 잘 지내 온 것처럼 느껴져 서운하고 질투도 났지만 이내 허무한 웃음을 지을 수밖에 없었다. 이유야 어찌 되었든 그들 곁을 떠나온 것은 그녀였기 때문이었다.

“잘 자.”

지유는 꿈나라를 헤매고 있는 은채의 머리를 다시 쓰다듬고 조용히 문을 닫고 거실로 나왔다. 경애도 그녀를 만난 흥분이 조금 가라앉았는지 소파에 기대 잠들어 있었다. 박 씨 아주머니께 이야기해 담요 하나를 구해 살짝 덮어 준 뒤 현관문을 열고 밖으로 나섰다.

　그녀는 커다랗게 심호흡을 하며 수목원을 찬찬히 둘러보았다. 뾰족하게 곤두섰던 신경이 차분히 가라앉는 곳. 그녀만의 안식처에 돌아왔다는 안도감에 표정이 나른하게 풀어졌다.

16.
완전한 귀환

"헉. 헉."

효건은 있는 힘껏 달리기 시작했다. 싱그러운 초록 잎들이 형체를 알아볼 수 없을 정도로 빠르게 그의 곁을 스쳐 갔다. 그는 부족한 공기로 인해 찢어질 듯 아파 오는 폐를 부여잡고 얼굴 가득 웃음을 지었다. 그의 이마와 등을 타고 땀이 흘러내렸지만 그녀를 향해 가는 걸음은 늦출 수가 없었다. 그녀가 그의 품으로 돌아온 것이 너무나 좋았다.

마지막으로 만났을 때 혹시라도 그녀의 입에서 다시 보지 말자는 말이 또 나올까 싶어 도망치듯 사무실을 빠져나왔다. 그리고 조마조마한 마음으로 하루하루를 보내고 있었는데…… 지유가 왔다니.

공사 현장에서 지친 몸을 이끌고 수목원으로 돌아오자 놀라운 소식이 그를 기다리고 있었다. 그를 보자마자 유난히 반가운 얼굴로 입을 여는 조상근 소장의 흥분한 목소리가 꿈결처럼 들려왔다. 점심 무렵에 그녀가 왔단다. 내 여자, 내 아이의 엄마가 돌아왔다. 그의 오랜 기다림이 마침내 종지부를 찍었다는 사실에 그의 입가엔 커다란 웃음이 걸렸고, 가슴은 희열로 터질 듯 부풀어 올랐다.

그가 눈을 돌리자 늘 수목원 입구를 바라보며 망부석처럼 자리를 지키고 있던 어머니의 모습이 보이지 않았다. 또 그 곁을 맴돌며 혼자 놀다 그의 모습이 보이면 작은 팔을 벌려 달려오는 은채 역시 없었다.

그는 두근거리는 심장을 살살 달래며 사택으로 향했다. 그녀를 보면 제일 먼저 무슨 말을 해야 할까? 그저 꼭 껴안아 주면 되나? 잘 왔다고…… 많이 그리웠다고 말해야 하나? 여러 가지 생각으로 복잡한 머릿속과는 달리 그의 다리는 거침없이 그를 이끌었다.

"지유야. 김지유."

"쉿."

그는 현관문을 열며 그녀의 이름을 불렀다. 주방에서 박 씨 아주머니가 급하게 나오면서 집게손가락을 들어 입에 가져다 대며 조용히 하라는 제스처를 취했다. 의아한 눈으로 아주머니를 바라보자 손가락으로 소파를 가리켰다. 그곳에 편안한 얼굴로 잠들어 있는 어머니가 있었다.

"왜?"

평상시에도 낮잠은 주무시지 않는 분인지라 무슨 일이 생긴 건가 싶어 순간적으로 효건의 미간이 찌푸려졌다.

"긴장이 풀어지신 모양이야. 아까 은채 엄마 보고 나더니 마음이 편해졌는지 점심 먹고 얼마 안 있다가 잠이 들었어."

아주머니의 입을 통해 들려온 은채 엄마라는 말에 그의 심장은 더욱 빠르게 널뛰기 시작했다.

"지유, 어딨어요?"

"좀 전에 나갔어. 바람이라도 쐬려는 모양이던데……."

"……네. 제가 찾아볼게요."

그는 되짚어 현관을 나섰다. 한시라도 빨리 보고 싶은데 그녀는 쉽게 자신을 드러내고 싶지 않은 모양이었다. 정신없이 그녀를 찾아 이리저리 고개를 돌리는 그에게 지유가 삼림욕장 쪽으로 갔다는 제보가 들려왔다. 목적지가 정해진 그의 걸음이 날아갈 듯 빨라졌다.

삼림욕장의 푯말이 보이자 마음이 급해졌다. 혹시나 길이 엇갈릴지도 모른다는 두려움이 갑자기 밀려왔다. 그의 두 눈으로 그녀를 보기 전까지는 안심을 할 수가 없었다.

있다. 정신없이 두리번거리는 그의 시선 안으로 그녀의 모습이 들어와 박혔다. 멀리서 숲 속의 정령으로 착각할 만큼 아름다운 여자의 모습이 보이기 시작하자 그는 거친 숨을 고르며 걸음을 늦췄다. 흐트러진 머리카락을 쓸어 올려 정리하고 거세게 오르락거리는 심장을 달래기 위해 몇 차례 심호흡을 했다. 흘러내리는 땀방울을 훔치는 그의 손이 자잘하게 떨려 왔다. 그녀를 보자 이곳을 향해 오는 내내 그의 입가에 머물던 미소가 더욱 짙어졌다.

"그러다 또 쓰러진다."

효건은 빽빽하게 솟은 침엽수 사이로 하늘을 올려다보고 있는 지유를 향해 말을 걸었다. 처음 그녀를 발견했던 곳에서 지유는 나른한 얼굴로 고개를 들고 나무 틈으로 새어 나오는 햇살을 맞이하고 있었다. 한 폭의 그림 같은 그 장면을 가슴속에 새겨 넣으며 그녀를 향해 조금씩 다가갔다.

그의 말을 듣지 못한 사람처럼 그녀는 햇살을 즐기기를 멈추지 않았다. 한 줄기 햇살이 포인트 조명처럼 그녀를 향해 곧게 내려앉왔다. 아스라이 부서져 버릴 것 같은 그녀는 햇살을 움켜쥐려는 듯한 손을 들어 손바닥 안에 그 따스함을 담았다.

"당신, 이젠 내 마음 아프게 안 할 거죠?"

그가 지척에 서도록 고개를 돌리지 않았던 그녀의 입술이 열리고 청명한 목소리와 전혀 어울리지 않는 의외의 말이 튀어나왔다. 순간 잘못 들었나 싶을 만큼 작은 목소리에 그의 눈썹이 하늘을 향했다.

"?"

"이제 당신 원망 안 해요. 나도 잘못한 거 아니까……. 그래도 약속해요. 다신 내 맘 상하게 하지 않는다고……."

"……응."

효건은 목메이는 것을 참고 겨우 대답을 했다. 은근슬쩍 그에게 약속을 강요하는 그녀를 보니 이제야 실감이 났다. 그녀가 돌아왔다는 것이…… 바가지 긁는 마누라 역할을 하는 지유를 보니 입가가 씰룩이며 절로 입술이 벌어졌다.

"지금 웃어요? 웃음이 나와요?"

어느새 그녀의 시선은 그를 향해 있었다. 새침하게 치켜뜬 눈매가 귀엽게만 보였다. 회사에서 그녀를 만났을 때와는 확연히 다른 여유로움이 느껴졌다.

"……좋다."

"뭐라고요?"

"네가 와서 좋다고…… 이제 다신 사라지지 마라."

"내 말에 대답은 똑바로 안 하고 지금 뭐하는 거예요? 지금 장난해요?"

눈을 동그랗게 뜨고 그를 향해 불만 어린 목소리를 내는 그녀를 와락 끌어안았다. 그는 그녀의 체향을 마음껏 들이켜며 안도의 숨을 내쉬었다. 바르작거리는 그녀를 안은 두 팔에 힘을 주어 바짝 당겨 안으며 지유가 돌아왔음을 그의 가슴에 각인시켰다.

"미안해. 내가 잘못했어. 다 잘못했어. 그러니 절대 사라지면 안 돼. 당신 아프게 하는 일 절대 없을 테니까 두 번 다시 내 눈앞에서 사라지면 안 돼. 알았지?"

효건은 품 안의 지유를 느끼며 그녀의 귓가에 작게 중얼거렸다.

"……효건 씨."

"미안해서 그래. 미리 얘기할 걸 그랬어. 그랬다면 너랑 이렇게 오랫동안 떨어져 있지 않아도 됐을 텐데…… 다 내 잘못이야."

"……."

그들은 3년이라는 시간을 거슬러 서로를 바라보았다. 별거 아니라 생각했던 아주 작은 일로 인해 오랫동안 아팠고, 고통스러울 정도의 그리움을 맛보았다. 한순간의 안이한 생각이 얼마나 큰 시련으로 되돌아 왔는지 뼈저리게 느낀 그들은 한동안 말을 잇지 못했다.

"사랑해. ……두 번 다시 사라지지 마. 만일 다시 한 번 그런 일이 생긴다면 그때는 내가 못 살 것 같다."

그는 지유의 어깨를 잡고 눈을 맞춘 후 그녀와 다시 만났을 때 해야겠다고 마음먹었던 고백을 꺼내 놓았다. 진작 속마음을 솔직하게 털어놓았더라면 조금은 더 나은 관계가 되지 않았을까 하는 부질없는 생각이 빠르게 스쳐 지나갔다.

한동안 그의 품에서 벅찬 가슴을 진정시키던 그녀가 작은 목소리를 내었다.

"가요."

그녀는 그의 고백을 들으며 보이지 않게 미소 지었다. 그녀의 입이 열리기를 고대하는 빛이 역력한 그를 외면하고 걸음을 옮겼다.

그가 듣고 싶어 하는 그녀의 고백은 조금 더 시간을 두고 하리라 다짐했다. 그녀의 마음을 아프게 한 그를 향한 작은 복수라 해도 좋았다.

'사랑해요. …… 그리고 미안해요.'

그녀도 자신의 잘못이 뭔지 잘 알고 있었다. 모든 것이 서효건, 그 혼자만의 잘못이 아니라는 것을……. 그녀가 자신에 대해 숨김없이 이야기를 했더라면 이렇게 오랜 시간을 돌아오지 않았어도 되었다는 것은 분명했다. 그를 믿지 못했고, 솔직하게 자신의 마음을 인정하지 않은 대가를 톡톡히 치른 셈이었다. 그와 아이, 경애를 향한 미안한 마음은 두고두고 갚아야 할 커다란 마음의 빚이었다.

그녀는 조금 억울하다는 표정을 짓는 그를 보면서도 끝끝내 입을 열지 않았다.

"으아앙. 엄마. 엉. 엉."

사택 근처에 다다르자 은채의 커다란 울음소리가 들려왔다. 두 사람은 서로를 쳐다보며 눈을 깜박이다 뒤늦게 사태를 파악하고 빠르게 움직였다. 걸음이 빠른 효건이 먼저 현관문을 열어젖히고 안으로 들어섰다.

"은채, 왜 울어?"

그를 향해 고개를 돌리는 은채는 커다란 눈망울 가득 눈물을 달고 코끝이 빨개지도록 서럽게 울고 있었다. 울다 지쳐 숨이 찬지 빠르게 들이켜는 숨결이 떨려 왔다. 작은 몸뚱이가 흔들릴 정도로 눈물을 뚝뚝 흘리는 모습을 보니 가슴이 아릿해져 왔다.

"엄마, ……업떠. 엄……마, ……가떠."

"낮잠 자고 깼는데 엄마가 안 보이니까 놀랐는지 저렇게 우네.

잠깐 나간 거라고 얘기를 해도 막무가내야.”

계속해서 울면서 띄엄띄엄 뱉는 말에 아이가 우는 이유를 짐작할 수가 있었다. 이어진 박 씨 아주머니의 말에 그의 짐작이 사실임을 확인했다.

“은채야, 엄마 안 갔어. 저기 봐. 엄마 있잖아.”

효건은 은채를 품에 안으며 몸을 돌려 지유가 있는 쪽을 가리켰다. 은채와 똑같은 모양을 한 지유의 눈에도 눈물이 하나 가득 고여 있었다. 터져 나오려는 신음을 막으려는지 양손으로 입을 가리고 은채를 응시하는 그녀의 눈동자에 아이를 향한 미안함과 고통이 고스란히 드러나 있었다. 차마 아이 곁으로 다가오지 못하고 멀리서 어쩔 줄 몰라 하는 모습이 처연해 보였다.

“엄……마. 으앙.”

효건의 말에 정신이 들었는지 은채는 아빠가 가리키는 방향을 바라보았다. 그곳에 서 있는 엄마를 확인하자 아이의 울음이 더욱 커졌다. 그녀를 향해 작고 앙증맞은 팔을 뻗어 안아 달라는 표현을 하는 은채를 보면서도 지유는 쉽게 다가가지 못했다.

효건이 은채를 안은 채로 지유에게 다가섰다. 은채는 엄마 곁으로 가기가 무섭게 그녀의 목에 팔을 둘렀다.

무의식적으로 팔을 펴 아이를 품에 안은 지유는 은채의 어깨에 턱을 대고 입술을 깨물며 울음을 삼키려 애를 썼다. 그녀는 파르르 떠는 작은 몸뚱이를 품 안으로 당겨 안으며 속으로 연신 미안하다고 중얼거렸다. 아이에게 엄마가 없다는 것이 얼마나 큰 충격인지 너무 잘 아는 그녀가 자신의 아이를 아프게 만들었다는 생각에 눈물이 멈추지 않았다.

효건은 지유와 은채를 바라보다 커다랗게 숨을 들이켜 찌릿한 심장을 달래고 두 사람을 그의 넓은 가슴에 품었다. 이제 그 누구도 아프게 하지 않겠다고 결심을 하며 붉어진 눈을 지그시 감는 그의 표정에는 비장함이 흘렀다.

박 씨 아주머니는 세 사람을 보고 있다 먹먹해진 가슴을 쓸어내리고 눈물을 보이지 않으려 경애를 데리고 주방으로 들어갔다.

한낮의 해가 뉘엿뉘엿 지는 거실에는 옅어지는 흐느낌으로 가득 차 버렸다.

은채에게 미안했는지 지유는 아이에게서 눈을 떼지 않았다. 은채 역시 지유 곁에 철썩 달라붙어 있었다. 저녁을 먹을 때도 경애는 지유의 밥그릇에 연신 반찬을 올려 주며 먹기를 종용했고, 지유는 은채의 입에 음식을 떠 주느라 정신이 없었다.

"……."

그는 완벽한 왕따였다.

그를 제외한 세 명의 여자들이 똘똘 뭉쳐 그를 외롭게 만들었다. 그녀들의 눈에는 그가 보이지도 않는지 그들만의 세계에 빠져 그를 쳐다보지도 않았다. 저녁을 먹고 나면 늘 동화책을 읽어 달라 조르던 은채도 오늘은 지유에게만 관심을 보이고 있었다. 가끔 산책을 가자던 어머니까지 그에게 시선도 주지 않았다. 거실에 소꿉놀이 세트를 깔아 놓고 역할극에 빠져 있는 그들에게 그가 들어갈 틈이 없었다.

"은채야, 이제 씻자."

그는 은채가 씻을 시간이 되자 서둘러 소파에서 일어섰다. 이렇게라도 해서 자신의 존재감을 드러내고 싶었던가 싶어 피식 웃음이 나왔다.

“엄마랑.”

“응?”

“엄마랑 하끄야.”

지유는 그녀와 함께 씻겠다는 은채의 말에 조금 난감한 표정을 지었다. 솔직히 아이를 어떻게 씻겨야 할지 감이 오지 않았다. 실수라도 해도 아이가 다치기라도 하면 안 되었기에 도와 달라는 눈으로 그를 쳐다보았다. 그녀의 뜻을 눈치챈 그가 은채를 설득하듯 말을 걸었다.

“그냥 아빠가 해 줄게.”

“시러. 엄마랑.”

그녀는 고집스럽게 고개를 젓는 은채를 보다 작게 웃고는 자리에서 일어나 아이에게 손을 내밀었다. 어떻게든 되겠지 싶어 그녀는 용기를 내었다.

“그럼 엄마랑 같이 씻으러 갈까?”

“응.”

은채는 자신의 뜻대로 된 것이 기쁜지 환하게 웃으며 지유의 손을 맞잡았다.

“흐음. ……그럼 나도 같이할까?”

그는 지유와 은채를 바라보다 쑥스러운 듯 입을 열었다. 늘 그가 해 오던 일이었고, 그녀까지 돌아온 마당에 즐거움을 함께 공유하고 싶다는 생각에 입이 절로 열렸다. 잠시 멀뚱하니 그를 바라보고 있던 지유가 아무런 대꾸도 없이 은채를 이끌고 욕실로 향했다. 민망해진 그가 헛기침을 하고 늘어져 있는 장난감을 치우기 시작했다. 경애가 멀찌감치 떨어져 있는 장난감 하나를 그에게 슬쩍 밀면서 장난스럽게 웃었다.

"어머니도 씻으세요."

"응."

대답만 하고 자리를 지키고 앉아 그가 움직이는 모습과 욕실을 번갈아 쳐다보는 어머니의 표정은 따스했다.

그가 정리를 끝낸 장난감을 은채의 방에 두기 위해 걸음을 옮겼을 때, 욕실에서 꺅꺅거리는 은채의 장난스런 음성과 첨벙이는 물소리가 번갈아 들려왔다. 호기심이 동했지만 차마 문을 열어 볼 수 없어 아쉬운 입맛만 다시며 걸음을 재촉했다.

어둠이 완전히 내려앉은 수목원의 풀벌레 소리가 정겹게 느껴졌다. 지난 몇 년간은 느껴보지 못한 감동에 그의 입매가 부드럽게 휘었다. 그녀가 지금 집 안에 있다는 이유 하나로 세상 모든 것이 아름답고 선명하게 보이기 시작했다.

이제 그녀와 더불어 새로운 삶을 시작할 때였다. 앞으로는 마음껏 사랑하고 솔직하게 표현하고 살리라 다짐하며 새까만 밤하늘을 수놓은 별무리에 시선을 던졌다.

벌써 며칠째인지…… 제대로 잠을 이루지 못해 퀭한 얼굴을 한 그의 입에서 무거운 한숨이 터져 나왔다. 그녀가 그들 곁으로 온 뒤로 계속되는 신경전에 효건은 아쉬움과 원망이 가득한 눈으로 어머니와 은채를 바라보았다. 그도 그녀가 그리웠는데, 밤이 깊어지도록 두 사람은 지유에게서 떨어질 줄을 몰랐다. 은채는 졸린 눈을 비벼가면서도 잠이 들지 않기 위해 애를 쓰고 있었고, 어머니는 연신 지유의 손과 어깨를 어루만지며 애정 어린 눈을 거두려 하지 않았다. 사흘이 지나도록 그는 그녀를 차지할 수가 없었다.

"어머니, 시간이 너무 늦었어요. 가서 주무셔야죠. 은채도 자야지."

“힝. 시러. 은채, 엄마랑 놀 거야.”

“내일 또 놀자. 엄마도 많이 힘들어. ……우리 은채 착하지. 이제 가서 코 자자. 그래야 키도 쑥쑥 크지.”

“시러. 시러.”

“아가, 우리 효주 힘들어. 그만 자.”

경애는 은채를 달래고 떨어지지 않는 걸음을 옮기며 연신 지유를 돌아보다 방으로 들어갔다. 할머니의 말과는 상관없이 은채는 지유에게 더욱 찰싹 달라붙어 버렸다. 그를 마치 제게서 엄마를 빼앗아 가려는 악당쯤으로 생각하는 것같이 경계의 눈을 하고 울먹이기 시작했다.

“더 놀 꺼야.”

“은채야 그러지 말고 엄마랑 코 자자.”

“……응.”

효건은 커다란 눈망울에 가득 차오른 눈물이 한순간에 사라지는 진기한 모습을 눈앞에서 보면서도 믿기지가 않았다. 엄마랑 함께할 수 있다는 것이 그리 좋은 모양이었다. 햇살처럼 화사한 웃음을 짓는 은채를 향해 묘한 질투심마저 솟아났다.

“……어…….”

효건은 은채를 안고 방으로 들어가는 지유의 등을 보며 말문이 막혀 버렸다. 오늘 밤도 그는 그녀의 곁에 갈 수가 없었다. 그 안타깝고 아쉬운 마음을 몰라주는 그녀가 야속했고, 그녀의 어깨에 걸쳐 있는 은채의 얼굴에 걸린 환한 미소는 그를 놀리는 걸로 보이기까지 했다.

‘그럼 나는?’

허탈한 웃음이 나왔다. 은근히 그녀와 단둘이 되는 순간만을 기다리고 있던 것이 무색할 정도로 황당했다. 그녀를 지척에 두고도 손을 댈 수 없어 인고의 시간을 보내야만 하는 그에게 밤은 너무나 길었다. 오늘도 욕망에 허덕이며 날이 밝기를 기다려야 한다고 생각하니 한숨부터 나왔다. 그는 다리에 무거운 추를 단 사람처럼 비비적거리며 아쉬움이 진득하게 묻은 걸음을 겨우 옮겨 방으로 들어갔다.

일부러 느릿느릿하게 움직여 샤워를 하고 잠자리에 들었다. 어느 정도 시간이 흘렀을까? 그는 침대에 누워 몸을 뒤척이며 잠을 청해 보았지만 쉽게 잠이 오지 않았다. 아무래도 오늘은 그녀를 그의 곁으로 데려와야겠다고 마음먹고 몸을 일으키는 순간 방문이 열리며 지유가 들어섰다.

"지유……."

창문을 통해 흘러 들어오는 달빛을 받은 그녀의 굴곡진 실루엣이 요염하게 빛을 발하고 있었다. 그 몽환적인 분위기에 취해 그를 향해 다가오는 지유를 홀린 듯 쳐다보았다. 그는 앞으로 일어날 일에 대한 기대로 입 안이 바짝 마르는 것을 느끼며 혀로 입술을 축였다.

"잤어요?"

"당신을 두고 내가 잠을 잘 수 있을 거라 생각했어?"

잔뜩 잠긴 목소리가 그의 입을 통해 흘러나왔다. 진득한 욕망이 잔뜩 묻어나는 그의 음성에 그녀의 입가에 웃음이 맺혔다. 그는 기다렸다는 듯이 그녀를 향해 손을 뻗었다.

희미한 미소를 지으며 지유는 당당하게 방 안으로 들어섰다. 혹시나 그가 잠들어 있지 않을까 걱정했지만 그는 그녀처럼 잠을 이루지 못하고 있었다. 그와 같은 공간에 있다는 사실과 그녀에게 향해 있는 그의 뜨거운 정염을 담은 시선을 고스란히 받자 온몸에 짜릿한 전율이 일었다. 앞으로 벌어질 일에 대한 기대에 온몸이 자잘하게 떨려 오며 아랫도리가 서서히 젖어 가는 것이 느껴졌다.

그녀가 다가가는 것을 기다리지 못한 그가 성급한 몸짓으로 침대에서 몸을 일으켜 다가왔다. 그가 움직이는 것을 확인한 지유는 천천히 효건을 향해 발을 떼었다. 그가 자신의 매력을 확실하게 알 수 있도록 천천히 그에게 다가섰다. 그녀에게선 발정기에 들어선 암컷의 향기가 짙게 풍겼다. 목이 몹시 말랐다. 이 남자가 너무 갖고 싶지만 가능하면 티를 내지 않으려 조심했다. 효건이 그녀의 간절한 마음을 눈치채지 못할 만큼 여유를 부렸지만 사실은 그를 향한 갈증을 숨기기가 너무 힘들었다.

“왜 이제야 와?”

그녀는 기다림에 지쳤는지 투정 부리듯 중얼거리는 그를 향해 고혹적인 웃음을 지어 주었다.

“그럼 다시 나갈까요?”

“누구 죽일 일 있어?”

지유의 당당한 대답에 효건은 설핏 웃음을 지은 채 턱을 살짝 들어 눈을 내리깔고 그녀를 보면서 한 손으로 자신의 턱을 천천히 쓰다듬었다. 당장이라도 그녀에게 달려들 거라는 기대와는 달리 그는 여유로워 보였다. 그녀는 모양 좋고 정리 잘된 손가락의 움직임을 눈으로 좇으며 그 손이 자신의 몸 구석구석을 만져 주기를 원했다. 그녀의 예상과 다른 반응을 보이는 효건을 뜨거운 눈으로 바라보며 그의 앞에 섰다.

지유의 가느다란 손가락이 천천히 효건의 가슴을 쓰다듬으며 올라가 양쪽 잠옷 깃을 움켜쥐고 자신 쪽으로 끌어당겼다. 효건의 숨결이 먼저 지유의 숨결과 엉키고 그의 살짝 벌어진 입술 사이로 그녀의 혀가 들어갔다. 짙은 솔 내음을 머금은 듯한 청명함이 느껴지는 효건의 입술을 상상외로 뜨거웠고, 그 뜨거운 열기에 취할 것 같았다. 그의 입 안 구석구석을 맛보며 지유는 절대 그를 놓지 못하리라 생각했다. 효건이 서서히 지유의 키스에 응하며 두 사람은 뜨거운 열락에 빠져 들어갔다.

"하아."

지유는 자신도 모르게 신음을 흘리며 더욱 격렬하게 입을 맞췄다. 그와 그녀의 혀가 진득하게 얽혀 들었다. 지유는 급하게 효건의 잠옷 윗도리를 벗기고 열려진 옷깃 사이로 손을 밀어 넣어 그의 맨 가슴을 쓰다듬다가 등을 끌어안았다. 자신의 양쪽 다리 사이에 그의 허벅지를 끼우고 천천히 문지르며 등을 안았던 지유의 손이 서서히 그의 옆구리를 지나 점점 아래로 내려와 그의 잠옷 바지 속으로 파고들었다. 그리곤 브리프 안으로 손을 넣어 그의 중심을 움켜잡았다. 자신에게 이런 열정이 숨어 있을 거라곤 알지 못했다. 많은 의미를 담은 열망 가득한 그의 시선이 계속해서 그녀를 좇는다는 걸 느낀 뒤로는 묘한 갈증을 느껴야 했다.

"혁……. 무지 급한가 보군."

"하아, 시간 끌 필요…… 없잖아요."

급하게 숨을 내쉰 효건이 낮은 목소리로 그녀의 귓가에 속삭이자 헐떡이는 숨을 잠시 고르며 나른하게 지유가 대답했다. 뜨거워진 그녀와 달리 여유롭게 행동하는 그를 향해 그녀는 밉지 않게 눈을 흘겼다. 그녀는 계속해서 그의 중심을 주무르고 비비며 열띤 반응을 이끌어 내었다. 자신의 음부를 효건의 허벅지 위아래로 은근하게 문질렀다.

지유의 그런 행동에 효건은 서둘러 자신의 어깨에 걸쳐 있던 윗옷을 벗어 던져 버렸다. 윗옷을 벗은 그의 몸은 단단한 가슴과 군살 하나 없이 탄력 있는 복근을 자랑하고 있었다. 한 손은 그의 중심을 잡은 채로, 또 다른 한 손은 그의 자잘한 가슴 근육들을 손가락 하나하나에 세기 듯 느릿하게 어루만졌다. 오랜만에 마주한 그의 살결과 향기에 취해 그녀는 정신을 차릴 수가 없었다.

효건이 지유의 귓가에서 목으로 서서히 입술을 내리며 옷 위로 그녀의 가슴을 움켜잡았다. 예전 그대로 그녀의 가슴은 풍만했다. 깊게 파인 잠옷의 가슴 쪽 사이로 손을 넣어 한 손에 넘쳐 나는 가슴을 주무르자 그녀의 정점이 뾰족하게 일어섰다. 지유의 목과 쇄골을 혀로 쓸며 천천히 그녀의 치마를 위로 올려 허벅지 안쪽을 살짝 건드렸다. 깊게 들어가지도 않았는데 그곳의 축축함이 느껴졌다.

효건은 열에 들떠 신음을 흘리는 지유의 모습을 보며 잠옷 사이로 삐져나온 가슴을 머금고 주물렀다. 또 다른 그의 손이 레이스 팬티 안쪽으로 곧장 들어가 수줍게 숨겨진 수풀을 헤치고 그녀의 중심을 은근히 비비며 자극을 가했다. 숨을 헐떡이는 모습을 지그시 쳐다보며 동굴 속 깊이 가운뎃손가락을 밀어 넣었다. 예전에도 사랑을 나눌 때면 적극적으로 움직이는 지유였지만, 오늘은 유독 격렬하고 강하게 반응하는 그녀를 보자 며칠간의 수도승 같았던 생활이 하나도 떠오르지 않았다.

"으윽, 아……."

축축하게 젖어 있던 지유의 동굴 안쪽에서 효건의 손길을 기다렸다는 듯이 애액이 왈칵 쏟아졌다.

"김지유, 이렇게 급하게 가면 곤란해."

열에 들떠 정신을 차리지 못하는 자신과 다르게 너무도 여유 있어 보이는 효건의 모습이 기분 나쁠 만도 했지만, 지금 지유는 효건의 말이 귀에 들어오지 않았다. 그저 열기에 가득 찬 자신의 몸 안 가득 그를 맛보고 싶다는 열망에 싸인 기대감으로 떨릴 뿐이었다. 지유의 기대에 응하듯 그는 혀를 그녀의 입 안 가득 밀어 넣었다.

효건은 그녀를 침대로 밀어붙이고 남아 있는 지유의 옷가지들을 서둘러 벗겼다. 그리고 자신 또한 나신이 되어 그녀를 위에서 내려다보았다. 얼마나 기다렸던 순간인지…… 그는 실오라기 하나 걸치지 않고 있는 그녀의 탄력 있고 매끄러운 몸을 경탄의 눈으로 훑어 내렸다. 그녀의 풍만한 가슴과 잘록한 허리 윤기 흐르는 수풀, 매끄러운 허벅지는 그의 손길을 애타게 기다리고 있었다.

그녀는 아랫입술을 천천히 핥으며 간절한 눈빛으로 효건을 올려다보며 손을 들어 그를 자신에게 당겨 안으며 재촉했다. 그를 환영하듯 벌어진 다리 사이로 자리를 잡으면서도 효건은 느긋하기만 했다. 그의 분신을 손에 쥐고 열렬하게 기다리며 번들거리는 그녀의 중심에 천천히 애를 태우듯 문질렀다.

침대에 누워 그를 올려다보는 그녀에게 눈을 뗄 수가 없었다.

"아…… 어서."

"쉿, 천천히…… 보채지 마."

당장이라도 그녀의 안에 자신을 쏟아 낼 것 같아 이를 악문 그가 힘겹게 입을 열었다. 그는 느긋하고 천천히 그녀를 맛보고 싶어 일부러 여유로운 척 행동했다. 사실 마음 같아선 전희도 없이 그녀의 깊은 곳에 자신을 묻고 몰아붙이고만 싶었다. 그만큼 그에게 쌓인 욕망의 크기는 크고 깊었다. 그러나 자신의 생각대로 움직인다면 그는 그녀에게 상처를 입힐 것 같아 최대한 자제를 해야만 했다.

효건은 지유의 뜨거운 반응이 싫지 않았다. 한 손으로 지유의 젖

가슴을 움켜잡고 주물렀다. 그녀의 솟아오른 정점을 입 안 가득 빨아들이자, 더욱 짙어진 욕망에 지유는 다리를 넓게 벌리고 그의 허리를 감싸 안으며 자신의 깊은 곳으로 이끌었다. 마침내 그의 커다랗고 뜨거운 분신이 지유의 깊은 곳에 자리를 잡자 그녀의 교성은 더욱 짙어졌다. 천천히 움직이는 효건의 모습에 애가 탄 그녀는 자신의 허리를 흔들며 그를 재촉했다.

"학…… 좀 더, 빨리."

효건의 움직임이 점차 빨라지자 더욱 지유의 호흡이 거칠어지며 신음 소리가 높아졌다. 뜨거운 열기로 가득 찬 방 안에서는 오직 두 사람의 움직임에 따라 질척이는 소리와 지유의 원색적인 교성과 효건의 거친 숨소리만 존재했다.

지유의 깊은 곳에서부터 시작된 아찔한 감각에 그녀는 더욱 쾌감에 떨며 더욱 효건에게 매달렸다.

그를 빨아들일 듯 집어삼키는 그녀가 생생하게 느껴졌다. 그녀의 깊은 곳에서부터 시작된 파동이 절정에 달했다는 것을 본능적으로 알아챈 그가 빠르게 허리를 튕겨 올렸다. 그는 그녀의 절정에 맞춰 억눌린 신음 소리와 함께 자신의 생명을 그녀의 깊은 곳에 쏟아 내었다.

"하악, 아하……."

"으윽……헉."

오랜 기다림 끝에 최상의 쾌감을 맛본 두 사람은 거친 숨을 고르며 서로를 응시했다.

"사랑해."

그의 입이 열리고 열락이 채 가시지 않은 꽉 잠긴 목소리가 흘러나왔다. 그녀는 그의 볼을 천천히 어루만지며 애잔하고 조금은 쑥스러운 웃음을 지어 주었다. 그녀에게 마주 미소를 지은 그가 지유의 얼굴에 자잘한 키스를 하기 시작했다. 간지러운 느낌에 잠시 키득거린 그녀가 작게 속삭였다.

"힘들어요. 이제 그만 내려와요."

"무슨 소리야? 이제 겨우 시작인데…… 고작 한 번으로 그동안 쌓인 내 욕망이 다 해소될 거라 생각한 건 아니지?"

아직까지 그녀의 몸에 자신의 분신을 묻은 그가 은근히 허리를 움직였다. 다시 크기를 키우는 그의 남성을 적나라하게 느낀 그녀의 얼굴에 홍조가 짙어졌다.

"무거운데……."

"그래서 그만하자고? ……안 돼. 이번에는 네가 양보해. 대신 오늘 밤에는 한 번만 더 한다고 약속할게."

그녀의 귓불을 할짝거리며 작게 웅얼거린 그의 혀가 그대로 목을 타고 아래로 내려가기 시작했다. 그것이 싫지 않은 듯 뜨거운 숨결을 뱉어 내는 그녀의 허리를 잡고 몸을 일으킨 그가 당당하게 내려다보았다. 마치 소유권을 주장하듯 그녀를 천천히 훑어본 그의 입가에 만족스런 미소가 걸렸다. 하얀 시트 위에 누워 있는 그녀는 매혹적이었다. 흐트러진 머리카락이 넓게 펼쳐져 있었고, 열에 취해 흐릿해진 눈동자와 홍조 띤 두 볼, 색스러운 신음을 뱉어 내는 붉은 입술, 도자기빛 피부 곳곳에 새겨져 있는 붉은 화인들. 그의 손길로 인해 변해 버린 뇌쇄적인 모습을 보자 미칠 듯한 욕심이 생겨났다.

"널 이렇게 가질 수 있는 사람은 나뿐이란 걸 잊지 마. 이곳은 나만 들어갈 수 있는 내 거라는 것도……."

그 무릎을 꿇고 앉아 넓게 벌어진 지유의 허벅지를 더욱 옆으로 벌려 자신의 허벅지 위에 올려놓고는 그의 분신을 머금고 있는 그녀의 동굴 입구를 부드럽게 문질렀다. 그의 손길에 허리를 비트는 그녀에게 눈을 떼지 않고 더욱 은밀하고 느릿하게 손을 움직였다.

"하아……으응."

그는 고개를 숙여 그녀의 가슴을 핥아 올렸다. 똑 불거진 가슴 끝을 이로 살짝살짝 깨물자 지유가 자연스레 그의 머리를 당겨 안았다. 이제 다시 한 번 그녀를 가질 차례였다.

지유가 그에게서 벗어난 것은 한참 시간이 흐른 뒤였다. 온몸에 땀이 흐를 만큼 격렬한 몸짓을 나눈 그녀는 기력이 쇠한 사람처럼 축 늘어져 버렸다. 눈을 감고 숨을 몰아쉬는 사랑하는 여자를 잠시 응시하던 그가 몸을 일으켜 욕실로 들어가 따스한 물수건을 만들어 와 그녀의 몸을 닦아 주었다. 움찔거리는 지유를 다독이며 그는 부드럽고 조심스럽게 움직였다.

"아침까지 푹 쉬어."

창문을 열자 숲 특유의 싱그러운 나무향이 콧속으로 밀려 들어왔다. 그 자연의 내음을 깊게 들이켜는 지유의 입가에 부드러운 미소가 걸렸다. 초록빛의 향연을 마음껏 음미하는 그녀를 그가 뒤에서 감싸 안아 정수리에 입을 맞췄다. 마치 처음 사랑을 나누고 난 뒤 장관을 이룬 눈꽃들을 바라보던 그날 아침처럼…….

"김지유, 결혼하자."

그의 허스키한 음성이 그녀의 귀를 간질였다. 어깨를 움찔거린 그녀는 환하게 웃으며 고개를 돌려 그를 쳐다보며 작게 소곤거렸다.

"그래요. 우리 결혼해요."

그녀의 모든 것이 제자리를 찾았다. 그녀를 잊지 않고 기다려 준 가족이 있는 곳에서 몸과 마음의 안식을 찾았다. 지유는 자신의 인

생에서 있어 3년이라는 시간을 잃어버린 것이 아니라 그녀를 원하고, 사랑하는 사람들을 만나기 위한 과정의 일부였다고 생각했다. 서로의 사랑을 확인하고 제자리를 찾기 위해 그것은 꼭 필요한 시간이었다고…….

일 때문에 수목원을 나서는 효건은 늘 아쉬운 눈으로 그를 향해 손을 흔드는 세 여자를 바라보다 힘겨운 걸음을 옮기곤 했다. 은채를 품에 안은 지유의 환한 얼굴에서 눈을 떼지 못하고 어렵게 돌아서긴 했지만 그의 마음은 너무나도 평온했다. 어머니, 은채, 그리고 지유. 있어야 할 사람이 모두 제자리를 지키고 있다는 것 하나만으로도 벅찬 감동을 느끼는 중이었다. 다만 한 가지 아쉬운 것이 있다면 마음이 급한 그와 달리 그녀는 너무 여유롭다는 것뿐이었다. 그러다 며칠 전부터 계속되는 지유와의 실랑이가 떠오르자 그의 미간이 세세하게 찌푸려졌다.

"김지유."

그는 심각한 표정을 지은 채 무겁고 진중한 어조로 그녀를 불렀다. 은채가 낮잠을 자는 동안 거실에 앉아 책을 읽고 있는 그녀는 한 폭의 그림처럼 평화로워 보였다. 지유가 말간 얼굴로 그의 입이 열리기를 기다리는 것이 눈에 보였지만 효건은 쉽게 입을 열지 않았다. 그렇게 몇 분간 두 사람의 시선은 서로를 향해 있었다.

"……말해요."

그녀가 피식 웃으며 먼저 입을 열었다.

"휴우, 당신 진짜로 나랑 결혼할 마음이 있는 거야?"

"그게 무슨 말이에요?"

"그렇잖아. 프러포즈를 받아들였으면 그다음 행동을 취해야 하는 게 맞지 않아?"

그는 그녀의 결혼 승낙이 떨어지는 것과 동시에 식을 올릴 줄 알았다. 그동안 떨어져 있던 시간이 아쉬워서라도 빨리 식을 올리자 채근할 거라 은근히 기대를 했었다. 그런데 그의 바람과는 다르게 그녀는 아무런 말도 하지 않았다. 벌써 몇 번이나 그녀의 아버지를 보러 가자 말을 해도 알았다고만 대답을 하고 또 입을 다무는 통에 그는 죽을 맛이었다. 끝맺음이 확실한 성격에 일 처리도 무척 빨랐던 지유를 기억하는 그로서는 그녀가 조금 원망스러워 불퉁하니 말을 이었다.

"다음 행동?"

"몰라 물어? 우리 결혼식 날짜 잡아야지. 그전에 당신 아버지도 만나야 하고…… 벌써 몇 번이나 얘기했잖아."

"아!"

"아? 그게 다야?"

"훗. ……이리 와요."

그녀는 눈꼬리를 곱게 접으며 미소 지었다. 그를 향해 손을 내밀며 말하느라 달싹이는 입술이 먹음직스러워 보였다. 촉촉해 보이는 생크림 케이크처럼 부드럽고, 달콤하고……. 그는 저도 모르게 침을 삼키고 혀를 내밀어 입술을 적셨다. 홀리듯 그녀가 내민 손을 맞잡고 곁에 바짝 다가앉았다.

지유의 손이 그의 뺨을 느릿하게 쓸어내렸다. 그녀의 시선이 고스란히 그를 향해 쏟아졌다. 그 은밀하고 다정한 눈길에 그의 입가에도 미소가 생겨났다.

"난 지금 당신이랑 은채, 그리고 어머니밖에 안 보여요. 우리 너무 오래 떨어져 있었잖아요. 우리 모두 같이 있다는 사실이 아직까지 믿기지 않을 때가 있어요. 그래서 세 사람만 보면 아무 생각이 안 나요. 그냥 좋아서, 많이 편해서……. 그러니 너무 조급해하지 말아요. 나, 어디 안 가요. 언제까지나 당신 곁에 질리도록 붙어 있을게요."

그녀는 투정 부리듯 못마땅함을 표현하는 그의 모습에서 눈을 뗄 수가 없었다. 그녀를 향한 애정을 숨기려 하지 않는 그를 보는 일은 생각 외로 즐거웠다. 그간 제대로 받지 못하고, 주지도 않았던 사랑을 마음껏 주고받는 것이 꽤나 마음에 들었다. 애타는 그의 마음을 모르는 것은 아니었지만 일부러 못 본 척, 못 들은 척 하는 것도 재미있었다.

그의 청혼에 그녀가 승낙을 하자, 그때부터 효건은 그녀의 아버지를 만나러 가자고 조르기 시작했다. 하루라도 빨리 정식으로 그녀를 곁에 데려다 놔야 마음이 놓인다고 보채듯 말을 꺼냈다. 아직은 곁에 그와 은채, 경애가 함께 있다는 사실이 믿기지 않은 그녀는 늘 알았다고만 고개를 끄덕였다.

그의 마음을 모르는 바는 아니었지만 아직까지 그들이 곁에 있다는 것을 마음껏 느끼고 싶은 그녀였다. 너무 자신의 욕심만 내세운 것 같아 조금 미안해진 그녀는 최대한 빠른 시일 안에 아버지를 찾아가야겠다고 마음먹고 작게 웃음 지었다.

그는 소곤거리듯 작게 말을 하는 그녀의 얼굴을 뜨겁게 응시했다. 그의 볼에 닿아 있는 그녀의 손길만이 강하게 의식되었다. 그녀의 입술에서 눈을 떼지 못하고 그는 천천히 고개를 숙였다.
“그래도 너무 시간 끌지는 마. 난, 당신만 보면 마음이 급해져.”
“알았어요.”
그의 낮은 목소리에 부드러운 미소로 화답하는 그녀의 입술을 살포시 머금었다. 그녀의 입술은 그의 생각대로 지독하리만치 달았다. 어느 틈에 그녀의 입술을 가르고 안으로 들어간 그의 혀가 다정하게 입 안을 더듬고 다녔다. 그는 진한 갈증을 느끼며 더욱 깊게 그녀의 입술을 빨아 당겼다. 점차 거칠어지는 그녀의 숨결이 마냥 좋아 심장이 터질 것만 같아 살짝살짝 입술을 깨물었다. 따스함을 지닌 그녀의 향기가 그를 감싸며 부루퉁해지려는 심장을 달래 주었다.
그녀를 가까이 끌어당겨 안으며 그의 손은 바삐 움직이기 시작했다. 한 손은 부드러운 곡선을 자랑하는 그녀의 허리를 은근히 쓸어 올리다 셔츠 속을 파고들었고, 나머지 한 손은 그녀의 어깨와 목덜미를 연신 어루만지며 뒤로 쓰러지려는 그녀를 제게서 떼어 놓지 않으려 애를 썼다. 촉촉해진 그녀의 입술을 다시 한 번 베어 물고 섬세하게 입 안을 훑어 내렸다.
“좋다.”
옷 속을 파고든 그의 커다란 손이 브래지어를 밀어 올리고 아래서부터 그녀의 가슴을 움켜쥐었다. 탄력 넘치고 말랑한 그녀의 가슴을 양껏 주무르며 그것이 제 소유임을 주장했다. 그녀의 몸에 달려 있더라도 그것은 분명 제 것임을 확실하게 하고 싶었다. 그의 열기 가득한 목소리에 그녀가 작게 고개를 끄덕였다. 톡 붉어진 그녀의 유두를 손가락으로 잡아 비비고 당겼다. 그의 손짓에 민감하게 반응하며 움찔거리는 지유를 눈으로 좇으며 그녀의 혀를 빨아 당겨 제 입으로 초대했다.

그녀의 옅은 신음 소리가 들려오자 그의 분신이 민감하게 반응하며 더욱 제 몸을 부풀렸다. 그는 지유의 다리 사이를 파고들며 그녀를 소파에 눕히듯 밀어붙였다. 커질 대로 커진 그의 욕망이 당장 그녀 안으로 들어가라 외치고 있었다. 딱딱해진 그의 분신을 지유의 언덕에 가져다 대고 은근하게 움직이며 그녀가 그의 욕구를 알아채 주기를 기다렸다. 서로 맞닿은 입술에서 열기가 새어 나오기 시작했다. 그녀의 뜨거운 숨결에 정신이 아득해져 갔다. 깊게 그녀의 입술을 헤집다 목으로 입술을 옮기려는 때에 갑자기 들려온 아이의 울음 소리에 정신이 번쩍 들었다.

"우왕. ……아빠가 엄마 입을 머거쩌."

은채가 울먹이며 하는 말을 듣고 지유는 민망한 웃음을 지으며 재빨리 그를 밀어내고 흐트러진 옷가지를 정리했다. 그는 커다랗게 한숨을 쉬며 머리카락을 쓸어 올렸다. 키스도 마음대로 하지 못하는 상황을 맞이하고 보니 앞날이 훤히 보이는 듯했다. 앞으로 얼마나 많은 시련이 그를 찾아올는지…… 생각만으로도 몸서리가 쳐졌다.

그는 어떤 묘안을 짜내는 한이 있더라도 그녀와의 은밀한 접촉을 포기할 생각이 없었다. 그는 은채를 슬그머니 쳐다보며 머리를 굴리기 시작했다. 그가 어떤 생각을 하며 은채를 쳐다보고 있는지 모르는 아이는 아빠를 향해 경계의 눈초리를 늦추지 않았다. 엄마를 아프게 한 나쁜 사람이라 인식한 것처럼 보였다. 이래저래 해도 쉽게 지유의 곁으로 갈 수는 없다는 결론이 나왔다.

　그녀가 수목원에 찾아온 뒤 근 한 달만의 외출이었다.
　아침부터 부산을 떨며 은채에게 고운 원피스를 입히고, 조금은 어색한 손길로 머리를 묶고 있는 지유의 입가에 잔잔한 미소가 걸려 있었다.
　"어디 가?"
　"응. 우리 은채 외할아버지 만나러 갈 거야."
　"하부지?"
　"응."
　은채의 머리를 쓰다듬는 그녀의 손끝이 자잘하게 떨렸다. 아무리 아버지의 허락 여부가 중요치 않다고 해도 효건과 은채를 데리고 아버지를 만나러 가는 것은 긴장되지 않을 수가 없었다. 무책임하게 일도 내팽개치고 회사를 나왔지만 그녀의 선택이 옳았다는 것을 아버지도 이해하고 인정했으면 하는 바람이었다.
　"괜찮아?"
　그녀의 얼굴에 드리운 그늘을 본 것인지 그가 걱정스레 물었다. 괜히 신경을 쓰이게 한 것 같아 그녀는 웃으며 고개를 끄덕였다.
　"자, 이제 가 볼까?"
　"그래요."
　그들은 은채의 손을 양옆에서 하나씩 쥐고 수목원을 나섰다.
　아버지를 만나러 가는 차 안은 고즈넉했다. 조금 전까지 오랜만의 외출에 신이 난 은채의 목소리가 가득했던 곳이 아이가 잠이 드는 것과 동시에 조용하게 변해 버렸다. 잠이 든 아이의 얼굴을 가만히 바라보다 엷은 미소를 짓고 고개를 돌리는 지유의 얼굴이 살짝 굳어 있었다.

"걱정돼?"

"그건 아닌데……."

효건은 심기가 어지러워 보이는 지유에게 시간을 주고자 운전에만 신경 썼다. 창밖의 풍경에 시선을 던진 그녀는 딱히 뭔가를 보고 있는 것 같지는 않았다.

그녀는 사실 가슴이 답답했다. 무작정 회사를 나와 수목원으로 오기는 했지만, 아버지가 걱정되지 않는 것은 아니었다. 특히나 마지막으로 보았던 아버지의 얼굴이 아른거렸다. 그녀에게 미안함을 감추지 못하고 안쓰러운 눈으로 네 편이 있었으면 좋겠다고 조심스레 말하던 것이 떠올라 속이 편치가 않았다. 그 뒤로 이 여사와 민혜는 어떻게 되었는지 궁금하기도 했다. 모든 것을 아버지가 결정하도록 했지만 너무 무심했던 것도 같아 뒤늦은 자책이 들었다.

"지유야."

김준기 사장은 사장실 문을 열고 들어오는 지유를 보고 자리에서 벌떡 일어났다. 반가운 마음에 딸을 향해 걸음을 옮기려는데, 지유의 뒤를 따라 들어오는 사람을 보고 머뭇거렸다. 낯선 남자와 아이……. 뜻 모를 소리를 하고 사라진 딸이 걱정되었지만 전처럼 연락이 되지 않는 것이 아니기에 지유가 돌아올 때까지 기다렸다. 재우 일로 너무 지유를 몰아붙인 것이 아닌가 싶어 딸이 여유를 찾기를 바랐다. 그런데 전혀 생각지도 못한 일이 벌어지자 그는 당혹감을 느꼈다.

"그간 잘 지내셨어요?"

"이게…… 어떻게……."

그녀는 세 사람을 번갈아 보며 말을 잇지 못하는 아버지를 향해 두 사람을 소개했다. 편해 보이는 얼굴에 화사한 미소까지 머금은 그녀는 은채를 앞으로 밀며 작게 이야기를 꺼냈다.

"아버지 손녀예요. 이름은 서은채고, 이제 세 살 됐어요."

"안녕하세요."

약간 혀 짧은 소리로 인사를 한 은채는 천사처럼 귀여웠다. 지유의 어릴 때와 흡사한 모습에 딸과 아이의 관계가 짐작이 되었다. 사실이었다니…… 집 나간 마누라 운운하던 것이, 딸과 남편이 있다는 말이 진실이었다. 재우를 보고는 그저 심사가 뒤틀려 출근도 하지 않고 연락도 없는 거라 생각했다. 여러 가지 일이 닥쳐 마음을 추스를 시간이 필요하다 여겼다. 어느 정도 시간이 지나면 다시 올 거라 믿고 있었는데…… 그가 틀렸다. 지금의 지유는 절대 아비의 곁으로 돌아올 마음이 없어 보였다.

"이 사람은 서효건이라고 하고 은채 아빠예요. 효건 씨 인사해요. 저희 아버지세요."

"안녕하십니까. 서효건입니다."

정중하게 고개를 숙여 인사를 한 효건이 당당하게 지유의 어깨를 감싸 안았다. 류 교수에게 말한 대로 처음 김준기 사장을 대면하는 순간에는 지유의 남자이고 싶다는 소망이 이루어진 순간이었다.

소파에 마주 앉은 사람들 사이로 정적이 흘렀다. 누구 하나 나서서 선뜻 말을 꺼내는 사람이 없었다. 그런데,

"우와, 엄마 저기…… 차가 작아져써."

은채의 감탄 어린 목소리에 어른들의 고개가 모두 아이에게 쏠렸다. 지유 곁에 붙어 있던 은채가 어느 틈에 창가로 가 밖을 내다보고 있었다. 고층 건물에 익숙하지 않은 아이의 눈에는 작게 보이는

자동차와 사람들이 신기한 모양이었다. 은채의 말에 그들을 둘러싸고 있는 긴장감이 옅어졌다.

은채에게 웃는 얼굴로 고개를 끄덕인 지유가 아버지를 바라보았다.

"……어떻게 된 거냐?"

김 사장은 한참을 은채를 바라보다 지유에게 질문을 던졌다. 아이 입에서 나온 '엄마'라는 소리에 정신이 번쩍 들었다.

지유는 차분하게 말을 이었다. 예전에 집을 나서서 그가 대표로 있는 수목원에 가게 된 일하며, 그곳에서 은채를 낳은 이야기, 기억을 잃었던 그 시간 동안 서효건이라는 남자의 곁에서 행복하게 잘 지냈다는 것을 차분하게 설명했다. 그리고 잠깐의 헤어짐과 재회까지……. 말을 이어 가는 지유의 손을 효건이 듬직하게 잡아 주었다. 마치 힘을 실어 주는 것처럼…….

"아버지, 이제야 제가 있어야 할 자리를 찾았어요. 저, 이 사람과 함께 있으면 마음이 편해져요. 그래서 이 사람과 결혼하려고요."

지유는 담담하지만 진심이 드러나는 목소리를 내었다.

"……자네도 같은 생각인가?"

김준기 사장은 지유의 말이 끝나고 한참 뒤에야 입을 열었다. 김 사장은 조금의 틈을 허용하지 않는 날카로운 눈빛으로 효건을 주시했다.

"네. 지유를 사랑합니다. 뜻하지 않는 오해로 오랜 시간을 그녀와 떨어져 지냈지만 한시도 잊어 본 적이 없습니다. 지유 없이 사는 삶은 한 번으로 족합니다. 두 번 다시 그녀와 떨어져 살고 싶지 않습니다. 허락해 주십시오."

김준기 사장은 효건의 말을 듣고 있는 지유의 얼굴에서 딸이 얼마만큼 그를 신뢰하고 있는지 알 수 있었다.

"은채라고 했지? 이리 온."

김 사장은 지유와 효건을 물끄러미 바라보다 아이에게 손을 내밀었다. 짧은 다리로 쭈뼛거리며 다가온 아이를 품에 안으며 그는 고개를 끄덕였다.

"됐다. ……네가 좋다면 그걸로 됐어."

그는 되지도 않는 욕심을 부려 가며 지유와의 사이가 멀어지는 것을 원치 않았다. 늘 살얼음 위를 걷듯 위태롭게 보이기만 했던 딸이 안정을 찾은 걸로 되었다 생각했다. 그가 주지 못한 사랑을 서효건이라는 사내에게 받아 평온해 보이는 딸의 모습을 눈으로 좇으며 울컥해져 오는 심장을 달랬다.

민혜는 한국건설 사옥 앞을 서성거렸다. 이번이 몇 번째인지……. 솔직히 그녀는 계부가 그렇게까지 매몰차게 그녀와 엄마를 쫓아낼 거라고는 생각해 보지 않았다. 그는 말이 끝나기가 무섭게 일을 처리했다. 단호하게 몰아붙이는 그의 뜻에 따라 이틀 만에 간단히 짐을 꾸려 커다란 집을 나올 수밖에 없었다. 김 사장이 구해 준 고작 방 두 개짜리 작은 빌라를 보고는 이 여사와 민혜의 얼굴이 하얗게 질려 버렸다. 그동안 넓디넓은 집에서 가지고 싶은 것, 하고 싶은 것을 마음껏 하고 살다 작은 집에서 살려니 죽을 맛이었다.

거기다 엄마까지 도대체 무슨 짓을 한 거냐며 민혜를 잡아먹을 듯 노려보고 못마땅함을 감추지 않는 통에 더욱 힘든 시간을 보내야 했다. 그녀 역시 마음속에 있던 얘기를 거르지 않고 그대로 이 여사에게 쏟아부었다. 그렇게 서로를 잡아먹을 듯 으르렁대는 사이에도 시간은 흘렀다.

10년 넘도록 사람을 두고 생활하던 엄마는 작은 집을 청소하는 것조차 힘겨워했고, 그녀 역시 마찬가지였다. 좁디좁은 방이 불편하기만 했다. 넓은 욕조에 몸을 담그고 싶어도 샤워기 하나 달랑 달린 집은 그녀의 욕구를 충족시키기에는 너무나 부족했다.

민혜는 이대로는 견딜 수 없다는 생각이 들었다. 지금 당장은 아빠가 화가 많이 나서 그러지만 언젠가는 그녀를 용서해 줄 것이라 믿었다. 다만 그 시기가 문제인데……. 깊은 생각에 빠진 그녀는 초조함을 견디지 못하고 손톱을 깨물었다.

그러다 도저히 견딜 수 없었던 그녀는 김 사장에게 전화를 걸어 용서를 구했지만, 그는 아직 때가 아니라는 말만 되풀이했다. 예상 외로 강경한 태도에 놀라기도 잠깐, 참다못해 민혜는 직접 김 사장을 만나기로 결심했다. 막상 얼굴을 보게 되면 다정한 계부는 그녀를 밀어내지 못할 거라는 계산이 깔려 있었다. 하지만 그는 그녀를 만나 주지 않았고, 회사 로비조차 통과하지 못했다. 그녀의 불안감이 점점 커져 갔다.

그러다 어제 그 일이 터졌다.

점점 높아진 스트레스를 견딜 수 없었던 민혜는 엄마와 대판 싸우고 집을 나섰다. 울컥울컥 치솟는 화를 어떤 식으로든 풀어야만 했다. 그녀가 택한 방법은 쇼핑이었다.

평소에 자주 가는 명품매장을 찾은 민혜는 새로 들어온 상품을 보고 만족스런 미소와 함께 눈을 반짝였다. VIP 손님인 그녀를 알아보는 매장 직원들의 친절한 응대 또한 축 처진 그녀의 기분을 조금은 업시켜 주었다.

"뭐 이 정도면……."

에르메스 켈리백을 이리저리 살펴보던 그녀가 천천히 고개를 끄덕였다. 가방 하나에 잔뜩 찌푸려진 마음이 풀리는 것을 느끼며 슬쩍 미소 지었다. 다음은 신발과 옷을 보고, 이른 저녁을 먹는 것도 나쁘지 않겠다 싶었다. 머릿속으로 다음 일정을 빠르게 정리한 그녀가 계산대 앞에 섰다.

"이게 누구야?"

노골적으로 악의를 드러낸 목소리가 그녀의 귓속을 파고들었다. 이건 또 뭔가 싶은 민혜가 인상을 잔뜩 쓰고 뒤를 돌아보았다. 그리곤 슬쩍 고개를 옆으로 돌리며 입술을 깨물었다. 하필 여기서 이 재수 없는 자식을 만날 건 뭐람. 속으로 욕지거리를 뱉은 그녀가 도전적으로 그를 응시했다.

"오랜만이네."

"허참, 날 물먹여 놓고 그딴 소리가 나와? 너 때문에 내가 얼마나 깨졌는데…….."

호림건설의 박한석이 그녀를 죽일 듯 노려보며 목소리를 높였다. 재개발 건으로 김지유에게 밀린 뒤로 회사 내에서 그의 입지가 상당히 좁아졌고, 아버지에게 무시당한 걸 생각하면 눈앞에 있는 민혜를 아작아작 씹어 먹어도 부족할 판이었다.

"그것도 네 능력이지. 지 못난 탓을 왜 나한테 해?"

"뭐? 지금 네가 고개를 빳빳이 들고 내게 그런 말 할 처지가 아닐 텐데."

"내가 그러지 못할 이유라도 있어? 어쨌든 내 손을 잡은 건 너야. 처음부터 내 말을 무시했으면 되는 일이라고. 그런데 넌 안 그랬잖아. 모르겠어? 내 말을 듣고 내 손을 잡은 건 네 판단이라는 거. 그러니 그에 따른 책임도 네가 져야지. 내가 너한테 십 원 한 장 받은 적이 있던가?"

　물론 P시의 개발 업체로 호림이 낙찰되었다면 그만한 대가를 받을 생각이었다. 그에 따른 서류 준비도 되어 있었고, 하지만 예상과 다르게 P시의 개발권은 한국건설에 떨어졌고 뒤통수를 맞은 건 민혜 그녀도 마찬가지였다. 그렇기에 그녀가 박한석의 비난을 고스란히 받을 이유는 없었다.

　민혜는 어이없는 얼굴을 하고 있는 한석을 쳐다보고 코웃음을 쳤다.

　"여기."

　그녀는 난감한 얼굴로 자신을 쳐다보고 있는 매장 직원을 향해 카드를 내밀었다. 이 자리에 진득하니 붙어서 박한석을 상대하고픈 마음이 조금도 없었다.

　"결제 도와 드리겠습니다."

　공손하게 그녀가 내민 카드를 받아 든 직원이 단말기에 카드를 긁었다. 그리고는 이내 살짝 일그러지는 표정을 수습하고 입을 열었다.

　"다른 카드 없으세요? 사용 정지 카드라고 나오네요."

　"뭐? 무슨 소리야? 어제까지만 해도 아무 이상 없이 썼는데……."

　눈을 동그랗게 뜨고 신경질을 내는 민혜를 쳐다보던 직원이 다시 한 번 카드를 긁어 보았다.

　"여전히 안 되네요."

　민혜는 그녀가 내민 카드를 받아 들고 다른 카드를 내밀었다. 웃는 얼굴로 그 카드를 받아 든 직원이 딱딱하게 굳은 얼굴로 카드를 돌려주었다.

　"이것도 마찬가지네요. 정지 카드."

　"말도 안 돼. 기계 고장 난 거 아니야?"

"아닙니다."

단호한 직원에 말에 당혹감으로 얼굴을 붉게 물들인 민혜를 옆에서 보고 있던 박한석이 키득거렸다.

"하하하. 이거 꽤 볼만한데……. 친딸도 아니면서 갖은 여우 짓을 다해 김지유 자릴 넘보더니 이렇게 밀려나는 거야? 하하하. 꼴좋다, 꼴좋아."

"입 닥쳐."

민혜의 말에 한석은 비릿한 미소를 머금고 그녀를 노려보았다.

"이게 어디서……. 아직도 감이 안 오냐? 이제 너는 감히 내 얼굴을 쳐다볼 수도 없을 정도로 쥐뿔도 없는 신세라는 거, 한국건설하고 하등 상관없어졌다는 거. 진짜 몰라?"

그녀는 한석의 말에 아무런 대꾸도 하지 못했다. 할 수 있는 거라곤 원망 어린 눈으로 그를 노려보는 것 정도였다.

"이봐, 아가씨. 내가 좋은 거 하나 알려 줄까? 혹시라도 말이야. 이 여자 이름이 VIP명단에 있거든 지금 당장 지우는 게 좋을 거야. 이 여자 앞으로 여기 제품 구입하는 거 힘들 테니까. 아! 열심히 일하면 키홀더 정도는 살 수 있겠다. 그치? ……정확한 성이 뭐였는지 기억이 나지 않는 민혜 씨."

계산대에 몸을 기대고 은근히 말을 건넨 한석이 몸을 일으켰다.

"훗. 그럼 열심히 살아."

잠시 민혜를 쳐다보던 그가 그녀의 어깨를 두어 번 토닥거리고는 코웃음을 치고 돌아섰다. 그녀는 부들부들 떨리는 주먹을 꼭 쥐고 그를 죽일 듯이 노려보았다.

"뭐해? 물건 안 치우고……. 그리고 손님 배웅해 드려."

샵마는 잔뜩 찌푸린 얼굴로 직원에게 지시를 내렸다. 모멸감에 이를 악물고 매장을 나온 그녀는 터지려는 비명을 꾹꾹 눌러 참았다. 이럴 수는 없었다. 시간이 지나면 자연스레 용서할 거라 생각한 계부를 향한 믿음이 산산조각 나 버렸다.

"허어, 저게 누구야?"

무작정 한국건설 앞에서 김 사장의 퇴근 시간이 되길 기다리던 민혜의 눈에 환한 미소를 지은 지유의 얼굴이 보였다. 고민도 없고 여유가 넘치는 지유의 얼굴을 보자 민혜의 얼굴 일그러졌다. 당장이라도 모든 것이 네 탓이라고 따지고 싶은 마음이 들었지만 여러 가지로 아쉬운 그녀가 참아야 했다. 아니꼽고 더러워도 지금 이순간은 그녀가 성질을 죽여야 했다. 정지된 카드와 좁아터진 집구석에서 벗어나려면 김 사장을 만나야만 했다. 그 기회를 김지유가 줄 수 있다는 생각이 들자 마음이 바빠졌다.

지유는 혼자가 아니었다. 역시 창립기념일에 함께 사라졌던 남자와 지유는 보통 사이가 아니었다. 남자는 한 손으로는 아이를 품에 안고 다른 한 손으로는 지유의 손을 꼭 잡고 출입문을 통과하고 있었다. 그 누가 보더라도 다정한 한 가족임을 의심할 여지가 없어 보였다. 그때 좀 더 자세히 알아봤어야 하는데……. 입찰건과 맞물려 남자에게 신경 쓰지 못한 게 한이 되었다.

"언니……."

민혜는 지유가 멀리 가기 전에 그녀를 잡아야겠다고 생각해 서둘러 불렀다. 어떻게든 김 사장을 만나야 한다는 간절함에 조금도 지체할 틈이 없었다.

"……."

한국건설 사옥을 나서는 지유의 귀에 누군가를 애타게 부르는 음성이 들려왔다. 소리가 나는 방향으로 고개를 돌리자 어색한 얼굴을 하고 있는 민혜가 보였다. 분명 언니라 부른 것 같은데……. 그녀의 입가에 설핏 비소가 나타났다 사라졌다.

"네가 여긴 어쩐 일이니?"

갑작스런 민혜의 등장에 효건이 지유의 어깨를 감싸 자신에게로 끌어당겼다.

경계심을 역력히 드러내는 그를 흘끗 쳐다본 민혜는 눈꼬리를 치켜 올렸다. 할 말은 많았지만 꾹 눌러 참고 어색한 웃음을 지었다. 그녀는 지유의 물음에 대한 답보다는 제가 할 말을 먼저 했다.

"아빠, 만나고 오는 길이야?"

"그런데?"

민혜는 더 이상의 질문을 허락하지 않겠다는 듯 단호하게 대답하는 지유를 보며 울분을 삼켜야 했다.

"우리 얘기 좀 해."

"난, 너하고 할 말 없어."

"내가 있어. 그러니 시간 좀 내줘."

민혜는 이를 사리물고 최대한 부드럽게 이야기를 하려고 애를 썼다. 성질 같아선 생각나는 대로 막 하고 싶지만 참아야 했다. 그녀의 간절함이 통했을까? 지유가 물끄러미 그녀를 쳐다보다 곁에 있던 남자에게 고개를 돌렸다.

"효건 씨……."

"괜찮겠어?"

지유는 눈으로 하고픈 말을 전했다. 난, 괜찮아요. 걱정 말아요. 그녀의 대답을 알아들은 듯 그는 고개를 끄덕였다.

"그럼 난 은채랑 차에서 기다릴게. 이야기 나누고 와."

“그럴게요. 은채야, 아빠랑 조금만 기다려.”

“응.”

효건이 은채를 안고 멀어지자 지유의 시선이 민혜에게로 향했다.

“할 말 있음 해.”

“누구야? 둘이 어떤 사이야? 저 애는 또 뭐고?”

“네가 할 말이라는 게 내 사생활에 관한 얘기니? 그렇담 난 할 말이 없어.”

“……”

민혜는 여지를 두지 않는 지유의 말에 눈을 세모꼴로 만들었다. 아랫입술을 안쪽을 지그시 물고 화를 억누른 그녀는 태연함을 가장해 입을 열었다.

“어디 가서 얘기 좀 해. 그래도 오랜만에 봤는데 길바닥에서 꼭 이래야 해?”

“무슨 대단한 말을 하려고……. 그래, 가자.”

지유는 민혜를 앞질러 먼저 걸음을 옮겼다. 한국건설 사옥 옆에 있는 대형 프랜차이즈 커피숍으로 들어간 그녀는 커피 한 잔을 앞에 두고 민혜를 마주 보았다.

“해.”

“……”

지유는 쉽게 입을 열지 못하고 머뭇거리는 민혜를 시린 눈으로 바라보았다. 아직은 민혜를 아무 감정 없이 대하는 게 쉽지 않았다. 아버지 옆에서 갖은 애교를 다 떨며 환하게 웃던 민혜의 모습이 가슴속에 깊이 박혀 떨어지지 않았다. 일종의 열등감이었을까? 자신이 가지지 못한 그 천연덕스러움이 부러웠는지도……. 생각이 거기에 미치자 그녀는 속웃음을 쳤다.

“아빠 잘 지내셔?”

민혜는 굳은 결심을 한 사람처럼 마른침을 삼키고 입을 열었다.

“그걸 왜 나한테 물어?”

“우리 같이 안 살아. 알지?”

“…….”

아버지가 기어이 민혜 모녀를 내치신 모양이었다. 그렇게까지 하셨을 거라고 생각 못 한 지유의 말문이 막혀 버렸다. 그제야 왜 민혜가 그녀를 언니라 불렀는지 이해가 되었다.

‘네가 그럼 그렇지……. 뭔가 아쉬운 것이 있으니 그랬지.’

지유가 집을 나오기 전부터 민혜는 그녀를 언니라 부르지 않았다. 그녀를 향한 적개심도 감추려 들지 않고 늘 이죽거리기 바빴던 민혜의 입에서 언니라는 소리가 나왔다. 못마땅한 마음과 달리 지유의 얼굴은 변화가 없었다.

“네가 원하는 게 뭐야?”

“아빠 좀 만나게 해 줘.”

“뭐?”

“아빠가 화가 많이 나셔서, 내 전화도 안 받아. 회사로 찾아가도 만나 주지도 않고……. 그러니 언……니가 힘 좀 써 줘.”

지유는 민혜의 말을 듣고는 어처구니없는 표정을 지었다. 고작, 그런 이유로 하기 싫은 것이 역력한 표정으로 부탁하는 민혜를 보니 까칠한 그녀의 성질이 서서히 고개를 들었다.

그래도 혹시나 했다. 지금껏 제가 한 짓이 있기에 사과의 말이라도 한마디 하지 않을까 기대를 한 자신이 바보처럼 느껴졌다.

“내가 왜 그래야 해?”

“뭐?”

“내가 왜 너한테 그런 친절을 베풀어야 하는지를 물었어.”

“…….”

지유의 말에 민혜는 말없이 입술을 깨물었다. 무척이나 자존심이 상한 모양인지 일그러지는 표정이 볼만했다.

“우선순위가 틀렸어. 네가 나한테 부탁이라는 것을 하려면 먼저 사과부터 해야 하는 게 옳지 않아? 네가 어떤 마음으로 회사에 손해를 끼칠 행동을 하게 되었는지 생각한다면 말이야. 내 모든 것이 싫었던 네가 마음에도 없는 부탁이라는 걸 하기까지 꽤나 절박했던 모양인데……. 난, 널 위해 애쓸 생각이 없어. 혹시 모르지. 지금이라도 네가 나한테 진심 어린 사과를 한다면 한번 생각해 볼지도……. 사과할래?”

“…….”

그 순간 민혜의 눈에 푸른 불꽃이 일렁였다. 아마 지금 상태로는 목에 칼이 들어와도 미안하다는 말을 뱉지 않을 것임이 확실했다. 그녀는 느릿하게 자리에서 일어나 눈을 내리깔고 차갑게 말을 이었다.

“네가 사과할 마음이 생기거든 연락해. 그때 너 하는 거 봐서 한번 생각해 볼게.”

민혜는 문을 나서는 지유를 보며 소리 지르고 싶은 것을 눌러 참았다. 아직까지는 그렇게까지 자존심을 죽이고 싶지 않았다. 제깟게 뭐라고…… 얼마 전까지 계부의 시선 한 자락 받지 못해 부러운 눈으로 자신을 쳐다보던 지유가 아니었던가 말이다. 잘 손질된 손톱이 손바닥을 파고들었지만 그녀는 꽉 쥔 주먹을 풀지 않았다.

여전히 민혜는 지유를 보고 난 뒤로 끓어오르는 화를 누를 수가 없었다. 전보다 환해진 얼굴로 자신을 대하던 지유가 너무나 꼴 보기 싫었다.

'나는 이렇게 힘이 드는데, 넌 왜 그리 편해 보여?'

그녀는 심기가 불편해져 짜증을 내다 휴대전화를 집어 들었다. 이 소식을 듣게 되면 그는 어떤 반응을 보일지 궁금했다. 신호가 계속됐지만 상대방은 전화를 받을 생각이 없어 보였다. 하기야 그가 그녀의 전화를 피한 것이 한, 두 번이 아니니 별로 새로울 것도 없었다.

한참 만에 재우의 목소리가 휴대전화를 타고 들려왔다.

—네가 웬일이야? 네 얼굴 보고 싶지 않다는 말은 네 목소리도 듣고 싶지 않다는 말과도 같은 걸 몰라? 도대체 몇 번을 애기해야 알아들을 건데?

수화기 너머로 들려오는 재우의 목소리는 잔뜩 날이 서 있었다. 아마도 이번 기회에 그녀를 털어 내고자 단단한 마음먹었음이 틀림없었다. 전화를 받자마자 속사포처럼 쏘아붙이는 모양새로 충분히 짐작이 갔다.

"훗. 오빠가 그런다고 지유가 오빨 받아 줄 것 같아?"

—지유가 네 친구야? 네가 예의 없는 건 알고 있었지만 심히 거슬린다.

"김지유 그만 포기해."

—네가 뭔데 그따위 소릴 지껄여?

"오빠 생각해서 전화한 건데 듣고 싶지 않은가 봐? 김지유에 관련된 건데……."

—……뭐야?

"김지유, 남자 있어. 아이도 있고……. 딸인가 보던데, 세 식구 사이좋게 아빠 만나러 왔더라. 그러니 그만 포기해. 오빠가 아무리 매달리고 기다려도 지윤 안 와."

—그게 무슨 소리야?

"내 말 무슨 뜻인지 못 알아들어?"

—장난하지 말고 다시 말해 봐.

그녀는 수화기를 통해 들려오는 재우의 커다란 목소리에 휴대전화를 귀에서 떼었다 붙여야 했다.

"말 그대로야. 오늘 우연히 회사 앞에서 지유를 만났어. 아빠를 만나고 나오는 길인지 셋이서 나오더라고……. 아주 다정해 보이던데. 아마 곧 결혼식을 올리지 않을까 싶어. 어쩌니? 오빤 완전 물 먹은 거야. 후훗."

민혜는 파르르 떠는 재우의 모습이 눈앞에 보이는 것처럼 고소하다는 표정을 지었다. 제가 아픈 만큼 그도 아파야 했다. 그녀에게 한없이 냉정하게만 굴던 재우의 흐트러진 목소리가 꽤나 마음에 들었다. 아무런 말도 없이 끊어진 휴대전화를 들고 민혜는 비틀린 미소를 지었다.

재우는 눈앞의 광경을 보고도 실감이 나지 않았다.

싱그러운 푸른 잎이 가득한 곳에서 깜찍한 꼬마 아가씨와 똑같이 자잘한 꽃무늬가 프린트된 원피스를 입은 지유는 너무 자유롭고 편해 보였다. 얼굴 가득 미소를 지으며 아이와 눈을 맞추고 이야기를 나누는 지유의 모습을 보니 차마 걸음이 떨어지지 않았다. 섣불리 다가갈 수 없는 그 평화로운 분위기에 그는 그 자리에 망연자실하게 서 있었다.

배신감도 느껴졌다. 그녀가 그의 앞에서 한 번도 저렇게 편안하고 커다랗게 웃음을 지은 적이 없다는 사실에 속이 쓰렸다. 그를 향해 미소를 지어 준 적은 있었지만 저만큼 속에서 우러나는 즐거움을 표현한 적은 없었다.

"어? 재우야?"

그를 발견한 지유가 잠시 멈칫하더니 이내 활짝 웃으며 그에게 다가왔다. 그녀를 닮은 아이의 손을 꼭 쥐고서……

"여긴 웬일이야? 언제 왔어?"

"지금 막……"

"잘 지냈어?"

"……"

그녀의 물음에 그는 답을 하지 못했다. 솔직하게 잘 지내지 못했다. 황당한 말을 던져 놓고 사라진 그녀를 기다렸지만 지유는 어떤 소식도 전하지 않았다. 전화라도 먼저 해 주지 않을까 초조한 시간을 보내던 차에 민혜의 연락을 받았다. 화를 내며 전화를 끊으려는 그에게 민혜가 한 가지 사실을 말해 주었다. 지유가 곧 결혼을 할 거라고…… 아이도 있더라고……. 그는 민혜가 또 무슨 수작을 부리려는가 싶어 경계심을 늦추지 않았다. 그렇게 며칠이 지나고 더 이상은 도저히 기다릴 수 없어진 그가 김 사장을 찾아가 지유의 소식을 물었다.

깊고 어두운 곳에 갇히는 느낌을 처음 알았다. 김 사장의 입에서 흘러나온 이야기는 민혜의 말이 모두 사실임을 증명해 주었고, 그 순간 그는 습하고 질척거리는 깜깜한 동굴 속에 갇히는 느낌이 들어 숨이 쉬어지지 않았다.

현실을 부정하며 며칠을 보낸 그가 그녀를 찾아 나섰다. 자신의 눈으로 직접 사실을 확인하고 싶었다. 그녀에게 가족이 생겼다는 것을, 그녀에게 사랑하는 사람이 있다는 것을……. 막상 그 실체를 마주하고 나니 후회가 되었다.

‘차라리 보지 말걸. 행복해 보이는 네 얼굴을 몰랐으면 좋았을걸…….’

그녀에게 그가 들어갈 틈은 없어 보였다.

“엄마, 누구야?”

“응? 엄마 친구.”

아이의 말을 듣자 온몸에 피가 싸늘하게 식어 버렸다. 그 뒤를 이어 그녀의 대답이 들려왔다. 머리카락이 쭈뼛하게 곤두서는 느낌과 함께 가슴이 아려 왔다.

“행복해?”

재우의 물음에 지유는 여유로운 미소를 지었다. 말로 답을 하지 않아도 어떤 의미의 미소인지 알 수 있었다. 반짝반짝 빛이 나는 그녀에게 더 이상의 질문은 무의미했다.

‘그래, 이제 네 자리를 찾았구나.’

재우는 생기 넘치는 지유를 보고는 차마 함께 가자는 말이 나오지 않았다. 그녀가 있어야 할 장소가 어딘지 확실하게 알게 되었기에 쓸쓸히 돌아설 수밖에 없었다. 한순간의 실수로 인해 영영 그녀를 잃어버리게 되었다는 것을 인정하고 받아들여야만 했다. 그녀를 향한 마음을 접어야만 했다. 작게 고개를 끄덕인 그가 천천히 몸을 돌렸다. 그를 향한 미안함이 피어오르는 그녀의 눈동자를 마주할 용기가 나지 않았다. 행복해하는 지유를 보면서 아주 조금은 다행이라는 생각도 들었다.

온갖 식물이 싹을 틔우는 파종용 온실의 수천 개가 되는 비닐 컵을 뒤로하고 밖으로 나온 효건의 눈에 낯선 남자와 함께 있는 지유의 모습이 보였다. 오묘한 표정으로 지유를 응시하는 남자는 그녀의 친구라고 했던 사람이었다.

순간 마음이 급해진 그가 걸음을 옮기려는 찰나, 돌아가기 위해 몸을 비튼 남자와 시선이 마주쳤다. 효건은 남자의 고통 어린 눈동자와 허탈해 보이는 얼굴을 보고 그 자리에서 못 박힌 듯 서 버렸다. 남자의 절절한 아픔이 고스란히 느껴져 아무런 내색도 할 수가 없었다. 남자의 등 뒤로 지유의 안쓰러운 얼굴이 겹쳐 보였다. 그녀의 마음도, 돌아선 남자의 마음도 어느 정도 이해가 되었다. 그에겐 정리할 시간이 필요해 보였다.

"살펴 가십시오."

남자가 그의 곁을 지날 때 효건은 작은 목소리로 말을 건넸다. 잠시 시선을 던진 남자가 묵묵히 그를 스쳐 지나갔다.

효건은 성큼성큼 걸어 지유의 곁으로 다가섰다. 은채의 손을 잡고 물끄러미 그를 바라보는 그녀의 어깨를 덥석 잡았다.

"괜찮아?"

"이상한 오해하는 거 아니죠?"

그의 물음에 미소를 지으며 답한 그녀가 엉뚱한 질문을 던졌다.

"안 해. 날 사랑하는 널 믿으니까…… 은채 엄마인 당신을 믿으니까……. 여기 수목원과 우릴 두고 멀리 가지 않을 거라는 걸 아니까. 아무 걱정 안 해."

"맞아요. 당신 곁이 내 자리예요. 이제야 제대로 찾은 내 자릴 두고 내가 어딜 가겠어요."

에필로그

"봤어요? 우리 은준이 걸음마 떼는 거 봤죠?"

감격에 겨운 듯 아이에게서 눈을 떼지 못하는 지유의 눈가에 눈물이 그렁그렁 맺혀 있었다. 지금까지 그녀는 항상 이런 식이었다. 처음으로 이가 나고, 10개월이 넘도록 엄마 젖을 찾고, 또 열심히 먹는 아이를 볼 때도, 어설프고 부정확한 발음으로 '음마' 소리를 할 때도 그녀의 눈가는 항상 촉촉해졌다. 아마도 아이가 걷고 뛰고 말을 하게 될 때도 똑같은 반응을 보일 것이 분명했다.

"그래, 봤어."

"정말 대단하지 않아요."

떨려 오는 그녀의 목소리엔 감격이 물씬 묻어났다. 은채가 자라는 동안 몰랐던 것을 은준을 키우면서 하나씩 알게 될 때마다 그녀는 울먹였다. 그는 지유가 그렇게까지 눈물이 많은 여자인지 알지 못했고, 그것을 확인할 때마다 가슴이 아릿해졌다.

효건은 생각보다 더 여린 마음을 가진 아내의 손을 꼭 잡아 다독였다. 그녀가 이런 반응을 보이는 이유를 누구보다 잘 아는 그는 그저 아내를 달래 줄 수밖에 없었다. 은채에 대한 미안함. 그 작은 아이의 곁을 지키지 못했다는 죄책감이 생생하게 느껴지는지 그녀는 아이의 새로운 면을 볼 때마다 눈물짓곤 했다.

그는 부드러운 손길로 그녀의 눈가를 훔쳐 주었다.

"앞으로 수없이 보게 될 일이야. 은준이도, 은채도……. 지금까지 우리가 알지 못했던 많은 것을 보여 줄 거야. 그럴 때마다 이럴래? 우리가 지금까지 은채한테 못 해 준 건 모두 다 잊고 새롭게 시작하자. 앞으로 은채가 보여 줄 많은 것들만 생각하자. 응? 당신이 자꾸 은채에게 미안해하면 은채도 서운하다 할 거야."

"……알았어요."

"약속해."

지유는 어색한 웃음을 지으며 고개를 끄덕였다.

엉덩이를 높이 들어 땅을 짚고 자리에서 일어선 은준이 그녀를 향해 커다랗게 웃으며 손을 뻗어 왔다. 고작 서너 발자국이었지만 작은 다리를 움직여 엄마, 아빠를 향해 뒤뚱거리며 걸음을 옮기는 모습을 환희에 찬 시선으로 바라보았다.

―언제까지 게서 살려고 그러냐? 이제 올라와서 회사를 맡아야 하지 않겠니?

늦은 오후에 걸려 온 아버지의 전화에 지유는 슬쩍 인상을 찌푸렸다. 잊을 만하면 한 번씩 전화를 해 회사로 돌아올 것을 종용하는 아버지와의 실랑이가 시작되었다. 다시 가신 지 얼마나 되셨다고…….

"그러기 싫어요. 전, 그냥 이곳이 좋아요. 계속 여기서 산다니까
요."

—이 애비 생각은 조금도 안 하는 게냐? 나도 이제 늙었다. 언제
까지 일만 해야 해?

"제가 전에도 말씀드렸잖아요. 그냥 전문 경영인을 두세요."

—널 놔두고 내가 왜 그래야 하는지 말 좀 해 봐라. 네가 능력이
없다면 몰라도…….

"아버지, 전 여기가 좋아요. 그리고 아직 애들도 어리고요. 애들
한텐 엄마의 손길이 필요하다는 거 아시잖아요."

지유의 볼멘 목소리에 김 사장은 순식간에 잠잠해졌다. 손주들
이야기만 나오면 약해지는 아버지를 모르는 바가 아니었기에 오늘
도 어김없이 그녀는 아이들을 들먹였다. 지유가 어렸을 적 많은 사
랑을 주지 못한 것을 미안해하는 아버지는 그녀가 결혼을 하고 은준
을 낳자 더욱 살갑게 굴기 시작했다. 툭 하면 전화해서 애들이 할아
버지를 보고 싶어 하지 않는지, 아픈 데는 없는지 수시로 물었다.
거기다 틈만 나면 수목원에 와서 살다시피 했다.

—은준이 돌잔치는 내가 해 주마. 호텔 예약해 놓을 테니 그리 알
아.

"아버지, 그러지 마세요. 그냥 여기서 할게요. 애들 데리고 몇 시
간씩 차 타고 가는 거 정말 고역이에요."

—그러게 가까이 살면 좀 좋아.

지유는 불퉁한 아버지의 목소리에 빠르게 대답을 하지 못했다.

"아버지……."

—쉬어라. 은준이 돌잔치 날짜 잡히면 연락하고……. 네 건강 챙

기는 것도 잊지 말아라.

그녀는 휴대전화를 손에 들고 멍하니 앉아 있었다. 그녀의 시선 끝에 평온하게 잠들어 있는 아들의 모습을 보니 더욱 가슴이 먹먹해져 왔다.

아버지는 민혜 모녀를 용서하지 못하고 2년여를 별거 상태로 지냈다. 최근에 그녀의 눈치를 보듯 이혼 얘기를 꺼내는 아버지에게 지금까지 살아온 정을 생각해서라도 그러지 말라고 말씀드렸다. 이 여사와 민혜 두 모녀끼리 2년간 살게 한 것만으로도 충분한 벌을 주었다는 말로 아버지를 설득했다. 그 시간 동안 아버지가 느낀 외로움의 크기도 만만치 않았음을 잘 알기에 그녀는 진심을 담아 이제 그만 그들을 용서하는 게 어떻겠냐고 넌지시 물었다. 솔직히 그녀는 그 사람들을 보고 싶진 않았지만 아버지를 생각해서 그렇게 물었다. 조금 이기적일지 몰라도 지금 그녀의 곁을 든든하게 지켜 주는 사람들이 있기에 꺼낸 이야기였다.

"휴우."

원래부터 모질지는 못했던 사람이라 슬그머니 그녀들을 향한 안쓰러운 마음이 생겨났을 거라 생각했다. 하지만 그녀의 말을 듣고 있던 아버지는 한동안 아무 말씀도 하지 않으셨다. 그리곤 이내 완강하게 거부 의사를 표현하셨다.

"2년 가까운 시간 동안 그 사람과 민혜를 용서하기 위해 노력해 봤는데도 그게 쉽지가 않구나."

"아버지."

"내 잘못이 자꾸만 생각나. 어린 네가 혼자서 얼마나 외로웠을까? 따뜻한 어미 품도 잘 모르는 네게 나까지 힘들게 했구나 싶은 게……. 어린것이 속살거리는 것에 빠져 제 새끼 죽어 가는 것도 몰렸다는 생각이 드니 그녀들이 보고 싶지가 않다. ……안 돼. 도저히 용서가 안 돼."

지유는 아버지에게 어떤 말을 해야 할지 몰랐다. 이제 와 괜찮다고 말하는 것도 거짓이었다. 오랜 시간을 방황하며 보냈던 그녀에게 아직까지 용서란 멀게만 느껴지는 단어였다.

그 고백 아닌 고백이 있은 뒤로 아버지는 지유에게 말 한 마디라도 더욱 살갑게 하려고 애를 쓰셨다. 아마도 아버지의 미안한 마음을 그런 식으로 표현하시는 거라 생각했다. 그녀도 아버지의 마음을 모르고 거리를 두려고만 했던 것이 미안했다. 한 번쯤은 솔직하게 이야기를 나눴더라면 조금은 나은 부녀지간이었을 텐데……. 시간 날 때마다 오시는 아버지의 얼굴 주름을 보고 있노라면 후회라는 감정이 자꾸만 솟아올랐다.

"무슨 일 있어?"

조금 의기소침해 있는 지유의 곁으로 효건이 다가왔다.

"아니요."

"뭐야? 표정은 안 그런데……. 얘기해 봐. 혹시 아버님이랑 통화했어?"

효건은 지유의 손에 꽉 쥐어진 휴대전화를 보고 은근슬쩍 물었다.

"……네."

효건과 지유가 류 교수의 주례로 결혼식을 올린 지도 벌써 2년이 지나고 있었다. 두 번째 결혼기념일을 맞아 둘이서 오붓한 시간을 보내려는 그의 계획이 아무래도 틀어질 것만 같은 불길한 예감이 들었다.

"아무래도 아버지께 다녀와야 할 것 같아요."

“그래, 가자. ……언제?”

“말 나온 김에 다녀와요.”

“당장? 당신, 내일이 우리 결혼기념일인 건 알아?”

그는 박 씨 아주머니께 아이들을 맡기고 가까운 곳이라도 둘이서 다녀오리라 마음먹고 있었는데…… 어쩌면 어려울지도 모른다는 그의 예감이 여지없이 들어맞아 버렸다. 서울에 있는 아버님을 뵈러 가려면 은채와 은준이를 데리고 가지 않을 수가 없었다.

“어머, 그랬나?”

“당신 요즘 나한테 너무 소홀한 거 알아? 자꾸 이런 식으로 나오면 나 무지 서운해.”

“애도 아니고…….”

그는 밉지 않게 눈을 흘기는 그녀를 그윽한 눈길로 바라보았다. 그 시선에 담긴 의미를 눈치챈 그녀가 슬며시 자리에서 일어나며 중얼거렸다.

“저녁은 뭘 먹나?”

그녀는 효건의 곁을 지나치기도 전에 그에게 덥석 손을 잡혀 버렸다.

“어디 가려고?”

“슬슬 저녁 준비해야죠.”

“그전에 미리 해 줬으면 하는 일이 있는데…….”

“……뭘까? 급한 거 아님 나중에 해요. 은준이 깨나 좀 봐 줘요. 어…….”

그는 천연덕스럽게 대답하는 그녀를 더욱 뜨겁게 바라보다 손에 힘을 주었다. 갑작스런 움직임에 그녀는 힘없이 그의 무릎 위에 주저앉았다.

“나도 좀 봐 주라고……”

“홋.”

그의 말에 빙긋이 웃어 버린 그녀의 목덜미를 잡아당겨 은밀하게 아랫입술을 혀로 핥았다. 이내 윗입술까지 맛을 본 그의 혀가 살며시 벌어진 그녀의 입술 사이를 파고들었다. 나른하게 느껴질 정도로 부드럽게 움직이던 그의 혀가 강하게 그녀의 혀를 집어삼켰다. 뜨겁게 그녀를 밀어붙이며 셔츠 아래로 손을 밀어 넣어 단번에 가슴을 움켜쥐었다. 전보다 더 커진 그녀의 가슴을 부드럽게 쥐었다가 세차게 주물렀다. 빳빳하게 곤두선 그녀의 유두를 손가락 사이에 넣고 비틀며 자극을 주었다.

그녀가 두 손으로 효건의 머리를 감싸 안으며 조금 더 그에게 가까이 다가가려고 몸을 움직였다. 효건의 손길에 민감하게 반응하는 그녀는 조금 전까지 그를 피하려고 했던 사람과 동일인인지 의심스러울 정도였다. 그녀의 가슴을 어루만지는 그의 손길에 그녀의 호흡이 점차 거칠어지기 시작했다. 효건이 어떤 방법으로 안는지 잘 아는 그녀의 몸이 그의 손끝에 일일이 반응을 보이며 기대감으로 자잘하게 떨기 시작했다.

“지유야.”

그의 허스키한 음성이 그녀의 귓불을 지분거리는 사이로 새어 나왔다. 그의 욕망이 고스란히 느껴지는 음성에 그녀의 입에서도 가느다란 신음이 흘러나왔다. 어느새 그녀는 그들이 지금 어디에 있는지도 잊어버렸다. 귓불에서 목을 타고 점점 아래로 내려오는 그의 입술과 혀의 감촉만이 느껴질 뿐이었다.

그의 손이 어느새 그녀의 치맛단을 들추고 안으로 들어가고 있었다. 무릎에서 서서히 허벅지를 타고 오르는 손이 그의 열망을 대신하고 있었다.

그렇게 서로에게 빠져들고 있을 때,

"앙, 으앙."

갑자기 들려온 은준의 울음에 그녀가 서둘러 그를 밀어 버리고 아이에게 달려갔다. 뜨거웠던 열기가 순식간에 사라지고 아쉬움이 가득 찬 얼굴을 한 그만이 남았다. 그녀의 순발력이 놀라웠다. 그의 품에서 신음을 흘리다 그 짧은 시간에 그를 밀치고 아이에게 달려가는 그녀를 보며 새삼 어머니의 위대함을 느꼈다면 조금 과장되었을까?

"우리 은준이 깼어요?"

"후우."

그는 아이를 달래는 지유를 아쉽게 쳐다보며 한숨을 쉬었다. 그녀에게 다가가는 일인 언제나처럼 어렵고 힘들었다. 워낙 그녀를 좋아하고 찾는 사람들이 많아 마음 놓고 스킨십도 하지 못하는 때가 많았다. 은채와 어머니, 이제 은준이까지…….

'도대체 내 차례는 언제쯤 오는데? 김지유, 나도 네 품속이 좋아. 당신의 그 풍만한 가슴이 무지하게 그립고 필요하다고…….'

그는 안타까운 눈으로 자신의 빈손을 내려다보았다. 그녀의 가슴이 조금 전까지 그득하게 들어차 있던 그 손이 너무나 불쌍하고 서러워 보였다.

"서은채, 은채야."

효건이 다급한 목소리로 딸의 이름을 부르며 거실로 들어왔다. 그의 손에 들린 비닐 컵을 보니 은채가 뭔가 일을 저지른 모양이었다.

“무슨 일이에요?”

지유의 물음에 그는 난감한 표정으로 은채가 한 일을 간략하게 알려 주었다. 파종용 온실에서 작년 가을에 어렵게 얻어 온 야생화가 담긴 컵을 들고 나와 화단에 심어 버렸다고 했다. 그것도 땅을 너무 깊게 파 겨우 이파리만 조금 나온 것을 겨우 찾아냈다고…….

“은채, 너 또 이럴 거야?”

“아빠…… 저는 봄이 좋아요.”

효건은 은채의 뜬금없는 대답에 어이가 없어 피식 웃고 말았다.

창문 너머로 하나둘씩 잎을 틔우고 꽃망울을 맺는 나무들을 보면서 은채는 작은 손으로 턱을 괴고 나른한 표정으로 미소 짓고 있었다. 누가 수목원집 딸내미가 아니랄까 봐 유난히 꽃과 나무를 좋아하는 아이는 다섯 살답지 않은 말을 가끔 뱉어 내곤 했다.

“허.”

그의 입에서 헛웃음이 터져 나왔다. 다시는 그런 행동을 못 하게 단단히 일러두리라 마음먹은 것은 한순간에 물거품이 되었다. 요정처럼 깜찍한 표정으로 고운 목소리를 내는 딸에게 싫은 소리를 할 수가 없어 그저 기가 막힌 웃음만 지었다.

“그래도 이건 아니야. 서은채, 아빠가 말했지? 얘네들 함부로 손대면 안 된다고……. 다 준비를 해서 옮겨 심어야 해.”

“걔네들이 나한테 답답하다고 했어. 내가 옮겨 심어 줄까? 하고 물었더니 그러라고 허락했단 말이야.”

“뭐?”

“진짜야.”

그는 눈 하나 깜박이지 않고 열심히 자기주장을 펼치는 딸을 황당한 얼굴로 바라보았다. 식물과 대화를 나누는 딸이 정녕 대단해 보였다. 고개를 절레절레 흔들던 그가 나지막이 한숨을 쉬고 분명한 어조로 말을 꺼냈다.

"서은채. 다음에 또 이 녀석들 옮겨 심고 싶거든 아빠한테 미리 얘기해야 한다. 알아듣겠니? 잘못하다간 애네들 다 죽을 수도 있어. 은채, 그러길 바라?"

"……아니요."

"그렇지? 그럼 다음번엔 이런 일 없기로 아빠와 약속해."

"네."

"그리고 은채가 내일 화단에 꽃씨 뿌리는 것 좀 도와줄래?"

"정말요? 진짜 내가 해도 돼요?"

"그럼 되지."

"난, 세상에서 아빠가 제일 좋아요."

그는 환하게 웃으며 그의 품을 파고드는 딸을 다정하게 안아 주었다.

지유는 은준이를 품에 안고 효건과 은채가 나누는 대화를 듣고 있었다.

"효주야, 이거……."

그녀는 경애가 내민 딸기를 받아 들며 함박웃음을 지었다.

"엄마도 드세요."

"응. 너도 먹어."

"네. 잘 먹을게요."

지유의 말에 경애의 얼굴에 따사로운 미소가 피어올랐다. 이런 게 행복이 아닐까? 따스한 봄날 싱그러운 나무 향을 맡으며 서로의 이야기를 들어 주고, 때론 고개를 끄덕이며 미소 지을 수 있는 것……. 소소한 일상에서 잔잔한 감동을 받는 이런 삶이 마음에 들었다.

— The End

따스하고 풍요로운 봄날의 수목원을 생각하면서 이 글을 시작했는데 어느덧 추운 겨울이 되었어요. 미리 나와 있던 이북을 수정하는 일이 생각보다는 쉽지가 않아 지루하리만치 오랜 시간을 보내게 되었네요. 제일 큰 문제는 제 게으름 때문이지만 나름 많은 것을 느낄 수 있는 시간이었습니다. 부족한 분량을 채우고 미진한 문구를 고치는 과정을 통해 여러 가지를 배울 수 있었고 개인적으로 조금은 더 발전된 느낌도 가졌습니다.

받아 보지 못한 사랑에 허기를 느끼는 지유와 듬직한 나무 그늘처럼 그녀를 지켜 주는 효건의 이야기를 쓰면서 조금은 마음의 위안을 받았던 것도 같아요. 푸른 나무로 가득 둘러싸인 수목원의 연못가에서 다정한 가족을 이루고 살 그들이 가끔은 생각날 것 같기도 하고요. 평화로운 수채화의 한 장면처럼 두고두고 행복한 가족이 되었으면 하는 바람을 가져 봅니다.

　작년에서부터 올해까지 참 많은 변화가 저를 찾아왔네요.
　평범한 생활을 하던 제가 이야기를 쓰는 엄청나게 어려운 일을 시작했다는 것 자체가 대단한 일일 테지만 말입니다.
　글 하나를 완결하고 다음 글을 쓸 때마다 조금 더 잘 써야 한다는 강박관념에 시달려요. 부족한 부분이 보이는데 금방 나아지진 않고 자꾸만 커져 가는 욕심 때문에 슬럼프 비슷한 것도 찾아왔고요. 그래서 수정 작업이 더욱 힘들게 느껴졌어요.
　수정 원고를 받고도 징그러울 만큼 오랫동안 가지고 있어도 인내를 가지고 기다려 주신 손수화 팀장님, 이 자리를 빌려 감사 인사를 드립니다. 매끄럽지 못한 문장을 깔끔하게 손봐 주시느라 진짜 고생 많이 하셨어요. 힘들 때마다 크고 작은 도움을 주신 우리 중구난방 작가님들도 고마워요. 특히 정모 작가님, 막힌 글을 뚫는 데 지대한 공헌을 해 주신 거 잊지 않을게요. 늘 보이지 않는 곳에서 힘을 주는 제 가족들도 모두 사랑합니다.

　저는 그럼 다음 글 욕구불만으로 다시 찾아뵙겠습니다.

잃어버린 시간

1판 1쇄 찍음 2013년 1월 2일
1판 1쇄 펴냄 2013년 1월 7일

지은이 | 김효원
펴낸이 | 정 필
펴낸곳 | 도서출판 **뿔미디어**

편집장 | 이재권
기획 · 편집 | 손수화, 주종숙
편집디자인 | 이진선
관리, 영업 | 김기환, 임순옥

출판등록 | 2002년 9월 11일 (제1081-1-132호)
주소 | 부천시 원미구 상3동 533-3 아트프라자 503호 (우)420-861
전화 | 032)651-6513 / 팩스 032)651-6094
E-mail | scarlets2012@hanmail.net
카페 | http://cafe.daum.net/scarletR

값 9,000원

ISBN 978-89-6775-099-2 03810

Scarlet

스칼렛

Scarlet

스칼렛